10/20

D1121331

EL LARGO
CAMINO A CASA

LOUISE PENNY

EL LARGO CAMINO A CASA

Traducción del inglés de
Patricia Antón de Vez

black
salamandra

Título original: *The Long Way Home*
Primera edición: marzo de 2020

© 2014, Three Pines Creations, Inc.
© 2020, Penguin Random House Grupo Editorial, S. A. U.
Travessera de Gràcia, 47-49, 08021 Barcelona
© 2020, Patricia Antón de Vez, por la traducción

Penguin Random House Grupo Editorial apoya la protección del *copyright*.
El *copyright* estimula la creatividad, defiende la diversidad en el ámbito de las ideas y el conocimiento,
promueve la libre expresión y favorece una cultura viva. Gracias por comprar una edición autorizada
de este libro y por respetar las leyes del *copyright* al no reproducir, escanear ni distribuir ninguna
parte de esta obra por ningún medio sin permiso. Al hacerlo está respaldando a los autores
y permitiendo que PRHGE continúe publicando libros para todos los lectores.
Diríjase a CEDRO (Centro Español de Derechos Reprográficos, http://www.cedro.org)
si necesita fotocopiar o escanear algún fragmento de esta obra.

Printed in Spain – Impreso en España

ISBN: 978-84-16237-41-8
Depósito legal: B-1.662-2020

Impreso en Liberdúplex, S.L.
Sant Llorenç d'Hortons, Barcelona

SM37418

Penguin
Random House
Grupo Editorial

R0458272011

Para Michael.
«Te sorprendió la dicha.»

UNO

Mientras se acercaba, Clara Morrow se preguntaba si Armand Gamache repetiría el pequeño gesto que hacía cada mañana.

Tan diminuto, tan insignificante. Tan fácil de ignorar la primera vez.

Pero ¿por qué seguía haciéndolo?

Se sentía una tonta por preguntárselo siquiera. ¿Qué importancia podía tener? Pero, en un hombre tan poco dado al secretismo, aquel gesto repetido empezaba a parecer no sólo discreto, sino furtivo: un acto inocuo que no obstante parecía anhelar una sombra en la que ocultarse.

Y ahí estaba otra vez Gamache, a plena luz del nuevo día, sentado en el banco que Gilles Sandon había hecho poco antes y había instalado en la cima de la colina. Enfrente se desplegaban las montañas que van de Quebec a Vermont, cubiertas por densos bosques. El río Bella Bella serpenteaba entre ellas: una cinta plateada bajo el sol.

Y en el valle, tan fácil de pasar por alto ante tanta grandiosidad, estaba, hecho un ovillo, el modesto pueblecito de Three Pines.

Pero Armand no estaba disfrutando de la vista, ni tampoco hurtándose a la vista de nadie. No: cada mañana, sentado en el banco de madera, aquel hombre robusto inclinaba la cabeza sobre un libro... y leía.

Al acercarse, Clara vio a Gamache hacerlo otra vez: se quitó las gafas de lectura de media luna, cerró el libro y se lo guardó en el bolsillo. Entre las páginas asomaba un punto de libro, pero él nunca lo movía: permanecía allí como un mojón que señalara un sitio cerca del final; un sitio al que se aproximaba, pero sin alcanzarlo jamás.

Armand no cerraba el libro de golpe, más bien dejaba que lo hiciera la gravedad, suavemente. Y, según advirtió Clara, no usaba nada para señalar por dónde iba, ni un viejo recibo ni un billete usado de avión, tren o autobús que lo llevara de vuelta a donde había dejado la historia: era como si en realidad no le importara, cada mañana empezaba de nuevo y se acercaba más y más a aquel punto de libro, aunque siempre se detenía antes de llegar.

Y cada mañana Armand Gamache deslizaba el fino volumen en el bolsillo de la ligera chaqueta de verano antes de que Clara pudiera ver el título.

Ella había llegado a obsesionarse un poco con aquel libro... y con la conducta de Gamache.

Incluso se había atrevido a preguntar hacía una semana más o menos, cuando se había sentado por primera vez a su lado en el banco desde el que se veía el viejo pueblecito:

—¿Es un buen libro?

—*Oui*.

Armand Gamache había sonreído, suavizando así aquella brusca respuesta... hasta cierto punto.

Había sido una discreta invitación a irse por parte de un hombre que rara vez se sacaba a la gente de encima.

No, pensó Clara observándolo ahora de perfil, no había pretendido echarla, sino dar un paso atrás para alejarse de ella y de su pregunta: se había batido en retirada con aquel libro maltrecho.

El mensaje quedaba bien claro y Clara lo había recibido, aunque eso no significaba que le haría caso.

Armand Gamache contempló el bosque, que mediado el verano se teñía de verde oscuro, y las ondulantes montañas que se perdían en la inmensidad, y luego bajó la mirada hacia el pueblecito en el fondo del valle, que parecía acurrucado en la palma de una mano antiquísima: un estigma en la campiña quebequesa, no tanto una herida como un portento.

Todas las mañanas salía a dar un paseo con su mujer, Reine-Marie, y el pastor alemán de ambos, *Henri*. Le arrojaban la pelota y acababan yendo ellos en su busca cuando *Henri* se distraía con una hoja que caía, un moscardón al vuelo o las voces en su cabeza. Salía disparado por la pelota y de pronto se detenía y miraba fijamente el vacío moviendo sus enormes orejas de satélite de aquí para allá como si descifrara algún mensaje. No tenso, sino intrigado, pensaba Gamache: como una persona cualquiera escucharía una canción que le gusta particularmente o una voz familiar llegada de la distancia.

Con la cabeza ladeada y una expresión bobalicona en la cara, *Henri* escuchaba mientras Armand y Reine-Marie iban en busca de la pelota.

«Todo está en su sitio», pensó Gamache sentado en silencio bajo el sol de principios de agosto.

Por fin.

Excepto por Clara, que se había aficionado a sentarse con él en el banco todas las mañanas.

¿Lo hacía porque creía que podía sentirse solo allí arriba, una vez que Reine-Marie y *Henri* se habían ido, y que quizá necesitaba compañía?

11

Pero dudaba que ése fuera el motivo: Clara Morrow se había convertido en una amiga íntima y lo conocía demasiado bien para pensar eso.

No, Clara estaba ahí por sus propias razones.

Armand Gamache sentía una curiosidad creciente, aunque a ratos lograba engañarse y convencerse de que no eran simples ganas de entrometerse, sino una consecuencia de su formación como policía.

Durante toda su vida profesional, el inspector jefe Gamache había hecho preguntas buscando respuestas. Y no sólo respuestas: hechos. Y también sentimientos, mucho más huidizos y peligrosos que los hechos, porque los sentimientos conducen hasta la verdad.

Y aunque la verdad pudiera hacer libres a algunos, a la gente a la que Gamache buscaba la hacía acabar en prisión... de por vida.

Cuántas veces había interrogado a un asesino esperando encontrar emociones hostiles, un alma amargada, y hallado en su lugar a una buena persona que se había descarriado.

Aun así la arrestaba, por supuesto; pero había llegado a estar de acuerdo con la hermana Prejean en que la maldad de los actos superaba con creces la maldad de las personas.

A menudo, Armand Gamache había visto los peores y los mejores actos cometidos por la misma persona.

Cerró los ojos y volvió el rostro hacia el tonificante sol matutino. Aquellos tiempos habían quedado atrás: ahora podía descansar acurrucado en la palma del valle y preocuparse de sus propios sentimientos.

Ya no era necesario explorar, en Three Pines había encontrado lo que estaba buscando.

Consciente de la presencia de Clara a su lado, abrió los ojos. Volvió a mirar al frente y vio cómo cobraba vida el pueblecito allá abajo, vio a sus amigos y a sus nuevos vecinos salir de sus casas para ocuparse de sus jardines perennes o atravesar la plaza para desayunar en el *bistrot*, vio cómo Sarah abría la puerta de su *boulangerie* —llevaba ahí dentro desde antes del amanecer horneando *baguettes*, *croissants* y *chocolatines*, y ahora llegaba el momento de venderlos—, la vio detenerse, limpiarse las manos en el delantal e intercambiar un saludo con monsieur Béliveau, que estaba abriendo su pequeño supermercado. Cada mañana durante las últimas semanas, Gamache se había sentado en aquel banco a observar a las mismas personas hacer las mismas cosas. El pueblo tenía el ritmo, la cadencia de una pieza musical. Quizá era eso lo que *Henri* oía: la música de Three Pines. Un murmullo lejano, un cántico, un ritual reconfortante.

La vida de Gamache nunca había tenido un ritmo: cada día había sido impredecible, y eso parecía motivarlo. Llegó a creer que formaba parte de su naturaleza. Hasta ahora, nunca había conocido la rutina.

Desde luego, había temido que la reconfortante rutina de esta nueva etapa se tornara banal, se convirtiera en aburrimiento; pero había resultado justo al revés: parecía prosperar con la repetición, y cuanto más predecible se volvía, más valoraba él aquella estructura. Lejos de resultar restrictiva, de hacerlo sentir preso, los rituales cotidianos suponían una liberación para él.

El caos traía consigo toda clase de desagradables verdades, pero hacía falta paz para examinarlas. Allí sentado, en aquel sitio tranquilo bajo el sol resplandeciente, Armand Gamache por fin era capaz de examinar todo aquello que había acabado por los suelos, al igual que él mismo.

Notaba el bulto y el leve peso del libro en el bolsillo.

Allá abajo, Ruth Zardo salió renqueando de su maltrecha casita seguida por *Rosa*, su pata. La anciana miró a su alrededor y luego alzó la vista hacia el camino de tierra que conducía a las afueras del pueblo. Sus viejos ojos de acero ascendieron poco a poco hasta encontrarse con la mirada de Gamache.

Levantó una mano surcada de venas a modo de saludo y luego, como si izara la bandera del pueblo, le mostró el dedo medio.

Gamache le hizo una leve inclinación de cabeza.

Todo estaba en su sitio.

Excepto por...

Se volvió hacia la mujer despeinada que estaba sentada a su lado. ¿Qué hacía ahí Clara?

Ella apartó la vista: no era capaz de mirarlo a los ojos sabiendo, como sabía, lo que estaba a punto de hacer.

Se preguntó si debería hablar primero con Myrna, pedirle consejo, pero decidió que no: suponía trasladarle la responsabilidad por aquella decisión.

O más probablemente, se dijo, temía que Myrna se lo impidiera, que le dijera que no lo hiciese, que era injusto e incluso cruel.

Porque lo era: he ahí la razón de que a Clara le hubiera llevado tanto tiempo hacerlo.

Todos los días había subido hasta allí decidida a decirle algo a Armand y todos los días se había acobardado o, más bien, la parte bondadosa de su ser había tirado de las riendas, conteniéndola, procurando que se detuviera.

Y por el momento había funcionado.

Todos los días charlaba un poco con él y luego se iba, resuelta a no volver al día siguiente. Se prometía a sí misma, y a todos los santos, ángeles, dioses y diosas, que a la mañana siguiente no subiría otra vez hasta aquel banco.

Y a la mañana siguiente, como por arte de magia, por un milagro o una maldición, volvía a sentir la dura madera de arce bajo el culo y se descubría mirando a Armand Gamache y preguntándose por el fino volumen que guardaba en el bolsillo mientras miraba aquellos pensativos ojos marrón oscuro.

Armand había engordado un poco y eso estaba bien. Demostraba que Three Pines cumplía con su cometido: allí se estaba curando. Era un hombre alto, y una complexión más robusta le sentaba de maravilla. No estaba gordo, sino robusto. Ahora, pese a sus heridas, renqueaba menos y tenía un paso más enérgico. El tono grisáceo había desaparecido de su rostro, aunque no de su cabeza, pues su cabello ondulado era ya más canoso que castaño. Clara sospechaba que para cuando cumpliera los sesenta, al cabo de sólo unos años, lo tendría blanco.

Aparentaba su edad, con aquel rostro marcado por los problemas, las tribulaciones y el dolor. Pero las arrugas más profundas las había labrado la risa: en torno a los ojos y la boca la alegría había dejado sus huellas.

Era el inspector jefe Gamache, antaño jefe de Homicidios de la Sûreté du Québec.

Pero también era Armand, el amigo de Clara que había acudido allí a retirarse de toda aquella vida y toda aquella muerte. No para esconderse del dolor, sino para dejar de almacenar más. Y para desprenderse, poco a poco, del peso que acarreaba sobre los hombros.

Como habían hecho todos ellos.

Clara se puso en pie.

No podía hacerlo: no podía desahogarse con aquel hombre que ya llevaba su propia cruz a cuestas. Lo que la preocupaba era cosa suya.

—¿Cenamos esta noche? —preguntó—. Reine-Marie nos ha invitado. A lo mejor hasta jugamos al bridge.

Ése era siempre el plan, aunque rara vez llegaban a hacerlo pues preferían charlar o quedarse tranquilamente sentados en el jardín de los Gamache mientras Myrna caminaba entre las plantas explicando cuáles eran malas hierbas, cuáles perennes y cuáles anuales, creadas para disfrutar de una vida breve y magnífica.

Gamache se puso en pie y Clara volvió a ver las palabras talladas en el respaldo del banco. No estaban ahí cuando Gilles Sandon lo había colocado en su sitio y él aseguraba no haberlas grabado. Habían aparecido sin más, como un grafiti, y nadie había reivindicado su autoría.

Armand tendió una mano. Al principio, Clara creyó que pretendía estrechar la suya a modo de despedida: un gesto definitivo y extrañamente formal. Pero entonces se dio cuenta de que tenía la palma hacia arriba.

Era una invitación a que posara la mano en la suya.

Clara así lo hizo y, finalmente, lo miró a los ojos.

—¿Qué haces aquí, Clara?

Ella se sentó de repente y volvió a notar la dura madera del banco: no tanto un apoyo como un medio para evitar que cayera al suelo.

DOS

—¿De qué crees tú que estarán hablando? —Olivier dejó un plato con torrijas, frutos rojos recién cogidos y sirope de arce delante de Reine-Marie.

—Diría que de astrofísica —contestó ella levantando la vista hacia su rostro apuesto—, o quizá sobre Nietzsche.

Ambos volvieron la cabeza y miraron a través del ventanal con parteluces.

—Me refería a Ruth y su pata.

—Yo también, *mon beau.*

Olivier se echó a reír mientras se alejaba para servir a otros clientes del *bistrot.*

Reine-Marie Gamache ocupaba su mesa habitual. No había pretendido convertirlo en un hábito, sencillamente había ocurrido así. Durante las primeras semanas después de que Armand y ella se mudaran a Three Pines, habían ocupado asientos distintos en mesas distintas, y cada uno de ellos era realmente diferente, no sólo por su situación en el viejo *bistrot,* sino también por el estilo de los muebles: todos eran antigüedades, todos estaban en venta y llevaban colgando etiquetas con el precio, pero unos eran de viejo pino quebequés, otros, butacas y orejeros eduardianos con demasiado relleno... Incluso había un puñado de manufactura más moderna, de mediados de siglo, hechos de teca, de líneas elegantes y sorprendentemente cómodos. Todos los había llevado Olivier, y Gabri, su pareja, los toleraba siempre que Olivier limitara sus hallazgos al *bistrot* y le dejara a él regentar y decorar la fonda.

Olivier era esbelto, disciplinado y perfectamente consciente de su elegancia campesina y casual. Cada prenda de su guardarropa buscaba encajar cuidadosamente en la imagen que buscaba ofrecer: la de un anfitrión relajado, cortés y discretamente próspero. Todo en Olivier era discreto, excepto Gabri.

Curiosamente, se dijo Reine-Marie, mientras que el estilo personal de Olivier era sobrio e incluso elegante, su *bistrot* era un batiburrillo de tendencias y colores. Y aun así, lejos de producir una sensación claustrofóbica o caótica, uno se sentía como si estuviera de visita en la casa de una tía o tío excéntrico que había visto mucho mundo: de alguien que estaba al corriente de las convenciones y había decidido no seguirlas.

En ambos extremos de la amplia estancia rectangular con vigas vistas había sendas chimeneas cargadas de leños. En invierno, las llamas chisporroteaban y danzaban plantando cara a la penumbra y el frío intenso, no así en el cálido verano. Y sin embargo, ese día Reine-Marie captaba un tufillo a humo de leña en la habitación, cual fantasma o guardián.

A través de las ventanas en saledizo podían verse las casas de Three Pines, con sus jardines llenos de rosas, lirios de día, clemátides y otras plantas cuyos nombres empezaba a conocer. Dibujaban un círculo en torno a la gran plaza ajardinada en cuyo centro se alzaban los tres enormes pinos que daban nombre al pueblo. No eran pinos corrientes: plantados siglos atrás, eran una especie de código, una señal para quienes regresaban agotados de la guerra.

Estaban a salvo: ese lugar era un refugio.

Costaba saber si las casas protegían los árboles o viceversa.

Reine-Marie Gamache se llevó a los labios el tazón de *café au lait* y bebió mientras observaba a Ruth y *Rosa*, que parecían murmurarse cosas en el banco, a la sombra de los pinos. La poeta vieja y loca y su pata de andares bamboleantes parecían hablar la misma lengua. Y esa lengua, hasta donde alcanzaba a ver Reine-Marie, consistía en una única frase: «Caca, caca, caca.»

«Es verdad», pensó Reine-Marie, «amamos la vida no porque estemos acostumbrados a vivir, sino porque estamos acostumbrados a amar.»

Nietzsche. Cómo le tomaría el pelo Armand si supiera que estaba citando a Nietzsche, aunque fuera para sí.

«¿Cuántas veces te has burlado tú de mí por soltar alguna cita?», le preguntaría su marido entre risas.

«Ninguna, querido. ¿Cómo era eso que decía Emily Dickinson sobre las burlas?»

Él la miraría con cara de seriedad y enseguida se inventaría alguna chorrada que atribuiría a Dickinson, a Proust o a Pedro Picapiedra.

«Estamos acostumbrados a amar.»

Al fin estaban juntos y a salvo, protegidos por aquellos pinos.

Inevitablemente, su mirada vagó colina arriba, hasta el banco donde Armand y Clara estaban sentados en silencio.

—¿Sobre qué crees tú que no hablan? —preguntó Myrna.

La robusta mujer negra tomó asiento en el cómodo orejero frente a Reine-Marie y se apoyó contra el respaldo. Como se había llevado su propia taza de té de la librería adyacente, sólo había pedido muesli y zumo de naranja recién exprimido.

—¿Armand y Clara o Ruth y *Rosa*? —preguntó Reine-Marie.

—Bueno, ya sabemos de qué estarán hablando Ruth y *Rosa* —contestó Myrna.

—Caca, caca, caca —dijeron las dos al unísono y se echaron a reír.

Reine-Marie pinchó un trozo de torrija con el tenedor y volvió a mirar hacia el banco en lo alto de la colina.

—Se sienta ahí con él todas las mañanas. Hasta el propio Armand está desconcertado.

—No creerás que trata de seducirlo, ¿verdad? —dijo Myrna.

Reine-Marie negó con la cabeza.

—Pues en ese caso, Clara llevaría consigo una *baguette*.

—Y queso: un buen Tentation de Laurier bien fuerte y cremoso...

—¿Has probado el último queso de *monsieur* Béliveau? —preguntó Reine-Marie olvidándose por completo de su marido—. ¿El Chèvre des Neiges?

—Ay, sí, por Dios —repuso Myrna—. Sabe a flores y brioche. Para ya... ¿tratas de seducirme o qué?

—¿Yo? Has empezado tú.

Olivier dejó un vaso de zumo delante de Myrna y unas tostadas para ambas.

—Eh, a ver si voy a tener que separaros a manguerazos —bromeó.

—*Désolé*, Olivier —dijo Reine-Marie—. Ha sido culpa mía. Estábamos hablando sobre quesos.

—¿En público? Menudo mal gusto —dijo Olivier—. Estoy casi seguro de que a Robert Mapplethorpe le prohibieron exhibir su obra por culpa de una fotografía de una *baguette* con brie.

—¿Una *baguette*? —repitió Myrna.

—Eso explicaría la afición de Gabri por los carbohidratos —intervino Reine-Marie.

—Y la mía —añadió Myrna.

—Vuelvo ahora mismo con la manguera —amenazó Olivier mientras se alejaba—. Y no, no es un eufemismo.

Myrna untó una gruesa tostada con mantequilla se-miderretida y mermelada y le dio un mordisco mientras Reine-Marie tomaba un sorbo de café.

—¿De qué estábamos hablando? —preguntó Myrna.

—De quesos.

—Antes de eso.

—De ellos. —Reine-Marie Gamache señaló con la cabeza a su marido y Clara, sentados en silencio en el banco de la colina. De qué *no* estarían hablando, había preguntado Myrna, y Reine-Marie se había planteado eso mismo todas las mañanas.

El banco había sido idea suya: un pequeño obsequio para Three Pines. Le había pedido a Gilles Sandon, el carpintero, que lo hiciera y lo plantara allí arriba. Unas semanas después, había aparecido en él una inscripción grabada profunda y cuidadosamente.

—¿Lo has hecho tú, *mon coeur*? —le había preguntado a Armand en su paseo matutino, cuando se detuvieron a observarla.

—*Non* —había contestado él, perplejo—. Pensaba que tú misma le habías pedido a Gilles que la grabara.

Preguntaron por ahí. A Clara, a Myrna, a Olivier, a Gabri. A Billy Williams y a Gilles. Incluso a Ruth. Nadie sabía quién había grabado esa frase en la madera.

Ella pasaba delante de ese pequeño misterio todos los días en sus paseos con Armand. Dejaban atrás la antigua escuela, donde casi habían matado a Armand. Recorrían el bosque, donde era Armand quien había matado. Ambos eran muy conscientes de aquellos sucesos. Todos los días, daban la vuelta y regresaban al tranquilo puebleci-to, al banco en la colina y a las palabras grabadas por una mano desconocida...

Te sorprendió la dicha.

Clara Morrow le contó a Armand Gamache por qué estaba ahí y qué quería de él y, cuando acabó, vio en aquellos ojos pensativos lo que más temía.

Miedo.

Ella lo había puesto ahí: había cogido su propio miedo para transmitírselo a él.

Clara tuvo ganas de retirar sus palabras, de borrarlas.

—Sólo quería que lo supieras —dijo notando cómo se sonrojaba—. Necesitaba contárselo a alguien, nada más...

Estaba diciendo tonterías, y eso no hacía sino aumentar su desesperación.

—No espero que hagas nada. No quiero que lo hagas. En realidad no es nada, puedo ocuparme yo. Olvida lo que te he dicho. —Pero era demasiado tarde, ya no había vuelta atrás—. Da igual —zanjó con tono firme.

Armand esbozó una sonrisa. Las profundas arrugas en torno a sus ojos se hicieron aún más profundas y Clara comprobó con alivio que en ellos ya no había miedo alguno.

—A mí no me da igual, Clara.

Ella emprendió el regreso ladera abajo con el sol en la cara. Un leve aroma a rosas y lavanda flotaba en el aire cálido. Una vez en la plaza ajardinada del pueblo, se detuvo y se volvió. Armand se había sentado de nuevo. Clara se preguntó si volvería a sacar el libro ahora que ella se había ido, pero no lo hizo. Se limitó a seguir allí sentado con las piernas cruzadas y una de sus grandes manos sujetando la otra, reservado y al parecer relajado. Miraba más allá del valle, hacia las montañas y el mundo exterior, que se hallaba al otro lado.

«Todo irá bien», se dijo ella mientras se dirigía a su casa.

Pero, en el fondo, Clara Morrow sabía que había puesto algo en marcha, que había visto algo en la profundidad de aquellos ojos. O a lo mejor no lo había puesto en marcha, sino solamente lo había despertado.

Armand Gamache había acudido allí a descansar, a recuperarse. Le habían prometido paz. Y Clara sabía que acababa de romper esa promesa.

TRES

—Ha llamado Annie —dijo Reine-Marie, aceptando el *gin-tonic* que le tendía su marido—. Llegarán un poco tarde: ya sabes cómo es el tráfico de salida de Montreal los viernes por la noche.

—¿Se quedarán a pasar el fin de semana? —quiso saber Armand.

Había encendido la barbacoa y se disputaba el papel de encargado de la parrilla con monsieur Béliveau. Era una batalla perdida, dado que Gamache no tenía intención de ganarla, pero le parecía que debía al menos fingir que oponía cierta resistencia. Finalmente, con un gesto formal de rendición, le ofreció las pinzas al tendero.

—Hasta donde sé, sí —contestó Reine-Marie.

—Estupendo.

Algo en el tono de Gamache llamó la atención de su mujer, pero la distrajo una carcajada.

—¡Os juro por Dios que estas prendas son de marca! —dijo Gabri levantando una mano regordeta con gesto solemne, y se dio la vuelta para que pudieran admirarlo en todo su esplendor: llevaba unos pantalones anchos de sport y una camisa verde lima holgada que se le infló un poco al volverse—. Me las compré en un *outlet* la última vez que estuvimos en Maine.

A sus treinta y largos y con su metro ochenta y pico de estatura, ya hacía unos cuantos pastelillos que Gabri se había pasado de barrigudo.

—No sabía que Bruguer tuviera una colección de ropa —ironizó Ruth.

—Qué simpática —respondió Gabri—. Pues resulta que ésta es carísima. —Se volvió hacia Clara con expresión implorante—. ¿Parece barata?

—¿Que si lo parece? —dijo Ruth.

—Bruja —soltó Gabri.

—Maricón —respondió Ruth. Sujetaba a *Rosa* con una mano y en la otra sostenía un objeto que Reine-Marie reconoció como uno de sus floreros... lleno de whisky.

Gabri ayudó a Ruth a sentarse de nuevo.

—¿Te traigo algo de comer? ¿Un perrito? ¿Un feto?

—Ah, pues me encantaría esto último, querido —respondió Ruth.

Reine-Marie se movía entre sus amigos, desparramados por el jardín, captando fragmentos de conversaciones en francés y en inglés, y las más de las veces en una mezcolanza de ambas lenguas.

Miró a Armand y lo vio escuchar con atención a Vincent Gilbert, que contaba una anécdota. Debía de ser bastante divertida, porque Armand sonreía. Respondió gesticulando con la cerveza y él y los Gilbert se echaron a reír. Entonces la descubrió mirándolo y su sonrisa se hizo más amplia.

El tiempo aún era muy agradable pero, para cuando cayera la noche y tuvieran que alumbrar el jardín, iban a hacerles falta los jerséis finos y las chaquetas ligeras que ahora esperaban en los respaldos de las sillas.

La gente se comportaba como si estuviera en casa: entraban y salían a su aire e iban dejando comida sobre la larga mesa de la terraza. Esas barbacoas informales de las noches de los viernes en casa de los Gamache se habían convertido en una especie de tradición.

Pocos, sin embargo, se referían a la propiedad como «la casa de los Gamache». En el pueblo aún se la conocía, y quizá sería así para siempre, como «la casa de Emilie» por la mujer que había vivido allí, cuyos descendientes la habían vendido a los Gamache. Aunque para Armand y Reine-Marie fuera su nueva casa, en realidad era una de las más antiguas de Three Pines. Estaba hecha de tablones de madera blanca y tenía un amplio porche en la fachada principal, que daba a la plaza ajardinada. En la parte trasera, la terraza y el jardín grande y descuidado.

—Te he dejado una bolsa con libros en la sala de estar —le dijo Myrna a Reine-Marie.

—*Merci.*

Myrna se sirvió un vino blanco y reparó en el ramo en el centro de la mesa, alto y frondoso, con flores y follaje. Dudó sobre si debería decirle a Reine-Marie que lo formaban sobre todo malas hierbas. Veía los sospechosos habituales: frailecillos, pie de cabra e incluso correhuelas, tan parecidas a las campanillas.

Había recorrido muchas veces los arriates de flores con Armand y Reine-Marie ayudándolos a deshierbar y a organizar las plantas. Creía haberles dejado bien clara la diferencia entre lo que eran malas hierbas y lo que no.

Haría falta una clase más.

—Precioso, ¿verdad? —comentó Reine-Marie, ofreciéndole a Myrna un canapé de pan de centeno con trucha ahumada.

Myrna sonrió. Caramba con la gente de ciudad.

Armand se apartó de los Gilbert y procuró asegurarse de que todos los invitados tuvieran cuanto necesitaban. Un curioso grupito atrajo su mirada: Clara se había acercado a Ruth y estaba sentada de espaldas al resto tan lejos de la casa como era posible.

No le había dirigido la palabra desde su llegada.

A Armand eso no lo sorprendía, al contrario de su decisión de sentarse con Ruth y su pata (aunque a menudo le parecía más exacto describir a aquella pareja como *Rosa* y su humana).

Sólo podía haber una razón para que Clara, o cualquiera, buscara la compañía de Ruth: el profundo y morboso deseo de que la dejaran en paz: Ruth era una bomba fétida socialmente hablando.

Pero no estaban solas: *Henri* se había acercado a ellas y miraba fijamente a la pata.

Aquello era un enamoramiento en toda regla, aunque *Rosa* no lo compartía. Gamache oyó un gruñido: era *Rosa*. *Henri* soltó un graznido.

Viniendo de *Henri*, ese ruido nunca era buena señal.

Clara se levantó, echó a andar hacia Gamache y luego cambió de dirección.

Ruth se vio rodeada por un hedor a huevos podridos. Arrugó la nariz. *Henri* paseaba alrededor con una mirada inocente, como si tratara de encontrar la fuente de aquella peste.

Ruth y *Rosa* miraron al pastor alemán con una expresión cercana al pasmo. La vieja poeta inspiró profundamente y después exhaló convirtiendo el gas tóxico en poesía:

—«Me obligaste a ofrecerte regalos envenenados» —citó de su famosa obra.

> No puedo expresarlo de otro modo:
> cuanto te di fue para librarme de ti,
> como hace una con un mendigo: toma, vete ya.

Pero *Henri*, el valiente y gaseoso pastor alemán, no se fue. Ruth lo miró con desagrado, pero le ofreció una mano marchita para que se la lamiera.

Y eso hizo *Henri*.

Armand Gamache fue entonces en busca de Clara, que se había ido a sentar en una de las dos butacas Adirondack colocadas juntas en un extremo del jardín, y cuyos anchos brazos de madera estaban llenos de ruedos que habían dejado años de bebidas consumidas en la calma del jardín. A los de la época de Emilie se habían añadido, y sobrepuesto, los de las tazas de desayuno y los *apéritifs* vespertinos de los Gamache: vidas tranquilas que se entrelazaban.

En el jardín de Clara había dos butacas prácticamente idénticas colocadas de cara a los arriates de plantas perennes y al río y el bosque más allá, y también tenían ruedos en los brazos.

Gamache vio cómo Clara aferraba el respaldo de una butaca y se apoyaba sobre las tablillas de madera.

Estaba lo bastante cerca para advertir cómo se alzaban sus hombros y se le ponían blancos los nudillos.

—¿Clara?

—Estoy bien.

Pero no era verdad, Gamache lo sabía y ella también. Tras haber hablado finalmente con él aquella mañana, había creído que la preocupación desaparecería, había confiado en que así sería. Cuando se compartía un problema...

Pero, aunque lo hubiera compartido, el problema no había quedado reducido a la mitad, sino que se había duplicado, y a medida que avanzaba la jornada se había vuelto a duplicar. Al hablar de su miedo, Clara lo había vuelto real, le había dado forma, y ahora lo tenía delante, creciendo por momentos...

Todo lo alimentaba: los aromas de la barbacoa, las descuidadas flores, las butacas viejas y maltratadas. Y los ruedos en la madera: los malditos ruedos. Como en casa.

Todo lo que había sido trivial e incluso reconfortante, familiar y seguro, parecía ahora envuelto con explosivos.

—La cena está lista, Clara.

Armand pronunció esas palabras con su voz tranquila y grave, y después se alejó. Ella oyó sus pisadas alejándose sobre la hierba. Y se quedó sola.

Todos sus amigos se habían reunido en el porche para servirse la comida, pero Clara permaneció aparte, dándoles la espalda, contemplando cómo el bosque se sumía en la penumbra.

Entonces notó una presencia a su lado: Gamache le tendía un plato.

—¿Nos sentamos? —preguntó él indicando las butacas con un gesto.

Clara así lo hizo y comieron en silencio: cuanto era necesario decir ya se había dicho.

Los demás invitados se servían los filetes y el chutney dispuestos sobre la mesa. Myrna sonreía ante el ramo de centro, divertida, pero pronto dejó de sonreír, al fijarse en algo: era verdaderamente bonito.

Circularon cuencos con ensalada. Sarah le pasó a monsieur Béliveau el mayor de los panecillos que había horneado esa tarde y él le sirvió el filete más tierno. Se hallaban muy cerca uno del otro, aunque sin llegar a tocarse.

Olivier había dejado a un camarero a cargo del *bistrot* para poder acompañarlos. La conversación fluía entre frecuentes cambios de tema. El sol se ocultó en el horizonte y la gente se puso jerséis y chaquetas ligeras. Se encendieron las velas para disponerlas sobre la mesa y por todo el jardín, de modo que pareció que grandes luciérnagas se hubieran recogido para pasar la noche.

—Cuando murió Emilie y esta casa quedó cerrada, creí que ya no habría más celebraciones aquí —comentó Gabri—. Me alegro mucho de haberme equivocado por una vez.

Henri movió sus orejas de satélite al oír aquel nombre.

Emilie.

La anciana que lo había encontrado en la perrera cuando era sólo un cachorro. Que se lo había llevado a casa, le había puesto un nombre y lo había criado hasta el día en que ya no estuvo ahí y los Gamache habían llegado para llevárselo. Se había pasado meses buscándola, husmeando en busca de su rastro, levantando las orejas ante el sonido de cada coche que llegaba, de cada puerta que se abría. Esperando a que Emilie lo encontrara una vez más, que volviera a rescatarlo y lo llevara a casa. Hasta que, un día, ya no vigiló más, ya no esperó más: ya no le hizo falta que lo rescataran.

Su mirada se posó en *Rosa*, que también adoraba a una anciana y también tenía pánico de que su Ruth desapareciera un día como había hecho Emilie. Entonces se quedaría sola. *Henri* la miraba fijamente, confiando en que *Rosa* lo mirara a su vez y comprendiera que, aunque eso ocurriera, su corazón herido acabaría por sanar. La cura, tuvo ganas de decirle, no era la ira, ni el miedo, ni el aislamiento; él había probado con esas cosas y no habían funcionado.

Finalmente, *Henri* había vertido en aquel vacío terrible lo único que le quedaba: lo que Emilie le había dado. En sus largos paseos con Armand y Reine-Marie, recordó cuánto le gustaban las bolas de nieve, los palos, revolcarse en cacas de mofeta... Recordó cuánto le gustaban las distintas estaciones y sus distintos olores; cuánto le gustaba el barro y hacerse un lecho de hojas; cuánto le gustaba nadar y sacudirse bailoteando. Cuánto le gustaba lamerse y lamer a los demás.

Todavía quería a Emilie, pero ahora también quería a Armand y a Reine-Marie.

Y ellos lo querían a él.

Ése era su hogar: lo había recuperado.

• • •

—*Ah, bon. Enfin* —dijo Reine-Marie al recibir a su hija Annie y a su yerno Jean-Guy en el porche.

Estaba muy concurrido porque la gente se arremolinaba allí para despedirse.

Jean-Guy Beauvoir les dijo hola y adiós a los vecinos del pueblo y concertó una cita con Olivier para salir a correr al día siguiente. Gabri se ofreció a ocuparse del *bistrot* en lugar de unirse a ellos, como si salir a correr fuera una opción para él.

Cuando Beauvoir llegó ante Ruth, se miraron.

—*Salut*, vieja arpía borracha.

—*Bonjour*, tonto del culo.

Ruth cogió en brazos a *Rosa*, se inclinó hacia Beauvoir y se besaron en ambas mejillas.

—En la nevera hay limonada para ti —dijo la anciana—. Yo misma la he hecho.

Él bajó la vista hacia sus manos nudosas y comprendió que no debía de haberle sido fácil abrir la lata.

—«Si la vida te da limones...» —empezó él.

—Te habrá dado limones a ti. Por suerte, a mí me ha dado whisky.

Beauvoir se echó a reír.

—Estoy seguro de que me encantará la limonada.

—Bueno, a *Rosa* por lo visto le ha gustado cuando ha metido el pico en la jarra.

Ruth bajó los anchos peldaños de madera del porche e, ignorando el sendero empedrado, cruzó por la senda que las pisadas habían abierto en la hierba.

Jean-Guy esperó a que Ruth entrara en su casa y cerrara de un portazo para meter las maletas en la casa de su suegro, que improvisó para ellos una cena a base de sobras.

Eran más de las diez y todos los invitados se habían marchado.

—¿Qué tal el trabajo? —preguntó Gamache a Jean-Guy.

—Nada mal, *patron*.

Aún no se veía capaz de llamar por el nombre de pila a su suegro, y mucho menos «papá». Y tampoco podía seguir llamándolo «inspector jefe» porque Gamache se había jubilado; además, ahora sonaba demasiado formal. Así que se había decidido por *patron*: «jefe». Era respetuoso e informal al mismo tiempo. Y curiosamente acertado: Armand Gamache bien podía ser el padre de Annie, pero siempre sería el jefe de Beauvoir.

Mientras charlaban sobre un caso concreto en el que Jean-Guy estaba trabajando, éste escrutaba la cara de su suegro buscando algo más que simple atención; buscando, de hecho, que Gamache ansiara regresar al departamento de la Sûreté du Québec que él mismo había creado. Pero el antiguo inspector jefe se limitó a mostrarse cortés.

Jean-Guy sirvió sendos vasos de limonada rosa para Annie y para él observando con atención la pulpa en busca de sedosas plumas.

Se sentaron los cuatro en la terraza trasera, bajo las estrellas, con las velitas parpadeando en el jardín. Y entonces, cuando hubieron acabado de cenar y de lavar los platos y se relajaban tomando café, Gamache se volvió hacia Jean-Guy.

—¿Puedo hablar contigo un momento?

—Claro.

Beauvoir siguió a su suegro al interior de la casa.

Bajo la atenta mirada de Reine-Marie, la puerta del estudio osciló despacio hasta cerrarse con un chasquido.

—Mamá, ¿qué pasa?

Annie siguió la mirada de su madre hasta la puerta cerrada y luego volvió a posar la vista en su rostro y en su sonrisa congelada.

«Conque se trataba de eso», se dijo Reine-Marie: de ahí la leve inflexión en la voz de Armand unas horas antes, cuando se había enterado de la visita de Annie y

Jean-Guy. Era algo más que el mero placer de ver a su hija y a su yerno.

Había contemplado demasiadas puertas cerradas en su casa para no conocer su significado. A un lado, ella, y al otro, Armand y Jean-Guy.

Siempre había sabido que llegaría ese momento, desde la primera caja que habían abierto y la primera noche que habían pasado allí. Desde la primera mañana que él había despertado a su lado y ella no había temido lo que la jornada pudiera traer consigo.

Daba por hecho que ese día acabaría por llegar, pero había creído que dispondrían de más tiempo. Había esperado, rogado, que así fuera.

—¿Mamá?

CUATRO

Myrna accionó el picaporte de la puerta de Clara. La encontró cerrada.

—¿Clara? —exclamó y llamó con los nudillos.

No era común que los vecinos del pueblo cerraran la puerta por dentro, pese a que sabían por experiencia que no era mala idea. Pero también sabían que no era un pestillo lo que podía mantenerlos a salvo, y que no era una puerta abierta lo que podía acarrearles problemas.

Pero aquella noche, Clara había cerrado por dentro la puerta de su casa. ¿Contra qué peligro?, se preguntó Myrna.

—¿Clara? —Volvió a llamar con los nudillos.

¿De qué tendría miedo? ¿A quién intentaba impedir la entrada?

La puerta se abrió de par en par y, con sólo ver la cara de su amiga, Myrna obtuvo su respuesta.

A ella. Clara trataba de impedirle la entrada a ella.

Bueno, pues no había funcionado. Myrna entró derecha en la cocina, que le resultaba tan familiar como la suya propia.

Puso a hervir agua y cogió sus tazas habituales. Puso dentro sendas bolsitas de hierbas: manzanilla para Clara y menta para sí misma. Luego se volvió hacia aquella cara enfurruñada.

—¿Qué ocurre? ¿Qué narices ha pasado?

Jean-Guy Beauvoir se arrellanó en la cómoda butaca y miró al jefe. Los Gamache habían convertido uno de los dormitorios de la planta baja en salita de estar. Gilles Sandon había instalado estanterías en todas las paredes, incluso alrededor de las ventanas y del marco de la puerta, de modo que parecía una cabaña construida con libros.

Detrás del jefe, Beauvoir alcanzaba a ver biografías, libros de historia y de ciencia. Obras de ficción y ensayos. Un grueso volumen sobre la expedición perdida de sir John Franklin parecía brotar de la cabeza de Gamache.

Charlaron durante unos minutos, no como suegro y yerno, sino como colegas. Como supervivientes del mismo naufragio.

—Jean-Guy tiene mejor aspecto cada vez que lo vemos —comentó Reine-Marie.

Le llegaba el olor de la infusión de menta de su hija y el tamborileo de las alas de una polilla contra el cristal de la lámpara.

Se habían trasladado al porche: Annie estaba en el balancín y Reine-Marie en una de las butacas. El pueblecito de Three Pines se extendía ante ellas. Aún había luces ambarinas en algunas casas, pero la mayoría se encontraba ya a oscuras.

No estaban hablando como madre e hija, sino como mujeres que hubieran compartido una balsa salvavidas y se hallaran por fin en tierra firme.

—Acude a las visitas con el psicólogo y a las reuniones de Alcohólicos Anónimos —explicó Annie—. No se salta ni una sesión. Creo que en realidad les ha cogido el gusto, pero nunca lo admitiría. ¿Y papá?

—Hace su fisioterapia. Damos largos paseos y cada día conseguimos llegar más lejos. Incluso habla de hacer yoga.

Annie se echó a reír. Su rostro y su cuerpo no estaban hechos para una pasarela parisina, sino para buenas comidas, lecturas junto al fuego y risas. Toda ella se había construido a base de felicidad y para la felicidad. Pero a Annie Gamache le había llevado un tiempo descubrirlo y asumirlo: confiar en ello.

E incluso ahora, en la tranquila noche de verano, en el fondo temía que la felicidad le fuera arrebatada. Otra vez. Por una bala, una aguja, una diminuta pastilla para combatir el dolor con las que tanto daño le habían causado.

Se meció un poco en el balancín y se quitó esa idea de la cabeza. Tras haberse pasado gran parte de la vida oteando el horizonte en busca de desaires y peligros, reales e imaginarios, sabía que la verdadera amenaza a su felicidad no procedía de un punto en la distancia, sino de su insistencia en dirigirse hacia ese punto. Su insistencia en preverlo, en esperarlo y a veces incluso en crearlo ella misma.

Su padre la había acusado, en broma, de vivir en las ruinas de su futuro. Hasta que, un día, Annie lo había mirado fijamente a los ojos y había descubierto que no lo decía en broma.

Se trataba de una advertencia.

Pero era un hábito difícil de dejar, en especial porque ahora tenía mucho que perder. Y había estado a punto de perderlo todo. Por una bala, una aguja, una pastilla diminuta.

Lo mismo que su madre.

Ambas habían recibido la llamada telefónica en plena noche: «Ven deprisa, ahora mismo, antes de que sea demasiado tarde.»

Pero no había sido demasiado tarde, no del todo.

Y si bien su padre y Jean-Guy podían recuperarse, Annie no tenía la certeza de que ella y su madre fueran a hacerlo nunca completamente de aquella llamada, de aquella llamada en plena noche.

Pero ahora, en el porche, estaban a salvo, al menos por el momento.

Annie observó ese rectángulo de luz: la ventana de la salita en la que estaban su padre y Jean-Guy, también a salvo.

Por el momento.

«No», se dijo a modo de advertencia. «No hay ninguna amenaza.»

Se preguntó si lo creía realmente, y también si su madre lo creía.

—¿No imaginas a papá en la plaza del pueblo todas las mañanas haciendo el saludo al sol?

Reine-Marie se echó a reír. Lo gracioso era que sí podía imaginarlo. No sería muy agradable, pero podía imaginar a Armand haciendo yoga.

—¿De verdad está bien? —quiso saber Annie.

Reine-Marie se volvió en el asiento para mirar por encima de la puerta, hacia la lámpara del porche. Lo que había empezado como un suave tamborileo de las alas de la polilla se había convertido en un golpeteo frenético del bicho contra la lámpara caliente en la noche fría. La estaba sacando de quicio.

Se volvió de nuevo hacia Annie. Sabía qué era lo que su hija estaba preguntándole: Annie era capaz de advertir la mejoría física de su padre, lo que la tenía preocupada era lo que no estaba a la vista.

—Va a ver a Myrna una vez por semana —explicó Reine-Marie—, eso ayuda.

—¿A Myrna? —preguntó Annie, y enseguida repitió—: ¿A Myrna? —señalando hacia el «barrio financiero» de Three Pines, que constaba del supermercado, la panadería, el *bistrot* y la librería de ejemplares nuevos y de ocasión de Myrna.

Reine-Marie comprendió que su hija sólo conocía a Myrna por aquella librería. De hecho, conocía a todos los lugareños sólo por las vidas que llevaban allí, no por sus vidas anteriores. Annie no tenía ni idea de que la mujer negra y grandota que vendía libros y los ayudaba con el jardín era la doctora Landers, una psicóloga jubilada.

Reine-Marie se preguntó cómo los verían unos recién llegados a Armand y a ella: la pareja de mediana edad en la casa revestida de madera blanca.

¿Serían los vecinos un poco chiflados que hacían ramos con malas hierbas? ¿Que se sentaban en el porche a leer el periódico *La Presse* del día anterior? Quizá llegarían a conocerlos únicamente como los dueños de *Henri*.

¿Llegarían a saber los recién llegados a Three Pines que antaño ella había sido bibliotecaria jefe de la Biblioteca Nacional de Quebec?

¿Tenía alguna importancia?

¿Y qué sabrían de Armand?

¿Qué se imaginaría, al verlo, un recién llegado? Una carrera en el periodismo, quizá, escribiendo para el diario *Le Devoir*, casi indescifrable de tan intelectual. ¿Creería que se había pasado la vida llevando un cárdigan lleno de bolas y escribiendo largas columnas de opinión sobre política?

Alguien más astuto quizá supondría que había sido profesor en la Universidad de Montreal. Un profesor bonachón, apasionado de la historia, la geografía y lo que ocurría cuando ambas entraban en conflicto.

¿Sospecharía un recién llegado a Three Pines que el hombre que le arrojaba la pelota al pastor alemán, o que tomaba un whisky a sorbitos en el *bistrot*, había sido en su día el policía más famoso de Quebec? ¿Imaginaría que aquel tipo robusto que hacía yoga todas las mañanas se ganaba antaño la vida cazando asesinos? ¿Podía alguien figurarse algo así?

Reine-Marie confiaba en que no.

Quería creer que habían dejado atrás todo eso, que esas vidas ahora sólo existían en el recuerdo. Que deambulaban por las montañas en torno al pueblo, pero no tenían sentido en Three Pines, ya no. El inspector jefe Gamache, el jefe de Homicidios de la Sûreté du Québec, había cumplido ya con su deber: le tocaba el turno a algún otro.

Pero a Reine-Marie se le encogía el corazón al acordarse del lento vaivén de la puerta hasta cerrarse con un chasquido.

La polilla seguía revoloteando en torno a la lámpara, dándose topetazos contra el cristal. ¿Era calor lo que quería?, se preguntó Reine-Marie, ¿o era luz?

¿Dolería chamuscarse las patitas, finas como hilos, al posarlas sobre el cristal ardiente para luego apartarse de inmediato...? ¿Dolía acaso que la luz no le proporcionara a la polilla lo que deseaba tan desesperadamente?

Se levantó y apagó la luz del porche. Al cabo de unos instantes cesó el tamborileo de las alas y Reine-Marie volvió a la tranquilidad de su asiento.

Se hizo el silencio y el porche quedó a oscuras, salvo por el resplandor de color mantequilla que arrojaba la ventana de la salita. Al tornarse más profundo el silencio, Reine-Marie se preguntó si le habría hecho un flaco favor a la polilla. Le había salvado la vida, pero ¿la había dejado sin nada por lo que vivir?

Y entonces el tamborileo empezó de nuevo, pertinaz, desesperado; mínimo y delicado al oído, pero persistente. La polilla se había alejado porche abajo: ahora arremetía contra la ventana de la habitación donde estaban Armand y Jean-Guy.

Había encontrado su luz. Nunca se rendiría, era incapaz de hacerlo.

Reine-Marie se levantó bajo la atenta mirada de su hija y volvió a encender la luz del porche. La polilla estaba haciendo lo que hacía por instinto, porque lo llevaba inscrito en los genes. Reine-Marie no podía detenerla por mucho que deseara hacerlo.

—¿Cómo está Annie? —preguntó Gamache—. Se la ve feliz.

Armand sonrió al pensar en su hija y recordó haber bailado con ella en la plaza del pueblo en su boda con Jean-Guy.

—¿Me estás preguntando si está embarazada?

—Claro que no —respondió el jefe—. ¿De dónde sacas eso?

Cogió el pisapapeles de la mesa de centro, volvió a dejarlo y procedió a toquetear un libro como si nunca hubiera tenido otro entre las manos.

—Eso no es asunto mío. —Se levantó de la butaca—. ¿Te parece que pienso que sólo la haría feliz un embarazo? ¿Qué clase de hombre crees que soy? —Miró furibundo al joven sentado frente a él.

Jean-Guy se limitó a mirarlo a su vez, fijándose en que se había ruborizado, algo nada propio de su suegro.

—No pasa nada porque lo preguntes.

—¿Lo está? —quiso saber Gamache, inclinándose en el asiento.

—No. Ha tomado una copa de vino en la cena, ¿no te has dado cuenta? Menudo investigador estás hecho.

—Ya no lo soy. —Armand miró a Jean-Guy a los ojos y ambos sonrieron—. En realidad no estaba preguntando eso, ¿sabes? —añadió con sinceridad—. Sólo quiero que Annie sea feliz, y tú también.

—Lo soy, *patron*.

Se miraron buscando heridas que sólo ellos podían ver. En busca de indicios de recuperación que sólo ellos sabrían verdaderos.

—Y tú, jefe, ¿eres feliz?

—Sí.

A Jean-Guy no le hacía falta más: se había pasado toda su carrera escuchando mentiras y sabía reconocer la verdad cuando la oía.

—¿Y cómo le va a Isabelle? —preguntó Gamache.

—¿A la actual inspectora jefe Lacoste? —repuso Beauvoir con una sonrisa.

Su protegida había asumido el cargo de inspectora jefe de Homicidios de la Sûreté, un puesto que todos habían dado por hecho que ocuparía él al jubilarse Gamache. Pero Jean-Guy no sabía si era del todo exacto describir lo ocurrido como una jubilación: hacía que pareciera previsible cuando nadie podría haber pronosticado los sucesos que provocaron que el inspector jefe de Homicidios dejara la Sûreté y comprara una casa en un pueblo tan pequeño y aislado que no aparecía en ningún mapa.

—Isabelle está genial.

—No será «genial» en la acepción de Ruth Zardo, ¿no? —bromeó Gamache.

—Pues casi. Si se esfuerza un poco más, lo conseguirá. Te tiene a ti como modelo a seguir, jefe.

Ruth le había puesto el título de *Genial* a su más reciente, y breve, volumen de poemas. Sólo quienes lo leían averiguaban que GENIAL eran las siglas de Grillada, Egoísta, Neurótica, Insegura y Alienada.

Isabelle Lacoste llamaba a Gamache al menos una vez por semana y quedaban para comer en Montreal un par de veces al mes, siempre lejos de la jefatura de la Sûreté; Gamache insistía en ello para no socavar la autoridad de la nueva inspectora jefe.

Lacoste tenía preguntas que sólo el antiguo jefe podía responder. A veces eran sobre cuestiones de procedimiento, pero a menudo trataban acerca de asuntos más complejos y humanos: sobre incertidumbres e inseguridades, sobre sus temores.

Gamache la escuchaba y a veces le contaba sus propias experiencias. La tranquilizaba diciéndole que lo que sentía era natural, normal y sano. Durante su carrera, él mismo había sentido todas esas cosas prácticamente cada día. Con frecuencia tenía miedo: cuando sonaba el teléfono o llamaban a la puerta, le preocupaba que se tratara de una cuestión de vida o muerte que él no pudiera resolver.

—Tengo un nuevo aprendiz, *patron* —le había revelado Isabelle aquella misma semana, en un almuerzo en Le Paris.

—*Ah, oui?*

—Un agente joven, recién salido de la academia: Adam Cohen, creo que usted lo conoce.

El jefe había sonreído.

—*Merci*, Isabelle.

El joven monsieur Cohen había fallado en su primer intento y se había visto obligado a aceptar un empleo de carcelero en una penitenciaría. Gamache lo había conocido unos meses antes, cuando prácticamente todos los demás se dedicaban a atacar al inspector jefe en el aspecto profesional, luego en el personal y finalmente en el físico. Pero Adam Cohen lo había apoyado. No había salido huyendo, pese a tener motivos para hacerlo, por ejemplo la necesidad de salvar el pellejo.

Gamache no lo había olvidado. Y, cuando la crisis pasó, había acudido al director de la academia de la Sûreté para pedirle que le diera a Cohen una segunda oportunidad, algo bastante insólito. Y después había estado pendiente del joven, lo había orientado y animado. Y, en su graduación, de pie al fondo del salón de actos, lo había aplaudido.

Más tarde, le había pedido a Isabelle que incluyera a Cohen en su equipo; básicamente, que lo pusiera bajo su tutela. No conseguía imaginar un mentor mejor que Isabelle para aquel muchacho.

—El agente Cohen ha empezado esta mañana —le contó Lacoste mientras se llevaba a la boca el tenedor con ensalada de quinoa, feta y granada—. Lo he hecho entrar en mi despacho y le he explicado que la clave de la sabiduría eran cuatro frases que iba a decirle una sola vez, y que luego podía hacer lo que quisiera.

Armand Gamache dejó el tenedor en el plato y escuchó.

—«No lo sé», «Me he equivocado», «Lo siento»... —Lacoste las pronunciaba despacio e iba contándolas con los dedos.

—... «Necesito ayuda» —añadió el jefe completando el ideario.

Era lo mismo que él le había enseñado a la agente Lacoste muchos años atrás, lo mismo que recitaba ante todos sus nuevos agentes.

Y en ese momento, sentado en su propia casa en Three Pines, Gamache dijo:

—Necesito tu ayuda, Jean-Guy.

Beauvoir se quedó muy quieto, alerta, y asintió levemente con la cabeza.

—Clara ha venido a verme esta mañana. Está en medio de un... —Gamache trató de dar con la palabra correcta— rompecabezas.

Beauvoir se inclinó hacia él en el asiento.

Clara y Myrna estaban sentadas una al lado de la otra en las grandes butacas de madera del jardín trasero de Clara. Oían los chirridos de los grillos, el croar de las ranas y, de vez en cuando, algunos movimientos sigilosos en el bosque sumido en la oscuridad.

Más allá, y por debajo de esos sonidos, el río Bella Bella borboteaba en su descenso de las montañas, pasaba por el pueblo y seguía su curso de vuelta a casa, aunque sin apresurarse mucho.

—He sido paciente —dijo Myrna—, pero ahora tienes que contarme qué está pasando.

Incluso en la penumbra, Myrna captó la expresión en la cara de su amiga cuando ésta se volvió hacia ella.

—¿Paciente? —repitió Clara—. Si hace sólo una hora que la gente se ha ido.

—Vale, vale, quizá «paciente» no sea la palabra más adecuada. Estoy preocupada, y no sólo por lo que ha sucedido en la cena. ¿Por qué has estado reuniéndote ahí arriba con Armand todas las mañanas? ¿Y qué ha pasado hoy entre vosotros dos? Prácticamente has huido de él.

—¿Te has dado cuenta?

—Por el amor de Dios, Clara: ese banco está en la colina, a la vista de todos. Es como si estuvieras sentada en un letrero de neón.

—No pretendía esconderme.

—Eso está claro. —Myrna suavizó el tono—. ¿Puedes contarme qué te pasa?

—¿No lo adivinas?

Myrna se dio la vuelta hasta quedar frente a frente con su amiga.

Clara aún tenía pintura en el cabello despeinado, pero no las motitas que le quedan a uno cuando pinta las paredes o el techo, sino auténticas pinceladas de ocre y amarillo de cadmio. También tenía un rastro de siena tostado en el cuello que parecía un cardenal.

Clara Morrow pintaba retratos y, en el proceso, a menudo se pintaba a sí misma.

De camino hacia el jardín, Myrna había echado una ojeada al interior del estudio de Clara y visto su última obra en el caballete. En el lienzo estaba apareciendo, o desapareciendo, un rostro fantasmal.

A Myrna la asombraban los retratos de su amiga. Su-perficialmente, eran simples representaciones de la persona en cuestión: bonitos, reconocibles, convencionales. Pero si se detenía ante una de sus obras el rato suficiente, si dejaba a un lado sus ideas preconcebidas, si bajaba la guardia y procuraba no juzgar, aparecía otro retrato.

En realidad, Clara Morrow no pintaba rostros, sino emociones, sentimientos ocultos, a buen recaudo tras una fachada agradable.

Sus obras solían dejar a Myrna sin aliento, pero ésa era la primera vez que un retrato había llegado a asustarla.

—¿Es Peter? —dijo Myrna cuando se sentaron al aire fresco de la noche.

Sabía que tanto esa conversación como aquel retrato sobrecogedor giraban en torno a Peter Morrow, el marido de Clara.

Clara asintió con la cabeza.

—No ha vuelto a casa.

—¿Y bien? —preguntó Jean-Guy—. ¿Qué problema hay? Clara y Peter se separaron, ¿no?

—Sí, hace un año —respondió Gamache—. Clara le pidió que se fuera.

—Sí, lo recuerdo. Entonces ¿por qué iba a esperar que volviera?

—Se hicieron una promesa mutua. No habría contacto alguno en un año, pero en el primer aniversario de su marcha, Peter volvería y verían cómo andaban las cosas entre ellos.

Beauvoir se arrellanó en la butaca y cruzó las piernas imitando inconscientemente al hombre que tenía delante. Pensó en lo que Gamache acababa de decir.

—Pero Peter no volvió.

—He estado esperándolo.

Clara sostenía una taza entre las manos. Ya no estaba caliente de verdad, pero sí lo suficiente para reconfortarla. El olor de la infusión de manzanilla la tranquilizaba. Hacía una noche fresca y sin viento y, aunque no veía a Myrna a su lado, notaba su presencia y olía la menta que ella se había preparado.

Myrna era lo suficientemente sensata como para guardar silencio.

—De hecho, nuestro aniversario fue hace unas semanas —explicó Clara—. Compré una botella de vino y dos filetes en la tienda de monsieur Béliveau y preparé la ensalada de naranja, rúcula y queso de cabra que le gusta a Peter. Encendí el carbón en la barbacoa. Y estuve esperándolo.

No mencionó que también había comprado *croissants* en la *boulangerie* de Sarah para la mañana siguiente... por si acaso.

Qué tonta se sentía ahora. Había imaginado que llegaría y, en cuanto la viera, correría y la estrecharía entre sus brazos. De hecho, cuando se sentía más melodramática, se lo figuraba echándose a llorar y rogándole que lo perdonara por haber sido un mierda.

Ella, cómo no, se mostraría serena, contenida. Cordial, pero nada más.

Pero lo cierto era que Clara siempre se había sentido como un personaje de Beatrix Potter en los cálidos brazos de Peter: como la señora Bigarilla en su graciosa casita. Había encontrado solaz a su lado: ése era el sitio al que pertenecía.

Pero esa vida había resultado un cuento de hadas, una ilusión. Aun así, en un momento de debilidad, de autoengaño o de esperanza, había comprado aquellos *croissants*... por si la cena se convertía en desayuno, por si nada había cambiado, o por si todo había cambiado y Peter había cambiado y dejado de ser semejante *merde*.

Los había imaginado a ambos sentados en esas mismas butacas, colocando las tazas de café sobre los brazos, en sus ruedos correspondientes. Comiéndose los *croissants* y hablando en voz baja como si nada hubiera ocurrido.

Aunque durante ese año habían ocurrido un montón de cosas; a Clara, al pueblo, a sus amigos.

Pero ahora su mayor preocupación era qué le habría pasado a Peter. Esa cuestión primero había invadido sus pensamientos, luego le había puesto el corazón en un puño y ahora la había convertido por completo en su rehén.

—¿Por qué no has dicho nada hasta ahora? —preguntó Myrna.

Clara supo que aquella pregunta no era una crítica. No ocultaba un reproche. Myrna no la juzgaba, simplemente quería entender lo ocurrido.

—Al principio me pareció que podía haberme equivocado de fecha. Después me enfadé muchísimo y pensé: «Que se vaya a tomar por culo.» Eso me duró un par de semanas, y luego...

Abrió las manos en un gesto de derrota.

Myrna esperó mientras bebía la infusión a sorbitos. Conocía a su amiga: Clara podía detenerse, titubear y dar traspiés, pero nunca se daba por vencida.

—Y entonces tuve miedo.

—¿De qué? —El tono de voz de Myrna era tranquilo.

—No lo sé.

—Sí que lo sabes.

Hubo una larga pausa.

—Tuve miedo —dijo Clara finalmente— de que estuviera muerto.

Myrna esperó. Y esperó. Puso su taza sobre uno de los ruedos y esperó un poco más.

—Y tuve miedo —continuó Clara al fin— de que no lo estuviera: de que no hubiera vuelto a casa porque no deseaba hacerlo.

—*Salut* —dijo Annie cuando su marido se unió a ellas en el porche. Dio unas palmaditas en el asiento del balancín a su lado.

—Ahora mismo no puedo —respondió Jean-Guy—, pero guárdame el sitio, por favor. Volveré dentro de unos minutos.

—Para entonces estaré en la cama.

Beauvoir estuvo a punto de decir algo, pero entonces recordó dónde estaban, y con quiénes.

—¿Te vas? —le preguntó Reine-Marie a Armand, levantándose. Él le rodeó la cintura con el brazo.

—No será mucho rato.

—Dejaré una vela encendida en la ventana —contestó ella, y lo vio sonreír.

Observó cómo su marido y su yerno cruzaban la plaza del pueblo. Al principio creyó que se dirigían al *bistrot* para tomar una copa antes de acostarse, pero entonces se desviaron a la derecha, hacia la luz que brillaba en la casita de Clara.

Y Reine-Marie los oyó llamar a la puerta con golpecitos suaves pero insistentes.

—¿Se lo has contado?

La mirada de Clara fue de Gamache a Jean-Guy.

Estaba furiosa. Su rostro había enrojecido como si hubiera caído boca abajo sobre una de sus propias paletas: era de un tono magenta con un toque de violeta de dioxacina brotando cuello arriba.

—Era confidencial. Lo que te he contado esta mañana era confidencial.

—Me has pedido ayuda, Clara —le recordó Gamache.

—No, no es verdad. De hecho, te he pedido que no me ayudaras. Te he dicho que me ocuparía yo. Es mi vida y es problema mío, no tuyo. ¿Acaso crees que todas las damiselas están en apuros? ¿Me he convertido en un simple problema que resolver? ¿En una pobre desgraciada a la que salvar? ¿Es eso? El gran hombre que interviene una vez más para ocuparse de las cosas. ¿Has venido a decirme que evite llenar de preocupación mi preciosa cabecita?

Incluso Myrna abrió mucho los ojos ante aquella descripción de la cabeza de Clara.

—Espera un momento... —empezó Beauvoir, mientras su propio rostro iba tornándose de un color carmesí alizarina, pero Gamache le puso una de sus grandes manos en el brazo.

—No, espera tú —espetó Clara volviéndose contra Beauvoir. Myrna la sostuvo del brazo con suavidad, pero con firmeza.

—Lo siento si he entendido mal —dijo Gamache, y pareció sincero—. Cuando hemos hablado esta mañana, he interpretado que querías mi ayuda. ¿Por qué si no ibas a acudir a mí?

Ahí estaba: la pura y simple verdad.

Armand Gamache era amigo de Clara, pero Reine-Marie lo era aún más. Y Clara tenía otros amigos más antiguos, y a su mejor amiga, Myrna.

Entonces ¿por qué había subido cada mañana hasta aquel banco para sentarse junto a él? ¿Por qué lo había escogido para desahogarse finalmente?

—Bueno, pues te has equivocado —soltó Clara con el violeta extendiéndosele al cuero cabelludo—. Si estás aburrido aquí, inspector jefe, búscate otra vida privada en la que husmear.

Incluso Beauvoir se quedó boquiabierto al oír aquello, tan asombrado que no supo qué decir durante unos instantes. Pero de pronto lo supo.

—¿Cómo que aburrido? ¿Tienes idea de lo que te está ofreciendo? ¿De a qué está renunciando? Menuda egoísta estás...

—¡Jean-Guy! Basta.

Los cuatro se quedaron mirándose unos a otros, enmudecidos de puro asombro.

—Perdona —dijo Gamache inclinándose ligeramente ante Clara—. Me he equivocado. Vamos, Jean-Guy.

Jean-Guy Beauvoir se apresuró a alcanzar a Gamache, quien salió a grandes zancadas de casa de Clara y se dirigió hacia el *bistrot*. Una vez allí, pidió un coñac, y Beauvoir una Coca-Cola.

Jean-Guy miró atentamente al hombre que tenía frente a sí, y poco a poco, muy poco a poco, se dio cuenta de que Gamache no se había enfadado; ni siquiera estaba dolido porque Clara hubiera rechazado tan groseramente su ofrecimiento de ayudarla.

Mientras observaba al inspector jefe tomar sorbos de su copa y mirar al frente, Beauvoir comprendió que lo único que Armand Gamache sentía en ese momento era alivio.

CINCO

El día siguiente amaneció radiante y cálido.

Reine-Marie salió al porche y estuvo a punto de pisar la polilla: había caído directamente debajo de la lámpara, boca arriba y con las alas extendidas como si estuviera en pleno éxtasis.

Armand, Reine-Marie y *Henri* emprendieron la marcha colina arriba y dejaron atrás la pequeña iglesia, el viejo molino y el hotel balneario situado en la antigua casa Hadley. Caminaron a través del túnel que formaban los árboles siguiendo sus propias huellas de los dos días anteriores.

Y entonces las huellas se interrumpieron, pero ellos siguieron adelante. Cien metros más, siempre un poco más. Hasta que llegaron lo bastante lejos y fue el momento de dar la vuelta.

Después de andar otro rato, se detuvieron en el banco y se sentaron a mirar Three Pines.

—Parece una brújula, ¿verdad? —comentó Reine-Marie.

Armand le arrojó la pelota al ansioso e incansable *Henri* y pensó un momento lo que había dicho su esposa.

—Tienes razón —contestó con una sonrisa—. No me había dado cuenta.

El pueblecito se alzaba en torno a la plaza ajardinada. Las casas formaban un círculo del que salían cuatro calles: los puntos cardinales. Gamache se preguntó si realmente se dirigirían con precisión al norte, sur, este y oeste.

¿Era Three Pines una brújula? ¿Una guía para quienes habían perdido el rumbo?

—¿Puedes contarme lo de Clara? —preguntó Reine-Marie.

—Ojalá pudiera, *mon coeur*.

Gamache puso cara de frustración. Le contaba prácticamente todo a su mujer. A lo largo de su carrera le había hablado de las pruebas y los sospechosos, de sus propias conjeturas e intuiciones... Le contaba esas cosas porque confiaba en ella y quería incluirla en su vida. Hablaban sobre los casos de asesinato que él tenía entre manos y sobre los libros y documentos antiguos con los que ella trabajaba en el archivo nacional.

Pero algunas cosas, ciertas cosas, Gamache las mantenía en secreto. No se las decía absolutamente a nadie. Y sabía que Reine-Marie tenía también sus propios secretos, intimidades que se guardaba para sí.

—Pero se lo contaste a Jean-Guy.

No era un reproche, sino una simple aclaración.

—Y fue un error. Cuando fuimos a casa de Clara para hablar del tema, ella dejó bien claro que no debería haberlo hecho.

Gamache esbozó una mueca y Reine-Marie supuso que Clara había dejado las cosas bastante claras.

—Pero quería que la ayudaras con alguna cosa, ¿no es cierto?

Su tono era tranquilo, pero el corazón le palpitaba con fuerza: sabía que si Clara le había pedido ayuda a Armand no era para poner una trampa a los ratones, cortar unos setos o arreglar el tejado. Clara podía hacer por sí misma todas esas cosas.

Si acudía a Armand, era para algo en lo que sólo él podía auxiliarla.

—Me pareció que quería mi ayuda. —Armand sonrió y negó con la cabeza—. Supongo que uno no tarda mucho en oxidarse, en confundir las señales.

Reine-Marie notó un brillo en los ojos de su marido y supo que, pese a sus palabras, sabía que no había sido una confusión. Y si él creía que lo de Clara había sido una petición de ayuda, probablemente lo había sido. Una vez más, Reine-Marie se preguntó para qué querría ayuda Clara y por qué habría cambiado de opinión.

—¿Y la habrías ayudado?

Gamache abrió la boca pero enseguida volvió a cerrarla: sabía cuál era la respuesta adecuada... y también la más sincera. Y no estaba seguro de que coincidieran entre sí.

—¿Cómo podía no prestársela? —Comprendiendo que aquello sonaba muy poco cortés, Gamache añadió—: Bueno, ya no tiene ninguna importancia: no quiere nada de mí.

—A lo mejor sólo quería que la escucharas. —Reine-Marie le apoyó una mano en la rodilla y se levantó—. No te quería en cuerpo y alma, *mon vieux*: sólo una oreja. —Se inclinó para besarlo—. Hasta luego.

Armand observó cómo ella y *Henri* descendían la ladera. A continuación sacó el libro del bolsillo, se puso las gafas de media luna y lo abrió por el punto; sin embargo, titubeó y regresó al principio: empezó a leerlo otra vez.

—No has llegado muy lejos.

Gamache cerró el libro y alzó la vista mirando por encima de las gafas. Clara estaba plantada ante él con dos tazas de *café au lait* y una bolsa de *croissants*.

—Es una ofrenda de paz —dijo.

—Como en la Conferencia de París —repuso él aceptándola—. Si se trata de un reparto, me quedo con la librería de Myrna y el *bistrot*.

—¿Y a mí me dejas la panadería y el supermercado? Preveo una guerra.

Gamache sonrió.

—Lamento lo de anoche —dijo ella tomando asiento—. No debería haber dicho esas cosas cuando habías tenido la amabilidad de ofrecerme tu ayuda.

—No, fue impertinente por mi parte. Nadie sabe tan bien como yo que sabes cuidar de ti misma, y sobradamente. Tenías razón: creo que estoy tan habituado a que me planteen problemas que simplemente doy por hecho que la gente quiere que los resuelva.

—Eso de ser el oráculo tiene que ser difícil.

—No tienes ni idea. —Gamache se echó a reír y sintió que se quitaba un peso de encima. A lo mejor Clara simplemente quería que la escuchara, quizá no esperaba nada más de él.

Se comieron los *croissants* tirando virutas de hojaldre en el suelo.

—¿Qué estás leyendo? —preguntó ella. Era la primera vez que se mostraba tan directa.

La mano grande de Gamache siguió tapando la cubierta del libro y manteniéndolo cerrado, como si quisiera apresar dentro la historia.

Luego lo levantó para enseñárselo, pero cuando Clara hizo ademán de cogerlo, lo apartó. No mucho, apenas se notó, pero fue suficiente.

—*El bálsamo de Galaad* —leyó Clara, y rebuscó en su memoria—. Hay un libro que se titula *Gilead*, que es Galaad en inglés, además del nombre de un pueblo de Iowa. Lo leí hace unos años. Era de Marilynne Robinson, y ganó el Pulitzer.

—No es el mismo —le aseguró Gamache.

Clara se percató de que en efecto no lo era. El que Armand tenía en la mano, y que procedió a meterse en el bolsillo, era delgado y antiguo. Un ejemplar gastado, leído y releído.

—¿Es uno de los de Myrna? —quiso saber Clara.

—*Non.* —La estudió detenidamente—. ¿Quieres hablar sobre Peter?

—No.

La Conferencia de Paz de París había llegado a un punto muerto. Gamache tomó un sorbo de café. La neblina matutina casi se había disipado y el bosque desparramaba su verdor hasta donde alcanzaba la vista. Eran árboles muy antiguos que la industria maderera aún no había descubierto y talado.

—Nunca acabas ese libro —dijo Clara—. ¿Es difícil de leer?

—Para mí, sí.

Ella guardó silencio unos instantes.

—Cuando Peter se fue, tuve la certeza de que volvería. Fui yo quien insistió en la cuestión, ¿sabes? Él no quería marcharse. —Agachó la cabeza y se estudió las manos. Por mucho que se las frotara, por lo visto nunca conseguía quitarse la pintura de las cutículas. Daba la sensación de que la pintura formara parte de ella, de que se hubiera fusionado con ella—. Y ahora no quiere regresar a casa.

—¿Y tú quieres que vuelva?

—No lo sé. Creo que no lo sabré hasta que lo vea. —Miró el libro que asomaba del bolsillo de Armand—. ¿Por qué te cuesta tanto leerlo? Está en inglés, pero sé que lees el inglés además del francés.

—*C'est vrai.* Las palabras las entiendo, son las emociones que hay en el libro las que me cuestan. Y adónde me lleva... Me da la sensación de que debo andarme con pies de plomo.

Clara lo miró a los ojos.

—¿Estás bien?

Gamache sonrió.

—¿Y tú?

Clara se pasó las manos por el pelo dejando en él laminillas de *croissant*.

—¿Puedo verlo?

Gamache titubeó; luego sacó el libro del bolsillo y se lo tendió mirándola a los ojos y con el cuerpo tenso de repente, como si acabara de pasarle una pistola cargada.

Era un volumen delgado de tapa dura con la cubierta gastada. Clara le dio la vuelta.

—«Hay un bálsamo en Galaad capaz de sanar las heridas...» —leyó en la contracubierta.

—«Hay suficiente poder en el cielo / para curar a un alma enferma de pecado.» —Gamache completó la frase—. Es de un antiguo espiritual.

—¿Y tú lo crees, Armand? —dijo Clara sin dejar de mirar fijamente el texto de la contracubierta.

—Sí. —Cogió el libro de manos de Clara y lo apretó tan fuerte entre los dedos que ella casi esperó que las palabras salieran a chorro.

—Entonces ¿qué es lo que tanto te cuesta entender?

Cuando Armand no contestó, Clara obtuvo su respuesta.

El problema no eran las palabras, eran las heridas. Las viejas heridas. Y tal vez un alma atribulada.

—¿Dónde está Peter? —preguntó ella—. ¿Qué le ha ocurrido?

—No lo sé.

—Pero tú lo conoces... ¿Es de los que desaparecen y ya está?

Gamache conocía la respuesta a esa pregunta: la había sabido desde el día anterior, cuando Clara le había revelado su problema.

—No.

—¿Y qué crees tú que le ha pasado? —insistió ella observando su rostro.

¿Qué podía decir Gamache? ¿Qué debería decirle? ¿Que Peter Morrow habría vuelto a casa de haber podido? Que, pese a todos sus defectos, Peter era un hombre de palabra, y de no haber podido acudir en persona por alguna razón habría llamado, enviado un correo electrónico o escrito una carta.

Pero no había llegado nada, ni una palabra.

—Necesito saberlo, Armand.

Él apartó la vista para mirar hacia el bosque, que se extendía hasta el infinito. Había acudido a ese lugar para curarse, y quizá también para esconderse. Y para descansar, eso seguro.

Para practicar la jardinería, pasear y leer. Para pasar tiempo con Reine-Marie y los amigos de ambos. Para disfrutar de las visitas de Annie y Jean-Guy los fines de semana. El único problema que deseaba resolver era cómo enrollar la manguera del jardín. El único dilema que quería desentrañar era si pedir el salmón asado en tabla de cedro o la pasta con brie y albahaca para cenar en el *bistrot*.

—¿Quieres que te ayude? —preguntó finalmente, sin atreverse a mirarla por si su rostro contradecía aquel ofrecimiento.

Vio la sombra de Clara en el suelo, y cómo asentía con la cabeza.

Alzó la vista y la miró a los ojos. Y asintió a su vez.

—Lo encontraremos.

Su tono era tranquilizador.

Clara sabía que estaba oyendo la misma voz y viendo la misma cara que tantos habían oído y visto antes, cuando aquel hombre robusto y sereno se había plantado ante su puerta para comunicarles sus peores temores... y para asegurarles que encontraría al monstruo que había hecho aquello.

—Eso no puedes saberlo. Perdona, Armand, no pretendo ser desagradecida, pero no lo sabes con certeza.

—*C'est vrai* —concedió Gamache—. Pero haré todo lo que pueda. ¿Qué te parece eso?

Conscientemente, no le preguntó si de verdad se sentía preparada para saber lo que había sido en realidad de Peter. Tenía claro que, aunque quisiera saberlo, también deseaba estar tranquila. Estaba tan preparada como podía estarlo.

—¿No te importa hacerlo?

—En absoluto.

Ella lo observó con atención.

—Creo que mientes. —Tocó una de sus grandes manos—. Y te lo agradezco. —Se levantó y él la imitó—. «Un hombre valiente en un país valiente.»

Gamache no supo muy bien qué decir a eso.

—Es una plegaria del otro Galaad, el de Marilynne Robinson —explicó Clara—: los ruegos de un padre moribundo por su hijo de corta edad. —Pensó unos instantes, haciendo memoria, y luego recitó—: «Rezo porque te conviertas en un hombre valiente en un país valiente. Rezo porque encuentres un modo de ser útil.»

Clara sonrió.

—Confío en resultar útil —dijo él.

—Ya lo has sido.

—¿Quiénes quieres que estén al corriente de esto?

—A estas alturas, más vale que se lo contemos a todos. ¿Qué hacemos en primer lugar?

—¿En primer lugar? Déjame pensarlo. Es probable que podamos averiguar un montón de cosas sin siquiera tener que salir de casa. —Gamache confió en que no se le notara mucho el alivio que eso supondría. Observó a Clara con atención—. Sabes que podemos parar cuando quieras, ¿verdad?

—*Merci*, Armand. Pero si pretendo seguir adelante con mi vida, necesito saber por qué no ha vuelto a casa.

No espero que vaya a gustarme la respuesta —concluyó Clara. Y se alejó colina abajo.

Él volvió a sentarse y pensó en la plegaria de un padre moribundo por su hijo. ¿Había pensado en él su propio padre en el instante del impacto? ¿En el momento que supo que iba a morir? ¿Pensó en su hijo, en casa, pendiente de las luces de unos faros que nunca llegarían?

¿Seguía esperándolas?

Armand Gamache no quería tener que ser valiente. Ya no. Ahora sólo quería tranquilidad.

Pero, al igual que Clara, sabía que no podía tener lo uno sin lo otro.

SEIS

—Lo primero que nos hace falta saber es por qué se fue Peter.

Gamache y Beauvoir estaban sentados a la mesa de pino de la cocina de Clara delante de la propia Clara y de Myrna. Gamache tenía las grandes manos entrelazadas sobre el tablero; Jean-Guy, a su lado, había sacado su cuaderno de notas y empuñaba un bolígrafo. De manera inconsciente, habían adoptado sus antiguos papeles y hábitos de más de una década investigando juntos.

Beauvoir se había llevado también el portátil, que conectó a internet mediante la línea telefónica por si necesitaban buscar algo. Una elaborada melodía, correspondiente al número que habían marcado, llenó la cocina. Y luego llegó aquel chillido, como si internet fuera una criatura y al conectarse le doliera.

Beauvoir le dirigió a Gamache una mirada de advertencia. «No lo hagas otra vez: ya tuve suficiente.»

Gamache sonrió de oreja a oreja. Cada vez que usaban la marcación telefónica para conectarse a internet en Three Pines —la única forma de hacerlo, puesto que no llegaba otra clase de señal a aquel pueblo escondido—, el jefe le recordaba a Jean-Guy que antaño incluso la marcación telefónica había parecido un milagro y no un fastidio.

—Me acuerdo de... —empezó Gamache, y cuando Beauvoir entrecerró los ojos, lo miró y volvió a sonreír.

Pero luego se volvió hacia Clara y descubrió que estaba muy seria.

Ésta suspiró y habló sin rodeos:

—Ya sabéis por qué se fue. Yo lo eché.

—*Oui* —concedió Gamache—. Pero ¿por qué lo hiciste?

—Hacía un tiempo que las cosas no iban bien entre nosotros. Como sabéis, la carrera de Peter estaba estancada, por así decirlo, mientras que la mía...

—... había despegado —completó Myrna.

Clara asintió.

—Sabía que a Peter le costaba aceptarlo. Creí que acabaría por superarlo y que se alegraría por mí, como me había alegrado yo de su éxito. Y él lo intentó, o fingió intentarlo, pero sin éxito. En lugar de mejorar, la cosa iba a peor.

Gamache escuchaba. Durante mucho tiempo, Peter Morrow había sido el artista más prometedor de los dos; de hecho, uno de los artistas más destacados de Quebec y de todo Canadá. Sus ingresos eran modestos, pero bastaban para sostenerlos: él mantenía a la familia.

Pintaba muy despacio, con tremenda atención al detalle, mientras que Clara parecía capaz de dar brochazos hasta completar una obra cada día. Si lo suyo era arte o no, era una cuestión controvertida.

Mientras que las obras de Peter eran preciosos estudios de composición, no había nada estudiado en las obras de su mujer.

Las obras de Clara eran exuberantes, llenas de fuerza y vitalidad, con frecuencia divertidas y muchas veces decididamente desconcertantes: sus úteros guerreros, sus series de botas de goma, sus televisores-prostitutas...

Incluso Gamache, a quien le encantaba el arte, muchas veces tenía dificultades para entenderlas, pero sabía reconocer la alegría, y las obras de Clara rebosaban de ella: de la pura dicha de la creación, del arrojo, de la resolución; de la búsqueda, la exploración, el esfuerzo.

Y entonces llegó la obra decisiva: *Las tres Gracias*.

Un día, Clara había decidido probar con algo distinto una vez más. Una pintura, en esa ocasión, y el tema serían tres amigas. Tres ancianas.

Beatrice, Kaye y Emilie. Emilie, la salvadora de *Henri*. Emilie, la antigua propietaria de la casa de los Gamache.

Las tres Gracias. Clara las había invitado a su casa para pintarlas.

—¿Puedo? —preguntó Gamache indicando el estudio con un gesto.

Clara se levantó.

—Claro.

Todos cruzaron la cocina para entrar en el estudio. Olía a plátanos demasiado maduros, a pintura y al aroma extrañamente evocador y atractivo del aguarrás.

Clara encendió las luces y la habitación se llenó de rostros que la hicieron cobrar vida. Había gente que los miraba desde las paredes y los caballetes. Un lienzo estaba cubierto por una sábana como si se tratara de un fantasma tal como lo veía un niño. Clara había ocultado su última obra.

Gamache pasó de largo ese lienzo y cruzó el estudio tratando de que no lo distrajeran las demás obras, que parecían observarlo.

Se detuvo ante el gran lienzo colgado en la pared del fondo.

—Esto lo cambió todo, ¿verdad? —comentó.

Clara asintió con la cabeza, mirándolo fijamente.

—Sí, para bien y para mal. Fue idea de Peter, ¿sabes? No me refiero al tema, sino a que él fue quien insistió en que dejara de hacer instalaciones y probara con la pintura. De modo que eso hice.

Los cuatro se quedaron mirando a las tres ancianas en la pared.

—Y decidí pintarlas a ellas —dijo Clara.

—*Oui* —repuso Gamache. Resultaba obvio.

—No —dijo Clara con una sonrisa—. Mi plan era pintarlas a ellas, cubrirlas de pintura. Estarían desnudas. Beatrice iba a ser verde: el chakra del corazón; Kaye sería azul: el chakra de la garganta; hablaba mucho...

—Como una cotorra —confirmó Myrna.

—Y Emilie sería violeta —concluyó Clara—: el chakra de la corona, el de la unidad con Dios.

Beauvoir soltó un leve gemido, como si acabara de conectarse a internet. Gamache lo ignoró, aunque intuyó su gesto de exasperación.

Clara se volvió hacia Beauvoir.

—Una locura, ya lo sé. Pero estaban dispuestas a intentarlo.

—¿Y las pintaste? —preguntó Beauvoir.

—Bueno, lo habría hecho, pero me di cuenta de que no tenía suficiente violeta, y la verdad es que no podía dejar a Emilie a medio pintar. Iba a mandarlas a casa cuando Emilie sugirió que me limitara a hacer su retrato. La idea no me entusiasmó; nunca había pintado retratos.

—¿Por qué no? —preguntó Gamache.

Clara lo pensó un momento.

—Supongo que me parecía muy pasado de moda: no era ni vanguardista ni creativo.

—¿Así que habrías pintado a la persona en sí, pero no su retrato? —preguntó Beauvoir.

—Exacto. Eso es bastante creativo, ¿no?

—Es una forma de describirlo —repuso él, y después murmuró algo que sonó como «*merde*».

Gamache se volvió de nuevo hacia el lienzo. Había conocido a las tres mujeres, pero el retrato que Clara había hecho de ellas siempre conseguía dejarlo atónito: eran tres ancianas castigadas por los años y surcadas de arrugas. Vestían ropa cómoda y práctica. Observadas una por una, en aquel cuadro no había nada ni remotamente destacable en ellas.

Pero ¿en conjunto? ¿Qué había captado Clara? Algo impresionante.

Emilie, Beatrice y Kaye se tendían la mano unas a otras, pero sin la menor angustia: no se aferraban unas a otras como si estuvieran ahogándose.

Las tres reían, disfrutaban de su mutua compañía con un placer absolutamente transparente.

En su primer retrato, Clara había captado la intimidad.

—¿Fue una equivocación, entonces? —preguntó Beauvoir señalando la pintura.

—Bueno, podría llamarse así —concedió Clara.

—¿Y qué dijo Peter cuando lo vio? —quiso saber Gamache.

—Dijo que era muy bueno, pero que debería trabajar un poco más y corregir la perspectiva.

Gamache sintió una punzada de rabia: ésa era una forma de asesinato. Peter Morrow no había tratado de matar a su mujer, pero sí lo que Clara había creado. Era obvio que había reconocido una obra maestra y tratado de arruinarla.

—¿Crees que él supo entonces qué iba a pasar? —preguntó Beauvoir.

—Creo que nadie podría haber sabido lo que iba a pasar —fue la respuesta de Clara—. Yo, desde luego, no lo supe.

—Pero Peter, en mi opinión, sí lo sospechó —intervino Myrna—. Creo que miró *Las tres Gracias* y vio a los moros en la costa: supo que su mundo estaba a punto de cambiar.

—¿Y por qué no se alegró por Clara? —le preguntó Gamache a Myrna.

—¿Nunca has sentido celos?

Gamache le dio vueltas a la cuestión. Habían ascendido a otros pasándole por encima. En su juventud, chicas que le gustaban lo habían rechazado para luego salir con alguno de sus amigos, lo que para su joven corazón aún había sido más duro. Pero cuando más cerca había llegado de sentir celos devoradores y corrosivos había sido al ver a otros niños con sus padres.

Los había odiado por eso. Y, válgame Dios, había odiado a sus padres... por no estar allí, por haberlo dejado.

—Es como beber ácido y esperar que sea la otra persona la que muera —explicó Myrna.

Gamache asintió con la cabeza.

¿Era así como se había sentido Peter al ver ese cuadro? ¿Había tomado su primer trago de ácido? ¿Había sentido un nudo en el estómago al ver *Las tres Gracias*?

Gamache conocía bien a Peter Morrow y ni siquiera a esas alturas ponía en duda que quería a Clara con todo su corazón. Eso tenía que haber empeorado las cosas. Amar a la mujer pero odiar y temer lo que ella había creado. Peter no le deseaba la muerte a Clara, pero era casi indudable que sí se la deseaba a sus obras. Y habría hecho lo posible por eliminarlas: con una palabra en voz baja, con una insinuación, una sugerencia...

—¿Puedo? —A través del umbral del estudio, Gamache señaló la puerta cerrada al otro lado del pasillo.

—Sí. —Clara los guió hacia allí.

El estudio de Peter se veía ordenado, bien organizado, tranquilo. Transmitía serenidad, en contraste con el caos del de Clara. Bajo el olor a pintura se captaba un leve aroma a limón. Limpiador para muebles, pensó Gamache. O pastel de merengue al limón.

Estudios para las obras cuidadosas y de brillante ejecución de Peter cubrían las paredes. En los inicios de su carrera, había descubierto que si tomaba un objeto simple y lo ampliaba mucho se volvía abstracto.

Y así pintaba. Le encantaba que algo banal, a menudo natural, como una ramita o una hoja, pudiera parecer abstracto y en absoluto natural cuando se examinaba de cerca.

Al principio había resultado emocionante. Sus pinturas, tan nuevas y originales, habían causado revuelo en el mundo del arte. Pero al cabo de diez, veinte años de hacer esencialmente lo mismo una y otra vez...

Gamache observó las obras de Peter. Eran espectaculares a primera vista... y luego se desdibujaban. Al fin y al cabo, eran ejemplos de una técnica depurada como dibujante. No había modo de confundir una obra de Peter Morrow, se reconocían desde un kilómetro de distancia. Las admirabas durante un minuto y luego pasabas a otra cosa. Tenían un centro, quizá incluso transmitían un mensaje, pero carecían de alma.

Aunque sus obras cubrían por entero las paredes, el estudio parecía desangelado y vacío.

Gamache observó el lienzo que tenía delante y descubrió que todavía lo tenía obsesionado el cuadro de Clara. La imagen real de *Las tres Gracias* bien podía desvanecerse un poco en su memoria, pero no lo que la pintura le hacía sentir.

Y ni siquiera se trataba de la mejor obra de Clara. A partir de ella, sus pinturas no habían hecho sino crecer en fuerza y profundidad, en todo lo que evocaban.

¿Y los lienzos de Peter? No le hacían sentir nada.

La carrera de Peter habría languidecido por sí misma con el tiempo, independientemente de lo que le ocurriera a Clara. Pero el ascenso inesperado y espectacular de su mujer volvió aún más pronunciado su declive.

Lo que sí floreció, sin embargo, lo que no paró de crecer, fueron sus celos.

Cuando salía del estudio siguiendo a Clara, Gamache comprendió que su ira hacia Peter se había visto reemplazada por una especie de lástima: el pobre tipo no había tenido la más mínima posibilidad.

—¿Cuándo supiste que vuestro matrimonio había llegado a su fin? —preguntó.

Clara reflexionó.

—Supongo que un tiempo antes de que llegara a enfrentarlo realmente. Es algo que uno nota en las tripas, pero tampoco estaba segura del todo: me parecía imposible que eso que estaba sintiendo por Peter pudiera ser real. Eran tiempos confusos, además: estaban pasando muchas cosas, y Peter siempre me había mostrado todo su apoyo.

—Cuando te iba mal —le recordó Myrna en voz baja.

Para entonces estaban de pie en la cocina. Allí no había cuadros en las paredes, pero las ventanas hacían las veces de obras de arte, enmarcando las vistas de Three Pines en la parte delantera y las del jardín en la trasera.

Dio la impresión de que Clara iba a ofenderse por lo que había dicho Myrna, pero resultó que no. Asintió con la cabeza.

—Es curioso, estoy tan acostumbrada a defender a Peter que lo hago incluso ahora. Pero tienes razón: él nunca comprendió mi arte. Lo toleraba. Lo que no podía tolerar era mi éxito.

—Eso tuvo que doler —intervino Beauvoir.

—Fue demoledor, inconcebible.

—No, me refería a que tuvo que dolerle a él —dijo Beauvoir.

Clara se volvió hacia él.

—Supongo.

Al mirar a Beauvoir, comprendió que sabía cómo se habría sentido Peter al volverse contra la gente a la que quería, al ver a los aliados como amenazas y a los amigos como enemigos. Al reconcomerse.

—¿Hablaste con él del tema? —preguntó Gamache.

—Creo que ya lo sabes: estabas allí. Fue el año pasado, cuando hice aquella exposición en solitario en el Museo de Arte Contemporáneo de Montreal.

La cumbre de su carrera, el sueño de cualquier artista. Y, en apariencia, Peter había estado contento por su mujer, a la que había acompañado al *vernissage*. Con una sonrisa en el apuesto rostro... y una piedra en el corazón.

Gamache sabía que ése era muchas veces el aspecto del final: no la sonrisa, ni siquiera la piedra, sino la grieta entre ambas.

—Dejemos que nos dé un poco de aire fresco —propuso Myrna abriendo la puerta que daba al jardín. Se unió a ellos unos minutos más tarde con una bandeja de bocadillos y una jarra de té helado.

Se sentaron a la sombra de unos arces, «Con las cuatro butacas de jardín como los puntos cardinales en una brújula», comentó Gamache.

El inspector jefe se inclinó para coger un bocadillo y a continuación volvió a arrellanarse en el asiento.

—Le dijiste a Peter que se fuera poco después de la inauguración de tu exposición, el año pasado —dijo, y dio un sorbo de té helado.

—Sí, tras una discusión que duró un día y una noche enteros —explicó Clara—. Estaba agotada y acabé por dormirme sobre las tres de la madrugada. Cuando desperté, Peter ya no estaba en la cama.

—¿Se había marchado? —preguntó Beauvoir. Ya se había acabado casi toda su *baguette* con paté y chutney. El té helado sudaba en el brazo de su butaca.

—No. Estaba apoyado en la pared de nuestro dormitorio abrazándose las rodillas y mirando fijamente. Creí que había sufrido una crisis nerviosa.

—¿Y era así? —preguntó Myrna.

—Algo así, supongo. O quizá había tenido una especie de revelación: dijo que en plena noche se había dado cuenta de que jamás había tenido celos de mi arte.

Myrna resopló en el interior del vaso y el té le salpicó la nariz.

—Ya —dijo Clara—. Yo tampoco lo creí. Y entonces nos peleamos un poco más. —Sonaba harta al describir la escena.

Gamache había estado escuchando con atención.

—Si no estaba celoso de tu arte, ¿cuál era el problema, según él?

—Yo. El problema era yo —repuso Clara—. Tenía celos de mí. No de que pintara la amistad, el amor y la esperanza, sino de que los sintiera.

—Al contrario de él —concluyó Myrna.

Clara asintió con la cabeza.

—Durante la noche, Peter comprendió que llevaba toda la vida fingiendo y que en el fondo no había nada. Solamente un agujero. Y por eso sus pinturas no tenían sustancia.

—Porque él tampoco la tenía —añadió Gamache.

El pequeño círculo que formaban se sumió en el silencio. Las abejas entraban y salían zumbando de las rosas y las dedaleras. Las moscas trataban de llevarse trocitos de bocadillo de los platos vacíos. El río Bella Bella fluía borboteando.

Y todos reflexionaban sobre un hombre que tenía un agujero donde debería haber estado su alma.

—¿Por eso se fue? —preguntó finalmente Myrna.

—Se fue porque yo le dije que lo hiciera. Pero...

Esperaron.

Clara miró hacia el jardín, de modo que sólo veían su perfil.

—... esperaba que volviera —dijo, y de repente sonrió y los miró—. Creía que me echaría de menos, que se sentiría solo y perdido sin mí, que comprendería lo que tenía aquí, conmigo. Pensaba que regresaría a casa.

—¿Qué le dijiste exactamente la mañana que se fue? —quiso saber Beauvoir.

El cuaderno de notas de Beauvoir había reemplazado al plato vacío en el brazo de la butaca.

—Le dije que tenía que irse, pero que volviera al cabo de un año y entonces veríamos cómo estaba cada uno.

—¿Propusiste que fuera en un año exactamente? Clara asintió.

—Lamento insistir en este punto —dijo Beauvoir—, pero es fundamental. ¿Fijasteis una fecha? ¿Dijisteis al cabo de un año exacto?

—Sí, exacto.

—¿Y cuándo se suponía que debería haber vuelto? Clara se lo dijo y Beauvoir hizo un cálculo rápido.

—En tu opinión, ¿Peter lo entendió bien? —preguntó Gamache—. Su mundo se derrumbaba. ¿Es posible que asintiera y pareciera entenderlo, pero que en realidad estuviera en estado de shock?

Clara reflexionó sobre esa posibilidad.

—Supongo que es posible, pero hablamos sobre cenar juntos. De hecho, llegamos a planearlo; no fue un comentario de pasada.

Guardó silencio. Recordó haber estado sentada en esa misma silla, con los filetes listos, la ensalada preparada, el vino puesto a enfriar.

Los *croissants* en la bolsa de papel sobre la encimera de la cocina.

Esperando.

—¿Adónde se dirigía el día que se fue? —preguntó Gamache—. ¿A Montreal, con su familia?

—Me parece muy poco probable, ¿a ti no? —repuso Clara.

Y Gamache, que había conocido a la familia de Peter, no pudo sino estar de acuerdo: si Peter Morrow tenía un agujero donde debería haber estado su alma, era obra de su familia.

—Cuando no se presentó, ¿te pusiste en contacto con ellos? —preguntó Gamache.

—No, aún no lo he hecho —respondió Clara—. Me reservo esa pequeña baza.

—¿Tienes idea de qué ha estado haciendo Peter este último año? —quiso saber Beauvoir.

—Habrá estado pintando, probablemente. ¿Qué si no?

Gamache asintió con la cabeza. ¿Qué si no? Sin Clara, sólo quedaba una cosa en la vida de Peter Morrow, y era el arte.

—¿Adónde puede haber ido? —preguntó Gamache.

—Ojalá lo supiera.

—¿Había algún sitio que Peter soñara siempre con visitar? —insistió él.

—Teniendo en cuenta la clase de obras que hacía, el lugar no era importante —explicó Clara—: podría pintarlas en cualquier parte. —Hizo una pausa para pensar—. «Rezo porque te conviertas en un hombre valiente en un país valiente.» —Se volvió hacia Gamache—. Esta mañana, cuando he dicho eso, no estaba pensando en ti, ¿sabes? Sé que tú eres un hombre valiente. Pensaba en Peter. He rezado todos los días para que crezca de una vez y se convierta en un hombre valiente.

Armand Gamache se arrellanó en el asiento. Sintió calientes los travesaños de madera contra su camisa, y reflexionó un momento sobre eso. A continuación, se preguntó adónde habría ido Peter y qué habría encontrado allí.

Y si habría tenido que ser valiente.

SIETE

El hombre más feo sobre la faz de la tierra abrió la puerta y le brindó a Gamache una sonrisa grotesca.

—Armand. —Tendió una mano y Gamache se la estrechó.

—Monsieur Finney.

Encorvado por la artritis, el anciano tenía un cuerpo retorcido y jorobado.

Gamache se esforzó en mirar a Finney a los ojos, o al menos a uno de ellos. Incluso eso era una hazaña considerable: los ojos saltones de Finney vagaban en direcciones distintas, como si estuvieran siempre en desacuerdo. Lo único que impedía que llegaran a juntarse era una nariz bulbosa y amoratada, una venosa Línea Maginot con grandes trincheras a ambos lados desde la que se libraba, y perdía, una guerra contra la vida.

—*Comment allez-vous?* —preguntó Gamache perdiéndole el rumbo a aquel ojo errante.

—Bien, *merci.* ¿Y usted? —repuso monsieur Finney. En un segundo miró de arriba abajo a aquel hombre robusto que le sacaba más de un palmo—. Tiene buen aspecto.

Antes de que Gamache pudiera contestar, una voz agradable y cantarina les llegó del otro lado del pasillo:

—¿Quién es, Bert?

—Es el amigo de Peter, Armand Gamache.

Monsieur Finney se hizo a un lado para permitirle a Armand la entrada a la casa, en Montreal, de la madre y el padrastro de Peter Morrow.

—Ah, qué gusto.

Bert Finney se volvió hacia su huésped.

—Irene estará contenta de verlo.

Esbozó la clase de sonrisa que los niños, con los ojos muy abiertos, imaginan debajo de su cama por las noches.

Pero la verdadera pesadilla aún estaba por llegar.

Cuando Gamache había resultado herido de gravedad había recibido, entre miles de tarjetas, una firmada por Irene y Bert Finney. Aunque agradeció el gesto, el inspector jefe comprendió que no debía confundir la cortesía con la amabilidad auténtica. La primera se cultivaba, era fruto de la educación. La otra se llevaba dentro.

Un miembro de esa pareja era cortés; el otro, amable. Y Gamache tenía bastante claro cuál era cuál.

Siguió a Finney pasillo abajo hasta una sala de estar con mucha luz. Los muebles eran una mezcolanza de antigüedades británicas y buen pino quebequés. El inspector jefe, gran admirador tanto de los primeros quebequeses como de los muebles que fabricaban, trató de no quedarse mirándolos.

Un cómodo sofá se había cubierto con una funda de estampado alegre, aunque desvaído. En las paredes podían verse obras de algunos de los más importantes artistas canadienses: Jean Paul Lemieux, A. Y. Jackson, Clarence Gagnon.

Pero ni una sola de Peter Morrow, y tampoco de Clara.

—*Bonjour*.

El inspector jefe cruzó la habitación hasta la butaca junto a la ventana y la anciana que la ocupaba: Irene Finney, la madre de Peter.

Llevaba el sedoso cabello blanco recogido en un moño suelto, de modo que le enmarcaba el rostro. Tenía los ojos de un azul muy claro. Su piel, sonrosada y fina, estaba surcada de arrugas. Lucía un vestido suelto sobre el cuerpo regordete y una expresión benévola en la cara.

—Monsieur Gamache.

Su tono era cordial. Tendió una mano y Gamache la asió para luego inclinarse levemente sobre ella.

—Ya veo que está recuperado del todo —comentó la dama—. Y ha engordado.

—La buena comida y el ejercicio —respondió Gamache.

—Más lo uno que lo otro, ¿no?

Gamache sonrió.

—Ahora vivimos en Three Pines.

—Ah, vaya..., eso lo explica todo.

El inspector jefe se contuvo para no preguntar qué era lo que explicaba esa mudanza: eso habría supuesto dar el primer paso en la cueva, y no tenía el menor deseo de internarse más en la guarida de aquella mujer de lo que lo había hecho ya.

—¿Le traigo algo? —ofreció monsieur Finney—. ¿Un café? ¿Quizá una limonada?

—Nada, gracias. Me temo que esto no es una visita social. He venido...

Se interrumpió. Difícilmente podía decir «por trabajo» puesto que ése ya no era su trabajo, y tampoco se trataba de una cuestión personal. La pareja de ancianos lo miraba o, más bien, madame Finney lo miraba mientras su marido lo señalaba con la nariz.

El inspector jefe vio asomar la preocupación en la cara de monsieur Finney, de modo que se lanzó:

—He venido a hacerles un par de preguntas.

El alivio en el rostro deforme del marido fue evidente, mientras que madame Finney siguió esbozando una expresión plácida y educada.

—¿Así que no nos trae malas noticias? —preguntó Finney.

Tras varias décadas en la Sûreté du Québec, Armand Gamache se había acostumbrado a esa reacción: él representaba la llamada a la puerta en plena noche, el viejo vacilante en la bicicleta, el médico con cara larga. Era un buen hombre portador de malas noticias. Cuando el jefe de Homicidios acudía a tu casa, casi nunca se trataba de una ocasión alegre. Y por lo visto aquel espectro lo había seguido hasta su jubilación.

—Sólo me preguntaba si últimamente han sabido algo de Peter.

—¿Por qué nos lo pregunta a nosotros? —quiso saber la madre—. Usted es su vecino.

La voz seguía siendo cálida, agradable, pero los ojos se habían vuelto más incisivos: Gamache casi pudo oírlos arañar la piedra.

Reflexionó sobre lo que la anciana acababa de decir: era obvio que no sabía que Peter llevaba más de un año lejos de Three Pines. Y tampoco que Peter y Clara se habían separado. Ni Clara ni Peter iban a agradecerle que anduviera divulgando su vida privada.

—Está de viaje, probablemente pintando —dijo, y quizá fuera cierto—. Pero no dijo adónde iba. Sólo necesito ponerme en contacto con él.

—¿Por qué no se lo pregunta a Claire? —propuso madame Finney.

—Clara —corrigió su marido—. Y es probable que se fuera con él.

—Pero no ha dicho que se fueran juntos —puntualizó ella—. Ha hablado en singular.

Irene Finney volvió su dulce rostro hacia Gamache y sonrió.

A esa mujer no se le escapaba nada..., y la verdad parecía no importarle lo más mínimo. «Habría sido una gran inquisidora», se dijo Gamache. Sólo que no era en absoluto inquisitiva: no era una mujer curiosa, sólo tenía una mente incisiva y un instinto para encontrar el punto débil.

Y, pese a la cautela de Gamache, lo había encontrado. Y ahora hundió el dedo en la llaga.

—Por fin la ha dejado, ¿no es eso? Y ahora ella quiere que Peter vuelva y usted es el sabueso que supuestamente ha de encontrarlo y devolverlo a ese pueblucho.

Hizo que Three Pines pareciera un arrabal de palurdos y el acto de devolver allí a Peter un crimen contra la humanidad. Además, había llamado «perro» a Gamache. Por suerte, tenía tiempo de sobra para dedicarlo a cosas de sabuesos, y lo habían llamado cosas mucho peores.

El inspector jefe sostuvo la mirada de aquellos ojos dulces y devolvió la sonrisa. Ni se arredró ni apartó la vista.

—¿Tiene Peter algún sitio favorito para pintar? ¿O algún lugar al que haya soñado ir desde jovencito?

—No creerá que voy a ayudarlo a dar con él sólo para que lo devuelva a ese pueblo. —El tono de la anciana seguía siendo afable; mostraba un dejo de desaprobación, pero nada más—. Peter podría haber sido uno de los grandes pintores de su generación de haber vivido en Nueva York o incluso aquí, en Montreal: en algún lugar donde pudiera crecer como artista, conocer a otros pintores, tener contacto con galeristas y mecenas. Un artista necesita estímulos, apoyo. Ella sabía que era así y se lo llevó tan lejos como pudo de la cultura. Los enterró a él y a su talento.

Madame Finney le explicaba todo eso a Gamache con tono de paciencia, exponiendo con sencillez unos hechos que habrían resultado evidentes si el hombre grandote que tenía delante no hubiera sido un poco corto de luces, y un poco soso, y de no haber estado él también enterrado en Three Pines.

—Si Peter ha escapado por fin —concluyó—, no pienso ayudarlo a encontrarlo.

Gamache asintió y dejó de mirarla a los ojos para observar los cuadros de las paredes. Encontró consuelo inmediato en aquellas imágenes del Quebec rural, en los paisajes escarpados, sinuosos y accidentados que tan bien conocía.

—Una colección excepcional —la felicitó, y su admiración era sincera. Madame Finney tenía buen ojo para el arte.

—Gracias. —La mujer hizo una leve inclinación de cabeza para agradecer el cumplido y la verdad—. De niño, Peter solía sentarse durante horas ante estos cuadros.

—Pero no ha puesto aquí ninguna de sus obras.

—No. Peter aún no se ha ganado el derecho a estar representado en estas paredes con semejante compañía. —Indicó la pared con la cabeza—. Algún día, quizá.

—¿Y qué tendría que hacer para ganarse un sitio ahí? —preguntó Gamache.

—Ah, ¿conque la eterna pregunta, inspector jefe? ¿De dónde viene el talento?

—¿Era eso lo que yo preguntaba?

—Por supuesto que sí. Yo no me rodeo de mediocridad. Cuando Peter pinte una obra maestra, la colgaré ahí, con las demás.

Los cuadros en la pared habían adquirido un cariz distinto. A. Y. Jackson, Emily Carr, Tom Thomson... parecían prisioneros. Colgados hasta la muerte como recordatorio de un hijo decepcionante. Peter se había sentado de pequeño ante esos cuadros y había soñado con unirse un día a ellos. Gamache casi era capaz de ver a aquel niño, con unos impecables pantaloncillos cortos y un cabello inmaculado, sentado en la alfombra con las piernas cruzadas, alzando la vista hacia aquellas obras geniales y anhelando crear una pintura tan buena que le garantizara un espacio en la casa de su madre.

Y fracasando.

Las paredes y los cuadros parecían ahora cernerse sobre Gamache. Tuvo ganas de marcharse, pero no podía irse, todavía no.

Madame Finney lo fulminaba con la mirada. Gamache se preguntó cuántos no habrían mirado a esos ojos como quien mira la guillotina, la hoguera encendida, la horca.

—Todos estos cuadros son paisajes —señaló sin apartar los ojos de los de ella—, la mayoría pintados en pueblecitos de Quebec. Esos artistas encontraron su inspiración en ellos, fueron capaces de crear sus mejores obras allí. ¿Le parece que las musas están confinadas en las grandes ciudades, que no es posible crear nada en el campo?

—No intente burlarse de mí —espetó ella dejando de lado su papel de viejecita dulce—. Cada artista es distinto. Conozco a Peter, soy su madre. Es posible que algunos florezcan en medio de la nada, pero Peter necesita estímulos. Ella lo sabía y lo aisló deliberadamente. Lo inutilizó, en lugar de apoyarlo, en lugar de alentarlos a él y a su obra.

—¿Como hace usted? —replicó Gamache.

Los ojos errantes de monsieur Finney se detuvieron bruscamente y se clavaron en el inspector jefe. Reinó el silencio.

—Creo que le he prestado más apoyo a mi hijo del que le prestaron a usted sus padres —respondió finalmente madame Finney.

—Mis padres no tuvieron esa oportunidad, madame, como bien sabe: murieron cuando era niño.

Los ojos de la anciana no se apartaban de su rostro ni un instante.

—No puedo evitar preguntarme cómo se habrían sentido ante la carrera que eligió usted. Un oficial de policía. —Negó con la cabeza con cara de decepción—. Y uno, además, cuyos propios colegas trataron de asesinar. No puede considerarse un éxito. De hecho, ¿no le disparó uno de sus propios inspectores? Fue eso lo que pasó, ¿no?

—Irene —intervino monsieur Finney con un tonillo de advertencia en su voz normalmente dócil.

—En honor a la verdad, madame, yo también le disparé a uno de mis colegas. A lo mejor fue el karma.

—Y lo mató, por lo que recuerdo. —Miró furibunda a Gamache—. En el bosque, a las afueras del pueblo. Me sorprende que eso no lo persiga cada vez que pasea por allí. A menos, por supuesto, que esté orgulloso de lo que hizo.

«¿Cómo ha ocurrido esto?», pensó Gamache. Estaba en la cueva, al fin y al cabo: lo había arrastrado hasta allí esa criatura sonriente y jovial. Y lo había destripado.

Y aún no había acabado con él.

—Me pregunto cómo les habría sentado a sus padres su decisión de renunciar y salir huyendo a esconderse en ese pueblucho. ¿Y dice usted que Peter se ha marchado por ahí a pintar? Pues al menos él sigue intentándolo.

—Tiene toda la razón —repuso Gamache—. Nunca sabré qué habrían sentido mis padres con respecto a mi vida. —Le tendió una mano. Ella la aceptó y Gamache se inclinó hasta que su rostro quedó junto a la oreja de madame Finney. Notó su sedoso cabello contra la mejilla y captó su aroma a Chanel número 5 y a polvos de talco—. Pero sé que mis padres me querían —susurró, y se apartó para mirarla fijamente a los ojos—. ¿Lo sabe Peter?

Gamache se incorporó, se despidió de monsieur Finney con una inclinación de cabeza y se alejó por el pasillo en penumbra hacia la puerta principal.

—Espere.

El inspector jefe se detuvo en la puerta y se volvió. Finney iba renqueando hacia él.

—Está preocupado por Peter, ¿verdad? —dijo el anciano.

Gamache lo observó con atención y luego asintió.

—¿Había algún sitio al que fuera de niño? ¿Alguno especial para él? ¿Un lugar favorito? —Reflexionó unos instantes—. ¿Un lugar seguro?

—¿Se refiere a un sitio real?

—Pues sí. Cuando la gente es presa de la confusión a veces regresa a algún lugar donde antaño fue feliz.

—¿Y cree que Peter está confundido?

—Sí.

Finney le dio vueltas a la cuestión y por fin negó con la cabeza.

—Lo siento, pero no se me ocurre nada.

—*Merci* —contestó Gamache.

Le estrechó la mano y se alejó tratando de no apresurarse, de no salir corriendo de aquella casa. Casi podía oír a Emily Carr, A. Y. Jackson y Clarence Gagnon pidiéndole a gritos que volviera, rogándole que los llevara consigo, suplicando ser valorados de verdad, no sólo por su prestigio y trayectoria.

Una vez en el coche, Gamache respiró hondo, sacó el teléfono móvil y vio un mensaje de Beauvoir. Habían ido juntos a Montreal, pero Gamache lo había dejado en la jefatura de la Sûreté du Québec.

«¿Almorzamos?», decía el mensaje.

«En el Mai Xiang Yuan, en el barrio chino», respondió Gamache.

En cuestión de segundos, el aparato vibró. Jean-Guy se encontraría con él allí.

Un rato después, comparaban notas ante unas empanadillas chinas.

OCHO

Jean-Guy Beauvoir hizo un agujerito en la superficie de una empanadilla y la mojó en salsa tamari. Luego, utilizando una cuchara, se la metió en la boca.

—Mmm.

Gamache lo observaba, contento de que Jean-Guy tuviera tan buen apetito. Luego cogió una bolita de gamba y cilantro con los palillos y se la comió.

Beauvoir reparó en que al jefe no le temblaba la mano. No mucho. Ya no.

El recóndito restaurante del barrio chino se estaba llenando de clientes.

—Con tanta gente van a trabajar como chinos —bromeó Jean-Guy alzando la voz sobre el barullo.

Gamache se echó a reír.

Jean-Guy se limpió la barbilla con una fina servilleta de papel y echó un vistazo a su cuaderno de notas, abierto sobre la mesa de formica junto a su cuenco.

—Bueno, vamos a ver. He indagado un poco en los movimientos de las tarjetas de crédito y débito de Peter. Cuando se fue de casa de Clara, se alojó en una suite del hotel Crystal de Montreal durante una semana más o menos.

—¿Una suite? —preguntó Gamache.

—Pero no la más grande.

—De modo que metió el cilicio en la maleta, al fin y al cabo —comentó Gamache.

—Pues sí, siempre y cuando haya cilicios de cachemira.

Gamache sonrió. Según los estándares de Morrow, el elegante hotel Le Crystal probablemente equivaldría al potro de tortura: no era el Ritz.

—¿Y entonces?

—Cogió un vuelo de Air Canada a París. ¿Puso tierra por medio? —preguntó Beauvoir.

El inspector jefe le dio vueltas a la cuestión.

—Es posible.

Ambos sabían que la gente que se iba lejos solía estar huyendo de la desdicha, la soledad, el fracaso. Ponían pies en polvorosa creyendo que el problema era dónde se encontraban. Creían poder empezar de cero en otro lugar.

Rara vez funcionaba: el problema no era geográfico.

—¿Dónde se alojó en París?

—En el hotel Auriane, en el *XVe arrondissement.*

—*Vraiment?* —preguntó Gamache con cierta sorpresa. Conocía bien París: su hijo Daniel, la esposa de éste, Roslyn, y sus nietos vivían allí, en el *VIe arrondissement,* en un apartamento del tamaño de una caja de zapatos.

—¿No es lo que esperabas, *patron?* —dijo Jean-Guy, que en las cenas fingía conocer París, aunque no era cierto. También fingía no conocer la zona más al este de Montreal, pero sí la conocía.

Con Gamache, Beauvoir hacía mucho que había dejado de fingir.

—Bueno, el XV es un distrito bonito —repuso Gamache, considerándolo—. Residencial, familiar.

—No es lo que se dice el centro del mundo artístico.

—No —coincidió Gamache—. ¿Cuánto tiempo pasó allí?

Beauvoir consultó sus notas.

—¿En el hotel? Sólo unos días. Luego alquiló un apartamento amueblado durante cuatro meses. Se fue poco antes de que acabara el contrato.

—¿Y de entonces a esta parte?

—En su tarjeta de crédito aparece un billete de TGV, sólo de ida, a Florencia. Y al cabo de un par de semanas se fue a Venecia —explicó Beauvoir—. Estaba cubriendo mucho territorio.

Sí, pensó Gamache. Los sabuesos le mordían los talones a Peter Morrow. Gamache captó un tufillo a desesperación en su huida a través de Europa: no parecía fruto de un plan.

No obstante, no podía ser una absoluta coincidencia que las ciudades elegidas por Peter fueran famosas por inspirar a los artistas.

—Por el momento sólo tengo extractos bancarios y de tarjetas de crédito —añadió Beauvoir—. Sabemos que cogió un vuelo de Venecia a Escocia...

—¿A Escocia?

Beauvoir se encogió de hombros.

—Sí, a Escocia. Y desde allí regresó a Canadá, a Toronto.

—¿Y es ahí donde está ahora?

—No. Adivina adónde fue desde Toronto.

Gamache miró a Beauvoir con expresión severa. Tras su visita a la madre y el padrastro de Peter, no estaba de humor para adivinanzas.

—A Quebec capital.

—¿Y cuándo fue eso? —quiso saber Gamache.

—En abril.

Gamache hizo cálculos: hacía cuatro meses. Dejó en la mesa la taza de té verde y miró fijamente a Beauvoir.

—En Quebec capital sacó tres mil dólares de su cuenta bancaria.

Jean-Guy alzó la vista de su libreta y la cerró lentamente.

—Y luego, nada más. Desapareció.

En la sala de estar de los Gamache, Clara y Myrna estaban sentadas ante la chimenea encendida mientras Gamache servía copas. Un frente frío había traído consigo un bajón de temperatura y una suave llovizna.

En realidad, el fuego no era necesario: servía más para dar alegría que calor.

Annie había quedado para cenar con su amiga Dominique en el *bistrot*; así, sus padres y su marido podían hablar con Clara.

—Aquí tenéis —dijo Gamache tendiéndoles a Myrna y a Clara sendos vasos de whisky.

—Creo que deberías dejar aquí la botella —sugirió Clara.

Tenía el aspecto de una pasajera asustada que mirase fijamente a las azafatas durante el despegue tratando de interpretar sus expresiones.

«¿Estamos a salvo? ¿Vamos a estrellarnos? ¿Qué es ese olor?»

Gamache se sentó junto a Reine-Marie mientras Beauvoir arrastraba el sillón orejero desde el rincón para cerrar el pequeño círculo.

—He aquí lo que hemos averiguado —empezó Gamache—. No es gran cosa todavía, ni mucho menos concluyente.

A Clara no le gustó cómo sonaba eso, aquel intento de apaciguar, de tranquilizar. Significaba que era necesario reconfortarla, que algo iba mal.

Significaba que el olor era a humo y que el ruido era el de un motor que fallaba.

Armand y Jean-Guy describieron su jornada. Al oír hablar de la visita a la madre de Peter, Clara inspiró hondo.

Frente a ella, Myrna escuchaba y absorbía la información por si Clara pasaba por alto algún detalle fundamental.

—Cuando salió de aquí, Peter pasó unos días en Montreal y luego cogió un vuelo a París —explicó Jean-Guy—. Después viajó a Florencia, y de allí a Venecia.

Clara asentía para indicar que lo seguía. Todo bien, de momento.

—Y desde Venecia, Peter cogió un avión a Escocia —añadió Beauvoir.

Clara dejó de asentir con la cabeza.

—¿A Escocia?

—¿Para qué querría Peter ir a Escocia? —intervino Myrna.

—Esperábamos que pudieras decírnoslo tú —repuso Gamache dirigiéndose a Clara.

—Escocia —repitió Clara en voz baja, mirando el fuego. Después negó con la cabeza—. ¿Qué sitio de Escocia?

—Es más fácil verlo sobre un mapa, os lo enseñaré. —Gamache tomó impulso para levantarse del mullido sofá y volvió al cabo de un minuto con un atlas. Lo abrió sobre la mesa de centro y buscó una página—. Peter aterrizó en Glasgow —dijo Armand señalando en el mapa. Todos se inclinaron sobre la mesa—. Desde ahí cogió un autobús. —Trazó una línea con el dedo desde Glasgow hacia el sur. Muy al sur, por una carretera sinuosa, dejando atrás poblaciones con nombres como Bellshill, Lesmahagow, Moffat...

Y entonces se detuvo.

Clara se inclinó aún más sobre el mapa.

—¿En Dumfries? —preguntó.

Fruncía el entrecejo en un intento de leer aquel nombre, o de verle algún sentido, o ambas cosas. Finalmente, se echó atrás en el asiento y miró a Gamache, que la observaba.

—¿Estáis seguros?

—Sí —respondió Beauvoir.

Hubo un breve silencio.

—¿Cabe la posibilidad de que no fuera Peter? ¿De que le hubieran robado la tarjeta de crédito, el pasaporte...? —preguntó Clara

Miró a Armand a los ojos sin evitar lo que aquella pregunta daba a entender: cualquier persona viva denunciaría la pérdida o el robo de sus documentos. Si los habían robado, había sido a un muerto.

—Es posible —admitió Gamache—, pero poco probable: quien lo hubiese hecho tendría que saber sus números secretos y parecerse mucho a él. Hoy en día los agentes de seguridad y de aduanas examinan con mucho detenimiento las fotografías de los pasaportes.

—Aunque sigue siendo una posibilidad... —insistió Clara.

—Pero muy remota. Tenemos agentes investigando al respecto —concedió Beauvoir—, pero nos centramos en el supuesto mucho más probable de que en efecto fuera Peter.

—Sin embargo, ¿no os parece improbable que Peter abandonara Venecia para irse a Dumfries? —comentó Myrna.

—Estoy de acuerdo —convino Gamache—, es muy raro. A menos que Peter tuviera un interés particular en Escocia.

—Nunca mencionó que lo tuviera —repuso Clara—. Aunque le gusta el whisky escocés.

Myrna sonrió.

—A lo mejor es así de simple: París por sus grandes vinos, Florencia por su Campari y Venecia por...

Se interrumpió, sin saber qué decir.

—Por el Bellini —completó Reine-Marie—. Tomamos uno en el Harry's Bar, donde se inventó. ¿Te acuerdas, Armand?

—Nos sentamos a la barra, junto al muelle, a ver pasar los *vaporetti* —repuso él—. Le pusieron ese nombre por el rosa de una toga en un cuadro de Bellini.

—¿Rosa? —repitió Jean-Guy por lo bajo dirigiéndose a Gamache.

—¿Estáis sugiriendo acaso que Peter está haciendo una ronda de copas por Europa? —El Grand Tour Ruth Zardo.

—A mí no me mires —dijo Gamache—: no es mi teoría.

—¿Y cuál es tu teoría? —preguntó Clara.

La sonrisa de Armand se evaporó. Inspiró hondo.

—No tengo ninguna. Es demasiado pronto. Pero sí sé una cosa, Clara. Por extraño que parezca todo esto, hay una razón por la que Peter fue a todos esos sitios. Sólo tenemos que averiguar cuál es.

Clara volvió a inclinarse en el asiento para mirar fijamente el puntito en el mapa.

—¿Y sigue allí?

Beauvoir negó con la cabeza.

—Se fue a Toronto...

—¿Está en Toronto? —interrumpió Clara—. ¿Por qué no me lo habéis dicho desde el principio? —Pero se detuvo al ver sus expresiones—. ¿Qué pasa?

—No se quedó allí —explicó Gamache—. Cogió un avión de Toronto a Quebec capital en abril.

—Mejor incluso —puntualizó Clara—. Viene de camino a casa.

—Quebec capital —repitió Gamache—, no Montreal. Si hubiera emprendido la vuelta a casa habría ido a Montreal, *non?*

Clara lo miró furibunda, odiándolo durante un instante por no permitirle fantasear ni que fuera brevemente.

—A lo mejor simplemente quería ver Quebec capital —dijo—. A lo mejor quería pintarla mientras esperaba.

—Disparó esa ristra de palabras como quien busca convencer, pero la voz se le quebró al repetir—: Mientras esperaba... para volver a casa.

Pero no había vuelto.

—Sacó tres mil dólares de su cuenta bancaria —soltó Jean-Guy precipitándose; se interrumpió y miró a Gamache.

—Eso es lo último que hemos sabido de él —añadió éste—. Eso fue en abril.

Clara se quedó muy quieta. Myrna posó una mano sobre la suya y la notó helada.

—A lo mejor sigue allí —dijo Clara.

—*Oui*, por supuesto —respondió Gamache.

—¿Dónde se alojaba?

—No lo sabemos. Pero aún es pronto. Tienes razón, es posible que siga en Quebec capital, o tal vez cogió ese dinero y se fue a otro sitio. Isabelle Lacoste está utilizando los recursos de la Sûreté para encontrarlo. Jean-Guy lo está buscando, yo lo estoy buscando. Pero la cosa puede llevar su tiempo.

Reine-Marie arrojó al fuego un tronco largo que hizo saltar brasas y chispas en la chimenea. Luego se fue a la cocina.

Les llegó el olor a salmón y un ligero aroma a estragón y limón.

Clara se puso en pie.

—Me voy a Quebec capital.

—¿A qué? —dijo Myrna levantándose también—. Ya sé que quieres hacer algo, pero no servirá de nada.

—¿Cómo lo sabes? —repuso Clara.

Gamache se puso en pie.

—Hay algo que podrías hacer. No estoy seguro de que vaya a dar resultado, pero podría ser de ayuda.

—¿Qué? —quiso saber Clara.

—Peter tiene familia en Toronto...

—Su hermano mayor, Thomas —repuso Clara—, y una hermana, Marianna.

—Iba a llamarlos mañana y preguntarles si Peter se puso en contacto con ellos; quizá se alojó con uno de los dos.

—¿Quieres que los llame yo?

Gamache titubeó.

—La verdad es que estaba pensando en que fueras.

—¿Por qué? —intervino Myrna—. ¿No puede llamar y ya está? Tú ibas a hacerlo.

—Cierto, pero siempre es mejor cara a cara, y mejor incluso si conoces a la gente. —Miró a Clara—. Creo que si te mienten lo sabrás.

—Sí, lo sabré.

—Pero ¿qué más da? —insistió Myrna. Iban hacia la cocina a reunirse con Reine-Marie—. Si él ya no está allí.

—Pero estuvo durante unos meses —repuso Gamache—. Es posible que le haya contado a su hermano o a su hermana adónde iría después y por qué. Y quizá les contara también por qué había estado en Dumfries.

Hizo una pausa y miró a Clara.

—En Quebec capital no tenemos pistas, pero en Toronto tenemos algunas. Es posible que no sirva de nada ir, pero podría ser que sí.

—Iré —concluyó Clara—. Por supuesto que sí. Mañana a primera hora.

Parecía aliviada por haber encontrado finalmente algo que hacer aparte de preocuparse.

—Entonces iré contigo —dijo Myrna.

—¿Y la librería? —preguntó Clara.

—Creo que las hordas desesperadas por conseguir libros de ocasión podrán esperar un par de días —contestó Myrna mientras ponía tenedores y cuchillos—. Podría pedirle a Ruth que vigilara la tienda. Total, se pasa la mayor parte del tiempo durmiendo en la silla junto al escaparate.

—¿Ésa es Ruth? —intervino Reine-Marie—. Creía que era un maniquí.

Clara se sentó y se dedicó a mover el salmón de aquí para allá en el plato. Mientras los demás hablaban, ella escuchaba el tamborileo de la lluvia contra la ventana.

Estaba ansiosa por ponerse en camino.

NUEVE

Clara y Myrna cogieron el tren de la mañana en la Estación Central de Montreal.

Clara escuchaba el sonido de las ruedas y notaba el movimiento, tan reconfortante y familiar. Se arrellanó en el asiento, apoyándose en el reposacabezas, y miró a través de la ventanilla los bosques, los campos y las granjas aisladas.

Era un trayecto que había hecho muchas veces. Al principio sola, hacia la Escuela de Arte de Ontario: una gran aventura. Después, con Peter, para asistir a exposiciones en Toronto. Siempre de Peter, nunca suyas. Certámenes con jurados de prestigio en los que habían escogido sus obras. Había ido sentada a su lado, cogiéndole la mano, feliz por él.

Ese día, el tren le resultaba a un tiempo conocido y extraño: Peter no estaba allí.

En el reflejo en el cristal, reparó en que Myrna la miraba fijamente. Clara se volvió hacia su amiga.

—¿Qué ocurre?

—¿Quieres que Peter vuelva?

Myrna llevaba un tiempo deseando hacerle aquella pregunta, pero nunca parecía ser el momento adecuado. Ahora sí.

—No lo sé.

No se trataba de que Clara no pudiera responder a la pregunta, sino de que tenía demasiadas respuestas.

Cuando despertaba sola en la cama, deseaba tenerlo a su lado.

En su estudio, cuando pintaba, no.

Cuando estaba con sus amigos en el *bistrot*, o cenando con ellos, no lo echaba de menos en absoluto.

Pero cuando comía ella sola en la mesa de pino, y en la cama por las noches... aún hablaba a veces con él. Le contaba cómo había ido su jornada y fingía que Peter seguía ahí. Fingía que ella le importaba.

Y entonces apagaba la luz y se volvía de costado, y lo echaba de menos incluso más.

¿Quería que regresara?

—No lo sé —repitió—. Le pedí que se fuera porque dejó de apoyarme, porque dejé de importarle, no porque él hubiera dejado de importarme a mí.

Myrna asintió. Eso ya lo sabía: habían hablado varias veces al respecto durante aquel último año. Su amistad se había vuelto más sólida e íntima al sincerarse Clara con ella.

Clara le había mostrado a Myrna todo lo que se había tragado, todas esas cosas que las mujeres supuestamente no deben sentir y mucho menos exteriorizar.

La dependencia emocional, el miedo, la rabia. La terrible y dolorosa soledad.

—¿Te imaginas que nunca vuelvan a besarme en los labios? —había preguntado Clara una tarde, a mediados de invierno, cuando comían ante el fuego.

Myrna conocía ese temor. Conocía todos los temores de Clara porque los compartía. Y lo admitió ante su amiga.

Y conforme avanzaba el año, a medida que los días se alargaban, la amistad entre ellas se hacía más profunda. A medida que la noche iba haciéndose más corta, el miedo también disminuía y la soledad iba perdiendo terreno en ambas.

«¿Quieres que Peter vuelva?»

Myrna le había planteado a Clara la pregunta que ésta temía hacerse a sí misma.

En la ventanilla, sobreimpuesta al bosque interminable, Myrna veía su propia imagen fantasmal.

—Supongamos que le haya pasado algo. —Clara le hablaba al respaldo del asiento de enfrente—. Sería culpa mía.

—No —repuso Myrna—. Tú sólo le pediste que se fuera, lo que haya hecho después es cosa suya.

—Pero si se hubiera quedado en Three Pines estaría bien.

—A menos que tuviera una cita en Samarra.

—¿Samarra? —Clara se volvió para mirar a su amiga—. ¿De qué hablas?

—Somerset Maugham —repuso Myrna.

—¿Tienes un derrame cerebral o qué? —le espetó Clara.

—Maugham utilizó la antigua leyenda en un relato —explicó Myrna—. Me paso la vida leyendo, no lo olvides, y me sé todas esas referencias oscuras. Menos mal que no trabajo en la panadería de Sarah.

Clara se echó a reír.

—Sólo quiero encontrarlo, saber que está bien. Luego podré seguir adelante con mi vida.

—¿Con o sin él?

—Creo que lo sabré cuando lo vea.

Myrna dio unas palmaditas en la mano de Clara.

—Lo encontraremos.

Una vez en Toronto, cogieron una habitación en el hotel Royal York. Myrna se dio una ducha y, al salir, se encontró a Clara sentada ante el ordenador portátil.

—He señalado en el mapa las galerías de arte más importantes —explicó Clara por encima del hombro y señalando el mapa abierto sobre la cama—. Podemos visitarlas mañana.

Myrna se frotó el cabello mojado con la toalla y se sentó en la cama a estudiar el mapa con sus equis y sus círculos.

—Creo que deberíamos empezar por los hermanos de Peter —añadió Clara—. La oficina de Thomas no queda lejos subiendo por la calle Yonge. Nos ha dado cita a las cuatro. Marianna se encontrará con nosotras a las cinco y media en el bar del hotel para tomar una copa.

—Pues sí que has estado ocupada —comentó Myrna. Se levantó para ver la página que Clara tenía abierta en el portátil—. ¿Qué es eso tan interesante?

Y se quedó inmóvil.

En el encabezado de la página se leía W. SOMERSET MAUGHAM.

—«Un criado acude al mercado de Bagdad» —leyó Clara de la pantalla y se volvió hacia su amiga—. «Allí se tropieza con una anciana y, cuando ésta se da la vuelta, reconoce en ella a la Muerte.»

—Clara —dijo Myrna—, no pretendía...

—«La Muerte lo fulmina con la mirada y el criado, asustado, huye corriendo. Va derecho a su señor y le explica que se ha encontrado a la Muerte en el mercado y que necesita poner tierra por medio para salvarse. El señor le da un caballo y el criado se aleja, cabalgando tan deprisa como puede, en dirección a Samarra, donde sabe que la Muerte no podrá encontrarlo.»

—No sé por qué he mencionado...

Clara hizo un discreto gesto con la mano y Myrna se quedó callada.

—«Unas horas después, el señor acude al mercado y también él se encuentra con la Muerte» —continuó leyendo Clara—. «Le pregunta por qué ha asustado a su criado y la Muerte le explica que ésa no era su intención: simplemente estaba sorprendida.»

Clara se volvió y miró fijamente a Myrna.

—Acaba tú la historia, ya sabes el final.

—No debería haber dicho que...

—Por favor —interrumpió Clara.

Finalmente, Myrna habló en voz baja:

—«La Muerte dice: "Sencillamente, me ha sorprendido verlo en el mercado porque esta noche tengo una cita con él en Samarra."»

—¿Has conseguido una fotografía de Peter? —le preguntó Gamache a Lacoste.

—*Oui*. Y la he enviado a Quebec capital —contestó la inspectora—. Ya están en ello. También la he difundido en la red de la Sûreté du Québec y en las policías de París, Florencia y Venecia. Les he pedido que sigan el rastro de sus movimientos. Ha pasado casi un año, de modo que no espero gran cosa, pero hay que intentarlo.

Gamache sonrió. Muchos habían creído que estaba chiflado o empastillado hasta las cejas cuando había nombrado a una inspectora de treinta y pocos años como su sucesora para dirigir la prestigiosa división de Homicidios. Pero él se había salido con la suya. Y nunca, jamás, había dudado de su elección de Isabelle Lacoste.

—Estupendo.

Estaba a punto de colgar el teléfono cuando recordó algo.

—Ah, y Dumfries. ¿Podrías comprobar ahí también, por favor?

—Es verdad. No me acordaba.

Gamache cortó la comunicación y le dio unos golpecitos al auricular con el dedo. Luego se sentó al ordenador y marcó el número para conectarse a internet.

Una vez conectado, abrió Google y tecleó: «Dumfries.»

• • •

—Vaya, no ha servido de gran cosa —comentó Myrna—. ¿Siempre se comporta así?

Acababan de bajar de la TD Bank Tower y estaban en el vestíbulo. Myrna se tomó un momento para admirar el proyecto de Mies van der Rohe: su luz, su altura. Contrastaban muchísimo con la escena enclaustrada, agobiante y un poco patética que habían presenciado en el piso cincuenta y dos.

Thomas Morrow era elegante, alto, refinado. En muchos sentidos, parecía una versión animada del edificio en sí. Sólo que en él no había nada abierto y luminoso.

El rascacielos de oficinas era más de lo que parecía a simple vista; Thomas Morrow era menos.

—Para colmo —comentó Clara—, creo que el hecho de que tú estuvieras presente ha ayudado a que se comporte más amablemente que de costumbre.

—No me digas, ¿en serio? —repuso Myrna.

Los zapatos de ambas repiqueteaban en el suelo de mármol. Según el reloj que estaba en la pared tras el largo mostrador de recepción —también de mármol—, eran las cinco menos cuarto. Thomas Morrow había hecho esperar veinte minutos a su cuñada y luego les había concedido a ambas diez minutos de su tiempo antes de centrarse en cuestiones más acuciantes que un hermano desaparecido.

—Estoy convencido de que Peter está bien —había dicho Morrow con una sonrisa que sólo consiguió resultar condescendiente—. Ya lo conoces: andará por ahí pintando y habrá perdido la noción del tiempo.

Myrna no había dicho nada, se había limitado a observar a Thomas Morrow. Supuso que rondaría los sesenta y pocos. Se sentaba con las piernas abiertas, invitando a las mujeres a fijarse en su entrepierna. Llevaba un traje impecablemente cortado y una corbata de seda. Le daba la espalda a un gran ventanal, de modo que las visitas lo veían contra un fondo de enormes rascacielos negros con el refulgente lago más allá.

Parecía un monarca que se hubiera rodeado de los símbolos del poder con la esperanza de disimular su propia debilidad.

Clara contuvo su mal humor.

—Seguro que tienes razón, pero en realidad sólo me interesa saber si lo viste cuando estuvo aquí.

Thomas negó con la cabeza.

—No esperaba que se pusiera en contacto conmigo: en mis paredes no hay obras de arte.

Señaló con orgullo la serie de fotografías que colgaban de los muros. No eran de familiares ni amigos, sino de éxitos en los negocios, trofeos de golf, famosos con quienes había coincidido alguna vez.

Desconocidos.

—Probablemente estuvo acudiendo a exposiciones y visitando galerías de arte —dijo Thomas Morrow—. ¿Has preguntado en las galerías?

—Es una buena idea —repuso Clara con una sonrisa tensa—. Gracias.

Morrow se levantó y caminó hasta la puerta.

—Me alegro de haber sido de ayuda.

Y ahí acabó la cosa.

—Podríamos haber hecho esto por teléfono —comentó Myrna cuando salían al ardiente verano de Toronto. El calor, denso y húmedo, rebotaba en el hormigón de los edificios y caía a plomo en la calle, de la que emanaba un tufo a asfalto fundido.

A Myrna le resultaba extrañamente tranquilizador. Para su madre y su abuela, los olores más reconfortantes habían sido los de la hierba cortada, el pan recién horneado, el sutil aroma de las sábanas tendidas a secar. Para la generación de Myrna, en cambio, los olores más tranquilizantes eran fruto de la industria: el asfalto semiderretido equivalía al verano, el Vicks Vaporub significaba invierno y cuidados maternales. Y luego estaban el olor a Tang, a vapores de gasolina y el aroma a tinta de fotocopiadora, desaparecido hacía tiempo.

Todos ellos la tranquilizaban por razones imposibles de entender, porque nada tenían que ver con el entendimiento.

De todas formas, al cabo de años en Three Pines los olores reconfortantes para ella estaban evolucionando. Todavía le encantaba el del Vicks Vaporub, pero ahora también apreciaba el delicado tufillo de las lombrices después de la lluvia.

—Quería verlo en persona —explicó Clara mientras esperaban en una esquina, junto a una multitud tan sudorosa como ellas, a que se pusiera verde el semáforo— para ver si mentía o me ocultaba algo.

—¿Y te parece que lo ha hecho? ¿Crees que vio a Peter o habló con él?

—No, diría que no.

Myrna reflexionó un momento.

—¿A qué se refería con eso de que no hay arte en sus paredes?

Un poco más allá se veía la imponente fachada del Royal York: un gigantesco anacronismo al pie de la ciudad moderna. Myrna casi podía saborear la cerveza que no tardaría en tomarse.

—Quién sabe por qué dicen lo que sea los Morrow —repuso Clara deteniéndose ante la entrada del antiguo hotel. El portero les abrió las puertas sudando bajo el uniforme.

—Supongo que era una forma de atacar a Peter haciendo ver que está más interesado en el arte que en su propio hermano —comentó Myrna.

—Y habría acertado —repuso Clara.

—Tomemos una cerveza —propuso Myrna, y se encaminó derecha al bar.

DIEZ

Reine-Marie se puso el pesado libro bajo el brazo y salió a la resplandeciente luz del día.

—¿Dentro o fuera, *ma belle*? —preguntó Olivier.

Ella miró a su alrededor y decidió que una mesa en la terraza, bajo una de las grandes sombrillas de Campari, sería ideal.

Olivier volvió unos minutos más tarde con una gran cerveza de jengibre ya perlada de gotitas por el calor y un cuenco de frutos secos variados.

—*Parfait* —dijo Reine-Marie—. *Merci*.

Tomó un sorbo, abrió el libro y no volvió a alzar la vista hasta veinte minutos después, cuando una cabeza aterrizó en su regazo.

Henri.

Le acarició las enormes orejas y notó que le daban un beso en la coronilla.

—Confío en que seas tú, Sergio.

—Lo siento, sólo soy yo —repuso Armand riendo. Acercó una silla y le hizo un gesto con la cabeza a Olivier, que desapareció en el interior.

—*Historia de Escocia* —leyó Gamache en la cubierta del libro de Reine-Marie—. ¿Una pasión repentina?

—¿Por qué Dumfries, Armand? —le preguntó Reine-Marie.

—Yo también he estado tratando de entenderlo. He buscado en internet.

—¿Y has averiguado algo?

—No mucho, la verdad —admitió él—. He impreso algunas cosas que he encontrado. —Dejó las páginas sobre la mesa—. ¿Y tú?

—Acabo de empezar a leer.

—¿De dónde lo has sacado? ¿Te lo ha dado Ruth? Gamache miró hacia la tienda de libros nuevos y de ocasión de Myrna.

—*Rosa*. Ruth dormía en la sección de filosofía.

—Dormida o inconsciente o...

—¿Muerta? —interrumpió Reine-Marie—. No, lo he comprobado.

—¿No se le ha caído una casa encima? —intervino Olivier, dejando la cerveza de jengibre de Armand sobre la mesa.

—*Merci, patron* —dijo Armand.

Dieron sorbos a sus bebidas, se comieron distraídamente los frutos secos y leyeron acerca de una pequeña ciudad de Escocia.

—¡Ay, Dios mío! —exclamó Myrna mirando a su alrededor.

Se había parado en seco en el umbral del bar del Royal York provocando un pequeño atasco a sus espaldas.

—¿Mesa para cuántos? —preguntó la joven.

—Para tres —repuso Clara, asomándose tras la mole estacionaria de Myrna.

—Síganme.

Las dos sudorosas mujeres echaron a andar tras la fresca y esbelta *maître*. Myrna se sentía gigante. Grandota, patosa, despeinada..., ficticia: como si no estuviera del todo allí. Invisible tras la sirena que las guiaba hacia su mesa.

—*Merci* —dijo Clara por pura costumbre, olvidando que estaba en el anglófono Ontario y no en el francófono Quebec.

—¡Ay, Dios mío! —repitió Myrna en susurros cuando se dejó caer en la mullida butaca orejera tapizada en terciopelo de color rosa.

El bar era, de hecho, una biblioteca: un lugar donde Dickens se habría sentido a sus anchas, donde Conan Doyle podría haber encontrado un volumen útil, donde Jane Austen podría haberse sentado a leer y a emborracharse, si quería.

—Una cerveza, gracias —pidió Myrna.

—Dos —dijo Clara.

Daba la impresión de que hubieran salido del Toronto deslumbrador y ardiente del siglo XXI para entrar en una fresca mansión del XIX.

Puede que fueran gigantes, pero ése era su hábitat natural.

—¿Crees que Peter tenía una cita en Samarra? —preguntó Clara.

Lo dijo con voz inexpresiva: un tono que Myrna sabía reconocer tras años escuchando a gente que trataba desesperadamente de contener sus emociones, de acallarlas, de sofocarlas, tratando de que lo espantoso sonara mundano.

Pero los ojos de Clara la traicionaban: le suplicaban a Myrna que la tranquilizara.

Que dijera que Peter estaba vivo, pintando, y que simplemente había perdido la noción del tiempo.

Que no tenía de qué preocuparse. Que no estaba ni mucho menos en las proximidades de Samarra.

—Siento haberte dicho eso —se disculpó Myrna, y le sonrió al camarero que les llevaba las cervezas. Por lo

101

visto, el resto de la gente en el bar estaba tomando alguna clase de cóctel sofisticado.

—Pero ¿lo decías en serio? —preguntó Clara.

Myrna reflexionó unos instantes mirando a su amiga.

—Creo que esa historia no trata tanto de la muerte como del destino: todos tenemos una cita en Samarra. —Dejó la cerveza, se inclinó sobre la mesa de caoba y añadió en voz tan baja que Clara tuvo que inclinarse a su vez para oírla—: Lo que sí sé con certeza es que la vida de Peter es sólo suya. Quedarse en el mercado o irse a Samarra es su destino, no el tuyo. ¿Te atribuirías el mérito de cualquier cosa maravillosa que haya hecho Peter este último año?

Clara negó con la cabeza.

—Y sin embargo crees que es culpa tuya si le pasa algo malo.

—¿Tú crees que ha pasado algo malo?

Myrna, algo exasperada, estaba a punto de decir que no se refería a eso, pero al mirar a Clara se dio cuenta de que daría igual. Clara sólo necesitaba una cosa, y no era un razonamiento lógico.

—No. —Myrna le cogió la mano—. Estoy convencida de que está bien.

Clara inspiró profundamente, le apretó la mano a su amiga y luego se arrellanó en la butaca orejera.

—¿En serio? —Buscó la respuesta en los ojos de Myrna, pero sin hurgar demasiado.

—En serio. —Ambas supieron que Myrna acababa de mentir—. ¿Es ella? —preguntó entonces Myrna, y Clara se volvió en el asiento y vio acercarse a Marianna Morrow.

Clara la había conocido cuando la hermana de Peter llevaba una vida bohemia en Cabbagetown, un enclave de artistas en Toronto. Fingía ser poeta y trataba de llamar la atención de sus poco interesados padres utilizando la preocupación como arma.

Aquella joven, hecha a partes iguales de desenfreno y desesperación, había quedado tan profundamente grabada en el cerebro de Clara que casi esperaba ver a esa Marianna. Tardó unos instantes en darse cuenta de que ahora tenía canas en el pelo y de que, aunque seguía pareciendo una poeta, ahora era, en realidad, una diseñadora de renombre. Con un hijo. Y la única persona de la familia de Peter a la que Clara conseguía soportar, aunque fuera a duras penas.

—¡Marianna!

Clara se levantó y, cuando le hubo presentado a Myrna, las tres se sentaron. Marianna pidió un Martini y miró a las dos mujeres que tenía delante.

—Bueno —dijo—, ¿y dónde está Peter?

—¿Por qué Dumfries? —preguntó Gamache alzando la vista del fajo de papeles—. Parece un sitio interesante, pero ¿por qué iba Peter a dejar Venecia para ir allí?

Reine-Marie bajó el pesado volumen.

—No es fácil contestar. Es una bonita población escocesa. Antaño era de druidas, luego aparecieron los romanos y finalmente los escoceses.

—¿Algún artista destacado?

—Por lo que veo, no hay nadie particularmente destacado asociado a Dumfries.

Gamache se apoyó en el respaldo y dio sorbos a su cerveza de jengibre mientras observaba a los niños en la plaza, a sus amigos y vecinos ocupándose de sus cosas en ese caluroso día de agosto, los coches que entraban y salían despacio de Three Pines.

Se inclinó hacia la mesa.

—Puede que Peter no se dirigiera específicamente a Dumfries. —Atrajo hacia sí el libro de su mujer—. A lo mejor está en el camino hacia otro sitio.

• • •

—¿Qué quieres decir? —preguntó Clara.

—Peter y tú siempre estáis juntos —respondió Marianna Morrow—, simplemente he dado por hecho que nos acompañaría a tomar una copa.

A Clara se le cayó el alma a los pies.

—He venido para hacerte la misma pregunta.

Marianna se volvió en la butaca para mirarla cara a cara.

—¿Querías preguntarme dónde está Peter? ¿No lo sabes?

Myrna trató de interpretar su expresión, la inflexión en su tono. Captaba preocupación, por lo menos en la superficie, pero debajo se arremolinaba algo más.

Entusiasmo.

Myrna se echó ligeramente atrás para apartarse de Marianna Morrow.

Por lo menos Thomas, con sus piernas abiertas y su sonrisa cómplice, no había intentado ocultar su desprecio. Esa mujer sí lo hacía. Aunque Myrna tuvo la impresión de que lo que ocultaba no era tanto desprecio como una especie de hambre.

Miraba a Clara como si fuera un bufet libre y ella estuviera muerta de hambre, ávida por devorar las malas noticias que Clara le estaba ofreciendo.

—Ha desaparecido —declaró Clara.

Marianna se quedó pensativa.

—Este pasado invierno cenó con nosotros, pero no recuerdo cuándo fue exactamente.

—¿Lo invitaste a casa?

—Se invitó él mismo.

—¿Por qué? —preguntó Clara.

—¿Por qué? —repitió Marianna—. Porque soy su hermana y quería verme.

Se hizo la ofendida, pero las tres sabían que no lo estaba.

—No, en serio —insistió Clara—. ¿Por qué?

—No tengo ni idea —admitió Marianna Morrow—. Quizá quería ver a Bean.

—¿Bean? —preguntó Myrna.

—Es su...

Clara vaciló y confió en que la mujer que tenía delante se apresurara a responder por ella, pero Marianna Morrow se limitó a mirarla y a sonreír.

—El retoño de Marianna —concluyó finalmente Clara.

—Ah, ya veo —repuso Myrna, aunque aquella vacilación la dejó desconcertada.

Marianna observó atentamente a Clara.

—¿Cuándo lo viste por última vez?

Para sorpresa de Myrna, Clara no dudó en decírselo.

—Llevamos más de un año separados. No lo he visto ni he tenido noticias suyas desde el verano pasado. Se suponía que era una separación de prueba y que él volvería al cabo de un año.

Myrna observaba a Clara con atención. Revelaba bien poco del peso que esas palabras tenían para ella, de la carga que suponía llevarlas de aquí para allá día y noche.

—Pero no volvió. —Marianna seguía ciñéndose al papel de hermana preocupada, pero ahora su satisfacción era demasiado evidente.

Myrna se preguntó por qué no se callaría Clara de una vez.

—Pero, por favor, no se lo cuentes a nadie.

—No lo haré —repuso Marianna—. Sé que visitó la Escuela de Arte cuando estuvo aquí: nos lo contó cuando vino a cenar.

—Allí estudiamos los dos —le explicó Clara a Myrna.

—Creo que también visitó algunas galerías de arte.

Marianna Morrow ahora se mostraba locuaz, y Myrna comprendió por qué Clara le había revelado tanto: la estaba alimentando, atiborrando. Y Marianna lo devoraba todo, una glotona en un banquete de malas noticias. Saciada hasta casi reventar, soñolienta, había bajado la guardia y babeaba información.

—Tengo una idea: ¿y si os venís las dos a cenar esta noche?

Myrna vio a Clara esbozar una sonrisa que se evaporó enseguida y contempló a su amiga con renovado respeto.

—¿Has encontrado algo? —Armand alzó la vista del libro sobre Escocia.

Reine-Marie negó con la cabeza y dejó las páginas impresas en la mesa.

Habían intercambiado el material con la esperanza de que el otro descubriera algo que habían pasado por alto.

—¿Y tú? —preguntó ella.

Él se quitó las gafas de lectura y se frotó los ojos.

—Nada. Pero hay otra cosa que me desconcierta de los viajes de Peter. —Se inclinó sobre la mesa en la terraza del *bistrot*—. Fue casi directamente desde aquí a París.

Reine-Marie asintió.

—*Oui*.

—Y encontró dónde alojarse en el XVe *arrondissement*.

Reine-Marie entendió entonces el porqué de la perplejidad de Armand.

—No es exactamente un barrio que frecuenten los artistas.

—Necesitamos un mapa detallado de París —repuso él levantándose—. Hay uno en casa, pero apuesto a que en la librería también lo habrá.

Volvió unos minutos más tarde con un mapa viejo, una guía de viajes vieja y una poeta vieja.

Ruth se sentó en la silla de Gamache, cogió su cerveza de jengibre con una mano y el resto de los frutos secos con la otra.

—Lo último que se supo de Peter fue que estaba en Quebec capital —dijo—. ¿Y qué ha venido a buscar este émulo de Clouseau? Pues un mapa de París. ¡Dios mío!... ¿A cuántas personas tuviste que envenenar para convertirte en inspector jefe?

—A tantas que una más no tendría importancia —repuso Gamache.

Ruth soltó un bufido, empujó la bebida de nuevo hacia Gamache con una mueca y le hizo señas a Olivier.

—Eh, pelmazo —soltó—. Trae alcohol.

Reine-Marie le contó lo del barrio elegido por Peter, y Ruth negó con la cabeza.

—Qué loco. Pero cualquiera que abandone a Clara tiene que estarlo, la verdad. Y no le contéis a ella que he dicho esto.

Los tres procedieron a examinar el mapa y la guía, recorriendo el *XVe arrondissement* en busca de cualquier cosa que pudiera explicar por qué Peter se había alojado allí.

—¿Planeáis un viaje? —preguntó Gabri. Dejó una bandejita con pepinillos, fiambres y aceitunas sobre la mesa y luego se unió a ellos—. ¿Puedo ir con vosotros?

Cuando le explicaron, Gabri hizo una mueca.

—¿El *XVe*? ¿En qué estaría pensando Peter?

Veinte minutos más tarde, se miraron unos a otros: seguían sin entenderlo.

¿En qué había estado pensando Peter Morrow?

• • •

—Os presento a Bean —dijo Marianna.

De pie ante Clara y Myrna se hallaba una personita de doce o trece años con tejanos, una camisa que le iba grande y el pelo largo hasta los hombros.

—Hola —saludó Myrna.

—Qué tal.

—Bean, te acuerdas de la tía Clara, ¿no?

—Sí, claro. ¿Cómo está el tío Peter?

—Bien, anda por ahí pintando —respondió Clara, y notó los ojos de Bean clavados en ella.

Cuando uno miraba a Bean, muchas cosas resultaban evidentes: era una persona educada, tranquila, inteligente. Y observadora.

Lo que no quedaba claro era si se trataba de un chico o de una chica.

Marianna Morrow, al descubrir que no podía preocupar lo suficiente a sus padres para que se fijaran en ella, había intentado algo distinto: se había convertido en madre soltera y le había puesto a la criatura el nombre de Bean sin revelarle a su familia si era niño o niña. Digamos que no sólo había traído al mundo un retoño, sino un arma biológica.

En su momento, Clara había dado por hecho que el sexo de Bean resultaría evidente al cabo de un tiempo: o bien Marianna se cansaría de aquella farsa, o el propio / la propia Bean lo revelaría o acabaría siendo obvio a medida que Bean creciera.

Ninguna de esas cosas había ocurrido: Bean seguía siendo andrógino y los abuelos seguían sin tener ni idea de si tenían un nieto o una nieta.

Cenaron prácticamente en silencio; por lo visto, Marianna se había arrepentido de invitarlas un segundo después de haberlo hecho. Más tarde, Bean las condujo al piso de arriba para enseñarles el círculo cromático que le había enseñado a hacer el tío Peter.

—¿Te interesa el arte? —preguntó Myrna cuando subían por las escaleras.

—En realidad no.

La puerta de la habitación de Bean se abrió y Myrna enarcó las cejas.

—Pues menos mal —le susurró a Clara.

En lugar de lucir carteles del más reciente ídolo del pop o estrella del deporte, las paredes de Bean estaban cubiertas de pinturas sujetas con chinchetas. Daba la impresión de ser una cueva neolítica en pleno centro de Toronto.

—Bonitas pinturas —comentó la tía Clara.

Myrna le dirigió una mirada de advertencia.

—¿Qué pasa? —susurró Clara—. Sólo trato de darle ánimos.

—¿De verdad quieres animarlo a que siga haciendo esto? —Myrna señaló las paredes con un dedo regordete.

—Son una mierda —aceptó Bean sentándose en la cama y mirando a su alrededor—, pero a mí me gustan.

Clara trató de reprimir una sonrisa: ella misma había sentido algo muy parecido respecto a sus primeras obras. Sabía que eran una mierda, pero le gustaban a ella, aunque no le gustaran a nadie más.

Volvió a pasear la vista por las paredes del dormitorio, esta vez con mayor amplitud de miras, decidida a encontrar algo bueno en lo que había hecho Bean.

Fue de una pintura a otra, y a otra, y a otra más.

Retrocedió un poco. Se acercó mucho. Inclinó la cabeza primero a un lado y luego al otro.

No importaba cómo las mirara, eran espantosas.

—No pasa nada, no hace falta que te gusten —dijo Bean—. No me importa.

También era eso lo que había dicho Clara de joven, cuando había visto la escena, tan frecuente, de la gente que se esforzaba en decir algo bueno sobre sus primeras obras; la gente cuya aprobación tanto anhelaba. «No me importa», había dicho.

Pero sí le importaba. Y sospechaba que a Bean también.

—¿Cuál es tu favorita? —preguntó la tía Clara dejando de lado sus propios sentimientos.

—Esa de ahí.

Bean señaló la puerta abierta. La tía Clara la cerró y reveló una pintura en la parte de dentro. Era incluso más espantosa que el resto, si eso era posible. Si las otras eran neolíticas, ésa suponía un enorme paso atrás en la evolución: quienquiera que hubiera pintado aquello sin duda tenía cola y arrastraba los nudillos por el suelo... y por la pintura.

Si Peter le había enseñado a Bean el círculo cromático, era un mal maestro, malísimo. La pintura se saltaba a la torera todas las reglas artísticas y casi todas las cortesías de rigor: parecía un mal olor sujeto con chinchetas a la pared.

—¿Qué te gusta de ella? —preguntó Myrna con voz tensa por el esfuerzo de retener las emociones fuertes, y la cena, dentro de sí.

—Ésas.

Desde la cama, Bean señaló la pintura con un dedo. Dada su ubicación, detrás de la puerta, estaba claro que esa pintura era lo último que Bean vería por la noche y lo primero que vería por la mañana.

¿Qué había en ella que la volvía tan especial?, se preguntó Clara.

Miró a Myrna y comprobó que su amiga estaba inspeccionándola. Y sonreía. Levemente al principio, pero luego de oreja a oreja.

—¿No lo ves? —preguntó Myrna.

Clara observó con mayor atención... y entonces cayó en la cuenta de algo: aquellos curiosos garabatos rojos eran sonrisas: la pintura estaba llena de sonrisas y de labios.

No hacían que la pintura fuera buena, pero sí la volvían divertida.

Clara miró de nuevo a Bean y vio una sonrisa en su rostro habitualmente serio.

En el taxi de vuelta al hotel, Myrna comentó:

—Está claro que Bean no ha heredado el gen artístico.

—Daría un montón de dinero porque Peter pudiera ver el fruto de sus clases —respondió Clara, y enseguida oyó a Myrna gruñir de risa a su lado.

—¿Qué estabais haciendo hoy vosotros dos? —les preguntó Reine-Marie a Annie y Jean-Guy cuando cenaban en la terraza del jardín de atrás.

—Dominique y yo nos hemos llevado los caballos al bosque —contestó Annie mientras se servía ensalada de sandía, menta y queso feta.

—¿Y tú? —le preguntó Armand a Jean-Guy—. Sé a ciencia cierta que no has estado a lomos de uno de esos caballos.

—¿Caballos? —repitió Beauvoir—. Según Dominique son caballos, pero todos sabemos que entre ellos hay por lo menos un alce.

Reine-Marie se echó a reír. Ninguno de los caballos de Dominique podía considerarse digno de concurso: víctimas del abuso y el abandono, y finalmente enviados al matadero, ella los había salvado.

Tenían una mirada especial en los ojos, como si lo supieran: como si supieran lo cerca que habían estado.

Henri tenía a veces esa mirada, en sus momentos más tranquilos, y *Rosa*. Y Reine-Marie la captaba en ocasiones en los ojos de Jean-Guy.

Y en los de Armand.

111

Ellos también sabían que habían estado al borde de la muerte... y que los habían salvado.

—Marc y yo hemos trabajado un poco en el jardín —explicó Jean-Guy—. ¿Qué habéis hecho vosotros?

Gamache y Reine-Marie describieron cómo habían pasado la tarde tratando de averiguar por qué había ido Peter a Dumfries.

—Y por qué al *XVe arrondissement* de París —añadió Reine-Marie.

—Papá, ¿qué pasa? —preguntó Annie.

Armand se había levantado y, tras disculparse, entró en la casa para volver un momento después con el mapa de París.

—Perdonad, sólo necesitaba comprobar una cosa.

Desplegó el mapa sobre la mesa.

—¿Qué estás buscando? —preguntó Jean-Guy acercándose.

Gamache se puso las gafas de lectura y pasó un rato encorvado sobre el mapa hasta que por fin se incorporó de nuevo.

—Al salir a cabalgar, ¿habéis pasado a ver al padre de Marc? —le preguntó Armand a su hija.

—Sí, hemos pasado un momento —respondió Annie—. Le hemos llevado unas cuantas cosas de comer. ¿Por qué?

—¿Sigue sin tener teléfono?

—Sí, ¿por qué?

—Sólo me lo preguntaba. Vivió un tiempo en París, ¿no es cierto? —preguntó Gamache.

—Pasó allí una buena temporada después de que la madre de Marc lo echara —repuso Annie.

—Necesito hablar con él. —Armand se volvió hacia Jean-Guy—. ¿Listo para cabalgar?

Beauvoir pareció horrorizado.

—¿Ahora? ¿Esta noche? ¿En uno de esos caballos... o lo que sean?

—Ahora ya está demasiado oscuro —repuso Gamache—. Mañana a primera hora.

—¿Por qué? —preguntó Annie—. ¿Qué puede saber Vincent Gilbert sobre la desaparición de Peter?

—Es posible que nada, pero recuerdo haber hablado con él sobre el tiempo que pasó en París. Me enseñó dónde se alojaba.

Gamache plantó el dedo en el mapa.

En el *XVe arrondissement*.

ONCE

La visita a las galerías de arte de Toronto fue un absoluto fracaso: nadie recordaba haber visto a Peter Morrow y, en cambio, trataron de convencer a Clara de que expusiera en sus locales. Las mismas galerías que se habían burlado de su obra y la habían rechazado unos años atrás intentaban ahora seducirla.

Clara no les guardaba rencor: le habría pesado, y a ella le quedaba mucho camino por recorrer. Pero notaba el cambio, y también otra cosa: su propio ego asomaba ahora la patita y disfrutaba de los halagos, de las insinuantes sonrisas de aquellos pretendientes que llegaban tarde al baile.

—¿Peter ha estado aquí? —le preguntó a la dueña de la última galería en su lista.

—Que yo recuerde, no —repuso ella, y la recepcionista confirmó que ningún Peter Morrow aparecía en la agenda en los últimos doce meses.

—Pero es posible que sencillamente pasara por aquí —insistió Clara, y le enseñó a la propietaria una imagen de la notable obra de Peter.

—Ah, lo conozco.

—¿Ha estado aquí? —preguntó Clara.

—No, me refiero a que conozco su obra. Pero hablemos sobre sus propios cuadros...

Y ahí acabó la cosa. Clara se mostró educada, pero salió pitando en cuanto pudo antes de que la sedujeran. Aun así, se llevó la tarjeta de la propietaria: nunca se sabía.

La última parada antes de coger el tren de la tarde era en la Escuela de Arte: donde Peter y Clara se habían conocido casi treinta años atrás.

—La EA... —empezó el secretario.

—¿La Enfermedad de Alzheimer...? —interrumpió Myrna.

—La Escuela de Arte de Ontario, Canadá —zanjó el secretario.

Les dio un folleto e hizo a Clara Morrow firmar en el registro de antiguos alumnos. No reconoció su nombre, lo cual le produjo a Clara alivio e irritación a la vez.

—¿Peter Morrow? —Ese nombre sí lo reconoció—. Estuvo aquí hace unos meses.

—¿Así que habló con usted? —dijo Clara—. ¿Qué quería?

En realidad le habría gustado preguntar: «¿Qué aspecto tenía?», pero se contuvo.

—Tan sólo ponerse al día: quería saber si quedaba algún profesor de la época en que él era estudiante.

—¿Y queda alguno?

—Uno solo: Paul Massey.

—¿El profesor Massey? No puede hablar en serio, debe de tener...

—Ochenta y tres años. Todavía da clases, todavía pinta. El señor Morrow estaba deseando verlo.

—El profesor Massey daba clases de dibujo conceptual —le explicó Clara a Myrna.

—Y aún lo hace —puntualizó el secretario, y citó de memoria del folleto—: «Cómo trasladar el universo visual al lienzo.»

—Era uno de nuestros profesores favoritos —dijo Clara—. ¿Está aquí ahora?

—Es posible. Estamos en plenas vacaciones de verano, pero el profesor viene a menudo a su estudio cuando esto está tranquilo.

—El profesor Massey era maravilloso —contó Clara mientras se apresuraba pasillo abajo—. Un mentor para muchos artistas jóvenes, incluido Peter.

—¿Y tú?

—No, no: yo era una causa perdida —contestó Clara riendo—. La verdad es que los profesores no sabían qué hacer conmigo.

Llegaron al estudio y Myrna abrió la puerta. Las asaltó el olor familiar a aceite de linaza, pintura al óleo y aguarrás, al igual que la visión de un hombre anciano en un taburete. El cabello cano le clareaba y tenía las mejillas sonrosadas. Pese a su edad, daba la impresión de tener una salud de hierro. Un artista alimentado con cereales y productos ecológicos al que aún no habían relegado al baúl de los recuerdos.

—¿Sí? —preguntó poniéndose en pie.

—¿Profesor Massey?

Su expresión era de desconcierto, pero no de alarma ni de irritación. Myrna se dijo que parecía la clase de maestro al que le caían bien los alumnos.

—¿Sí?

—Soy Clara Morrow. Tengo entendido que mi marido pasó a verle...

—Peter, sí —interrumpió el profesor con una sonrisa y se acercó a ella con la mano tendida—. ¿Cómo está usted? Estoy al tanto de su éxito. Me emociona mucho.

Por lo visto lo decía en serio, se dijo Myrna. Parecía alegre por Clara y contento de verla.

—¿Se lo contó Peter? —preguntó Clara.

—Lo leí en los periódicos: es usted nuestro mayor orgullo. La alumna ha aventajado a los maestros. —El profesor Massey observó con atención a la mujer que tenía delante—. Probablemente porque en realidad nunca fuimos sus maestros, ¿no es así, Clara? Quizá ahí estaba la clave: usted no nos seguía, no seguía a nadie. —Se volvió hacia Myrna y le confesó—: No era fácil tener una alumna creativa de verdad. Difícil de corregir y calificar, y más incluso de meter en el redil. Para nuestra vergüenza, lo intentamos.

Hablaba con tanta humildad, siendo tan consciente de sus propias limitaciones, que Myrna se sintió atraída hacia él.

—Me temo que no recuerdo ninguna de sus obras —añadió el profesor.

—No me sorprende —respondió Clara con una sonrisa—. Aunque sí figuraron en un lugar prominente en el Salon des Refusés de la Escuela de Arte.

—¿Formó parte de eso? —El profesor Massey negó con la cabeza con gesto apesadumbrado—. Fue terrible hacerle algo así a gente joven y vulnerable. Humillante. Lo siento. Debe saber que nos ocupamos de que aquello nunca volviera a suceder. Peter y yo también hablamos sobre eso.

—Bueno, sobreviví —dijo Clara.

—Y floreció. Vengan, siéntense. —Cruzó el estudio sin esperar respuesta y señaló un grupo de sillas desvencijadas y un sofá con el centro hundido casi hasta el suelo de cemento—. ¿Puedo ofrecerles algo de beber? —Se dirigió hacia una nevera vieja.

—Solía tenerla llena de cervezas —recordó Clara siguiéndolo—. Los viernes, después de clase, celebrábamos fiestas en su estudio.

—Es cierto. Pero ahora ya no puedo hacer nada de eso, con la nueva administración y las nuevas normas. ¿Una limonada?

Y les tendió cervezas.

Clara se echó a reír y aceptó una.

—De hecho, yo preferiría una limonada, si la tiene —pidió Myrna muerta de sed tras una mañana arrastrándose de galería en galería por la abrasadora Toronto.

El profesor Massey le tendió una y se volvió de nuevo hacia Clara.

—¿Qué puedo hacer por usted?

—Pues más o menos lo mismo que por Peter —repuso ella sentándose en el sofá. Se encontró al instante con las rodillas a la altura de los hombros y una espumosa ola de cerveza aterrizando en su regazo.

Comprendió que debería haberse preparado para algo así: era el mismo sofá en el que se habían sentado de estudiantes, tantos años atrás.

El profesor Massey le ofreció una silla a Myrna, pero ella prefirió pasearse por el estudio para ver las obras. Se preguntó si las habría pintado todas él. Le parecían buenas, pero había comprado uno de los úteros guerreros de Clara, de modo que no tenía lo que se decía mucho criterio a la hora de apreciar el arte.

—Bueno —dijo el profesor ocupando una silla frente a Clara—, Peter y yo hablamos sobre todo acerca de los demás alumnos y docentes. Me preguntó por algunos de sus profesores favoritos. Muchos ya no están, han muerto. Algunos sufren de demencia, como el pobre profesor Norman, si bien no puedo decir que fuera el favorito de nadie. Me gusta pensar que fue cosa de los gases de la pintura, pero todos sabemos que ya llegó un poco loco, y trabajar aquí no debió de ayudar. Yo me he librado sólo por tener una carrera mediocre y mostrarme siempre de acuerdo con la administración.

Se echó a reír y luego se quedó callado. Hubo un cariz en el silencio que hizo que Myrna se volviese desde el lienzo en blanco en el caballete para mirarlos.

—¿Por qué ha venido en realidad? —preguntó finalmente el profesor Massey.

Lo dijo con suavidad, en voz baja.

Sus ojos azules observaban a Clara y parecían crear una burbuja en torno a ella: un escudo para que no sufriera ningún daño. Myrna entendió por qué el profesor Massey era uno de los favoritos y por qué lo recordaban. Se debía a cosas mucho más importantes que «trasladar el universo visual al lienzo».

—Peter ha desaparecido —confesó Clara.

Su avance a través del bosque le recordaba algo a Jean-Guy. Alguna imagen antigua.

Gamache iba delante, montado en una bestia que, sospechaban, no era en realidad un caballo. Beauvoir, detrás, llevaba quince minutos agachándose cada tanto para evitar que las ramas que su *patron* iba apartando con la mano le dieran en plena cara al volver a su sitio casi inmediatamente después de que Gamache gritara «¡cuidado!».

Y cuando la naturaleza no le daba golpes, sólo veía el trasero de *Bullwinkle* meciéndose ante sí.

No estaba pasándolo bien. Por suerte, no había esperado mucho de esa cabalgata.

—¿Ya ves la casa? —preguntó por décima vez en el mismo número de minutos.

—Relájate y disfruta del paisaje —fue la paciente respuesta de Gamache—. Acabaremos por llegar.

—Sólo veo el culo de tu caballo —soltó Jean-Guy, y cuando Gamache se volvió fingiendo desaprobación, añadió—: jefe.

Se bamboleaba sobre su montura y no era capaz de admitir que empezaba a disfrutar con ello. Aunque quizá «disfrutar» no fuera la palabra: los pasos suaves y rítmicos del cauteloso animal le resultaban tranquilizadores, reconfortantes. Le recordaban la forma en que los monjes se mecían al rezar. O a una madre calmando a un crío angustiado.

Salvo por el ruido de los cascos y de los pájaros que emprendían el vuelo, espantados, a su paso, el bosque estaba en silencio. Cuanto más se internaban, más tranquilo y verde se volvía.

El chakra del corazón: una aldeana que tenía un centro de yoga allí cerca se lo había explicado: «El verde es el color del chakra del corazón», le había dicho como quien describe un hecho.

Él había descartado la idea entonces. Y la descartaría ahora de cara a la galería, para el público. Pero, para sus adentros, en lo profundo de aquella paz verde, empezaba a cuestionárselo.

Más adelante veía a Gamache bamboleándose a lomos de su bestia con un mapa de París asomando de la alforja.

—¿No hemos llegado aún al Louvre? —preguntó.

—Cierra el pico, tonto —repuso Gamache ya sin molestarse en girar la cabeza—. Sabes perfectamente que lo hemos dejado atrás hace un rato: estamos buscando la torre Eiffel y, más allá, el *XVe arrondissement*.

—*Oui, oui, zut alors* —contestó Beauvoir, y soltó una de esas risas nasales con las que se parodia a los franceses. Jo, jo.

Oyó reír por lo bajo al jefe.

—Ahí está.

Gamache señaló, y en ese instante Beauvoir supo qué le recordaba la escena: un dibujo de Don Quijote que había visto en un libro.

El jefe señalaba una burda cabaña en el bosque con un hombre más burdo incluso dentro. Podría haberse tratado de un gigante.

—¿Deberíamos acometer contra ella? —preguntó Beauvoir y oyó el murmullo inconfundible de la risa del jefe.

—Vamos, Sancho —dijo Gamache—: el mundo nos necesita.

Y Jean-Guy Beauvoir lo siguió.

El profesor Massey escuchaba sin interrumpir ni reaccionar, se limitaba a asentir de vez en cuando mientras Clara le hablaba de Peter: de su carrera, su obra, su vida en común.

Y finalmente no quedó nada por contar.

El profesor inspiró profundamente. Contuvo el aire un momento sin que sus ojos se apartaran de la mujer que tenía delante y luego exhaló.

—Peter es un hombre afortunado —dijo— excepto por una cosa: no parece darse cuenta.

Myrna tomó asiento en un taburete que estaba delante del caballete: aquel hombre tenía razón. Ella misma había sacado esa conclusión sobre Peter Morrow tiempo atrás: tenía una vida llena de buena suerte, de salud, de creatividad, de amigos; tenía seguridad, toda clase de privilegios y una compañera que lo amaba. Sólo había una migaja de desgracia en esa vida, y era que Peter Morrow parecía no tener ni idea de cuán afortunado era.

El profesor Massey tendió sus grandes manos y Clara posó las suyas encima.

—Tengo esperanzas —dijo el anciano—. ¿Sabe por qué?

Clara negó con la cabeza al mismo tiempo que Myrna: ambas estaban fascinadas por aquella voz dulce y segura.

—Porque se casó con usted, cuando podría haber elegido a cualquiera de las alumnas brillantes, atractivas y exitosas que había aquí. —El profesor Massey se volvió hacia Myrna—. Peter no sólo era un alumno de gran talento, sino que además era una estrella. En las escuelas de bellas artes no todo gira en torno al arte, también importa mucho la actitud, la pose que uno adopta. Los más populares eran unos cuantos jóvenes ceñudos vestidos de negro, Peter entre ellos. Pero Peter se distinguía por algo más que su talento y su actitud... —Levantó la barbilla señalando a Clara, que trataba de secarse la cerveza que le había caído en los vaqueros—. Por lo que recuerdo, Peter salía con muchas chicas distintas —continuó Massey—, pero finalmente no se sintió atraído por la más evidentemente talentosa ni por la más pretenciosa, sino por la marginada que al parecer no tenía talento alguno.

—No sé si tomarme eso como un elogio —comentó Clara riendo y se volvió hacia Myrna—. Tú no lo conocías entonces, era espectacular: alto y con el cabello largo y rizado; una especie de escultura griega que hubiera cobrado vida.

—¿Y cómo lo conquistaste? —quiso saber Myrna—. ¿Con artimañas femeninas?

Clara se echó a reír y fingió atusarse su magnífica melena imaginaria.

—Sí, estaba hecha una arpía; el pobre no tuvo escapatoria.

—No, hablo en serio —insistió Myrna levantándose del taburete y acercándose—. ¿Cómo llegasteis a estar juntos?

—La verdad, no tengo ni idea —admitió Clara.

—Yo sí —intervino el profesor Massey—: la pose resulta cansina al cabo de un tiempo, y aburrida, y predecible. Usted era espontánea, distinta.

—Y feliz —añadió Myrna.

Había pasado delante del sofá para ir a ver los lienzos en la pared del fondo.

—¿Son suyos? —preguntó. Massey asintió con la cabeza.

Eran buenos. Muy buenos. Y uno en particular, cerca del fondo, era excepcional. El profesor Massey la seguía con la mirada. «No importa la edad, un artista siempre se siente ligeramente inseguro», pensó Myrna.

—Así que ya sabemos qué le atrajo de ti a Peter —dijo Myrna—. ¿Qué te gustaba a ti de él? Aparte de su físico, ¿o en eso consistía todo?

—Al principio sí, por supuesto —contestó Clara, pensativa—. Ah, ahora me acuerdo. —Se echó a reír—. Es una banalidad, pero en aquel momento me pareció una cosa importantísima: cuando exhibieron mi obra en el Salon des Refusés, en lugar de tratarme como a una leprosa, Peter se acercó y se plantó a mi lado. —Se pasó las manos por el cabello y a punto estuvo de dejárselo de punta—. Yo era una marginada, un chiste: la chica rarita que hacía instalaciones locas. Y no locas en sentido guay y artístico, a lo Van Gogh: mis obras se consideraban superficiales y tontas. Y yo también.

—Debió de haber sido terrible —comentó Myrna.

—Un poco sí. Pero aun así seguía estando contenta, ¿sabes? Estaba en la Escuela de Arte creando mis propias obras. ¡Y además viviendo en Toronto! Era todo muy emocionante.

—Sin embargo, lo del Salon des Refusés le sentó francamente mal —dijo el profesor Massey.

Clara asintió con la cabeza.

—Eso era cosa de un profesor: Norman. Fue muy humillante. Recuerdo haber visto mi obra en el mismísimo centro de la galería reservada a los fracasados, donde la había puesto el profesor. Y entonces Peter se acercó y se plantó a mi lado. No dijo nada, sólo se quedó ahí de pie, para que todos lo vieran. —Sonrió ante aquel recuerdo—. Después de eso, las cosas cambiaron. No era que me aceptaran, pero ya no se burlaban de mí. O no tanto, en todo caso.

Myrna no tenía ni idea de que Peter había hecho aquello. A ella siempre le había parecido un poco superficial. Guapo, fuerte. Y sabía qué decir exactamente, cómo parecer considerado. Pero también captaba en él cierta debilidad.

—¿Puedo darle un consejo? —preguntó el profesor Massey. Clara asintió con la cabeza—. Váyase a casa, pero no a esperarlo: váyase a casa y siga adelante con su vida y su obra. Y tenga confianza en que él se reunirá con usted en cuanto haya encontrado lo que anda buscando.

—Pero ¿qué anda buscando? ¿Se lo contó? —preguntó Clara.

El profesor Massey negó con la cabeza.

—Lo siento.

—¿Por qué Dumfries? —intervino Myrna.

Los dos artistas se volvieron hacia ella.

—Puedo entender lo de París y los otros sitios —continuó—, pero ¿por qué ir a una pequeña ciudad de Escocia? Acababa de volver de allí cuando vino a verlo a usted. ¿Le habló de ese viaje?

El profesor volvió a negar con la cabeza.

—Hablamos sobre sus tiempos aquí, en la Escuela de Arte.

—¿Ve alguna conexión entre todos esos lugares que visitó? —preguntó Clara.

—No —contestó el profesor, aparentemente perplejo—. Como ustedes mismas han dicho, París, Florencia y Venecia tienen mucho sentido tratándose de un artista. Pero ¿una pequeña población escocesa? ¿Tenía familia allí?

—No —respondió Clara—. Y de allí viajó a Quebec capital; ¿se imagina por qué?

—Lo lamento —repuso el profesor, y parecía terriblemente triste.

Myrna empezaba a tener la sensación de que estaban acosando al pobre anciano al insistir en que les diera respuestas que claramente no tenía.

Se acercó a ellos.

—Creo que deberíamos irnos. Tenemos que coger el tren de vuelta a Montreal.

En la puerta, el profesor Massey estrechó la mano de Myrna.

—Todos deberíamos tener un amigo como usted. —Luego se volvió hacia Clara—. Éste debería ser el momento más feliz de su vida. Un tiempo de celebración. Y eso lo vuelve incluso más doloroso. Me recuerda a Francis Bacon y su tríptico. —De repente se le iluminó el rostro—. ¡Pero qué idiota soy! Acabo de enterarme de que uno de nuestros profesores ha tenido que dimitir a causa de una enfermedad. Daba clases de pintura y composición a alumnos de primer curso, ¡y usted sería perfecta para ese puesto! Sé que debería estar impartiendo clases en un curso mucho más avanzado... —Levantó una mano como si pretendiera rebatir las protestas de Clara—. Pero créame, para cuando llegan a tercer curso son insufribles. Pero ¿los nuevos alumnos? Eso sí es estimulante. Y la adorarían. ¿Le interesa?

Clara tuvo la súbita imagen de ella misma en un estudio espacioso como aquél: su propio estudio en la Escuela de Arte. Con su propio sofá, su propia nevera llena de cervezas de contrabando. Orientando a jóvenes entusiastas, artistas emergentes.

Se aseguraría de que no les hicieran lo que le habían hecho a ella. Los animaría, los defendería. Para ellos no habría ningún Salon des Refusés. No se burlarían de ellos, no los marginarían. No se encontrarían con alguien que aparentara fomentar la creatividad cuando lo que la escuela quería, en realidad, era conformismo.

Acudirían a su estudio los viernes, beberían cerveza y hablarían de cosas absurdas. Intercambiarían ideas, teorías, predicciones, planes audaces y sin perfilar. Aquello sería su propio salón: un Salon des Acceptés.

Y ella sería su refulgente centro: la artista reconocida mundialmente que los estaba formando.

Habría llegado a buen puerto.

—Piénselo —dijo el profesor Massey.

—Lo haré —contestó Clara—. Gracias.

El doctor Vincent Gilbert vivía en el corazón del bosque. Lejos del conflicto humano, pero también del contacto humano. Era un compromiso que había aceptado de buen grado. Y el resto de la humanidad se lo agradecía.

Gamache y Gilbert se habían encontrado muchas veces a lo largo de los años y, previsiblemente, el aislamiento y una vida dedicada sólo a sí mismo no habían mejorado las aptitudes sociales del doctor Gilbert.

—¿Qué quiere? —preguntó Gilbert luciendo un sombrero de paja que bien podría haberle robado al caballo de Beauvoir en una visita anterior.

Estaba en el huerto y, en opinión de Gamache, parecía cada vez más un profeta bíblico o un chiflado. Llevaba una camisa de dormir que alguna vez debía de haber sido blanca y que le llegaba a media pantorrilla, y unas sandalias de plástico que podía mojar con la manguera, lo cual no habría sido mala cosa, puesto que el abono orgánico le llegaba a los tobillos.

—¿No puede un vecino venir de visita? —preguntó Gamache cuando hubo atado su montura a un árbol.

—¿Qué quiere? —repitió el doctor Gilbert, incorporándose y echando a andar hacia ellos.

—Deje de hacer teatro, Vincent —dijo Gamache riéndose—. Sé que se alegra de verme.

—¿Me ha traído algo?

Gamache indicó con un gesto a Beauvoir, que abrió mucho los ojos.

—Ya sabe que soy vegetariano —ironizó Gilbert—. ¿Algo más?

Gamache hurgó en las alforjas y sacó una bolsa de papel de estraza y el mapa.

—Bienvenido, forastero —saludó Gilbert. Cogió la bolsa de papel, la abrió e inhaló el aroma de los *croissants*.

Sin explicación alguna, arrojó una preciada pasta al bosque y se llevó el resto a la cabaña de troncos seguido por Gamache y Beauvoir.

El tren emprendió la marcha con una sacudida, pero al cabo de poco circulaba deprisa y con perfecta estabilidad hacia Montreal.

—¿A qué venía la mención de Francis Bacon? Supongo que se refería al pintor del siglo XX y no al filósofo del XVI —preguntó Myrna. El camarero había tomado nota de qué querían para almorzar. Clara asintió, pero no dijo nada—. ¿Qué ha querido decir el profesor Massey? —insistió Myrna—. Lo ha mencionado por algo, ¿no es cierto?

Clara miró a través de la ventanilla las afueras de Toronto. Durante unos instantes, Myrna se preguntó si la habría oído, pero entonces le respondió mirando los cubos de basura desbordados, la colada en las cuerdas de tender. Y los grafitis, que no eran arte en sí, apenas una reafirmación de la identidad del artista: su nombre pintado con espray en enormes letras negras y repetido una y otra vez.

—Bacon pintaba a menudo series de tres. —Las palabras de Clara formaron una niebla fina en la ventanilla—. Trípticos. Creo que el profesor Massey estaba pensando en el de George Dyer.

Eso no le decía nada a Myrna, pero fue evidente que significaba mucho para Clara.

—Continúa —le pidió.

—Creo que el profesor Massey trataba de hacerme una advertencia. —Clara dejó de mirar el cristal y se volvió hacia su amiga.

—¿Cuál? —dijo Myrna, aunque era evidente que Clara habría preferido cualquier cosa antes que expresar con palabras esos pensamientos.

—George Dyer y Bacon eran amantes, y cuando se organizó la primera gran exposición en solitario de Bacon en París, que supuso el primer gran triunfo de su carrera como pintor, fueron juntos. El caso es que, mientras Bacon era aclamado...

Clara se interrumpió y Myrna sintió que su propio rostro palidecía.

—Cuéntamelo —insistió en voz baja.

—Dyer se suicidó en la habitación de hotel que compartían.

Sus palabras apenas fueron audibles, pero Myrna las oyó... y Clara también, como si las hubiera gritado a los cuatro vientos.

Las dos se miraron fijamente.

—Eso es lo que tratabas de advertirme cuando me contaste aquella historia de la Muerte en Samarra —dijo Clara con una voz que fue poco más que un susurro.

Myrna no fue capaz de contestar: no soportaba aumentar el miedo que veía en el rostro de Clara, en todo su cuerpo.

—Crees que eso mismo es lo que ha hecho Peter... —añadió Clara.

Pero sus ojos seguían rogándole a Myrna que le dijera que se equivocaba, que la tranquilizara asegurándole que Peter estaba por ahí pintando, que había perdido la noción del tiempo, de las fechas.

Myrna no dijo nada. Quién sabía si por bondad o por cobardía, pero guardó silencio y permitió que Clara se hiciera ilusiones.

Que creyera que Peter volvería a casa, incluso que, cuando regresaran, estaría esperándolas con una cerveza, un par de filetes, una explicación y un torrente de disculpas.

Myrna miró a través de la ventanilla: los bloques de pisos, al parecer interminables, seguían pasando a toda velocidad, pero el nombre del artista de grafiti había desaparecido.

Una bonita habitación de hotel en París, pensó. Samarra. O algún rincón de Quebec. Fuera como fuese que hubiera recalado allí, Myrna temía que Peter Morrow hubiera llegado al final del camino, y que allí hubiera encontrado a la Muerte.

Y sabía que Clara temía lo mismo.

La cabaña de troncos de Vincent Gilbert no había cambiado mucho desde la última vez que Beauvoir la había visitado. Seguía teniendo una única habitación con una cama grande en un extremo y la cocina en el otro. Sobre el burdo suelo de madera de pino se habían extendido finas alfombras orientales y a ambos lados de la chimenea de mampostería había estanterías atiborradas de libros. Ante el hogar se hallaban frente a frente dos cómodas butacas con sendos escabeles.

Antes de que Vincent Gilbert se mudara allí, la cabaña había sido escenario de un crimen terrible, un asesinato tan inaudito que había estremecido al país entero. Hay lugares que parecen aferrarse a esa clase de malevolencia, como si el dolor, la impresión y el espanto se hubieran fundido con la estructura.

Pero esa casita siempre había transmitido una extraña sensación de inocencia... y de infinita paz.

El doctor Gilbert les sirvió vasos de agua mineral y les preparó unos sándwiches con tomates recién cogidos de su huerto.

Gamache desplegó el mapa de París sobre la mesa y lo alisó con sus manazas.

—Bueno, ¿qué quiere, Armand? —preguntó el doctor Gilbert por tercera vez.

—Cuando viajó a París después de haber dejado a su mujer, ¿adónde fue?

—Eso ya se lo he contado antes. ¿No prestaba atención?

—Sí, *mon ami* —respondió Gamache con tono tranquilizador—, pero me gustaría volver a oírlo.

Gilbert le dirigió una mirada llena de suspicacia.

—No me haga perder el tiempo, Armand. Tengo mejores cosas que hacer que repetirme. Hay estiércol que esparcir.

Algunos consideraban a Vincent Gilbert un santo. Otros, como Beauvoir, un gilipollas. Los residentes de Three Pines habían decidido, salomónicamente, referirse a él como el Santo Gilipollas.

—Pero eso no significa que no sea un santo —había comentado Gamache—: la mayoría de los santos eran gilipollas. De hecho, que no lo fuera lo descalificaría por completo.

—Gilipollas —había susurrado Beauvoir.

—Lo he oído —había repuesto Gamache sin volverse.

Ahora, Jean-Guy Beauvoir observaba a los dos hombres. A Gilbert, anciano, imperioso, flaco y curtido, con ojos sagaces y temperamento inflamable. Y a Gamache: veinte años más joven, más robusto y tranquilo.

Jean-Guy Beauvoir había presenciado grandes gestos de amabilidad de Gilbert y crueldades de Gamache. Estaba seguro de que ninguno de los dos era un santo.

—Muéstreme en el mapa dónde exactamente se alojó en París —dijo Gamache sin prestar la más mínima atención a la pequeña pataleta de Gilbert.

—Vale —resopló el doctor—. Fue aquí. —Una uña ennegrecida de tierra cayó sobre el mapa.

Se inclinaron para examinar aquel punto como científicos sobre una prueba de tornasol. Y luego Gamache se incorporó.

—¿Habló alguna vez con Peter Morrow sobre la temporada que pasó en París? —preguntó.

—Con él en particular, no —respondió Gilbert—. Pero es posible que me oyera hablar al respecto. ¿Por qué lo dice?

—Porque ha desaparecido.

—Creía que Clara lo había echado.

—Lo hizo, pero quedaron en una fecha para encontrarse, al cabo de exactamente un año. Eso fue hace varias semanas y él nunca apareció.

Era evidente que Vincent Gilbert estaba sorprendido.

—Él quería a Clara. Suelo pasar por alto un montón de cosas, pero tengo olfato para el amor.

—Como un cerdo trufero —soltó Beauvoir, y lo lamentó en cuanto vio la cara del Santo Gilipollas.

Pero entonces, de forma inesperada, Gilbert sonrió.

—Exactamente: soy capaz de olerlo. El amor tiene un aroma propio, ¿saben?

Beauvoir miró a Gilbert, asombrado ante lo que acababa de oír.

«A lo mejor, este hombre sí es...», se dijo.

—Huele a abono orgánico —concluyó Gilbert.

«...un gilipollas al fin y al cabo».

DOCE

Armand Gamache se bamboleaba a lomos de su caballo/
alce y pensaba en la visita que le habían hecho a Vincent
Gilbert... y en París.

Su París, el París de Gilbert, el París de Peter. Y mientras pensaba, el bosque se desvaneció y los viejos troncos
retorcidos de los árboles sufrieron una metamorfosis: se
movieron y cambiaron de forma hasta que aquello dejó
de ser un bosque impenetrable para convertirse en un
magnífico bulevar parisino. Gamache cabalgaba por la
calzada de una calle amplia flanqueada por espléndidos
edificios, unos de estilo Haussmann, otros *art nouveau*,
otros más *beaux arts*. Pasaba delante de parques, pequeños cafés y grandes monumentos.

Hizo al caballo/alce cambiar de rumbo para recorrer
el bulevar de Montparnasse. Pasó ante sus toldos rojos,
ante parisinos que leían en mesitas redondas con el sobre
de mármol. Dejó atrás La Coupole, La Rotonde, Le Se-
lect: los cafés donde vivían y bebían Hemingway y Man
Ray, donde cientos de escritores y artistas celebraron sus
tertulias y se inspiraron unos a otros, algunos a lo largo
de toda su vida. A su izquierda, Gamache pudo entrever
el cementerio de Montparnasse, donde está sepultado
Baudelaire, donde Sartre y Simone de Beauvoir pasarán la

eternidad bajo la misma lápida, donde se halla *El beso*, la maravillosa escultura de Brancusi.

Y no muy lejos de allí, detrás del cementerio, atisbó la espantosa Torre Montparnasse: una especie de advertencia frente a la creencia moderna de que es posible mejorar lo perfecto.

Gamache y Beauvoir cabalgaban recorriendo el pasado, dejando atrás a artistas y escritores muertos hacía mucho, dejando atrás Montparnasse hasta llegar al barrio donde Peter Morrow había decidido alojarse, tan cerca de semejante explosión de creatividad.

Pero a un mundo de distancia.

Viraron por la rue de Vaugirard y, despacio, muy despacio, el hechizo se fue disipando: la Ciudad de la Luz se desvaneció para convertirse en una ciudad más, a ratos encantadora y viva, pero no en el París de Manet, Picasso y Rodin.

Finalmente, llegaron a su destino.

Gamache tiró con suavidad de las riendas y notó un ligero estremecimiento cuando la cabeza del caballo de Beauvoir chocó contra la grupa del suyo.

Tanto Beauvoir como su montura se habían adormecido, pero ahora estaban bien despiertos.

—¿Por qué nos paramos?

Beauvoir y su caballo pasearon la vista a su alrededor.

Gamache miraba fijamente un árbol como si esperara que el tronco se abriera y los dejara entrar.

¡Plof! Clara se dejó caer en una butaca de su jardín y se deslizó hacia atrás hasta apoyarse en el cojín. Sobre uno de los anchos brazos estaba el *gin-tonic* que soñaba con tomarse desde que se había subido al sofocante coche de Myrna para hacer el trayecto de vuelta desde Montreal; sobre el otro, un cuenco con patatas fritas.

Qué alegría estar en casa.

—Vosotros primero —dijo, notando cómo su cuerpo se relajaba al contacto con el cojín.

Reine-Marie, Armand, Jean-Guy y Myrna estaban en su jardín trasero para intercambiar información.

—Creo que sé adónde fue Peter cuando salió de aquí —dijo Gamache.

—Ya lo sabemos —le recordó Clara, señalando el mapa que él desplegaba en ese momento sobre la mesa—: a París.

—Sí. A París, Florencia, Venecia —confirmó el jefe, mirando a Clara por encima de las gafas de lectura—. Todo parecía tener sentido excepto por una cuestión evidente.

—Dumfries —intervino Reine-Marie.

Su marido asintió con la cabeza.

—¿Para qué ir a Dumfries? Me distrajo ese gran interrogante, ese bosque, de modo que no se me ocurrió ver más de cerca un árbol muy raro: un detalle.

—Para qué ir hasta París y alojarse en el *XVe arrondissement*... —propuso Clara, incorporándose hasta sentarse tiesa en la butaca.

—*Oui*. Exacto.

Había un brillo inconfundible en los ojos marrón oscuro de Gamache. No era que disfrutara con aquello, pero se le daba bien: era como un minero llevando una antorcha e iluminando pasadizos oscuros, o cavando pozos profundos, a menudo peligrosamente profundos, para extraer lo que fuera que estuviera enterrado allí.

Reine-Marie reconocía ese brillo, y oía, una vez más, el batir de las alas de la polilla.

Tuvo que contenerse para no ponerse en pie, para no mirar el reloj, para no decirle a Armand que ya era hora, que había que irse, que debían regresar a su alegre hogar, al sitio al que pertenecían, donde podrían cuidar del jardín, leer, tomar limonada y jugar al bridge. Y donde, si morían, lo harían en su cama.

Reine-Marie se revolvió en el asiento y se aclaró la garganta.

Armand la miró.

—Continúa —dijo ella.

Él la miró a los ojos y ella sonrió. Entonces, Gamache asintió con la cabeza y se volvió de nuevo hacia Clara.

—¿Por qué el XVe? Esta tarde, Vincent Gilbert nos ha dado la respuesta.

—¿Habéis visitado al Santo Gilipollas? —preguntó Myrna. Lo dijo sin rencor ni ganas de criticar: se habían acostumbrado hasta tal punto a llamarlo así que casi habían olvidado su nombre y su ocupación. Incluso el propio Vincent Gilbert respondía a ese nombre, aunque a veces los corregía diciendo: «Para vosotros, *doctor* Santo Gilipollas.»

En sus inicios había sido un médico famoso y de éxito, pero había acabado como un recluso en una cabaña de troncos de una sola habitación. En medio habían pasado un montón de cosas, pero todo empezó con una visita al XVe *arrondissement* de París.

—Creo que Gilbert y Peter se sintieron atraídos por el mismo lugar —declaró Gamache—. Éste.

Señaló en el mapa la sucia huella de un dedo plasmada sobre el punto en cuestión como una nube.

Todos se inclinaron para mirar excepto Jean-Guy.

Él ya sabía qué estaba señalando Gamache.

LaPorte: La Puerta.

Cuando los demás se acercaron al mapa, Jean-Guy se quedó sentado en el jardín; cerró los ojos, respiró el aire fresco del anochecer y echó de menos a Annie, que había vuelto a su trabajo en Montreal esa mañana. Él había tenido la intención de regresar con ella, pero, mientras estaban acostados en la cama, Annie había sugerido que se quedara.

—Encuentra a Peter. Deseas hacerlo y mi padre necesita tu ayuda.

—No creo que la necesite.

Annie había sonreído al oírlo y le había pasado un dedo por el brazo, lentamente, desde el hombro hasta el codo.

Durante la mayor parte de su vida adulta, Jean-Guy Beauvoir había salido con cuerpos. Se casó con Enid por sus pechos, sus piernas, su delicado rostro; por su capacidad de hacer que a los amigos de Jean-Guy se les doblaran las rodillas.

Pero cuando su propio cuerpo había acabado maltrecho, magullado y casi sin vida, sólo entonces Jean-Guy descubrió hasta qué punto pueden resultar atractivos un corazón y un cerebro.

Una sonrisita coqueta podía cautivarlo, pero lo que acabaría por liberarlo sería una risa campechana.

A nadie se le doblaban las rodillas por Annie Gamache. No había miradas que siguieran su cuerpo robusto ni silbidos de admiración ante su rostro no especialmente agraciado, pero era, de lejos, la mujer más atractiva en cualquier habitación.

Pasados ya los treinta y cinco, con un cuerpo molido y un espíritu hecho añicos, a Jean-Guy Beauvoir lo había seducido la felicidad.

—Quiero regresar contigo a Montreal —dijo, y hablaba en serio.

—Y a mí me gustaría que lo hicieras —repuso ella, y hablaba en serio—. Pero alguien tiene que encontrar a Peter Morrow y, al igual que mi padre, también tú estás en deuda con Clara. Tienes que ayudar.

Por eso era feliz Annie. Jean-Guy lo sabía ahora: la felicidad y la bondad iban de la mano. Una no podía existir sin la otra. Para Jean-Guy suponía una lucha; para Annie parecía algo natural.

Se acurrucaron juntos en el lecho y ella entrelazó sus dedos con los de Jean-Guy en el espacio entre sus cuerpos desnudos.

—Ahora haces jornadas reducidas —dijo Annie—. ¿Estará de acuerdo Isabelle?

Beauvoir todavía no se había acostumbrado a pedirle permiso a una directora de la Sûreté que era antaño su subordinada, pero llamó a la inspectora jefe Lacoste a primera hora de la mañana y ella se mostró de acuerdo: podía quedarse y ayudar en la búsqueda de Peter Morrow.

Isabelle Lacoste también estaba en deuda con Clara.

Annie se había marchado, y ahora, al declinar el día, Jean-Guy Beauvoir, sentado en el jardín escuchando la conversación, se concedió unos instantes para dejar que su corazón reinara sobre su cabeza. Inconscientemente, levantó la mano derecha con la palma abierta, como si esperara la mano de Annie.

—¿LaPorte? —preguntó Clara, incorporándose tras haberse inclinado sobre el mapa hasta casi rozarlo con la nariz—. ¿La Puerta? ¿El sitio que fundó *frère* Albert?

—*Oui* —contestó Gamache—. A lo mejor me equivoco, pero eso creo.

Como la mayoría de la gente que admite la posibilidad de equivocarse, sabía que era probable que estuviera en lo correcto. Pero Clara no quedó convencida ni mucho menos. Y Myrna tampoco.

—¿Para qué iba a ir Peter a LaPorte? —preguntó Myrna arrellanándose en el asiento. Estaba decepcionada: aquello difícilmente era un gran avance.

—¿Por qué lo hizo Vincent Gilbert? —intervino Jean-Guy, uniéndose a la conversación.

Myrna le dio vueltas al asunto.

—Él había tenido éxito en su carrera —repuso, recordando las conversaciones con el Santo Gilipollas—, pero después su matrimonio se rompió.

Gamache asintió.

—Continúa.

Myrna reflexionó un poco más.

—La causa no fue sólo el final de su matrimonio —admitió pensando en voz alta—: mucha gente se separa o se divorcia sin tener que salir pitando a una comuna en Francia.

Dicho eso, guardó silencio y reflexionó sobre la pieza que faltaba. ¿Qué induciría a un exitoso hombre de mediana edad a abandonar su carrera y vivir en una comunidad fundada por un sacerdote humilde para atender a niños y adultos con síndrome de Down?

Ésa era la vocación de LaPorte: abrirle una puerta a esa gente después de que le hubieran cerrado tantas en sus peculiares caras. La comunidad de *frère* Albert no ofrecía simplemente un lugar para vivir, aunque eso fuera fundamental, sino sobre todo dignidad, igualdad y una sensación de acogida.

El talento de *frère* Albert consistía en saber que una comunidad creada para ayudar a otros nunca florecería, pero una creada para el beneficio mutuo sí. Era consciente de que él también tenía sus defectos; quizá no tan obvios como alguien con síndrome de Down, pero sí en aspectos más sutiles, si bien igualmente complejos.

La genialidad de LaPorte residía en su convencimiento absoluto de que todas las personas allí tenían algo que aprender de los demás y algo que ofrecerles. No se hacían distinciones entre un miembro con síndrome de Down y cualquier otro.

—El doctor Gilbert fue allí a ofrecerse voluntario como director médico de la comunidad —dijo Myrna—, no porque pudiera curarlos, sino porque necesitaba curarse.

—Exactamente —repuso Gamache—. Todos necesitamos que nos curen en algún momento de nuestras vidas. Todos hemos sufrido daños profundos. Y creo que su herida era la misma que la de Peter. No física, sino espiritual. Ambos tenían un hueco, un desgarro.

Tras esas palabras, reinó el silencio.

Todos los sentados a la mesa conocían ese sentimiento: el espanto al comprender que todos los juguetes, todos los éxitos, los poderosos consejos directivos, los coches nuevos y los elogios no habían servido para llenar ese hueco. De hecho, lo habían vuelto más grande, más profundo.

No había nada malo en el éxito en sí, pero debía tener significado.

—Vincent Gilbert llamó a LaPorte con la esperanza de encontrarse a sí mismo —dijo Gamache.

—¿Y crees que Peter hizo lo mismo que él? —preguntó Clara.

—¿Tú lo crees? —fue la respuesta de Gamache.

—«Rezo porque te conviertas en un hombre valiente en un país valiente» —dijo Clara.

—«Rezo porque encuentres un modo de ser útil» —añadió Gamache completando la cita.

Reine-Marie se miró las manos y vio que había retorcido y hecho jirones la servilleta de papel.

Clara asintió despacio con la cabeza.

—Me parece que podrías tener razón. Peter no fue a París en busca de una nueva voz artística. La cosa era más simple: quería encontrar un modo de resultar útil.

Se estaba poniendo el sol y los pájaros, los grillos y otros pequeños animales se sumieron en el silencio. El aroma a rosas y guisantes de olor flotó hasta ellos en el aire denso del anochecer.

—Entonces ¿por qué no se quedó allí? —preguntó Clara.

—Quizá el hueco resultaba demasiado grande —sugirió Myrna.

—Quizá se acobardó —intervino Reine-Marie.

—Quizá LaPorte no era la respuesta para Peter, pese a que lo fuera para el doctor Gilbert —opinó Jean-Guy—: quizá la respuesta para Peter se hallaba en otro sitio.

Gamache asintió. Había hecho una llamada a la Sûreté de París para pedirles que visitaran LaPorte con una fotografía de Peter y las fechas en cuestión. Para que confirmaran sus sospechas de que Peter había estado allí.

Y que luego se había marchado.

TRECE

—¿Nadie tiene hambre? —preguntó Myrna—. ¿Alguien sabe qué hora es?

No conseguía ver su reloj en la penumbra. El sol se había puesto mientras escuchaban a Armand. Tan absortos estaban que no habían reparado en la oscuridad. Ni en el hambre. Pero ahora sí.

—Son casi las diez —respondió Beauvoir, cuyo reloj tenía esfera luminosa—. ¿Servirán todavía Olivier y Gabri?

Momentos después ya estaban saliendo del jardín trasero de Clara en dirección al *bistrot*. Hacía una noche agradable. La gente que había cenado tarde en la terraza estaba ya en los postres y el café.

—Será un toma y daca —dijo Clara—: nosotros les daremos información y ellos nos darán comida.

El toma y daca era una especialidad del *bistrot* de Olivier.

Eligieron una mesa dentro, en un rincón, lejos de los demás comensales. Gabri y Olivier se unieron a ellos, encantados de poder sentarse por fin.

Ruth salió de la librería con *Rosa* y se les acercó renqueando.

—¿Puedo cerrar ya? —preguntó.

Myrna se volvió y le susurró a Clara:

—Madre mía, me había olvidado de ella.

—Quién iba a saber que abriría siquiera la librería —contestó Clara por lo bajo—. Mejor agradece que no haya provocado un incendio.

—Acabamos de volver —mintió Myrna mirando a Ruth a los ojos—. Gracias por ocuparte de la tienda.

—*Rosa* se ha hecho cargo de casi todo —dijo Ruth. Myrna y Clara intercambiaron miradas de preocupación—. Han entrado unas cuantas personas. Han comprado libros y guías de París. He cuadruplicado los precios. ¿Qué hay de cenar? —Cogió la bebida de Jean-Guy por pura costumbre y, al darse cuenta de que era sólo una Coca-Cola, procuró apoderarse del whisky de Myrna justo antes de que ésta reaccionara—. Qué bien que estés de vuelta —le dijo.

—¿Hablas conmigo o con la copa? —preguntó Myrna, y una vez más Ruth la miró como si la viera por primera vez.

—Con la copa, por supuesto.

Pidieron la cena. Acto seguido, Gamache dijo mirando a Clara:

—Ahora te toca a ti.

Y así, mientras compartían un surtido de entrantes, Clara les contó el encuentro con Thomas Morrow y la cena con Marianna y Bean.

—¿Bean es un chico o una chica? —quiso saber Jean-Guy—. A estas alturas tiene que ser evidente.

Había conocido a la familia Morrow unos años atrás y, una vez más, lo había dejado asombrado que los ingleses se hubieran vuelto tan locos. Estrechos de miras y endogámicos, sospechaba. Decidió que a partir de ahora les contaría los dedos. Miró a Ruth y se preguntó cuántos tendría ella en los pies. Y luego si no tendría pezuñas hendidas en vez de dedos.

—Aún no se sabe —admitió Clara—. Pero Bean parece feliz, aunque está claro que, sea chico o chica, no ha heredado el gen artístico.

—¿Por qué lo dices? —preguntó Gabri mientras hundía un calamar a la brasa en un delicado alioli.

—Peter le enseñó a Bean el círculo cromático y Bean hizo una serie de pinturas que colgó en las paredes de su habitación. Son bastante horribles.

—La mayoría de las obras de arte lo son al principio —comentó Ruth—. Las tuyas eran una cagada de perro, y es un cumplido.

Clara se echó a reír. Ruth tenía razón en ambas cosas: aquello era un cumplido y sus pinturas siempre eran un verdadero desastre al principio. Cuanto peor aspecto tenían de entrada, mejor le quedaban después.

—¿A ti también te pasa? —le preguntó a Ruth—. ¿Cómo son tus poemas al principio?

—Son como un nudo en la garganta —le respondió Ruth.

—¿Eso no suele pasar con una simple aceituna que se te atraganta? —preguntó Olivier.

—Una vez me pasó —admitió Ruth—. Escribí un poema bastante bueno antes de escupirla.

—¿Un poema empieza como un nudo en la garganta? —le preguntó Gamache a Ruth. La anciana lo miró un instante a los ojos y luego bajó la vista a su copa.

Clara se quedó callada, pensando. Finalmente, asintió.

—Para mí también. El primer intento es pura emoción que estalla contra el lienzo como un cañonazo.

—Las pinturas de Peter se ven perfectas desde el principio —intervino Olivier—, nunca hay que rescatarlas.

—¿Rescatarlas? —repitió Gamache—. ¿Qué quieres decir con eso?

—Es algo que me contó Peter —repuso Olivier—: estaba orgulloso de no tener que rescatar nunca un lienzo.

—¿Y «rescatar» una pintura significa arreglarla? —preguntó Gamache.

—Es una expresión que usamos los artistas —explicó Clara—, una especie de tecnicismo: si aplicas demasiadas capas de pintura en un lienzo, los poros se obstruyen y la pintura no se sostiene; acaba hecha un pringue y empieza a desprenderse, con lo que la obra se echa a perder. Ocurre sobre todo cuando te pasas de rosca. Es como cocer algo demasiado rato: luego no puedes «descocerlo».

—Así que no es el tema de la pintura en cuestión lo que está mal —dijo Myrna—. Sólo es algo físico: que el lienzo queda saturado.

—Exacto, aunque ambas cosas suelen venir juntas. Casi nunca te pasas de rosca con un lienzo del que estás satisfecha. Ocurre cuando hay algún problema e intentas a toda costa resolverlo. Insistes una y otra vez tratando de plasmar algo que es verdaderamente difícil, de convertir una cagada de perro en algo que tenga significado. Es entonces cuando el lienzo puede saturarse.

—Pero ¿a veces es posible rescatarlo? —le preguntó Reine-Marie.

—A veces sí. Yo misma lo he hecho. Pero la mayor parte de las veces ya no hay nada que hacer. Es realmente espantoso porque el lienzo suele rendirse justo cuando estás a punto de conseguirlo, cuando ya casi lo tienes. Y a veces pasa cuando ya lo tienes, cuando das la última pincelada. Y entonces, de repente, la pintura empieza a moverse, a desprenderse. No se sostiene, y todo está perdido. Es desolador: como si estuvieras escribiendo un libro y lo corrigieras una y otra vez y, cuando finalmente lo tienes listo, justo cuando has escrito «Fin», todas las palabras desaparecieran.

—Mierda —soltaron Myrna y Ruth al unísono mientras *Rosa*, desde el regazo de Jean-Guy, musitaba «caca, caca, caca».

—Pero ¿es posible rescatar una obra al menos de vez en cuando? —preguntó Reine-Marie.

Clara miró a Ruth, que se hurgaba los dientes para quitarse un pedacito de espárrago.

—A ella tuve que rescatarla.

—No puedes estar hablando en serio —ironizó Gabri—; ¿tenías elección y escogiste rescatarla?

—Me refiero al retrato que hice de Ruth —explicó Clara.

—¿El pequeño? —preguntó Reine-Marie—. ¿Aquel que llamó tanto la atención?

Clara asintió con la cabeza. Si el enorme cuadro de *Las tres Gracias* era como un grito, el diminuto retrato de Ruth era como una seña silenciosa: costaba poco ignorarlo, descartarlo.

La mayoría de la gente pasaba de largo ante aquel pequeño lienzo y muchos de los que se detenían sentían aversión ante la expresión de la anciana: aquel cuadro con una mujer vieja de mirada furibunda y amarga que hervía de indignación ante un mundo que la ignoraba irradiaba pura ira. Así que la gente prefería seguir con sus charlas y sus risas y dejarla en paz.

Su mano flaca y surcada de venas se ceñía al cuello el raído chal azul.

Los despreciaba.

Pero, entre quienes se detenían, unos pocos veían algo más que ira: veían dolor. Y una súplica: que alguien se detuviera, que le hiciera compañía aunque fuera unos instantes.

Y aquellos que prestaban atención a esa súplica se veían recompensados: veían que no se trataba tan sólo de una anciana llena de amargura.

Clara había representado a la poeta como María, la madre de Dios.

Anciana, sola, con todos sus milagros desvanecidos y olvidados.

Y aquellos que se quedaban de pie ante ella mucho rato, que le hacían compañía, recibían una recompensa aún mayor: la ofrenda definitiva, el último milagro.

Sólo ellos veían qué había pintado Clara realmente.

Sólo ellos reparaban en el rescate.

Ahí, en los ojos de la anciana, había un punto, un brillo; allá, en la distancia, a espaldas de los atolondrados asistentes, la anciana vislumbraba algo...

Esperanza.

Clara había captado, con una sola manchita, el momento en que la desesperación se transformaba en esperanza.

Era luminoso.

—¿La rescataste? —preguntó Reine-Marie.

—Creo que fue mutuo —contestó Clara y miró a Ruth, que cogía un trocito de pan del plato de Jean-Guy para dárselo a *Rosa*—: esa obra fue el verdadero inicio de mi carrera.

Nadie lo dijo, pero todos estaban pensando que, de haber pintado a Peter en ese instante, Clara quizá habría captado el momento en que la esperanza se transformaba en desesperación.

Clara les habló entonces de las visitas de esa mañana a las galerías de arte más importantes de Toronto y les dijo que nadie recordaba haber visto a Peter.

Mientras tanto, Armand Gamache la observaba con atención, asimilándolo todo: sus palabras, su tono, sus movimientos más sutiles.

Al igual que Clara ensamblaba los elementos de una pintura y Ruth los de un poema, Gamache hacía encajar los elementos de un caso.

Y, al igual que en una pintura o un poema, en el núcleo de sus casos había una emoción intensa.

—¿O sea que no ha habido suerte? —preguntó Olivier—. ¿Ni rastro de Peter?

—De hecho, al final sí hemos conseguido encontrar a alguien que no sólo lo vio, sino que además pasó un rato con él —respondió Clara, y les contó su visita a la Escuela de Arte.

—No entiendo para qué iba a volver a vuestra antigua escuela —comentó Gabri—. ¿Lo había hecho con anterioridad?

—No, ni Peter ni yo volvimos nunca —dijo Clara.

—¿Y por qué crees entonces que volvió allí el invierno pasado? —preguntó Gamache, ignorando sus gambas a la plancha con salsa de mango—. ¿Qué quería?

—La verdad es que no sé qué quería Peter. ¿Tú sí? —preguntó volviéndose hacia Myrna.

—Creo que quería volver a experimentar lo que sentía cuando era alumno allí —respondió Myrna—. El profesor Massey nos ha dicho que hablaron mucho sobre sus tiempos de estudiante. Sobre los otros alumnos, los profesores... Sospecho que quería recordar esa época: cuando se sentía joven, lleno de energía, valorado, dueño del mundo...

—O sea que tenía nostalgia —puntualizó Gabri.

Myrna asintió.

—Y quizá algo más: es posible que quisiera recuperar un poco de magia.

Clara sonrió.

—No creo que a Peter le fuera mucho la magia.

—Él no lo habría dicho así —concedió Myrna—, pero da igual: la época en la Escuela de Arte fue mágica para él y en su angustia se sintió atraído por el lugar donde le habían pasado tantas cosas buenas, por la posibilidad de revivirlas.

—Quería que lo rescataran —intervino Ruth.

Se había apropiado del plato de Gamache y se estaba acabando la última gamba.

—Llevaba demasiadas capas de vida encima —continuó—: su mundo se caía. Quería que lo rescataran.

—¿Y fue a la Escuela de Arte para eso? —preguntó Olivier.

—Sí, acudió al profesor Massey para eso —confirmó Myrna asintiendo. Sólo le produjo una leve irritación que la chiflada de Ruth hubiera sabido ver lo que a ella le había pasado por alto—, para que le aseguraran que seguía siendo un hombre lleno de energía y de talento, una estrella.

Reine-Marie paseó la vista por el *bistrot*. Miró a través de los ventanales con parteluces las mesas de la terraza, ahora vacías, y el círculo de casas iluminadas suavemente en la oscuridad.

Hablando de rescates...

Miró a Armand a los ojos y volvió a ver esa expresión: la de alguien a quien habían rescatado.

Por su parte, Gamache cogió un trozo de *baguette* y lo mordisqueó mientras reflexionaba.

¿Qué quería Peter? Si había viajado tan lejos y en tan poco tiempo: París, Florencia, Venecia, Escocia, Toronto, Quebec capital, era, sin duda, porque deseaba algo y estaba desesperado por conseguirlo.

Su viaje tenía el aroma de la desesperación: la desesperación del cazador y de la presa. Era un juego del escondite con un solo jugador.

—Vuestro profesor ha mencionado cierto Salon des Refusés —dijo—. ¿Qué era eso?

—En realidad he sido yo quien lo ha sacado a colación —respondió Clara—: no creo que el profesor Massey estuviera muy contento de que se lo recordaran.

—¿Y por qué no? —preguntó Jean-Guy.

—No fue el mejor momento de la escuela —contestó Clara entre risas—. Cada año se organizaba una exposición de fin de curso con obras escogidas por un jurado compuesto de profesores y galeristas importantes de Toronto. Sólo entraban los mejores. Un año, sin embargo, a uno de los profesores eso le pareció injusto, de modo que montó una exposición paralela.

—El Salon des Refusés —apuntó Olivier.

Clara asintió.

—Una exposición para los rechazados. Se hizo siguiendo el ejemplo de una famosa exposición de 1863 en París, que se montó para reivindicar la calidad de obras tan importantes como el *Desayuno sobre la hierba* de Manet y la *Sinfonía en blanco* de Whistler, que habían sido excluidas del Salón oficial organizado por la Academia Francesa.

—Sabes mucho al respecto, *ma belle* —comentó Gabri.

—Ya puedo saberlo: mis obras se expusieron en un lugar prominente en el Salon des Refusés de la Escuela de Arte —repuso Clara—. Fue la primera noticia que tuve de que el jurado las había rechazado: ahí estaban, en la exposición paralela.

—¿Y las de Peter? —quiso saber Gamache.

—En un lugar prominente de la exposición oficial —respondió Clara—. Había pintado algunas obras espectaculares. Supongo que las mías no eran lo que se dice espectaculares: estaba haciendo experimentos.

—¿No te habían rescatado aún? —bromeó Gabri.

—No había rescate posible en mi caso.

—Eran *avant-garde* —intervino Ruth—. ¿No es ése el término que se usa? Avanzadas con respecto a su época: ibas por delante y el resto necesitaba ponerse al día. No hacía falta que te rescataran: no te habías perdido, sino que estabas explorando; hay una gran diferencia.

Clara miró entonces a los ojos cansados y legañosos de Ruth.

—Gracias. Pero aun así fue humillante. Despidieron al profesor que lo había organizado. Tenía unas ideas muy raras con respecto al arte y no encajaba allí. Era un malapata. —Se volvió hacia *Rosa*—. Con perdón.

—¿Qué ha dicho? —preguntó Ruth.

—Ha dicho que eres una mala puta —espetó Gabri bien alto.

149

Ruth soltó una risa grave y cavernosa.

—Pues en eso no se equivoca. —Se volvió hacia Clara, que se apartó un poco—. Pero sí te equivocas con lo del salón: ahí es donde siempre querrían estar los artistas de verdad, con los rechazados. No deberías haberte ofendido.

—Dile eso a mi yo de veinte años.

—¿Qué te parece preferible? —preguntó Ruth—. ¿Tener éxito a los veinte y caer en el olvido a los cincuenta o al revés?

Como Peter, pensaron todos, Clara incluida.

—Y cuando ya nos íbamos, el profesor Massey ha mencionado a Francis Bacon —añadió Clara.

—¿El filósofo? —preguntó Reine-Marie.

—El pintor —aclaró la pintora, y enseguida les explicó por qué Bacon había venido a cuento.

—Me parece cruel traer algo así a colación —comentó Olivier.

—No creo que su intención haya sido ésa —repuso Clara—. ¿Vosotros sí?

Myrna negó con la cabeza.

—Parece tenerle cariño a Peter. Creo que sólo quería preparar a Clara...

—¿Para qué? ¿Por si Peter se ha suicidado? —soltó Ruth con una risotada y luego miró a su alrededor—. No creeréis que eso es posible, ¿verdad? Es absurdo: tiene una opinión demasiado buena de sí mismo. Se adora. No, Peter podría matar a alguien, pero nunca se suicidaría. Aunque no... En realidad es mucho más probable que sea la víctima que el asesino.

—¡Ruth! —exclamó Olivier.

—¿Qué? Todos lo pensáis también. ¿Quién de vosotros no ha tenido ganas de matarlo al menos una vez? ¡Y somos sus amigos!

Hubo protestas quizá un pelín demasiado vehementes. Cada defensa escandalizada se vio exacerbada por el recuerdo de lo mucho que les habría gustado darle un sartenazo a Peter: a veces podía ser tan pagado de sí mismo, tan creído y tan ajeno a todo...

Pero también podía ser leal, divertido y generoso. Y bueno.

De ahí que su ausencia y su silencio resultaran tan desconcertantes.

—A ver —dijo Ruth—, es natural. Yo tengo ganas de mataros constantemente.

—¡¿Que?! —exclamó Gabri casi sin aliento ante tamaña injusticia—. ¿Tú... a nosotros?

—¿Creéis que está vivo? —preguntó Clara, incapaz de plantearlo al revés.

Ruth la miró fijamente y todos contuvieron el aliento.

—Creo que si yo puedo ganar el premio del Gobernador General en poesía y tú convertirte en una pintora mundialmente famosa, si estos dos pedazos de idiotas pueden tener éxito llevando un *bistrot* y ésta —señaló a Reine-Marie con un gesto— querer a ese zoquete —se volvió hacia Gamache—, es que los milagros pueden ocurrir.

—Pero ¿crees que sería un milagro? —le preguntó Clara.

—Creo que deberías dejarlo estar de una vez, muchacha —repuso Ruth en voz baja—: te he dado la mejor respuesta que puedo darte.

Todos sabían cuál era la peor respuesta y cuál la más probable: que quizá Three Pines había tenido ya más milagros de los que le tocaban.

Armand Gamache bajó la vista hacia su plato. Estaba vacío: toda aquella comida maravillosa había desaparecido. Estaba seguro de que tenía que haber estado deliciosa, pero no conseguía recordar haber probado un solo bocado.

Tras el postre, una espuma de frambuesas y chocolate, se fueron a casa. Myrna al apartamento en la buhardilla de su librería, Clara a su casita, Gabri y Olivier comprobaron que todo estuviera en orden en la cocina y luego se encaminaron a su fonda, y Beauvoir acompañó a su casa a Ruth y *Rosa* y luego volvió a la de los Gamache. Le habían dejado encendida la luz del porche y la de la sala de estar, pero el resto de la casa estaba en penumbra, silenciosa y tranquila.

Después de llamar a Annie, Jean-Guy se quedó acostado en la oscuridad pensando en su rescate. Mientras, en el piso de arriba, Reine-Marie, también acostada y a oscuras, pensaba en que la tranquila vida que habían llevado hasta ahora en Three Pines se le escurría entre los dedos.

CATORCE

Por la mañana, Clara se llevó las tostadas y el café al estudio de Peter. El suelo de cemento fue llenándose de migas mientras desayunaba ante su lienzo sin acabar.

Sabía que Peter se habría puesto a aullar como si aquellas migas fueran ácido y el suelo su propia piel.

Quizá Clara no era tan cuidadosa como debería, como podría haber sido. Quizá se trataba de un deseo inconsciente de herir a Peter en lo más íntimo, de hacerle daño como él se lo estaba haciendo a ella. Ése era el único punto íntimo de Peter al que tenía acceso. Desde luego, Peter debería haberse considerado afortunado.

O quizá aquel descuido suyo no significara nada, aunque, cuando vio en el suelo un pegote de mermelada de fresa, le entraron dudas.

Afuera el día estaba nublado y bochornoso. Amenazaba lluvia y era probable que arreciara antes de la hora de comer. Incluso con las ventanas que daban al río Bella Bella, el estudio seguía resultando agobiante y sombrío.

Pero se quedó allí sentada, contemplando el lienzo sobre el caballete. Era muy propio de Peter: muy detallado, preciso, controlado. Técnicamente brillante. Les sacaba todo el jugo a las normas.

Aquello no era, ni mucho menos, una cagada de perro.

A diferencia de las obras de Bean.

Con una sonrisa, Clara se acordó de las salpicaduras de colores sin orden ni concierto: colores vivos surgidos de una imaginación vivaz y sin ataduras.

El último pedazo de tostada se detuvo a medio camino de su boca. Otro goterón de mermelada empezó a deslizarse hacia la orilla del pan, cada vez más cerca del gran salto al vacío.

Pero Clara no se dio cuenta. Miraba fijamente, boquiabierta, el cuadro de Peter.

Y la mermelada cayó al suelo.

Myrna Landers se había puesto a mirar por la ventana de su buhardilla. El cristal era tan antiguo que tenía imperfecciones que distorsionaban la visión, pero se había acostumbrado a ver el mundo de esa manera y ya no le daba importancia.

Esa mañana, todavía en pijama y con una taza de café en la mano, veía despertar al pueblo. Era una imagen corriente, poco digna de mención, salvo para alguien que provenía del caos y la confusión; entonces sí resultaba sorprendente.

Veía a sus vecinos paseando a sus perros en la plaza ajardinada. Los veía saludarse y charlar.

Entonces su mirada ascendió por el camino de tierra que salía de Three Pines y se detuvo en el límite del término municipal, en el banco con vistas sobre el pueblo. Allí vio sentado a Armand, como cada mañana, con el libro en las manos. Incluso desde esa distancia advertía que era un volumen muy fino. Todas las mañanas se sentaba allí y leía. Acto seguido lo cerraba y se limitaba a mirar.

Myrna Landers se preguntaba qué estaría leyendo y qué estaría pensando.

Él iba a verla una vez por semana para una sesión de terapia, pero nunca había mencionado aquel libro y ella no le había preguntado, esperando a que él tomara la iniciativa. Estaba segura de que acabaría por hacerlo cuando llegara el momento adecuado.

Aun así, tenían mucho de que hablar. De las heridas del pasado, las visibles y las que no lo eran. De las magulladuras en su mente, su cuerpo y su alma. Se estaban curando lentamente; aunque las heridas que más parecían dolerle ni siquiera eran las suyas propias.

—La vida de Jean-Guy no es responsabilidad tuya, Armand —le explicaba Myrna una y otra vez. Y él se marchaba asintiendo, dándole las gracias y entendiendo por fin.

Y entonces, en la siguiente sesión, admitía que el temor había vuelto.

—¿Y si vuelve a beber o a consumir estupefacientes? —preguntaba.

—¿Y qué si lo hace? —respondía ella mirándolo a los preocupados ojos—. Él y Annie tendrán que resolverlo por sí mismos. Está en rehabilitación y tiene su propio terapeuta. Está haciendo lo que debe hacer. Déjalo en paz. Concéntrate en lo que te atañe a ti.

Y advertía que eso tenía sentido para Gamache, pero también sabía que volverían a tener esa conversación una y otra vez porque sus temores nada tenían que ver con la sensatez: no estaban en su cabeza.

Pero Myrna veía progresos. Algún día llegaría a donde tocaba. Y una vez allí, encontraría la paz.

Y ése era el sitio ideal para hacerlo, se decía ella mientras observaba al hombretón en el límite del pueblo abrir su librito, ponerse las gafas y comenzar a leer otra vez.

Todos ellos habían acudido a ese lugar para empezar de nuevo.

• • •

Armand Gamache bajó la vista y leyó. No mucho rato, pero incluso aquellas pocas palabras le resultaban reconfortantes cotidianamente. Y entonces, al igual que cada mañana, cerró el libro, se quitó las gafas y miró hacia el pueblo. Luego levantó la vista hacia el bosque envuelto en niebla y las montañas más allá de él.

Había un mundo ahí fuera, un mundo lleno de belleza, amor y bondad, y también de crueldad, asesinatos y toda clase de actos viles que se planeaban y cometían en ese preciso momento.

Peter se había marchado y se había visto engullido por ese mundo.

Y ahora ese mundo se estaba acercando, aproximándose: ya mordisqueaba los lindes del pueblo.

Sintió un hormigueo en la piel y la súbita y abrumadora necesidad de levantarse, de ir allí, de hacer algo. De detenerlo. Tan poderoso era el impulso de actuar que sintió como si abandonara su cuerpo durante un momento.

«Respira profundamente. Inspira. Espira.»

«Y no te limites a respirar», oyó que le decía la voz tranquila y melódica de Myrna. «Inhala. Capta los olores, escucha los sonidos del mundo real, no del que estás imaginándote.»

Gamache inspiró y olió el bosque de pinos, olió la tierra húmeda. Notó el fresco y tonificante aire de la mañana en las mejillas. Oyó, en la distancia, el gañido excitado de un cachorro. Y lo siguió. El perrito le sirvió de guía a través de los aullidos, los gritos y las alarmas en su cabeza.

Se aferró a aquel sonido, a aquellos olores, como Myrna le había enseñado.

«Sigue cualquier cosa que pueda devolverte a la realidad, que te permita retroceder, alejarte del borde del abismo», le había aconsejado.

Y eso hizo.

Inspirar profundamente. La hierba cortada, el dulce heno en el margen del camino. Y espirar largamente.

Y por fin, cuando las alarmas casi enmudecieron y su corazón dejó de latir con tanta, tantísima fuerza, creyó oír al bosque en sí. Las hojas susurraban dirigiéndose a él: le decían que estaba en casa, a salvo.

Gamache soltó el duro borde del banco de madera y se deslizó hacia atrás hasta notar que su espalda descansaba en el respaldo. En las palabras.

Inspira profundamente. Espira profundamente.

Abrió los ojos y vio que el pueblo se extendía ante él.

Se había salvado una vez más. Y lo sorprendió la dicha.

Pero ¿qué ocurriría si se marchaba? ¿Si volvía a aquel mundo que él mejor que nadie sabía que no estaba sólo en su imaginación?

Myrna Landers se volvió y se apartó lentamente de la ventana.

Todas las mañanas veía cómo Armand leía y luego bajaba aquel libro misterioso y se quedaba con la mirada perdida.

Y cada mañana veía a los demonios acercarse, arremolinarse y rodearlo, abrirse paso hasta su interior. Meterse en su cabeza, en sus pensamientos. Y desde allí aferrarle el corazón. Myrna veía cómo el terror lo poseía... y lo veía luchar contra él.

Cada mañana, ella se levantaba, se preparaba un café y se plantaba ante la ventana. Y sólo se alejaba cuando él volvía a ponerse a salvo por sí mismo.

• • •

Clara dejó el café en la mesa antes de que se le cayera y se metió en la boca el último trozo de tostada también antes de que se le cayera.

Miró fijamente la obra de Peter dejando que su mente saltara de una imagen a otra, de un pensamiento a otro, hasta que llegó a la misma conclusión con la que su instinto había dado unos minutos antes.

No podía ser: debía de haber dado un salto en la dirección equivocada, conectado cosas que no deberían estar juntas. Volvió a sentarse en el taburete y contempló el caballete.

¿Había tratado Peter de revelarles algo?

Myrna untó una gruesa capa de mermelada de cítricos, dorada y reluciente, en su panecillo. Luego hundió el cuchillo en la confitura de frambuesa para añadirla también. Era un invento suyo: la «citrobuesa». Tenía una pinta atroz, pero eso pasaba a menudo con los grandes platos. «Nunca hagas caso de lo que te diga un chef», pensó mientras daba un mordisco: la comida que te proporcionaba una sensación de bienestar siempre parecía provenir de un plato que se hubiera caído al suelo.

Sonrió ante su propio «círculo cromático» fallido y pensó en Bean y en sus pinturas. Ése era el aspecto que tenía su panecillo: el de la paleta utilizada por Bean para crear aquellas imágenes tan brillantes, y no en el buen sentido.

¿Cómo había descrito Ruth los primeros esfuerzos de Clara? Cagadas de perro.

—Por las cagadas de perro. —Myrna levantó el panecillo como quien hace un brindis y luego le dio un mordisco.

Pero fue masticando cada vez más despacio hasta detenerse y se quedó con la mirada perdida.

Sus pensamientos, tentativos al principio, se aceleraron y después fluyeron a toda velocidad hacia una conclusión completamente inesperada.

Pero no era posible... ¿O sí?

Tragó saliva.

Quizá lo único bueno del tormento que había experimentado era que ya había pasado y lo había llevado hasta allí, pensó Gamache mientras aspiraba una profunda bocanada del suave aire matutino.

Sonrió al ver las casas de piedra, madera y ladrillo que se extendían en círculos desde la plaza del pueblo.

Y cuando el infierno se detuviera, cuando él por fin desterrara sus demonios, ¿acaso se detendría el cielo también?

¿Amaría menos aquel lugar cuando lo necesitara menos?

Una vez más contempló Three Pines, el pueblecito perdido en el valle, y tuvo la familiar sensación de que le levantaba el ánimo; pero ¿sería lo mismo cuando no hubiera un pesar en su corazón?

¿Su temor último era que al perder sus temores perdiera asimismo su alegría?

Había estado preocupadísimo por Jean-Guy y sus adicciones, pero ¿y las suyas? Él no era un adicto al dolor, ni al pánico, pero quizá sí lo fuera a la esperanza de dejar atrás sus temores.

Sabía que «formar puede la mente, / pues que en sí sola existe, si es preciso, / aun del infierno mismo un paraíso / como del cielo un cruel infierno».

Gamache estaba bastante seguro de que era eso lo que había hecho Peter Morrow: había convertido el cielo en un infierno. Y como resultado lo habían echado a patadas: el paraíso perdido.

Pero Peter Morrow no era Lucifer, el ángel caído, sólo era un hombre atribulado que vivía en su propia cabeza sin comprender que el paraíso sólo puede encontrarse en el corazón. Por desgracia para Peter, ahí moraban también los sentimientos, y casi siempre eran caóticos; pero a Peter Morrow no le gustaba el caos.

Armand se echó a reír al recordar la conversación de la noche anterior.

Clara había descrito así su primera aproximación a una obra. No, no como un caos, sino como otra cosa: una cagada de perro. Ruth lo había descrito así y Clara había estado de acuerdo. Ruth trataba de apresar sentimientos en su poesía. Clara, mediante el color y la temática, trataba de dar forma a los sentimientos.

Era algo caótico, rebelde, arriesgado, y daba miedo: podían salir mal muchas cosas. El fracaso estaba siempre a la vuelta de la esquina. Pero también lo estaba el esplendor.

Peter Morrow no asumía riesgos; ni fracasaba ni triunfaba. No había valles, pero tampoco montañas: el paisaje de Peter era llano. Un desierto interminable y predecible.

Qué demoledor debía de haber sido, pues, haber sido prudente toda la vida para que te echaran de todas formas: de casa, de tu carrera.

¿Qué haría una persona cuando el método de probada eficacia ya no era eficaz?

Gamache entornó los ojos mientras contemplaba el paisaje que se extendía ante él. Y escuchó. Pero esta vez no a los perros ni a los pájaros, ni siquiera a los robles, los arces, los murmullos de los pinos: ahora escuchaba fragmentos de conversación que acudían a su memoria. Recordaba con mayor detalle la charla de la noche anterior, recuperaba una frase aquí, un gesto allá. Una manchita, un punto, una pincelada de palabras. Hasta que formó una imagen.

Se puso en pie con la vista todavía fija en la distancia, a la espera de los fragmentos definitivos. Y entonces todo encajó.

Cuando se metía el libro en el bolsillo y echaba a andar colina abajo vio a Myrna salir de la librería, aún en bata, y cruzar prácticamente corriendo la plaza del pueblo.

Supo que se encaminaban al mismo sitio.

A casa de Clara.

—¿Dónde estás? —exclamó Myrna.

—Aquí dentro.

Clara se bajó del taburete, fue a la puerta del estudio y vio a Myrna plantada como un moái de la isla de Pascua, si los hubiera en franela. Su amiga a menudo se dejaba caer por allí, pero rara vez tan temprano, y normalmente iba vestida. Era poco frecuente que Myrna se molestara en anunciarse y Clara casi nunca le había oído aquel tono de voz.

¿Pánico? No, no era pánico.

—¿Clara?

Le llegaba otra voz, aunque con el mismo tono.

Era Armand, y el tono de ambos era de excitación.

—Creo que sé qué ha estado haciendo Peter —declaró Gamache.

—Yo también —añadió Myrna.

—Y yo también —concluyó Clara—, pero tengo que hacer una llamada.

—*Oui* —repuso Gamache mientras Myrna y él seguían a Clara hasta el teléfono en la sala de estar.

Unos minutos más tarde colgó, se volvió hacia ellos y asintió con la cabeza.

Tenían razón: había aparecido una gran pieza del rompecabezas, o por lo menos no tardaría en hacerlo.

QUINCE

—Se me ha ocurrido ahora mismo, cuando miraba su última obra —explicó Clara.

Se habían trasladado al estudio de Peter atraídos por el lienzo en el caballete.

—¿Cómo has llegado a entenderlo tú? —le preguntó Clara a Myrna.

—Por el círculo cromático.

Myrna describió su colorido panecillo.

A Gamache, que aún no había desayunado, la «citrobuesa» le pareció genial.

—¿Y tú? —le preguntó Myrna.

—Estaba pensando en las cagadas de perro y en lo difícil que debe de ser pintar un sentimiento: un verdadero caos, al principio —contestó él, y describió su ruta diferente hasta la misma conclusión.

Frente a ellos estaba la obra que Peter había dejado atrás. La había hecho toda en tonalidades de blanco con preciosos matices. Se hacía imposible distinguir el lienzo de la pintura, el medio del método.

Probablemente alguien pagaría un montón de dinero por ella. Y era muy posible que algún día, se dijo Gamache, valiera en efecto un montón de dinero: sería como encontrar un artefacto de una civilización perdida o, para ser más exactos, un hueso de dinosaurio blanqueado y fosilizado, valioso tan sólo porque se había extinguido. El último de su especie.

Qué contraste había con las descripciones que habían hecho Myrna y Clara de las exuberantes obras de Bean.

Aquéllas eran un caos, un derroche de colores que no armonizaban entre sí, mezclados sin técnica alguna. Tras escuchar las normas y haberlas comprendido, Bean las había ignorado: había preferido alejarse de las convenciones.

—Cuando visteis las pinturas en la pared de Bean, ¿qué os hicieron sentir? —les preguntó a sus amigas.

Clara sonrió de oreja a oreja al recordarlo.

—¿Sinceramente? Pensé que eran espantosas.

—Eso fue lo que pensaste —insistió Gamache—, pero ¿qué sentiste?

—A mí me parecieron divertidas —intervino Myrna.

—¿Te hacían reír?

Myrna le dio vueltas a la cuestión.

—No —contestó despacio—, creo que me hacían feliz.

—A mí también —repuso Clara—: eran raras, divertidas e inesperadas. Me sentí como si me levantasen el ánimo, ¿sabes?

Myrna asintió.

—¿Y ésta? —Gamache indicó con un gesto el caballete.

Los tres volvieron a observar aquel lienzo descolorido y de buen gusto. Quedaría estupendamente en el comedor de un ático lujoso: no había peligro de que le quitara a nadie el apetito.

Ambas mujeres negaron con la cabeza. Nada: era como contemplar el vacío.

—De modo que Bean es quien pinta mejor, al fin y al cabo —concluyó Gamache—. Si las hubiera pintado Bean, claro.

Y ésa era la gigantesca pieza del rompecabezas que habían encontrado todos al mismo tiempo.

Bean no había pintado esas obras tan absurdas: lo había hecho Peter.

Eran un desastre porque suponían el principio: los primeros pasos caóticos de Peter hacia la genialidad.

—Tenéis que describirme esas pinturas con mayor detalle —pidió Gamache.

Se habían trasladado con sus cafés al jardín de Clara porque, tras el refinado agobio del estudio de Peter, tenían necesidad de aire fresco y color.

Aún amenazaba lluvia, pero todavía no empezaba a llover.

—En lo primero que me fijé fue en los morados, rosas y naranjas de la pintura que estaba sobre el escritorio de Bean —comentó Myrna.

—¿Y la que había junto a la ventana? —añadió Clara—. Parecía que alguien hubiera arrojado cubos de pintura contra una pared.

—Y esas montañas en la que había detrás de la puerta —recordó Myrna—, ¡y las sonrisas!

Clara sonrió.

—Increíble.

Cogió un *pain au chocolat* y arrancó un trozo de modo que el centro de chocolate oscuro y pegajoso quedó expuesto y cayeron virutas de hojaldre sobre la mesa.

—No creas que eran buenas pinturas en ningún sentido —le dijo Clara a Gamache, que se había untado mermelada de frambuesa en un *croissant* y tendía la mano hacia la de cítricos—. No es que las estemos considerando obras maestras ahora que sabemos que no las pintó una mano joven.

—Siguen siendo un asco —convino Myrna—, pero son *merde* feliz.

—Son obra de Peter —dijo Clara negando con la cabeza. Era increíble, pero cierto.

Había llamado a Marianna, la hermana de Peter, y se había puesto Bean. Al preguntarle quién había pintado aquellas obras, Bean contestó de inmediato y con cierta sorpresa. Sin duda la tía Clara tenía que saberlo...

—El tío Peter.

—¿Y él te las dio?

—Sí. Y algunas me las mandó por correo. Hace unos meses nos llegó un tubo con más.

En ese punto, Clara volvió a hablar con Marianna y quedó con ella en que le mandara todas las obras a Three Pines.

—Haré que salgan esta misma mañana. Perdona, creía que sabías que las había pintado él. No son muy buenas, ¿no? —repuso Marianna con satisfacción apenas disimulada—. Peter me enseñó algunas cuando vino a casa. Parecía desear que yo hiciera algún comentario sobre ellas. No sabía qué decir, de modo que no dije nada.

Pobre Peter, pensó Clara al sentarse en el jardín: tan habituado a los elogios ante todo lo que hacía. Tan acostumbrado a que todo le saliera bien de entrada. Qué extraño debía de resultarle de repente que no se le diera muy bien algo por lo que antes era famoso. Como un gran golfista que cambiara su *swing* para volverse aún más relevante, pero que lo empeorara a corto plazo.

A veces, el único modo de subir es bajando. A veces, el único modo de avanzar es retrocediendo. Por lo visto, eso era lo que había hecho Peter: arrojar por la borda todo lo que sabía y empezar de nuevo. A los cincuenta y tantos.

Un hombre valiente, se dijo Clara.

—Esta mañana he recibido un mensaje de la Sûreté —dijo Gamache—. Visitaron LaPorte y hablaron con el jefe de voluntarios, que confirmó que Peter se ofreció a trabajar allí el año pasado, pero se marchó al cabo de un par de meses.

—¿Qué sentido tiene viajar hasta París para hacer de voluntario en LaPorte y luego irse tan pronto? —preguntó Clara.

—Peter fue a LaPorte porque a Vincent Gilbert le había funcionado —explicó Myrna—. Cuando llegó, Vincent era un gilipollas egoísta, inmaduro y despreciable, y salió de allí convertido en un gilipollas santo.

—Todo un avance —repuso Gamache—. Aquello era como Oz y Peter, el Hombre de Hojalata en busca de un corazón. Creía poder encontrarlo allí haciendo una buena obra por los menos favorecidos. Y eso, a su vez, lo volvería mejor pintor.

—Algunas veces la magia funciona —dijo Clara, y los miró expectante—. ¿No sabéis de dónde sale eso?

Gamache y Myrna negaron con la cabeza.

—Es de mi escena favorita de una película: *Pequeño Gran Hombre*. El jefe Dan George, viejo y frágil, decide que le ha llegado su hora. Él y Dustin Hoffman construyen un lecho sobre pilotes y el jefe Dan George se encarama a él, se tiende y cruza los brazos sobre el pecho.

Clara imitó ese comportamiento cerrando los ojos y volviendo el rostro hacia el cielo nublado.

—Dustin Hoffman está deshecho —continuó ella—. Quiere mucho al jefe. Pasa la noche en vela y por la mañana, en cuanto sale el sol, acude al lecho de muerte y ve que el jefe Dan George tiene el rostro sereno e inmóvil: descansa en paz. —Clara abrió los ojos y miró a su público sereno e inmóvil—. Y entonces el jefe Dan George abre los ojos y se sienta. Mira a Dustin Hoffman y le dice: «Algunas veces la magia funciona y otras no.»

Tras un silencio perplejo, Myrna y Armand se echaron a reír.

—He ahí a lo que me recuerdan los viajes de Peter —concluyó Clara.

—Esa idea de la magia no para de surgir una y otra vez, ¿no es cierto? —dijo Myrna—. Anoche nos preguntábamos si Peter habría vuelto a la Escuela de Arte con la esperanza de recuperar la magia de su juventud y ahora hemos vuelto a mencionarla en relación con LaPorte.

—Creo que si hablamos de eso es porque nosotros lo creemos, no tanto porque lo haga Peter.

—Y sin embargo, a juzgar por vuestra descripción de sus nuevas obras, algo le pasó —dijo Gamache levantándose—, algo lo hizo cambiar. Quizá no en París, quizá en alguna otra parte, pero sin duda ocurrió algo que le hizo cambiar por completo su forma de pintar.

—¿Adónde vas?

—A llamar a Escocia.

Dejándolas en el jardín trasero, echó a andar lentamente hacia su casa pensando en Peter, en París y en su huida a través de Europa. Porque eso le parecía a Gamache: tras haberle seguido el rastro a mucha gente a lo largo de varias décadas, reconocía la diferencia entre buscar y huir.

Y eso le parecía una huida. De París a Florencia, Venecia y Escocia.

Era mucho viajar para un hombre que no solía moverse.

¿Por qué solía huir la gente?, se preguntó mientras saludaba a los vecinos con una inclinación de cabeza y levantaba la mano para contestar a un saludo: huía porque estaba en peligro.

¿Habría abandonado Peter LaPorte por razones que tenían más que ver con salvar su cuerpo que su alma?

Al cruzar la plaza del pueblo hacia su casa, a Gamache le preocupó que Peter no hubiera corrido lo bastante rápido o llegado suficientemente lejos, o quizá se hubiera dado de bruces con la mismísima Samarra.

DIECISÉIS

—¿Eh?

—Le preguntaba si hay alguna colonia para artistas en la zona, señor.

—¿Cómo dice? ¿Una columna con aristas?

—¿Qué?

Gamache, de pie en su estudio, presionó el auricular del teléfono contra su oreja como si eso le permitiera entender mejor.

No fue así.

Se había saltado al comisario en jefe de la Policía de Escocia, se había saltado a los subcomisarios y los directores: sabía por experiencia que, por bien informados que pudieran estar esos altos cargos, y por buenas que fueran sus intenciones, quienes conocían de verdad la comunidad eran aquellos que la protegían a diario.

Así que había llamado directamente a la comisaría de Dumfries y había explicado quién era. Le llevó varios minutos hacerlo y conseguir que la persona al otro lado de la línea quedara convencida de que no era ni la víctima de un crimen ni un criminal: por lo visto, cuando Gamache hablaba inglés, su acento sonaba, a oídos escoceses, a una especie de ruido blanco sin ningún sentido.

En Dumfries, el agente Stuart intentaba no perder la paciencia: miraba a través de la ventana de la comisaría los edificios de paredes encaladas, los de piedra gris, los victorianos —de ladrillo rojo— y, en el otro extremo de la plaza del mercado, el alto campanario; observaba pasar a la gente obligada por la lluvia gélida a encaminarse a toda prisa a los bares y las tiendas.

Y trataba de no perder la paciencia.

Intentaba figurarse de qué hablaba aquel hombre. ¿De una columna? Entonces le pareció oírlo referirse a unos artistas, pero aquello era igual de absurdo: ¿qué sentido tenía llamar a la policía para hablar sobre arte?

Se preguntó si aquel tipo estaría mal de la cabeza, aunque parecía más o menos sensato e incluso un poco exasperado, como él mismo.

El agente Stuart se alarmó al distinguir la palabra «homicidio», pero cuando le preguntó a aquel hombre si llamaba para informar sobre un homicidio, obtuvo la única respuesta clara hasta el momento:

—No.

—Entonces ¿qué quiere?

Oyó un suspiro largo, muy largo, al otro lado de la línea, y también:

—*Mon Dieu.*

—¿Ha dicho usted «mon Dieu»? —preguntó—. ¿Habla francés?

—*Oui* —contestó Gamache—. ¿Y usted? —añadió en francés, y se vio recompensado con una carcajada.

—Oh, sí. *Je parle français.*

Y finalmente los dos hombres fueron capaces de comunicarse. En francés, gracias a la aventura amorosa que el agente Stuart había tenido con una francesa que ahora era su mujer y le había enseñado su lengua.

Gamache explicó que había sido inspector jefe de la Sûreté du Québec, en Canadá, y que necesitaba la ayuda del agente Stuart, pero no con un caso de asesinato:

se trataba de una pesquisa privada. Estaba tratando de encontrar a un amigo desaparecido, un artista. Al parecer, el invierno anterior había estado en la zona de Dumfries. Le facilitó al agente las fechas, pero enseguida le explicó que no sabía dónde exactamente, y ni siquiera cuál había sido el propósito de su viaje: por eso le preguntaba si había alguna colonia de artistas o algo que pudiera resultar atractivo para un artista.

—Bueno, ya sabrá usted que esta región es de una belleza sin igual, ¿no?

Gamache sintió envidia del acento del agente Stuart: su francés sonaba dulce y encantador, con las marcadas erres del escocés fundiéndose a la perfección con la lengua gala.

—¿Y atrae a muchos artistas famosos?

—No exactamente. —Hubo un breve silencio—. No, no puedo decir que sean famosos. Pero sí muy buenos. Y cualquier artista hallaría inspiración en este entorno.

El agente Stuart contempló a través de la ventana el día frío y gris y la lluvia intensa e interminable.

Era muy hermoso.

—Bueno, lo que sí tenemos es una serie de parques muy bonitos. Algunos, aparentemente muy notables. ¿No le serviría un jardinero?

—Me temo que no. Me parece que tiene que ser un artista. ¿No se le ocurre por qué razón podría haber ido mi amigo a Dumfries?

—¿Aparte del hecho de que, en mi opinión, todo el mundo debería venir? Pues no, señor.

Gamache miró a través de la ventana de la sala de estar. Se había cernido una niebla densa que apenas permitía ver los tres pinos en la plaza del pueblo. El *bistrot* no era más que una forma fantasmal con un leve resplandor en las ventanas.

Era muy hermoso.

—Por las veces que sacó dinero del banco, sabemos que estuvo en la zona, pero no tenemos ni idea de dónde se alojó.

—Eso no es insólito, la verdad: en la ciudad y los alrededores hay un montón de casas que ofrecen alojamiento y desayuno y que prefieren dinero en efectivo.

—Me gustaría enviarle una fotografía con una descripción de mi amigo.

—Perfecto. La haré circular.

Su tono era alegre, voluntarioso... y esperanzado, pero lo cierto era que había muy pocas posibilidades de que, pasados varios meses, el agente Stuart encontrara algún indicio de las actividades de Peter Morrow. Aun así, estaba dispuesto a intentarlo, y Gamache se sintió agradecido.

Sin duda Peter había tenido motivos para viajar a Dumfries, pero éstos seguían siendo un misterio. Lo único que estaba claro era que Peter ya no estaba allí: había acabado por marcharse para reaparecer más tarde en Toronto.

Los dos hombres se despidieron y Gamache se sentó en la butaca. La ventana estaba abierta y podía oír cómo arreciaba la lluvia, cómo repiqueteaba en las hojas, redoblaba en el porche y tamborileaba contra la ventana. Al igual que el inspector jefe, el mal tiempo se acomodaba para el resto de la jornada.

Se arrellanó contra el respaldo, cruzó los dedos y se quedó con la mirada perdida, reflexionando. Pensaba en Peter, en Dumfries y en su conversación con el agente Stuart. Los escoceses y los quebequeses tenían mucho en común: a ambos los habían conquistado los ingleses, ambos se las habían apañado para mantener vivas su lengua y su cultura contra todo pronóstico, ambos tenían aspiraciones nacionalistas.

Pero Gamache sabía que Peter Morrow no había ido a Escocia para estudiar la autodeterminación, al menos no a nivel nacional: la suya era una búsqueda más personal, una búsqueda de su propia identidad.

En algún punto del camino había ocurrido algo y Peter Morrow había pintado aquellas obras tan extraordinarias.

Gamache estaba ansioso por verlas con sus propios ojos.

Llegaron a casa de Clara a primera hora de la mañana siguiente. El alegre conductor del servicio de mensajería UPS —furgón marrón, bermudas marrones— le entregó a Clara lo que parecía el hijo natural de un bate de béisbol y una *baguette*.

Clara firmó el recibo y lo blandió en el aire para que pudieran verlo Gamache y Reine-Marie, que estaban desayunando en la terraza del *bistrot* con Jean-Guy y Ruth.

Había dejado de llover y el día había amanecido despejado y cálido. El sol arrancaba destellos a las gotitas que perlaban las hojas, los pétalos de las flores, la hierba y los tejados, y que, al evaporarse, llenaban el aire de un aroma a rosas, lavanda y tejas asfálticas.

A mediodía, el pueblo sería un horno, pero por el momento estaba reluciente y fragante. Clara, sin embargo, no reparaba en nada de eso: sólo tenía ojos para el tubo que le había entregado el mensajero. Se lo llevó dentro y llamó a Myrna.

Luego esperó aferrando el tubo. Mirándolo fijamente. Pellizcando el envoltorio de papel de estraza. Por suerte, no tuvo que esperar mucho: en cuestión de minutos habían llegado todos y Clara se puso a arrancar el papel.

—Vamos a ver, vamos a ver —dijo Ruth.

—Supongo que sabrás que no es un porro gigante, ¿no? —soltó Jean-Guy.

—Ya lo sé, tonto del culo —respondió Ruth. Aun así, gran parte de su entusiasmo pareció desvanecerse, aunque enseguida miró con mayor atención el tubo y volvió a animarse.

—Tampoco hay ninguna botella de whisky ahí dentro —añadió Jean-Guy leyéndole el pensamiento. Que pudiera hacerlo resultaba preocupante, desde luego.

—¿A qué viene entonces tanta emoción?

—Esta cosa contiene las pinturas de Peter —explicó Reine-Marie, que no le quitaba la vista de encima al tubo, ansiosa por verlas.

Era como si el propio Peter se hubiera mandado por correo, aunque no físicamente, claro —o eso esperaba—, sino sus ideas, sus sentimientos: dentro de aquel tubo había un diario de adónde había ido, creativamente hablando, desde su marcha de Three Pines.

Se apiñaron en torno a Clara mientras ésta terminaba de quitar el papel de estraza. Una nota garabateada por Marianna cayó revoloteando al suelo. Jean-Guy la recogió y la leyó.

«Aquí tienes las obras. Las tres pintadas en lienzo son las más recientes: Peter se las mandó a Bean en mayo, aunque no sabemos desde dónde. Las otras tres se hicieron sobre papel y se las dio a Bean cuando vino de visita en invierno. Me alegro de hacértelas llegar.»

A Jean-Guy, aquello le sonó como «Me alegro de librarme de ellas».

—A ver, a ver —dijo Gabri.

Acababa de llegar, y Ruth y él se disputaban un buen sitio a codazos.

Jean-Guy sacó un lienzo y Reine-Marie otro. Los desenrollaron, aunque los extremos insistían en volver a combarse.

—No veo nada —se quejó Ruth—. Sujetadlos abiertos.

—Esto es incomodísimo —dijo Myrna.

Pasearon la mirada por la cocina y finalmente decidieron extender los tres lienzos en el suelo, como si fueran alfombras.

Los alisaron bien y colocaron un libro en cada esquina, y luego retrocedieron. *Rosa* avanzó anadeando hacia ellos.

—Que no los pise —advirtió Clara.

—¿Pisarlos? —repitió Ruth—. Tendrás suerte si se caga en ellos: seguro que quedarían mejor.

Nadie la contradijo.

Gamache observó las pinturas inclinando la cabeza a un lado y a otro.

Clara tenía razón: eran un desastre. Se dio cuenta de que no se había creído del todo que lo fueran.

Gamache había confiado en que serían al menos prometedoras, pero en realidad había esperado algo más: que fueran poco convencionales, inesperadas; incluso ligeramente difíciles de interpretar. Como un Jackson Pollock: meras explosiones de color; manchones, churretes y líneas parecidos a pintura derramada; accidentes plasmados en el lienzo.

Pero también como si se fusionaran para crear una forma, para evocar un sentimiento.

Se inclinó ligeramente hacia la izquierda. Hacia la derecha. Volvió a enderezarse.

No.

No eran más que simples desastres.

Vistas así, sentado en el suelo, las obras de Peter parecían literalmente cagadas de perro. Si el perro en cuestión estuviera pocho, claro. De hecho, si tuviera diarrea.

Lo que fuera que *Rosa* pudiera hacerse sobre esas pinturas no causaría ningún daño, se dijo Gamache.

En el otro extremo de la cocina, Clara les había quitado las gomas a las obras más pequeñas para disponerlas sobre la mesa con las esquinas sujetas con saleros, pimenteros y tazas.

—Bueno —dijo cuando los demás se acercaron—, según Marianna, éstas son las obras que Peter pintó primero.

Esas pinturas no eran mejores. De hecho, eran incluso peores que las del suelo, si eso era posible.

—¿Sabemos a ciencia cierta que las hizo Peter? —preguntó Gamache.

Costaba muchísimo creer que el mismo artífice de las obras anodinas, precisas y de buen gusto que había en el estudio fuera responsable de ésas también.

La propia Clara no parecía del todo segura. Se inclinó para examinar la esquina inferior derecha de una.

—No está firmada. —Se mordió la parte interior de la mejilla—. Peter suele firmar sus obras.

—Ya, y suele tardar seis meses en completar una pintura —espetó Ruth—. Nunca enseña sus obras hasta que las considera perfectas y suele utilizar tonos de beige y de gris.

Clara miró a Ruth con cara de asombro: a lo mejor no estaba siempre mirándose el ombligo, como ella solía dar por sentado.

—¿Tú crees que son de Peter? —le preguntó.

—Son suyas —declaró Ruth sin vacilación—. No porque lo parezcan, sino porque nadie en su sano juicio se atribuiría su autoría si no las hubiese pintado.

—¿Y por qué no las firmó? —intervino Jean-Guy.

—¿Tú lo harías? —repuso Ruth.

Se dedicaron a examinar de nuevo las tres pinturas que estaban sobre la mesa.

Cada tanto, alguno se separaba de los demás, como empujado por la repulsión, para ir a ver las obras que estaban en el suelo.

Y poco después, como guiado nuevamente por la repugnancia, volvía a la mesa.

—Bueno —concluyó Gabri tras haberle dado muchas vueltas—. Debo decir que son un asco.

Las obras eran rotundamente malas: meros salpicones y encontronazos de colores sin la menor armonía. Rojos y morados, amarillos y naranjas que luchaban entre sí sobre el papel o el lienzo, como si Peter hubiera arremetido con un garrote contra todas las normas que conocía, ensañándose con ellas, rompiéndoles la crisma. Y de todas esas certezas hechas añicos había manado pintura: pegotes y churretes de reluciente pintura. Todos los colores ante los que había arrugado siempre la nariz, que habían sido objeto de burla y de desprecio para él y sus ingeniosos amigos artistas; todos los colores que Clara había usado y Peter había evitado parecían haber manado de él como sangre, como vísceras.

Se habían estrellado contra el papel y aquél era el resultado.

—¿Qué nos revela esto sobre Peter? —preguntó Gamache.

—¿De verdad hace falta que nos internemos en esa cueva? —susurró Myrna.

—Quizá no —admitió él—, pero ¿hay alguna diferencia entre estas obras... —Señaló las que había sobre la mesa—... y esas de ahí? —Indicó las del suelo con un gesto—. ¿Veis alguna mejora? ¿Una evolución?

Clara negó con la cabeza.

—Parecen un ejercicio de la asignatura de dibujo. ¿Veis eso de ahí? —Señaló un motivo semejante a un tablero de ajedrez en una de las pinturas sobre la mesa. Los demás se inclinaron y asintieron con la cabeza—. Cualquier chaval de instituto que estudie dibujo tiene que hacer cosas parecidas para aprender perspectiva.

Gamache frunció el entrecejo mientras consideraba esas palabras. ¿Por qué iba a pintar esas obras uno de los artistas de mayor éxito en Canadá, y por qué iba a incluir en ellas un ejercicio que hacían los críos en el colegio?

—¿Es eso arte siquiera? —intervino Jean-Guy.

Otra buena pregunta.

Cuando Beauvoir había conocido aquel pueblo y a aquella gente sabía bien poco sobre arte, y lo que sabía le bastaba con creces. Pero tras muchos años viéndose expuesto al mundo artístico, éste había llegado a interesarle... más o menos.

Lo que despertaba su interés no era el arte en sí, sino lo que éste traía consigo: las luchas internas, la crueldad gratuita, la hipocresía. El feo negocio de vender hermosas obras de arte.

Y cómo esa fealdad se transformaba en ocasiones en delito, y cómo el delito a veces se enconaba y acababa en asesinato. A veces.

A Jean-Guy le caía bien Peter Morrow. Una parte de él comprendía a Peter Morrow: la parte que Beauvoir admitía ante muy pocos.

La parte temerosa; la vacía, la egoísta, la insegura.

La parte cobarde de Jean-Guy Beauvoir entendía a Peter Morrow.

Pero, mientras que Beauvoir había luchado con uñas y dientes para enfrentarse a esa parte de sí mismo, Peter se había limitado a huir de ella y, con ello, había aumentado el abismo, el desgarro.

Beauvoir había aprendido que el miedo no volvía más hondo el agujero, pero la cobardía sí.

Aun así, a Jean-Guy Beauvoir le caía bien Peter Morrow y le preocupaba que le hubiera ocurrido algo malo.

Al menos nadie mataría por aquellas obras. A excepción del propio Peter, tal vez: él quizá mataría por eliminarlas.

Pero no había hecho eso, ¿no? En realidad, lejos de eliminarlas, se había tomado grandes molestias para asegurarse de que estuvieran a salvo.

—¿Por qué conservar estas pinturas? —preguntó—. ¿Y por qué dárselas a Bean?

En lugar de dar respuesta a los interrogantes, las obras habían planteado aún más.

Ruth se marchó aburrida y no poco asqueada.

—Son repugnantes —declaró antes de salir por si a alguien le había pasado por alto lo que sentía—. Me voy a limpiar la caja de arena de *Rosa*. ¿Alguien quiere echarme una mano?

Era tentador.

Poco después de la marcha de Ruth, Gabri se excusó también.

—Creo que debería limpiar de pelos los desagües del baño —anunció dirigiéndose a la puerta.

Las obras de Peter parecían recordarle a la gente tareas desagradables. Si Peter había salido al ancho mundo en busca de un modo de resultar útil, seguro que ésa no era la idea que tenía en la cabeza.

Armand, Reine-Marie, Clara, Myrna y Jean-Guy se quedaron ahí, de pie en torno a las pinturas, sin saber muy bien qué hacer.

—Vamos a ver —dijo Gamache dirigiéndose a los lienzos en el suelo—. Éstas son las obras más recientes. Peter las mandó por correo a finales de primavera. Las pintó en lienzo, mientras que las anteriores —continuó, acercándose a la mesa de pino con tres zancadas—, las que le dio a Bean en invierno, las hizo en papel.

Por su aspecto, parecía que algún ser vivo hubiera caído desde gran altura e impactado en la mesa.

No podían considerarse un triunfo, ni un logro, ni un final feliz.

Pero esto ya lo sabía Gamache: no eran un final, ni mucho menos. Esas pinturas eran el principio: eran señales, letreros.

Los inuit solían erigir esculturas de piedra con forma humana para señalar el camino: les indicaban adónde iban y de dónde venían, la ruta a seguir y el camino de vuelta a casa. *Inuksuit*, los llamaban. Literalmente, «que suplanta a un hombre». Al principio, cuando los europeos se encontraban con ellos los destruían, después serían objeto de desprecio por su carácter pagano. Hoy en día se consideran obras de arte, además de señales.

Eso era lo que había hecho Peter: aquellas pinturas podían ser obras de arte, pero también algo más; eran hitos, letreros. Señalaban dónde había estado y adónde se dirigía. La ruta que estaba siguiendo desde el punto de vista artístico, emocional, creativo. Esas extrañas pinturas eran sus *inuksuit* y dejaban constancia no tanto de su ubicación como del progreso de sus ideas y sentimientos.

Esas pinturas venían a suplantar al hombre: eran las vísceras de Peter expuestas.

Con todo eso presente, Gamache observó las seis obras con mayor atención. ¿Qué revelaban sobre Peter?

Al principio, semejaban meras salpicaduras de color. En las más recientes, sobre lienzo, la falta de armonía en los colores parecía ser incluso más violenta que en las más tempranas.

—¿Por qué pintar unas en papel y el resto sobre tela? —quiso saber Reine-Marie.

Clara se preguntaba eso mismo. Miraba fijamente los dos grupos de obras. Lo cierto era que todas le parecían igual de horribles; tampoco era que las tres sobre lienzo fueran claramente mejores y más dignas de conservarse que las hechas en papel.

—Supongo que puede haber un par de razones —dijo—. O no disponía de lienzos cuando pintó las tres primeras, o bien sabía que serían experimentos: no pretendía que perdurasen.

—¿Pero éstas sí? —Jean-Guy señaló las obras del suelo.

—Unas veces la magia funciona... —repuso Clara, y Gamache soltó una risita.

—Peter es un tipo listo —intervino Reine-Marie—. Un artista de éxito. Debe de haber comprendido que estas obras no eran nada del otro mundo. Ni siquiera son buenas.

Jean-Guy asintió con la cabeza.

—Exactamente. ¿Para qué conservarlas? Y no sólo eso: para qué dárselas a alguien, propiciar que alguien más las viera...

—¿Qué sueles hacer con las obras que no te gustan? —le preguntó Reine-Marie a Clara.

—La mayoría las conservo.

—¿Incluso las que no has conseguido rescatar? —insistió Reine-Marie.

—Sí, incluso ésas.

—¿Por qué?

—Bueno, es que nunca se sabe: un día poco productivo, o cuando ando corta de inspiración, las saco y las vuelvo a mirar. A veces hasta las pongo de lado o boca abajo: eso puede darme una perspectiva distinta o revelarme algo que no había visto antes, algún pequeño detalle en el que vale la pena insistir: una combinación de colores, una serie de pinceladas..., esa clase de cosas.

Beauvoir observó las obras del suelo: una serie de pinceladas...

—Conservas las que no has acabado de solucionar —puntualizó Myrna—, pero no te dedicas a ir enseñándolas por ahí.

—No, es cierto —admitió Clara.

—Jean-Guy tiene razón: Peter tenía un motivo para conservar estas pinturas —intervino Gamache— y un motivo para mandárselas a Bean.

Se acercó a las obras más pequeñas sobre la gastada mesa de pino.

—¿Dónde está la que según tú mostraba una sonrisa? —le preguntó a Myrna—. ¿La de los labios? Yo no los veo.

—Ah, sí. Se me había olvidado —respondió ella—. Está aquí, en este grupo. —Myrna lo guió de nuevo hacia las pinturas del suelo—. Encuéntrala tú.

—¡Qué mujer tan pesada! —soltó Gamache, pero no protestó. Al cabo de un minuto más o menos, Myrna abrió la boca, pero él la detuvo—. No, no me lo digas, ya lo averiguaré.

—Vale, yo me voy fuera —dijo Clara.

Se sirvieron limonada y salieron al jardín, pero Beauvoir se quedó atrás con el jefe.

Gamache se inclinó sobre cada pintura; luego volvió a enderezarse y entrelazó las manos a la espalda. Se balanceó suavemente sobre los pies, de la punta al talón, de la punta al talón.

Beauvoir retrocedió unos pasos y luego unos más. Entonces acercó una silla de la mesa y se subió encima.

—Desde aquí arriba, nada.

—¿Qué haces? —le espetó Gamache, y se acercó a Jean-Guy—. Bájate de esa silla ahora mismo.

—Es resistente, aguantará mi peso.

Aun así, Jean-Guy bajó de un salto. No le gustaba el tono de voz de Gamache.

—Eso no puedes saberlo —repuso el jefe.

—Ni tú lo contrario —repuso Beauvoir.

Se miraron fijamente hasta que un ruido hizo volverse a Gamache. Myrna estaba de pie en el umbral con la jarra de limonada vacía en la mano.

—¿Interrumpo algo?

—No, en absoluto —contestó el inspector jefe, y esbozó una sonrisa forzada. Luego inspiró profundamente, soltó el aire y se volvió hacia Beauvoir, que aún lo miraba furibundo—. Lo siento, Jean-Guy. Vuelve a subirte ahí si quieres.

—No, ya he visto lo que necesitaba ver.

Gamache tuvo la sensación de que se refería a algo más que a las pinturas.

—Ahí está —añadió Jean-Guy.

Gamache se colocó a su lado.

Jean-Guy había encontrado la sonrisa: las sonrisas.

Y el inspector jefe comprendió entonces su error: había estado buscando un solo par de labios, un valle que formara una montaña. Pero Peter había pintado muchos: sonrisas diminutas, pequeños valles de dicha que cruzaban la pintura o se internaban en ella.

Gamache sonrió.

No volvían buena la pintura, pero era la primera de las obras de Peter que producía en él alguna clase de sentimiento.

Se volvió para mirar hacia la mesa: incluso esas obras lo habían hecho sentir algo, aunque la náusea no pudiera considerarse propiamente una emoción. Pero al menos era algo. Apelaban a sus entrañas, no a su cabeza.

Si ése era el principio, Armand Gamache tenía más ganas incluso de saber adónde conducían aquellas sonrisas.

DIECISIETE

Reine-Marie sonreía.

Gamache le había mostrado la profusión de labios diminutos. A ella le había llevado unos instantes entender qué eran, pero él notó el momento exacto en que lo hacía.

Los labios de la propia Reine-Marie esbozaron una sonrisita y luego una sonrisa de oreja a oreja.

—¿Cómo no me he dado cuenta, Armand? —Se volvió hacia él y de nuevo hacia la pintura.

—A mí también me había pasado por alto, ha sido Jean-Guy quien lo ha visto.

—*Merci* —le dijo Reine-Marie a su yerno, y al verlo inclinar levemente la cabeza se preguntó si sería consciente de que era un gesto típico de Armand.

Mientras Reine-Marie se centraba de nuevo en la pintura, Gamache se volvió hacia los otros dos lienzos en el suelo. Clara los miraba fijamente.

—¿Ves algo?

Ella negó con la cabeza y se inclinó todavía más. Luego dio un paso atrás.

¿Había algo como los labios en esas obras? Quizá una imagen, una emoción que Peter había enterrado ahí y que esperaba a ser descubierta; un nuevo mundo, un planeta hasta ahora desconocido o una especie rara.

Si la había, ni Gamache ni Clara eran capaces de verla.

Gamache notó que alguien lo miraba y supuso que era Beauvoir, pero su yerno estaba concentrado en preparar bocadillos sobre la encimera.

Reine-Marie aún miraba sonriente la pintura de los labios. Clara estudiaba los otros dos lienzos.

Y Myrna lo estudiaba a él.

Entonces se lo llevó aparte.

—¿Es demasiado todo esto, Armand?

—¿A qué te refieres?

Myrna le dirigió una mirada perspicaz y él sonrió.

—Has reparado en mi pequeño intercambio con Beauvoir —dijo.

—Pues sí —repuso ella mirándolo fijamente—. Clara entendería si le dijeras que no quieres seguir con esto.

—¿Que no quiero seguir? —La miró con cara de asombro—. ¿Y por qué iba a decirle eso?

—¿Por qué acabas de mostrarte tan brusco con Beauvoir?

—Se había subido a una silla, a una silla vieja de pino: podría haberse caído.

—¿Podría haberse caído?

—Oh, ¡venga ya! —repuso Gamache echándose a reír—. ¿No crees que estás viendo más de lo que hay? Me he enfadado momentáneamente con Jean-Guy y lo he demostrado, punto. No es nada del otro mundo, déjalo ya, Myrna.

En las tres últimas palabras, el tono de Gamache se había endurecido y sus ojos transmitían una advertencia: «No te pases de la raya.»

—La vida está llena de cosas que no son nada del otro mundo y tú lo sabes —repuso Myrna pasándose de la raya—. ¿No es lo que dices siempre con respecto a los asesinatos? Rara vez los provoca algo importante: más bien resultan de una serie de actos diminutos, casi invisibles. Cosas que no son nada del otro mundo y que se combinan para crear una catástrofe.

—¿Adónde quieres llegar? —Gamache ni siquiera parpadeaba.

—Ya sabes adónde quiero llegar: sería una estúpida si ignorara lo que acaba de pasar, y tú también. Sólo ha sido un pequeño detalle... en apariencia: Jean-Guy se ha subido a una silla, tú lo has regañado, se ha bajado. Y si yo no te conociera, si no supiera qué ha pasado, no le habría dado importancia. Pero te conozco y conozco a Jean-Guy, y sé que para ti y para él «caerse» significa más que para la mayoría de la gente.

Se miraron a los ojos sin que Gamache diera su brazo a torcer, sin que quisiera aceptar que Myrna podía tener razón.

—Estamos hablando de una insignificante silla —soltó en voz baja, pero nada conciliadora.

Myrna asintió con la cabeza.

—Pero no de un hombre insignificante: estamos hablando de Jean-Guy.

—Si la silla se hubiera roto no se habría hecho daño —dijo Gamache—: estaba a medio metro del suelo.

—Eso ya lo sé, y tú también —insistió Myrna—, pero ya no es cuestión de saber algo o no saberlo. Si la vida fuera puramente racional habría menos guerras, pobreza, delitos y asesinatos, menos cosas se vendrían abajo. Tu reacción no ha sido racional, Armand.

Gamache guardó silencio mientras Myrna lo miraba fijamente.

—¿Es demasiado todo esto?

—¿Demasiado? ¿Tienes idea de las cosas que he visto? ¿De lo que he hecho?

—Me hago una idea.

—Pues yo creo que no.

Armand la miró a los ojos y una oleada de imágenes acudió a la cabeza de Myrna: cuerpos destrozados, ojos sin vida, las peores cosas que una persona puede hacerle a otra.

Y el trabajo de Gamache había consistido en seguir el rastro de sangre para encontrar la guarida... y enfrentarse a lo que hubiera allí dentro.

Y luego otra vez. Y otra más.

El milagro no era que Gamache hubiera atrapado al asesino, sino que hubiera conservado su humanidad incluso después de verse arrastrado al interior de la guarida y de sufrir, él mismo, tantísimo daño.

Y ahora se ofrecía a levantarse y ayudar una vez más.

Y ella le ofrecía una licencia, pero él se negaba a aceptarla.

—No soy tan frágil, ¿sabes? —dijo Gamache—. Además, se trata simplemente de una persona desaparecida, no de un asesinato: es fácil.

Trataba de sonar tranquilo, pero sólo conseguía parecer exhausto.

—¿Estás seguro?

—¿De que no es un asesinato? —repuso él—. ¿O de que es fácil?

—De ambas cosas.

—No —admitió Gamache—. Y en una cosa tienes razón: preferiría quedarme aquí en Three Pines. Levantarme tarde, tomarme una limonada en el *bistrot* o trabajar en el jardín...

Levantó una mano para impedir que Myrna hiciera comentarios sobre su supuesta labor como jardinero.

—Me encantaría hacer únicamente lo que a Reine-Marie y a mí nos apeteciera.

Mientras hablaba, Myrna percibía su nostalgia.

—A veces no hay elección —concluyó él en voz baja.

—Sí que la hay, Armand: siempre hay elección.

—¿Estás segura?

—¿Te refieres a que no puedes negarte a ayudar a Clara?

—Sólo digo que, a veces, negarse hace más daño —dijo Gamache, y enseguida hizo una pausa como para ponderar sus propias palabras—. ¿Por qué me ayudaste tú hace unos meses? —continuó—. Conocías el riesgo: sabías que ayudarme podía acarrear consecuencias terribles para ti y para el pueblo. De hecho, tenías claro que tendría consecuencias terribles, pero aun así me ayudaste.

—Ya sabes por qué.

—¿Por qué?

—Pues porque mi vida y este pueblo perderían todo significado si nos negáramos a ayudar.

Gamache sonrió.

—*C'est ça*. Y ahora me ocurre lo mismo a mí. ¿Qué sentido tiene sanar para que nuestra vida se llene de superficialidad, de egoísmo y de miedo? Hay una gran diferencia entre un refugio y un escondite.

—¿De modo que debes abandonar tu refugio para hallar refugio? —preguntó Myrna.

—Tú lo hiciste —zanjó Gamache.

Volvió con Clara y Reine-Marie.

—¿Veis algo más?

Pero supo por sus expresiones que no habían descubierto nada nuevo en las pinturas.

—No significa que no lo haya... —dijo Clara.

Curiosamente, pensó Gamache mientras observaba los otros dos lienzos en el suelo, aunque no contuvieran una imagen que evocara explícitamente algún sentimiento, él sentía algo cuando los miraba. Hasta donde podía ver, eran simples marañas de colores combinados al azar, y sin embargo...

¿Por qué había mandado Peter esos lienzos además de la alegre pintura con labios? ¿Qué veía en ellos que se le escapaba no sólo a él, sino a todos los demás?

¿Qué pasaba inadvertido en aquellas obras?

—¿Jean-Guy? —llamó Gamache.

Beauvoir dejó el cuchillo del pan y se le acercó.

—*Oui?*

—¿Me ayudas?

Gamache levantó uno de los lienzos del suelo.

—Clara, ¿podemos colgarlo en la pared?

Jean-Guy sostuvo una esquina y Gamache la otra mientras Clara lo clavaba en la pared. Después hicieron lo mismo con los otros: tres atentados contra el arte sujetos a la pared.

Una vez más, todos retrocedieron para contemplar las pinturas.

Luego dieron otro paso atrás y las contemplaron. Y otro, y volvieron a contemplarlas. Aquello parecía una retirada a cámara lenta... o una danza fúnebre.

Se detuvieron cuando dieron con la espalda contra la pared. La distancia y la perspectiva no habían mejorado en nada aquellas obras.

—Bueno, pues yo tengo hambre.

Beauvoir fue a la isla de cocina a por la bandeja de bocadillos que había preparado. Myrna cogió la jarra de limonada, que había vuelto a llenar, y ambos se encaminaron hacia la puerta del jardín atrayendo en su estela a los demás, alejándose de las pinturas para internarse en el cálido día de verano.

En el bocadillo de jamón de Clara se habían posado moscas, pero ella no las espantaba: todo suyo.

No tenía hambre, notaba el estómago revuelto. No eran exactamente náuseas, ni nada que hubiera comido: más bien algo que había visto.

Aquellas pinturas la perturbaban. Mientras sus amigos comían y charlaban, ella no hacía sino recordarlas.

La primera vez que las había visto, en la habitación de Bean, le habían parecido graciosas, en especial la de los labios, pero verlas en su propia casa le provocaba cierto mareo, como si fuera a bordo de un barco. El horizonte ya no parecía estable: se agitaba.

¿Era posible que fueran celos? ¿Le preocupaba que esas pinturas de Peter de verdad supusieran un hito en su carrera como artista? Aunque en ese momento dieran risa, ¿contenían indicios de verdadera genialidad? Y en el puntiagudo extremo de ese pensamiento se posó otro: ¿contenían indicios de un talento mayor que el suyo?

Tras haberse sentido moralmente superior ante Peter y sus celos mezquinos, ¿era, al cabo, tan envidiosa como él? ¿Era peor, de hecho? Celosa, hipócrita y pedante. Ay, Dios.

Pero había algo más: otro lugar al que la estaban conduciendo sus pensamientos, pero que no acababa de aparecer.

Entretanto, sus amigos se habían enfrascado en un animado debate sobre las pinturas y los motivos de Peter para mandárselas por correo a Bean.

—Yo he planteado eso hace más de una hora y nadie me ha hecho caso —protestó Jean-Guy—. Myrna lo sugiere ahora ¿y de repente es una propuesta brillante?

—He ahí el cruel destino del pionero, *mon beau* —bromeó Reine-Marie, y se volvió de nuevo hacia Myrna.

»Bueno, ¿y qué opinas?

Mientras seguían discutiendo, Clara sostenía el resbaladizo vaso de limonada y reflexionaba sobre sus sentimientos.

—¿Clara?

—¿Eh?

Miró a Myrna, que le sonreía claramente divertida.

—Estabas en las nubes...

—No, no, sólo estaba disfrutando del jardín y preguntándome si debería poner más guisantes de olor para que trepen por ese enrejado.

Myrna se puso seria. Como a la mayoría de la gente no le gustaba que le mintieran, pero a diferencia de la mayoría estaba dispuesta a insistir en que le dijeran la verdad.

—¿En qué estabas pensando realmente?

Clara inspiró hondo.

—Pensaba en las pinturas de Peter y en cómo me hacen sentir.

—¿Y cómo te hacen sentir? —preguntó Reine-Marie.

Clara observó los rostros de sus amigos, que la miraban.

—Inquieta —contestó—: creo que incluso me asustan un poco.

—¿Y por qué? —preguntó Gamache.

—Porque creo saber qué lo llevó a enviárselas a Bean.

Todos se inclinaron hacia ella.

—¡Pues dilo! —la apremió Beauvoir.

—¿Qué hace distinto a Bean? —preguntó Clara.

—Bueno, no sabemos si es chica... —empezó Reine-Marie.

—... o chico —concluyó Gamache.

—Y es muy joven —dijo Beauvoir.

—Todo eso es cierto —repuso Clara—, pero hay algo más que distingue a Bean.

—Bean es diferente —intervino Myrna—. Pese a que en la familia Morrow se espera que todos sean conformistas, Bean no lo es. Es probable que Peter se identifique con esa actitud, incluso que intente recompensarla.

—¿Y mandarle esas pinturas tan horrorosas supone una recompensa? —terció Beauvoir.

—Más o menos —repuso Myrna—: a menudo el acto tiene mayor importancia que el objeto en sí.

—Dile eso a un crío al que le regalen calcetines por Navidad —soltó Beauvoir.

—Pregúntale a un crío al que le pongan una estrella dorada en la libreta de los deberes —dijo Myrna—: la pegatina no sirve para nada, pero el acto en sí tiene un valor extraordinario. Los símbolos son poderosos, en especial para los críos. ¿Por qué creéis que quieren trofeos e insignias? No porque puedan jugar con ellos, ni comprar cosas con ellos, sino por lo que significan.

—La aprobación —concedió Reine-Marie.

—Exacto —repuso Myrna—. Y el hecho de que el tío Peter le mandara las pinturas hacía que Bean se sintiera especial. Creo que Peter se identifica con Bean, que comprende su situación y que quería hacerle saber que está bien ser diferente.

Myrna miró a Clara a la espera de su aprobación, a la espera de la estrella dorada.

—Ésa podría ser la razón —repuso Clara—, pero creo que hay una explicación mucho más simple.

—¿Cuál? —quiso saber Beauvoir.

—Creo que Peter sabía que Bean era capaz de guardar un secreto.

Bean había mantenido en secreto su propio sexo. La presión para que lo revelara debía de haber sido enorme, pero no había cedido ni ante su familia, ni ante sus compañeros del colegio, ni ante sus profesores. Ante nadie.

—Peter sabía que las pinturas estarían a salvo con Bean —dijo Reine-Marie.

—Pero si eran tan secretas, ¿por qué no guardarlas él mismo? —preguntó Jean-Guy—. ¿No estarían más seguras en sus manos?

—Quizá él mismo no se sentía a salvo —sugirió Gamache—. Eso es lo que piensas tú, ¿verdad?

Clara asintió con la cabeza. Ésa era la sensación que tenía en la boca del estómago: que Peter necesitaba mantener en secreto esas pinturas.

Miró hacia la casa.

Pero ¿qué ocultaban aquellas extrañas obras? ¿Qué revelaban?

DIECIOCHO

—«Un poema empieza como un nudo en la garganta» —declamó Armand Gamache mientras tomaba asiento en una de las sillas de plástico blanco de Ruth.

—Dicho así, suena como si el poeta se atragantara con una bola de pelo —repuso Ruth, y se sirvió un chorretón de whisky escocés sin ofrecerle—. Mis poemas están delicadamente pulidos: elijo con sumo cuidado cada puta palabra.

Rosa estaba dormida a su lado, en su nido de mantas. Aunque a Gamache le pareció que tenía los ojos un pelín abiertos y lo vigilaba.

Para que no resultara inquietante, tenía que recordarse todo el rato que no era más que una pata, una simple pata. Una pata inquietante.

—Pues fuiste tú quien lo dijo. —Gamache se esforzó en apartar la vista de la pata vigilante.

—¿Yo?

—Sí.

La cocina de Ruth estaba llena de objetos rescatados, incluidas las sillas y la mesa de plástico; incluida la botella de whisky escocés, *rescatada* del mueble-bar de Gabri; incluida *Rosa*, a la que había encontrado en forma de huevo un domingo de Pascua por la mañana en la orilla del estanque de la plaza ajardinada. El huevo estaba junto con otro en un nido, Ruth los había tocado y ese solo gesto había provocado que la madre pata los abandonara, así que Ruth se los había llevado a casa. Naturalmente, todo el mundo había dado por hecho que pretendía hacerse una tortilla, pero la vieja poeta había hecho algo muy poco natural en ella: había improvisado una diminuta incubadora de franela y calentado los huevos en el horno; luego les había ido dando vueltas, quedándose despierta hasta altas horas de la noche por si los patitos empezaban a salir del cascarón y la necesitaban. Incluso pagó la factura de la compañía eléctrica (con un dinero rescatado de casa de Clara) para asegurarse de que no le cortaran la luz.

Y rezó.

Rosa había salido del cascarón por sus propios medios, pero a su hermana *Flora* le había costado, así que Ruth la había ayudado quitando trocitos de la cáscara, cascándola un poco más.

Y ahí dentro encontró a *Flora*, que alzaba la vista hacia aquellos ojos viejos y recelosos.

Flora y *Rosa* habían establecido un vínculo afectivo con Ruth y ésta había establecido un vínculo afectivo con ellas.

La seguían por todas partes, pero mientras que *Rosa* florecía *Flora* se tornaba cada vez más frágil.

Por culpa de Ruth.

Flora debería haberse abierto paso por sí misma para salir del cascarón: esa lucha la habría vuelto más fuerte. La ayuda de la mano amiga de Ruth la había debilitado. Hasta que una noche, ya de madrugada, *Flora* había muerto en aquellas mismas manos amigas.

Aquello había venido a confirmar todos los temores de Ruth: la bondad mataba; ayudar a los demás no podía traer nada bueno.

Así que Ruth había convertido en norma dar la espalda a los demás. No por egoísmo, sino para proteger a los que amaba.

—¿Qué quieres? —espetó.

—«Un poema empieza como un nudo en la garganta, una sensación de injusticia, una añoranza, un mal de amores...» —dijo Gamache continuando la cita.

Ruth lo miró por encima del vaso de cristal tallado rescatado de la casa de los Gamache.

—Te sabes el poema —repuso sujetando el vaso entre sus manos ásperas—, pero no es mío, ¿sabes?

—Ni siquiera es un poema —dijo Gamache—: es una carta en la que Robert Frost explicaba su forma de escribir.

—¿Adónde quieres llegar?

—¿Ocurre lo mismo con cualquier obra de arte: un poema, una canción, un libro? —preguntó él.

—¿Y con una pintura? —preguntó Ruth, entornando los ojos legañosos como si fuera una barracuda mirando a Gamache desde el fondo de un lago frío.

—Exacto. ¿Empieza una pintura con un nudo en la garganta? ¿Con una sensación de injusticia? ¿Una añoranza, un mal de amores?—preguntó él. Con el rabillo del ojo advirtió que *Rosa* estaba despierta y miraba fijamente a su madre.

—¿Cómo narices voy a saberlo?

Pero finalmente, bajo la paciente mirada de Gamache, Ruth asintió muy brevemente con la cabeza.

—Las mejores, sí. Todos tenemos formas distintas de expresarnos: unos se deciden por las palabras, otros por notas musicales o por colores, pero todo procede del mismo sitio... aunque hay una cosa que deberías saber.

—*Oui?*

—Cualquier acto creativo auténtico es en primer lugar un acto de destrucción. Lo dijo Picasso, y es verdad:

no construimos sobre lo viejo, sino que lo echamos abajo y empezamos de cero.

—Uno echa abajo todo lo familiar, lo confortable —repuso Gamache—. Debe de dar miedo. —Cuando la vieja poeta guardó silencio, añadió—: ¿Es eso el nudo en la garganta?

—¿Puedo preguntarte una cosa? —dijo Clara.

Olivier estaba ocupado poniendo las mesas del *bistrot* para la cena: uno de los camareros estaba enfermo y andaban cortos de personal.

—¿Sabes doblar servilletas? —Sin esperar respuesta, le tendió a Clara un montón de servilletas de hilo blancas.

—Supongo —contestó Clara no muy segura.

Olivier rebuscó entre la vieja cubertería de plata cucharas, tenedores y cuchillos que hicieran juego, pero enseguida renunció y empezó a sacar cubiertos sin ton ni son.

—¿Sabes adónde se fue Peter? —preguntó Clara.

Olivier se detuvo un momento con una cuchara en la mano. Parecía que hablara a un micrófono.

—¿Por qué me lo preguntas a mí?

—Porque erais buenos amigos.

—Aquí todos somos amigos.

—Pero creo que la amistad entre él y tú era especialmente cercana. De habérselo dicho a alguien, creo que habría sido a ti.

—De ser así, te lo habría contado ya, Clara —repuso Olivier, dedicándose otra vez a poner la mesa—. ¿De qué va todo esto?

—¿O sea que no te lo dijo?

—No he sabido nada de él desde que se fue. —Olivier dejó lo que estaba haciendo para mirarla directamente—.

Habría dicho algo antes, cuando no apareció. Nunca te hubiera dejado sufriendo.

Cogió más cubiertos y Clara dobló servilletas. Se dedicaron a poner las mesas.

—Cuando te marchaste de Three Pines... —empezó Clara, pero Olivier la interrumpió.

—Cuando se me llevaron —corrigió.

—¿Echaste de menos a Gabri?

—Todos los días. El día entero. Me moría por volver, sólo soñaba con eso.

—Pero me contaste que la noche de tu regreso te quedaste de pie ahí fuera —agitó una servilleta hacia el ventanal en saledizo del *bistrot*—, temeroso de entrar.

Olivier continuó poniendo sitios en la mesa con sus manos expertas, asegurándose de que los viejos cubiertos estuvieran adecuadamente desparejados entre sí y quedaran bien colocados.

—¿De qué tenías miedo? —quiso saber Clara.

—Ya te lo conté.

Habían pasado a la mesa siguiente y la rodeaban poniendo los cubiertos y las servilletas.

—Pero necesito oírlo una vez más, es importante.

Clara observó la cabeza rubia y con entradas de Olivier, que se inclinaba sobre las sillas como si los sitios vacíos fueran sagrados. Entonces se incorporó tan bruscamente que la hizo dar un respingo.

—Me daba miedo ya no pertenecer a este lugar. Me quedé ahí fuera, observando cómo todos vosotros os reíais y lo pasabais bien aquí dentro. Parecíais tan felices... sin mí. Gabri parecía tan contento...

—Ay, Olivier.

Clara le tendió una servilleta y él se llevó la tela blanca a la cara. Se enjugó los ojos y se sonó y, durante unos instantes, tras haber vuelto a bajarla, pareció recuperado. Pero entonces otra lágrima le surcó la mejilla, y otra más. No era consciente de ello, por lo visto.

O quizá sí lo era, se dijo Clara. A lo mejor eso se había vuelto lo normal para Olivier. Quizá ahora simplemente se echaba a llorar de vez en cuando: las lágrimas no eran más que recuerdos abrumadores que se transformaban en líquido y brotaban de sus ojos. Era invierno, una gélida noche de invierno, y Olivier estaba de pie en el exterior del *bistrot*. A través de los cristales llenos de escarcha, veía la leña en la chimenea, veía las copas y la comida de celebración, veía a sus amigos y a Gabri, que no sólo había pasado página, sino que además parecía feliz... sin él.

Ya no le dolía, pero tampoco conseguía olvidarlo.

—Tienes que saber que te echaba tanto en falta que por poco le cuesta la vida —dijo Clara—. Jamás he visto a nadie tan triste.

—Ahora sé que era así —repuso Olivier—, y lo sabía entonces, pero verlo...

Se le quebró la voz. Agitó la servilleta y Clara entendió qué quería decir y cómo se sentía. Y en aquellas lágrimas vio todos los temores de Olivier, todas sus inseguridades y dudas.

Vio todo lo que Olivier tenía y todo lo que temía perder.

—Te entiendo —repuso ella.

Olivier se volvió para mirarla con enfado, como si estuviera reclamando como propio un terreno que le correspondía sólo a él. Pero su crispación se esfumó en cuanto vio la expresión de Clara.

—¿Qué ha pasado? —quiso saber.

—Peter le mandó unas pinturas a Bean.

—*Oui*. Gabri me lo ha contado.

—¿Te ha contado cómo eran?

—Más o menos. —Olivier esbozó una mueca—. El lado bueno es que, después de verlas, ha limpiado los desagües de la fonda y ahora está raspando la porquería del horno. —Indicó con la cabeza las puertas de vaivén que daban a la cocina del *bistrot*—. Estoy pensando en colgar algunas obras de Peter en casa.

Clara sonrió a su pesar.

—Diez dólares y son todas tuyas.

—Vas a tener que pagarle a Olivier más que eso, Clara —interrumpió Gabri.

Había salido de la cocina luciendo unos guantes de goma de un amarillo vivo y con las manos en alto como quien viene del quirófano.

—Tampoco son tan malas —dijo Clara.

Gabri la miró con cara de incredulidad: era obvio que la paciente no tenía remedio.

—Vale, vale, no son buenas —admitió Clara—. Pero ¿cuándo fue la última vez que una obra de Peter te hizo sentir algo..., y ya no digamos te hizo tener ganas de hacer algo?

—Ciertamente, me dieron ganas de salir huyendo, aunque no creo que eso satisfaga a ningún artista —repuso Gabri quitándose los guantes.

—A algunos sí, de hecho: quieren provocar, quieren cuestionar tus ideas preconcebidas, crearte un conflicto.

—No pueden estar hablando de Peter... —dijo Olivier.

Clara tuvo que recordarse que él todavía no las había visto.

—¿Qué te han hecho sentir cuando las has visto? —le preguntó a Gabri.

—Asco —respondió éste rápidamente.

Pero Clara esperó y vio que Gabri le daba vueltas a la cuestión.

—Eran horrorosas —declaró finalmente—, aunque también divertidas en cierto sentido. Tan ridículamente torpes que resultaban un poco absurdas, casi simpáticas.

—¿Estáis hablando de unas pinturas de Peter? —volvió a preguntar Olivier.

—Creo que lo que me ha alterado más ha sido ver juntos todos esos colores que no pegaban ni con cola...

—¿Peter, colores? —espetó Olivier—. ¡Venga ya!

—Y no has visto los labios —dijo Clara.

—¡¿Qué labios?! —preguntaron los otros dos al unísono.

—Peter incluyó sonrisas en una de las pinturas: un toque bastante genial.

En cuanto dijo esto último, Clara sintió un leve mareo y por un momento perdió el equilibrio. Gabri parloteaba sobre las probabilidades de que hubiera visto mal y aquellas pinturas no fueran directamente una porquería. Pero Olivier la miraba fijamente.

—¿Qué ha pasado? —volvió a preguntar en voz baja.

Clara supo entonces que aquellas pinturas, y en particular la de los labios, eran sus propias ventanas con parteluces a través de las cuales podía vislumbrar la vida de Peter como Olivier había observado a Gabri en aquella fría noche de invierno.

Y al igual que Olivier, veía con claridad que Peter era feliz: ése era el mensaje de las pinturas. Estaba experimentando, embarcado en una búsqueda. Había dejado atrás cuanto era artísticamente seguro, había roto las ataduras, las normas, y zarpado dejando atrás el mundo conocido para dedicarse a explorar. Y lo estaba pasando en grande, mejor que nunca.

Las obras eran caóticas, pero las emociones también.

Clara había mirado a través de la ventana de esas obras y comprobado que Peter era feliz.

Finalmente.

Sin ella.

Olivier paseó la vista por el *bistrot* en busca de una servilleta que darle a Clara. Sólo entonces reparó en que ella las había retorcido todas para hacerlas adoptar toda clase de formas. Adrede o no, había hecho que las servilletas parecieran criaturas de las profundidades que el mar hubiera arrastrado hasta la orilla de Three Pines para depositarlas en las mesas del *bistrot*.

Olivier le ofreció una a Clara, que la aceptó con cara de sorpresa: no se había dado cuenta de lo que había hecho, y tampoco de que estuviera llorando. Se llevó una criatura marina a las mejillas y se preguntó qué vería Olivier en sus lágrimas.

Gamache lanzó la pelota y observó a *Henri* salir brincando tras ella entre la hierba crecida y las flores silvestres.

Henri y él habían ascendido por la ladera para salir del pueblo y encaminarse al prado tras el antiguo aserradero. Necesitaba estar a solas con sus pensamientos.

Gamache sabía que lo que había dicho Ruth sobre el proceso creativo era significativo, importante. Y se sentía a punto de dar con la respuesta: la tenía en la punta de la lengua.

Lanzaba la pelota y el perro la atrapaba y volvía a llevársela. Una y otra vez.

«Una sensación de injusticia, una añoranza, un mal de amores»: las palabras de Robert Frost también iban y venían dentro de su cabeza.

Un nudo en la garganta: cada acto creativo procedía del mismo lugar, había dicho Ruth. Y cada acto creativo era en primer lugar un acto de destrucción.

Peter estaba desmantelando su vida, haciéndola añicos y reemplazándola con algo nuevo. Reconstruyéndola.

Lanzó la pelota y *Henri* la atrapó y volvió a llevársela.

Y las pinturas eran instantáneas de ese proceso.

Por eso Peter quería conservarlas: a modo de legado, de prueba documental, de diario.

El brazo de Gamache se quedó inmóvil. *Henri*, meneando todo el trasero de tanto que movía la cola, clavó la vista en la mano y la pelota cuando ambas descendieron lentamente.

Entonces Gamache volvió a lanzarla, y tanto la pelota como el perro surcaron el prado. Peter había abandonado su hogar física, emocional y creativamente hablando. Le había vuelto la espalda a todo lo que le resultaba familiar, a todo lo seguro.

Si antaño Peter utilizaba colores amortiguados, ahora usaba tonos vivos que, además, ni siquiera armonizaban entre sí.

Si antaño sus imágenes estaban sometidas a un estrecho control, ahora eran caóticas, rebeldes. Incluso chapuceras.

Si antaño sus pinturas eran casi exasperantemente pretenciosas, ahora eran absurdas y juguetonas.

Si antaño Peter se ceñía a las normas, ahora las transgredía. Era su primer acto de destrucción: experimentaba con el color, la perspectiva, la distancia y el espacio. Todavía no se le daba muy bien, pero si seguía intentándolo llegaría a donde quería llegar.

Ese nuevo Peter estaba dispuesto a intentarlo. Dispuesto a fracasar.

Gamache dio un paso adelante acercándose a la respuesta. La veía justo frente a sí. *Henri* había perdido la pelota en la hierba crecida y espesa y estaba escarbando por ahí con el trasero en alto y el hocico contra el suelo.

De vez en cuando miraba hacia Gamache en busca de consejo, pero él estaba embarcado en su propia búsqueda.

Si antaño las pinturas de Peter eran abstractas, ahora eran...

Henri levantó la cabeza con gesto triunfal: tenía la pelota en la boca, junto con un buen montón de flores silvestres y briznas de hierba.

Henri miró fijamente a Gamache y Gamache fijamente a *Henri*, ambos tenían lo que estaban buscando.

—Bien hecho —le dijo a *Henri*. Cogió la pelota llena de babas y le puso la correa—. Bien hecho.

Volvieron a toda prisa a Three Pines con los pensamientos de Gamache llevándoles la delantera.

Aunque vivía en el campo, Peter había guardado las distancias con la naturaleza, evitándola por considerarla un territorio de aficionados. Naturalezas muertas, paisajes: todo era demasiado figurativo, demasiado obvio. Poco digno de un gran artista, un artista como él, que veía el mundo desde una perspectiva más compleja y abstracta.

Gamache había supuesto que las salpicaduras de pintura en las últimas obras de Peter, por más que fueran abiertamente experimentales, seguían apuntando a la abstracción: que no eran otra cosa que los primeros intentos de una mente ordenada de ser caótica.

Pero si Peter había desechado todo lo demás, ¿por qué no hacer lo mismo también con su estilo?

¿Y si las obras no eran abstractas?

¿Y si Peter estaba pintando lo que veía?

Gamache llamó a la puerta de Clara y después la abrió.

—¿Clara?

No obtuvo respuesta.

Recorrió con la vista la plaza del pueblo y miró hacia el *bistrot*.

—A hacer puñetas —soltó, y entró en casa de Clara.

Henri y él encontraron las pinturas donde las habían dejado: clavadas en la pared de la cocina.

Gamache las observó detenidamente y luego se acercó a las obras que seguían sobre la mesa, con el salero, el pimentero y varias tazas de café desportilladas en las esquinas para impedir que se enrollaran.

Sacó el móvil, hizo fotos y se marchó.

Fue con el coche hasta Cowansville, donde había banda ancha de internet, para mandar las fotos por correo electrónico. Miró el reloj.

Las 16.35 h de la tarde. Las 21.35 h de la noche en Escocia. Era tarde, demasiado tarde para esperar una respuesta. Aun así, durante veinte minutos, Gamache se quedó en el coche mirando en móvil, deseando que apareciera una respuesta.

No fue así.

En el camino de vuelta a Three Pines, pensó en la cita de Robert Frost: se había topado con ella años atrás y la recordaba porque, si un poema podía empezar como un nudo en la garganta, también podía hacerlo la investigación de un asesinato.

Y el asesinato.

DIECINUEVE

—¿Había algo? —preguntó Reine-Marie cuando su marido volvió a meterse en la cama.

—No, nada —susurró él.

Pasaban unos minutos de las tres de la madrugada y se había levantado para abrir el correo electrónico. *Henri* levantó la cabeza, pero incluso él estaba demasiado cansado para tomarse aquello en serio.

Gamache se había conectado mediante la marcación telefónica y los pitidos y chirridos que rompieron la paz de la noche lo hicieron estremecerse un poco. Finalmente, los mensajes aparecieron en la bandeja de entrada.

Novias rusas.

Ganancias en la lotería.

Unos cuantos correos de un príncipe de Nigeria; pero de Escocia, nada.

Allí eran las ocho de la mañana. Había confiado en que el agente Stuart empezara su turno temprano. También había esperado que al agente Stuart le preocupara lo suficiente su mensaje como para actuar en consecuencia.

Ésa era, a decir verdad, la tercera vez que Gamache se levantaba esa noche a comprobar el correo electrónico. Las dos primeras sin verdaderas esperanzas, pero en esta ocasión sí había existido una posibilidad.

Volvió a la cama y se sumió en un sueño intranquilo.

Una hora más tarde, se levantó de nuevo. Cuando bajaba con sigilo por las escaleras, vio un rectángulo de luz procedente del estudio. No creía haber dejado la lámpara encendida. Sonrió al llegar a la puerta.

—¿Hay algo?

—*Tabarnac!* —soltó Beauvoir dando un brinco—. Casi me cago encima del susto. Jefe.

—Espero que hayas podido evitarlo. —Gamache entró y miró por encima del hombro de Jean-Guy—. ¿Porno?

—Qué va, a menos que te ponga caliente esperar a que ese maldito módem se conecte.

—Me acuerdo de cuando... —empezó Gamache, pero Jean-Guy le lanzó una mirada hostil y prefirió no continuar.

Finalmente, los correos empezaron a aparecer en la bandeja.

—*Rien* —dijo Beauvoir apartándose del escritorio—: no hay nada.

Ambos se dirigieron a la sala de estar.

—¿Crees que ese agente reconocerá algo en las pinturas? —preguntó Beauvoir, sentándose en el brazo del sofá.

Gamache se dejó caer en una butaca, cruzó las piernas y se ajustó la bata.

—Francamente, me conformo con que no se limite a borrar mis correos.

—¿De verdad crees que esas pinturas son paisajes? —Beauvoir no parecía convencido ni mucho menos.

—Es una posibilidad.

A lo mejor, pensaba Gamache, las obras de Peter realmente eran hitos que señalaban el lugar donde se encontraba: sus *inuksuit*.

—Si son paisajes, Escocia tiene que ser un lugar bien raro.

Gamache se echó a reír.

—Yo no he dicho que se le diera bien plasmarlos.

—Y has hecho bien.

—Podría parecerse a lo que hacían los impresionistas: representaban la naturaleza, pero era como si la pintaran con sus sentimientos.

—Si así fuera, no debe de haberle gustado mucho Escocia. —Beauvoir se deslizó del brazo del sofá hasta acabar en el asiento—. Pero si tanto le interesaba experimentar con paisajes, ¿no podría haberlo hecho en París o Venecia? ¿Por qué en Escocia?

—¿Y por qué en Dumfries? —añadió Gamache y a continuación se puso en pie—. Volvamos a la cama.

Pero en ese instante se oyó un tintín.

Se miraron. Había llegado un correo.

Reine-Marie palpó la cama a su lado. Estaba fría. Se incorporó hasta sentarse y miró a través de la ventana: el sol no había salido todavía, pero Armand se había levantado.

Se puso la bata y se encaminó escaleras abajo. Esta vez, *Henri* la siguió. Sus uñas repiquetearon en el suelo de madera.

—¿Armand?

La sala de estar estaba en penumbra, pero había luz en el estudio.

—Estoy aquí dentro —dijo una voz que reconoció enseguida.

—¿Hay algo? —preguntó ella.

—Sí —respondió Jean-Guy quitándose de en medio para que su suegra pudiera ver bien—, creo que sí.

Gamache le ofreció su silla.

Reine-Marie tomó asiento y miró la pantalla.

—«Es el Cósmico» —leyó, y levantó la vista hacia su marido—. No entiendo, ¿creéis que quería escribir «cómico»?

Armand y Jean-Guy observaban aquel breve mensaje con el mismo desconcierto que ella.

El agente Stuart había respondido al mensaje de correo de Gamache con tres simples palabras.

«Es el Cósmico.»

La noche anterior, Robert Stuart estaba en el pub cuando oyó sonar su iPhone. Lo tenía programado para emitir sonidos distintos dependiendo de quién pretendiera ponerse en contacto con él y por qué medio.

Esta vez se trataba de un correo electrónico del trabajo. En otra circunstancia ni siquiera se hubiera molestado en abrirlo a esa hora, pero el tipo del taburete de al lado no paraba de parlotear sobre cómo Hacienda le chupaba la sangre.

Stuart cogió el iPhone y se encogió de hombros, pero el tipo ignoró el gesto y siguió con su cháchara, así que el agente se llevó el móvil y la pinta de cerveza a un asiento tranquilo en un rincón tranquilo.

El correo era de aquel hombre de Canadá: el francés del acento raro. No podía ser muy importante.

El agente Stuart dejó el móvil en la mesa. El correo electrónico había cumplido su propósito al proporcionarle una salida. El mensaje en sí podía esperar a la mañana siguiente.

Dio un trago a la cerveza y miró a su alrededor, pero sus ojos no paraban de volver al aparato sobre la gastada mesa de madera. Al fin, cogió el teléfono móvil y leyó el mensaje. Hubo un brillo de interés en sus ojos y abrió los adjuntos.

Fue pasando las fotos deprisa, negando con la cabeza, algo decepcionado. No sabía gran cosa sobre arte, pero sabía reconocer una mierda cuando la veía. Se alegraba de que Apple no hubiera inventado aún una manera de enviar olores.

Y sin embargo... había algo en una imagen en particular. El canadiense, según el investigador de homicidios jubilado, no le pedía que juzgara el valor artístico de aquellas pinturas, sólo que le dijera si alguno de esos sitios le resultaba familiar.

Y no. A decir verdad, ni siquiera parecían «sitios», sólo manchones de pintura de vivos colores.

Excepto por una imagen en la que no sólo vio colores vivos, sino que percibió algo más.

—Eh, Doug. —Le hizo señas a un colega para que se acercara—. Échale un vistazo a esto, ¿quieres?

Doug cogió el móvil y observó la pantalla, pero por un momento le pareció que la imagen estaba desenfocada.

—¿Qué narices es esto?

—¿Te parece familiar?

—Parece una migraña.

Le lanzó el teléfono a Stuart.

—Vuelve a mirar, so memo —repuso Stuart—. Creo que conozco ese sitio.

—¿Eso es un sitio? —Doug volvió a mirar—. ¿En la tierra? Pues pobre gente.

—No sólo en la tierra, sino carretera abajo.

—Estás borracho, tío —soltó Doug, pero siguió estudiando la imagen. Entonces abrió mucho los ojos y miró a Stuart.

»Especulación, chaval.

—Ajá —coincidió Stuart—. A mí también me lo parece: es el Cósmico.

A la mañana siguiente, el agente Stuart se levantó temprano y condujo unos diez kilómetros hacia el norte. El sol acababa de salir y empezaba a disipar la niebla cuando aparcó el coche y se apeó.

Se cambió los zapatos por unas botas de agua, cogió su teléfono móvil y echó a andar a través de la hierba mirando de vez en cuando las fotos que Gamache le había mandado.

Una vez lejos de la carretera, el terreno descendía y se encontró en una hondonada donde se arremolinaba la niebla. Llevaba puesto un jersey, pero de repente hubiera querido que fuera más grueso y abrigara más. «Ojalá no estuviera solo», pensó.

El agente Stuart no se dejaba llevar por la imaginación, no más que cualquier otro celta. Pero en aquel sitio en el que los colores del mundo habían palidecido, en el que su propio rostro había palidecido, retornaban a él los seres malévolos de los cuentos de su abuela y las advertencias de su abuelo paterno.

Retornaban también los antiguos fantasmas, las almas en pena, los espíritus malignos. Le arrebataban al mundo todos los colores y, acechantes, lo hundían en aquella niebla desvaída.

—Vamos, cálmate —se dijo—. Haz esto rápido y vuelve a tiempo para un café y un panecillo con beicon.

La mera idea de un bocadillo de beicon consiguió animarlo mientras avanzaba con cautela entre la niebla, tanteando el terreno con las puntas de los pies.

Mantuvo la imagen del panecillo en primer plano en su cabeza, como un talismán, un amuleto, un sustituto del crucifijo que solía llevar su abuela.

Sacó el móvil y se detuvo a mandarle un mensaje de correo al tipo de Quebec.

«Es el Cósmico», tecleó, y no consiguió escribir nada más.

Le resbaló un pie en la hierba empapada de rocío. Hizo aspavientos con los brazos, tratando de retroceder al pasado, antes del resbalón, antes de su llegada. Antes de su decisión de acudir a aquel lugar dejado de la mano de Dios.

Vio su pierna derecha elevarse. Su mano se abrió y el iPhone salió despedido. Cruzó el aire hasta que lo agarraron los espíritus de la niebla. Durante un instante, el agente Robert Stuart quedó suspendido en el aire, como si volara.

Y entonces cayó y se dio un golpetazo contra el suelo que lo dejó sin aliento. Todo se tornó una confusión de imágenes y sensaciones cuando se precipitó cuesta abajo, deslizándose, rodando y dando volteretas, desorientado y tratando de agarrarse a algo y afianzarse, pero sin encontrar ningún asidero en la hierba resbaladiza de rocío.

Continuó el vertiginoso descenso por la ladera. ¿Dónde acabaría? ¿Contra un árbol? ¿En un precipicio?

Y entonces, tan repentinamente como había empezado, todo terminó. Le llevó unos instantes percatarse de que ya no se movía. La cabeza le daba vueltas, no veía bien, su cuerpo y su cerebro se hallaban en dos lugares distintos.

El agente Stuart yacía inmóvil. «Se acabó.»

Y entonces llegó el pánico. No se había acabado.

Abrió mucho los ojos y se quedó boquiabierto.

No podía moverse y no podía respirar. Estaba paralizado. Las briznas de hierba, tan cerca de sus ojos, parecían enormes. Supo que iban a ser lo último que vería: árboles de hierba.

Iba a morir en breve, con el cuello roto y una hemorragia interna. Moriría en aquella hondonada donde tardarían días en encontrarlo, quizá semanas. Y, cuando lo hicieran, estaría irreconocible: había visto los suficientes cuerpos en ese estado y le parecieron grotescos. Estaba a punto de volverse grotesco.

Tendría un funeral con honores, por supuesto. La bandera escocesa envolvería su ataúd y su afligida viuda, sus amigos y colegas entonarían *Flor de Escocia*. Inconsolable, su...

Una bocanada de aire entró de pronto en sus pulmones y los hizo expandirse, y luego Stuart exhaló ese aire con un gemido largo y doloroso.

Inspiró. Exhaló. Cerró los puños, aferrando hierba, tiernas y dulces briznas de hierba. Podía moverse. Podía respirar.

Paren la música. Interrumpan el funeral. Su vida no había llegado aún a su fin.

Robert Stuart permaneció allí tendido largo rato, inspirando, exhalando. Contemplando cómo se disipaba la bruma fantasmal hasta tornarse cielo azul.

Se incorporó despacio hasta quedar sentado. Luego se levantó sobre sus piernas nuevas y temblorosas y miró a su alrededor.

Nunca había estado antes ahí, en ese lugar que, según los rumores, se regía por sus propias normas: una realidad paralela en un espacio y un tiempo propios, con la capacidad de otorgar la vida y la muerte: un lugar que primero mataba y después te resucitaba.

Stuart miraba fijamente el mundo al que había ido a parar: un inframundo, un mundo más allá de la muerte.

A unos pasos ladera arriba, distinguió su iPhone. Lo cogió y empezó a tomar fotografías tratando de captar lo que veía. Sólo más tarde, al ver las imágenes, comprendería que ninguna fotografía podía hacerle justicia a ese sitio.

Pero aquellas pinturas sí lo habían conseguido, o por lo menos se habían acercado. De repente, las pinturas se le antojaban mucho menos extrañas.

VEINTE

—Vaya por Dios —soltó Gamache mirando fijamente la pantalla del ordenador.

Tras el misterioso mensaje del agente Stuart, «es el Cósmico», no había habido nada más. Hasta ese momento.

Acababa de aparecer una extraña fotografía.

—Creo que ha tardado unos ochenta años en descargarse —ironizó Jean-Guy.

Desde luego, daba la impresión de que la imagen se hubiera tomado mucho tiempo atrás. Era en blanco y negro, o más bien en tonos de gris, y al parecer tenía los bordes deteriorados.

—¿Qué es? —quiso saber Reine-Marie.

Por mucho que se esforzara, no conseguía entender del todo lo que estaba viendo. Y desde luego no veía conexión alguna entre la información que le habían pedido al policía de Dumfries y aquello.

Armand había mandado fotos de las obras de Peter a Escocia sospechando que, en efecto, se trataba de paisajes, con la esperanza de que el agente reconociera dónde se habían pintado.

Y, a modo de respuesta, el agente Stuart les mandaba esa imagen.

¿Habría entendido mal la petición?, se preguntó Reine-Marie.

Entonces un dedo, el de Jean-Guy, tocó ligeramente la pantalla. Siguiendo el contorno de una pequeña loma, internándose en la niebla y surgiendo de ella, se distinguía vagamente el motivo de un tablero de ajedrez: se deslizaba por la superficie como si el tejido del terreno se hubiera desgarrado para revelar los cuadros blancos y negros en la brecha resultante.

Reine-Marie se sintió atraída por aquella imagen: parecía un lugar a medio camino entre este mundo y otro de ensueño.

Apartó la mirada para centrarla en los ojos de Armand y vio en ellos un reflejo de la imagen de ese otro mundo que había en la pantalla. Luego miró a Jean-Guy. Ambos observaban la imagen, petrificados.

—Vaya por Dios —susurró finalmente Jean-Guy.

—En una de las pinturas de Peter aparece ese motivo del tablero de ajedrez —dijo Gamache—. Creíamos que sólo estaba entreteniéndose con un antiguo ejercicio de la Escuela de Arte, pero no era eso.

—Estaba pintando lo que veía —concluyó Reine-Marie.

—Pero ¿qué es? —preguntó Jean-Guy.

—¿Y dónde está? —añadió Gamache—. ¿Me permites?

Reine-Marie se levantó y Armand tomó asiento ante el ordenador y le escribió un correo electrónico al agente Stuart pidiéndole más detalles.

—¿Me permites?

Jean-Guy sustituyó a Gamache frente a la pantalla, abrió un buscador y tecleó unas palabras: «Dumfries», «tablero de ajedrez».

Pero no apareció nada que fuera de utilidad.

—Prueba con Dumfries, Escocia, tablero de ajedrez —sugirió Gamache.

Siguió sin surgir nada.

—¿Me permites? —Reine-Marie reemplazó a Beauvoir y añadió una palabra a la búsqueda, luego apretó la tecla de retorno.

Y de pronto apareció la respuesta, como si el buscador hubiera estado esperando la palabra mágica:

«Cósmico.»

—Vaya por Dios —susurró Reine-Marie.

—¿El Jardín de la Especulación Cósmica? —repitió Clara—. ¿Me tomáis el pelo?

Pero sus rostros le revelaron que, por lo visto, aquello iba en serio.

Su teléfono había sonado diez minutos antes y ella, tras dar un respingo, se había incorporado en la cama y había contestado antes de que sonara una segunda vez. Miró el reloj: no eran ni las seis de la mañana.

Era Armand, querían acercarse a su casa.

—¿Ahora?

—Ahora.

Unos minutos después, en la cocina de Clara había cuatro personas en bata y un perro. Jean-Guy puso el ordenador portátil sobre la mesa de pino junto a las primeras pinturas de Peter.

—Vaya por Dios —soltó Clara.

Observó las pinturas de Peter y de nuevo la pantalla del portátil.

Y otra vez las pinturas, una en particular.

—Eso no es un ejercicio de perspectiva —declaró mirando el sinuoso motivo de un tablero de ajedrez en blanco y negro que atravesaba la pintura de Peter—, es esto.

Volvió a centrarse en la fotografía, donde un motivo en blanco y negro, serpenteante como una cobra, surgía de la niebla.

—Quien sea que haya tomado esta foto debía de estar casi exactamente donde se encontraba Peter cuando pintó esta obra. —Hablaba como si lo hiciera para sí misma.

Clara notó que el corazón le latía más rápido, pero no de emoción: no era alegría lo que le agitaba el pecho.

Había algo espeluznante en aquella fotografía: cualquier cosa podía salir reptando entre la niebla de aquella brecha en el suelo del jardín por la que asomaban los cuadros blancos y negros.

Y esa misma sensación le transmitía ahora la pintura de Peter.

Sin embargo, si bien la foto mostraba un mundo en tonos de gris, el mundo habitual de Peter, la obra que había pintado era una alocada confusión de colores.

Aun así las dos imágenes tenían algo en común: aquella sencilla y clara serpiente a cuadros en medio del jardín.

Clara notó un hormigueo en la piel cuando su sangre fue a ocultarse en lo más hondo de su ser, lejos de la pintura y la fotografía.

—Allí —declaró señalando la pintura—: allí fue donde ocurrió.

—¿Donde ocurrió qué? —preguntó Reine-Marie.

—Donde Peter empezó a cambiar. Me preguntaba por qué no había conservado sus otras obras. Es probable que llevara a cabo otras en París, Florencia y Venecia. Pero no las conservó, no se las dio a Bean para ponerlas a buen recaudo. ¿Por qué?

—Me estaba preguntando lo mismo —intervino Armand—, ¿por qué no lo hizo?

—¿Porque no valía la pena salvarlas? —sugirió Jean-Guy, y su hipótesis se vio recompensada con una sonrisa de Clara.

—Exacto, exacto. Pero sí salvó éstas: debió de haber oído hablar de ese prado en sus viajes y decidió ir allí...

—Pero ¿por qué? —interrumpió Beauvoir.

—No lo sé. Quizá por lo extraño que era. Venecia, Florencia y París son ciudades preciosas, pero convencionales. Cualquier artista acude a ellas en busca de inspiración. Peter quería algo diferente.

—Bueno, pues lo encontró —opinó Jean-Guy contemplando las pinturas.

Seguían siendo una *merde*: daba la impresión de que Peter hubiese caído en un montón de estiércol y luego lo hubiera pintado.

—No sé qué pasó —admitió Clara—, pero algo en ese jardín cambió a Peter. O provocó el principio del cambio.

—Como un barco que cambia de rumbo —comentó Gamache—. Podía llevarle un tiempo llegar a puerto, pero al menos navegaba en la dirección correcta.

«Peter ya no estaba perdido: había encontrado finalmente su estrella polar», pensó.

Si era así, ¿por qué había volado a Toronto? ¿Fue tan sólo para entregarle las pinturas a Bean? Pero podría habérselas mandado por correo, como las demás.

¿Fue para visitar a su antiguo profesor? ¿Iba en busca de aprobación, en busca de un mentor? O quizá era algo más simple, más humano. Más propio de Peter.

Quizá estaba huyendo otra vez, atemorizado por lo que había visto en el jardín, poco dispuesto a seguir por ese camino. Quizá se fue a Toronto para esconderse.

Y una vez más acudía al pensamiento la historia de Samarra: no había escondite posible ante el destino. El destino de Peter acabaría por encontrarlo.

Toronto, pues, suponía acercarse un paso más al final del viaje.

Como si todos hubieran pensado lo mismo al unísono, se volvieron a la vez para mirar la pared del fondo y los lienzos clavados allí: las últimas obras de Peter, quizá las últimas que pintaría nunca. Y sin duda los últimos hitos de su camino.

• • •

—Póngame un bocadillo de beicon —dijo el agente Stuart en un tono que recordaba a un sheriff del salvaje Oeste pidiendo un vaso de whisky.

Se quitó la chaqueta y se alisó el cabello mojado.

—¿Qué le ha pasado, muchacho? —preguntó el camarero mientras despejaba de migas la barra de melamina.

—¿Qué puede contarme sobre ese jardín que hay carretera abajo?

Los movimientos circulares del trapo húmedo se volvieron más lentos hasta detenerse. El tipo, bastante viejo, miró con interés al agente.

—Sólo es un jardín, como cualquier otro.

Stuart se bajó del taburete.

—Lo dejaré que piense un poco más. Cuando vuelva, me gustaría que me diera una respuesta mejor. Y ese panecillo, y un café solo.

Fue a los lavabos de caballeros, usó el váter y luego se lavó las manos y se frotó la cara tratando de quitarse la suciedad y la hierba incrustadas en la piel. Resultó que parte de lo que parecía suciedad eran en realidad moretones, así que dejó de frotar.

Se apoyó en el lavabo de porcelana y se inclinó hacia el espejo con la mirada fija en sus ojos bien abiertos. Sabía que a los abogados les enseñaban a no plantear nunca una pregunta si no estaban preparados para oír la respuesta: no les gustaban las sorpresas.

Pero con los polis pasaba lo contrario: casi siempre se llevaban una sorpresa, y rara vez era agradable.

Robert Stuart se preguntó si estaba preparado para la respuesta que lo aguardaba.

• • •

Clara se sentó ante el ordenador de Jean-Guy.

Había preparado y servido café y abrió la tapa del portátil para reactivarlo.

La pantalla mostraba la página de inicio de una web.

—¿Qué es? —preguntó Clara—. No puede tratarse de un jardín corriente, con un nombre como ése.

—No hemos podido leer gran cosa —explicó Reine-Marie, acercando una silla para sentarse junto a Clara—: queríamos llegar aquí lo más deprisa posible. Sólo sabemos que no queda muy lejos de Dumfries.

Los hombres también acercaron unas sillas. Tomaron café y leyeron acerca de aquel Jardín de Especulación Cósmica.

El agente Stuart pasó una pierna sobre el taburete. En la barra lo esperaban un panecillo con beicon y un café solo, pero no había ni rastro del viejo camarero ni de nadie más. No obstante, oyó voces al otro lado de la puerta de vaivén.

Le dio un buen mordisco al bocadillo. Estaba caliente. El beicon ahumado crujía y sabía al bienestar de su infancia. A regañadientes, lo dejó en la barra y paseó la vista para comprobar si alguien lo miraba, pero estaba solo en el bar. Se acercó deprisa y sin hacer ruido a la puerta.

—¿Qué vas a decirle? —preguntó una voz que parecía pertenecer a una mujer mayor de carácter difícil.

—La verdad.

Stuart reconoció al camarero.

—Menudo viejo ridículo estás hecho. Tú no sabes la verdad, no más que yo: no hay ninguna «verdad».

—Sí que la hay. Mira, yo al menos he estado allí, tú no.

—Fuiste allí a matar liebres, eso no tiene nada de cósmico.

—Yo no he dicho que lo fuera. —El tono del viejo era ahora de irritación.

—Ya has aburrido a bastante gente con ese cuento de borracho. Ahora sal, antes de que ese hombre nos robe las salsas —añadió la cocinera—. Enseguida me he dado cuenta de que era un taimado.

El agente Stuart se incorporó ofendido y se apresuró a volver a su desayuno.

Clara iba girando la ruedecilla del ratón y pasando imágenes del jardín en la página web. En una de ellas, varias dobles hélices de ADN enormes se alzaban como si hubieran salido expulsadas de la tierra. En otra parte del jardín, llamativas esculturas que representaban distintas teorías científicas se mezclaban con los árboles para formar un bosque: resultaba casi imposible distinguir qué había hecho la mano del hombre y qué era obra de la naturaleza.

Y luego estaban esos sinuosos tableros de ajedrez que ora se alzaban, ora parecían zambullirse, que entraban y salían como si lo hicieran de otra dimensión.

Las fotografías de la web se habían tomado a plena luz del día, y aun así había algo perturbador en ellas: las esculturas de aquel jardín no parecían formar parte de una exposición temporal ni nada por el estilo, más bien daban la impresión de ser antiguas y haber perdurado durante mucho tiempo.

El jardín transmitía la misma sensación que Stonehenge o el evocador círculo de piedras puntiagudas de Bryn Cader Faner, en Gales: su significado podía parecer misterioso, pero indudablemente era como si un gran poder emanara de ellos.

¿Por qué?, se preguntó Clara. ¿Para qué había creado alguien aquel jardín? ¿Y por qué había ido Peter a parar allí?

• • •

—Nunca conocí al dueño —explicó el viejo que, inesperadamente, dijo llamarse Alphonse.

—¿Puedo llamarlo Al? —preguntó el agente Stuart.

—No.

—¿Fue él quien creó el jardín? —quiso saber Stuart.

—Sí, con su difunta esposa. Buena gente, por lo que he oído decir. Lo hicieron sólo para ellos mismos, pero cuando se corrió la voz, decidieron abrirlo al público.

Stuart asintió con la cabeza: eso ya lo sabía, y también que abría sólo un día al año.

—No, un día no —corrigió Alphonse—: cinco horas. Una vez al año, el primer domingo de mayo.

—¿Y lo vio usted uno de esos días? —preguntó Stuart, aunque ya sabía la respuesta.

—No exactamente. Fui allí por la noche.

—¿Por qué?

Era evidente que no era la clase de interrogatorio que Alphonse esperaba. ¿Debía revelar que había ido allí a cazar liebres furtivamente? ¿Y que no lo había hecho por necesidad —tenían comida de sobra— sino por pura diversión, como le gustaba hacer desde niño: disparar a liebres, conejos, ardillas, topos y ratones de campo?

¿Debía contarle a aquel policía lo ocurrido la última vez que había ido a cazar al jardín? Estaba oscuro y, al percibir movimiento, había empuñado la escopeta.

Tenía la liebre en el punto de mira: se había encaramado en una de las extrañas esculturas, una escalinata de color marfil que descendía cual cascada por una ladera.

Era una liebre magnífica: grandota, vieja, gris. Mientras Alphonse la observaba a través de la mira de la escopeta, la liebre se levantó despacio sobre los cuartos traseros; alta, alerta, notando algo.

Alphonse miró fijamente al animal y entonces apretó el gatillo.

Pero no pasó nada: la escopeta se había encasquillado.

Maldiciendo, Alphonse había abierto la recámara, reemplazado el cartucho y vuelto a cerrarla de golpe, esperando que la liebre se hubiera esfumado mucho antes.

Pero seguía donde estaba, como una escultura, como si formara parte del jardín. Una piedra antigua y gris, viva e inanimada al mismo tiempo.

Alphonse levantó la escopeta consciente de que tenía la capacidad de acabar con esa ambigüedad.

—¿El primer domingo de mayo? —leyó en voz alta Reine-Marie—. Pero para entonces Peter ya tenía que estar de vuelta en Canadá: debió de haber pintado esa obra en algún momento a principios de invierno.

—Lo que significa que tuvo que entrar ahí sin autorización —concluyó Clara. Trató de decirlo con despreocupación, como si se limitara a declarar un hecho, pero para ella era mucho más que eso.

El hombre que ella conocía actuaba según las reglas. ¡Si hasta seguía las recetas de cocina, por el amor de Dios! Leía las instrucciones, pagaba sus facturas cuando tocaba y se hacía limpiezas dentales dos veces al año. Hacía lo que le decían, lo que le habían enseñado a hacer. No era propio de él entrar en un sitio sin autorización.

Pero Peter había cambiado, ya no era el hombre que Clara conocía.

Ella lo había echado de allí confiando en que cambiara, pero ahora que descubría más pruebas de que lo había hecho, sentía un miedo repentino de que ese cambio lo alejara de ella.

Para disimular su disgusto, volvió a concentrarse en la página web. Al principio se limitó a mirar sin ver, confiando en que nadie notara su angustia, pero al cabo de unos instantes las imágenes calaron en ella: eran distintas a cualquier cosa que hubiera visto antes.

Los creadores del jardín querían explorar las leyes de la naturaleza, los misterios del universo... y qué ocurría cuando ambos se entrecruzaban.

Cuando colisionaban.

¿Esa colisión lo aniquilaba todo, como una bomba nuclear, o más bien creaba vida, como la doble hélice?

En el jardín no había respuestas, sólo preguntas: especulación.

El Peter que Clara conocía era un hombre de certidumbres, pero había recorrido medio mundo hasta un lugar donde se planteaban preguntas, donde éstas crecían; donde florecía la incertidumbre.

Entonces, Clara sintió un poco de alivio: era la clase de lugar que a ella le encantaría visitar, un lugar del que el viejo Peter se habría burlado. Quizá la hubiera acompañado, pero a regañadientes y haciendo comentarios veladamente sarcásticos.

Pero este Peter había acudido por sí mismo al Jardín de la Especulación Cósmica.

Quizá estaba cambiando de rumbo, pero no para alejarse de ella: quizá se estaba acercando; si no físicamente, sí en todos los demás sentidos.

—Uf —gruñó Reine-Marie mientras leía; luego apartó la vista de la pantalla y declaró—: Es un jardín, pero no en el sentido convencional: es una especie de encrucijada, un cruce entre la física y la naturaleza.

Peter había plantado su caballete en esa encrucijada y se había puesto a crear.

Clara anhelaba hablar con él, averiguar qué había descubierto, saber de sus propios labios cómo se sentía. Finalmente había superado los obstáculos, acercándose hacia ella... y entonces había desaparecido de la faz de la tierra.

—Se ha convertido en toda una atracción —prosiguió Alphonse—: gente de todas partes acude a verlo. Hay quienes lo consideran místico —concluyó, soltando un bufido.

Pero el agente Stuart no se dio por satisfecho; al fin y al cabo acababa de oír a la cocinera advertirle que no fuera contando por ahí su cuento de borracho.

—¿Qué le pasó en ese jardín, Alphonse?

Clara volvió a centrarse en las pinturas de Peter, aunque esta vez no en la del sinuoso tablero de ajedrez, sino en las otras dos.

No lo sabía con certeza, pero sospechaba que también las había pintado en el Jardín de la Especulación Cósmica. Mostraban la misma paleta de colores. Y el mismo apresuramiento.

Al igual que la primera, contenía una explosión de colores casi frenética, chocante. Combinaciones insólitas y muy poco atractivas. Peter parecía haberlas pintado con desenfreno, desesperado por aprehender algo fugaz.

—Da la impresión de que su cerebro se estuviera desparramando en el papel —comentó Jean-Guy, de pie junto a Gamache.

¿Qué había visto Peter en el Jardín de la Especulación Cósmica?, se preguntó Clara. ¿Qué había sentido?

• • •

Alphonse miró por encima del hombro hacia la puerta de vaivén que daba a la cocina y luego apoyó los codos en la barra.

—Esto debe quedar entre nosotros, ¿entendido? —susurró.

El agente Stuart asintió con la cabeza, aunque sin pretender cumplir su palabra.

—El otoño pasado fui allí al anochecer a cazar conejos.

Y soltó toda la historia.

Hizo una pausa tras haber descrito el primer intento fallido de matar a la liebre.

—Lo había hecho muchas veces, ¿sabe? Desde que era un crío.

—¿Había estado antes en el jardín? —preguntó Stuart.

Alphonse asintió con la cabeza.

—He matado montones de conejos allí, pero nunca había visto un bicho como aquél.

—¿Qué tenía de distinto?

Alphonse estudió el rostro del agente. Había dejado de actuar como un camarero. Pese a ser muy viejo, no se lo veía en absoluto frágil. Parecía un marinero que hubiera estado cara al viento toda su vida, navegando en pos de algo.

Hasta que había encontrado lo que buscaba: tierra firme.

—¿De veras quiere que se lo cuente?

Y el agente Stuart se preguntó, una vez más, si de verdad quería saber la respuesta.

Asintió con la cabeza.

—Observé a aquella liebre enorme y gris levantarse sobre los cuartos traseros. No se movía, ni siquiera cuando volví a levantar la escopeta. Simplemente se quedó allí plantada. Yo veía moverse su pecho, la veía respirar, notaba cómo le latía el corazón. Y entonces advertí algo detrás de ella.

—¿Al dueño del jardín?

—No, no era una persona, sino otra liebre casi igual de grande. También estaba ahí, levantada sobre los cuartos traseros. La primera me había impactado tanto que no había reparado en las demás.

—¿Las demás?

—Debían de ser unas veinte. Todas alzadas sobre las patas de atrás, perfectamente erguidas, inmóviles. Formaban un círculo perfecto.

El agente Stuart notó que él mismo se quedaba muy quieto. Los ojos de aquel viejo lo recorrían como si fueran linternas.

—Mi mujer dice que estaba borracho, y sí que me había tomado unas cuantas, pero no más de las habituales. Dice que veía doble o triple. Dice que el alcohol me hacía ver cosas.

El camarero bajó la mirada, agachó la cabeza y le habló a la barra maltrecha, llena de arañazos y manchas.

—Y tiene razón: sí que vi algo.

—¿Qué?

—¿Qué es eso? —preguntó Clara inclinándose más sobre aquellos colores horrorosos.

—¿El qué? —preguntó Reine-Marie con la nariz casi pegada a la pintura.

—Eso de ahí, junto a ese zigzag.

—Yo diría que son unas escaleras —dijo Armand.

—No, no me refiero al zigzag en sí, sino a lo que hay al lado. —El tono de Clara era de urgencia, como si aquello pudiera desaparecer en cualquier momento.

—Es una piedra —dijo Jean-Guy.

Clara escrutó la figura desde más cerca.

• • •

—Las liebres eran de piedra —dijo el agente Stuart. Los dos hombres se miraban a los ojos—. Es un jardín de esculturas: es probable que fueran de piedra.

—No —respondió Alphonse en voz baja, casi con pesar.

El agente Stuart comprendió que aquel hombre no había estado buscando tierra firme: buscaba compañía. La de alguien que le creyera.

—Vi moverse a la primera —continuó—, y cómo latía su corazón..., y la vi convertirse en piedra.

—Es un círculo de piedras —concluyó Armand inclinándose también hacia la pintura.

Los ojos de todos se fueron adaptando a los desquiciados colores de Peter hasta que el aparente caos se transformó en un motivo.

—Pero, según las fotos de la página web, no hay un círculo de piedras junto a la escalinata —dijo Clara.

—Y entonces volvieron a convertirse en conejos —concluyó Alphonse—. Cobraron vida nuevamente.

Le brillaban los ojos, pero no era de miedo, sino de asombro: la fascinación de un hombre mayor, más cerca de la muerte que de la vida.

—¿Y ha regresado alguna vez después de aquello? —preguntó Stuart.

—Cada noche. Vuelvo allí todas las noches. Pero ya no me llevo la escopeta.

Alphonse sonrió y el agente Stuart hizo lo propio.

• • •

Cuando los demás se marcharon a vestirse, Gamache no fue con ellos.

—¿Te importa que me quede? —le preguntó a Clara y ella negó con la cabeza.

—Prepara un poco más de café —dijo indicándole con un gesto la vieja cafetera eléctrica—. Bajaré dentro de unos minutos.

Mientras el café se estaba filtrando, Gamache acercó una silla a la pared de las pinturas y se sentó a contemplarlas.

—¡Ay, Dios mío! —exclamó una voz familiar—. No me digas que irrumpo en una escena de la que no debería saber nada.

Gamache se levantó. Myrna estaba en el umbral con lo que, por el olor, era un pan de plátano recién horneado.

—¿Qué quieres decir?

Myrna hizo un gesto de arriba abajo con la mano para indicar tanto su atuendo como su mera presencia allí.

Gamache bajó la vista y se percató de que aún iba en bata y zapatillas. Se ciñó más la bata.

—¿Habéis celebrado tú y Clara una fiesta de pijamas? —bromeó Myrna mientras dejaba el pan caliente sobre la encimera.

—¿Estoy en casa de Clara? —preguntó él fingiéndose desconcertado—. Maldita sea, no me digas que ha vuelto a pasarme.

Myrna se echó a reír.

Mientras Gamache servía el café, ella se puso a cortar gruesas rebanadas de pan y a untarlas con mantequilla.

—¿Qué ha pasado? —le preguntó a Gamache. y éste la puso rápidamente al día con lo del Jardín de la Especulación Cósmica.

Myrna lo bombardeó a preguntas: todas empezaban con «por qué» y él no tenía respuesta para ninguna de ellas.

—Así está mejor —dijo Clara al volver a la cocina, y se sirvió café.

Los tres tomaron asiento y contemplaron las pinturas más recientes como si esperaran a que diera comienzo el espectáculo.

Si en las obras que Peter había pintado en el Jardín de la Especulación Cósmica parecía que se le hubieran desparramado los sesos sobre el papel, en esas otras parecía que se le hubieran desparramado las entrañas.

—Algo le pasó a Peter en ese Jardín de la Especulación Cósmica —dijo Gamache. Le resultaba agradable decir en voz alta ese nombre y se prometió que lo repetiría cada mañana mientras especulaba en su propio jardín—. Se fue de allí, volvió a Canadá y pintó estas obras.

—¿Cómo sabemos que éstas no las pintó también en el jardín? —preguntó Myrna señalando con el pan de plátano los tres lienzos clavados en la pared.

—Porque Peter le dio esas tres a Bean en invierno, cuando volvió de Dumfries —repuso Gamache, indicando con su rebanada las pinturas sobre la mesa—. En cambio, estos lienzos más grandes se los mandó más tarde por correo.

—Ergo, las pintó a su regreso a Canadá —concluyó Clara.

—¿Ergo? —repitió Myrna.

—No me digas que no has tenido nunca deseos de usar esa palabreja —dijo Clara.

—Ahora que la he oído, ya no.

Guardaron silencio y contemplaron las obras.

—¿Creéis que también son paisajes? —preguntó finalmente Myrna.

—Yo sí —repuso Armand, aunque no sonó del todo convencido.

No se parecían a ningún paisaje que hubiera visto y, aparte de aquellos labios voladores, no había nada que resultara mínimamente reconocible.

—Clara —dijo Gamache muy despacio, alargando el nombre, concediéndose tiempo para poner en orden sus pensamientos—. ¿Qué dijiste que hacías con las pinturas que no salen bien?

—Suelo guardarlas y las saco cuando me encuentro entre dos proyectos.

Gamache asintió lentamente con la cabeza.

—¿Y qué haces con ellas?

—Ya te lo conté —repuso Clara confundida ante aquella pregunta—. Las miro.

Gamache no dijo nada y ella se preguntó adónde querría llegar, pero de repente abrió mucho los ojos: acababa de recordar qué hacía con sus antiguas pinturas.

Clara se levantó y empezó a quitar las chinchetas para retirar de la pared la pintura de los labios.

—La única razón por la que colgamos estas pinturas de este modo —explicó mientras Myrna y Armand acudían a ayudarla— es que Bean las tenía así en la pared de su habitación. Pero supongamos que Bean se equivocaba... No hay firma alguna que nos revele si están del derecho o del revés.

Volvió a clavar el lienzo en su sitio, pero esta vez cabeza abajo. Los tres retrocedieron para examinarlo.

No estaba en absoluto cabeza abajo, sino, finalmente, como debía estar.

—Vaya por Dios —soltó Myrna.

Las pinceladas de vivos colores se habían convertido en un río ancho y turbulento. Los audaces labios rojos eran ahora olas, y lo que antes parecían árboles se habían transformado en las paredes de un acantilado.

Los tres se quedaron quietos ante lo que había creado realmente Peter: las supuestas sonrisas no eran eso en absoluto. En aquella pintura no había nada tontorrón ni alegre: Peter había pintado un vasto e interminable río de penas.

—Yo conozco ese lugar —declaró Gamache.

VEINTIUNO

—Armand. —Reine-Marie apareció en la cocina de Clara con una hoja de papel—. El agente Stuart ha vuelto a escribir.

Con cara de perplejidad, le tendió a Gamache el correo electrónico que había impreso.

Gamache lo cogió y le señaló a su mujer la pared de las pinturas. Reine-Marie se acercó mientras él leía con el ceño cada vez más fruncido a medida que avanzaba en el texto.

Luego Armand le pasó el papel a Clara y se situó junto a Reine-Marie ante la pared de las pinturas.

—¿Todo bien? —preguntó al advertir que estaba muy pálida.

—*Oui*. Peter averigua por fin cómo reflejar emociones y va y pinta esto. —Hizo una pausa—. Pobrecito.

—Ven conmigo —le dijo Gamache.

Se alejaron de aquella pintura tan triste para volver a la del Jardín de la Especulación Cósmica, sobre la mesa de pino.

Clara acabó de leer y le pasó la página a Myrna.

—No creeréis que es cierto, ¿no? —preguntó Reine-Marie; su mirada fue de Clara a Armand y luego al mensaje, ahora en manos de Myrna.

—¿Se puede creer una cosa imposible antes de desayunar? —repuso Armand.

Posó una mano con la palma abierta sobre una de las pinturas de la mesa y la hizo girar para ponerla cabeza abajo.

Sólo entonces advirtieron qué había hecho Peter.

En esas pinturas no había creado algo, sino que lo había captado: había captado un instante en un jardín al anochecer.

Lo que parecía un círculo de piedras cuando la obra estaba al revés era en efecto un círculo de piedras altas, sólidas, grises.

Pero ahora veían algo más: largas, nítidas pinceladas de color en lo alto de las piedras.

Orejas de conejo.

—Peter jamás habría creído una cosa así —protestó Clara.

Pero, en el fondo de su corazón, era consciente de que debía dejar de decir esas cosas. Si había alguna esperanza de que averiguaran qué le había pasado, tenía que aceptar que el hombre al que ella conocía se había esfumado.

Había caído en la madriguera del conejo, donde ocurrían cosas imposibles.

Donde las liebres se convertían en piedras rúnicas.

Donde las sonrisas tontorronas se transformaban en un inmenso pesar y de nuevo en sonrisas, dependiendo de la perspectiva.

Cuando habían iniciado aquella búsqueda, la culpa había sido un factor, y también la responsabilidad. Ella había deseado encontrarlo, saber que estaba a salvo, pero no tenía la certeza de querer que volviera con ella.

Pero ahora, cuanto más descubría sobre Peter, más desesperada estaba por conocer a ese hombre, por llegar a conocerlo bien y por conseguir que él la conociera a ella, por primera vez.

Clara comprendió que se estaba enamorando. Siempre había querido a Peter, pero eso de ahora era otra cosa, algo más serio y profundo.

—Da igual lo que creamos nosotros —intervino Myrna, uniéndose a los demás en la contemplación de la pintura—, lo que importa es qué creyó haber visto Peter.

Desde la mesa, observaron las pinturas en la pared.

Una de ellas resultaba ahora bastante evidente: las olas de labios rojos que se fruncían y gemían, que suspiraban.

Habían girado también las otras dos, pero ésas todavía tenían que revelar sus secretos.

—¿Deberíamos ir a Dumfries para verlo con nuestros propios ojos? —preguntó Clara—. ¿Deberíamos hablar con ese tal Alphonse?

—*Non* —contestó Gamache—. Pasara lo que pasase allí, pertenece al pasado: tanto Peter como el tiempo han seguido su camino. —Señaló el río de suspiros—. Vayamos ahí.

Era un lugar que Gamache conocía bien. Estaba en Quebec, aunque no lo parecía: era una zona única en el mundo y la había creado, cientos de millones de años atrás, una catástrofe, una catástrofe cósmica.

Gamache, Jean-Guy y Reine-Marie estaban de pie ante el enorme mapa de Quebec sujeto con chinchetas a la pared de su sala de estar.

Beauvoir se preguntó cuántas veces no se habrían plantado ante aquel mismo mapa cuando colgaba en el hogar de los Gamache en Montreal, urdiendo la mejor manera de llegar hasta el escenario de un crimen: a un cadáver, a un asesinato.

Confiaba en que no fuera eso lo que encontrarían también al final de este trayecto.

Pero el silencio de Peter no presagiaba nada bueno, y cuanto antes llegaran allí, mejor. Por lo menos ahora sabían dónde estaba ese «allí».

El dedo del jefe trazó una línea desde Three Pines, cerca de la frontera con Vermont, hacia arriba por la Autopista 20, luego hasta Quebec capital, para cruzar el puente rodeando la ciudad, y dirigirse de nuevo al norte.

Y después siguió ascendiendo por la orilla norte del río San Lorenzo, viajando siempre hacia el noreste.

Hacia su destino, en la región de Charlevoix.

—¿Ésa es la mejor ruta?

Mientras los hombres discutían las distintas opciones, Reine-Marie observaba el puntito en el mapa. ¿Cuántas veces no se había encontrado ante aquel mismo mapa mirando fijamente un puntito, imaginando a Armand en ese lugar, deseando que estuviera a salvo, deseando que volviera a casa?

Aquel puntito tenía un nombre: Bahía de San Pablo.

San Pablo: otro que había visto algo improbable en el camino y cuya vida había experimentado un cambio en consecuencia.

—Vamos camino de Damasco —anunció Armand con una sonrisa—, o de Charlevoix, en todo caso.

Era una zona tan hermosa, tan única, que llevaba siglos atrayendo visitantes. Un presidente estadounidense como mínimo había tenido una casa de veraneo allí. Pero Charlevoix atraía sobre todo a artistas de Quebec, canadienses y del mundo entero.

Y ahora había atraído a Peter Morrow.

—¿Cuánto tiempo pasaréis fuera? —preguntó Reine-Marie unos minutos más tarde, cuando ayudaba a Armand a hacer la maleta.

Él hizo una pausa con varios pares de calcetines en la mano.

—No sé decirlo. Ir en el coche hasta allí ya nos llevará buena parte de la jornada, y luego tenemos que averiguar dónde se aloja Peter.

—Si es que sigue allí —repuso ella metiendo camisas en la maleta. Tras pensarlo un poco más, añadió otra.

A través de la ventana de la sala de estar, Gamache vio a Jean-Guy meter dos maletas en el Volvo. Perplejo, deslizó el libro, el fino volumen, en el bolsillo de su cartera de mano y salió de la casa.

Cuando recorría el sendero, vio a Clara y a Myrna de pie junto al coche. Clara tenía en la mano los lienzos de Peter enrollados y Myrna llevaba un mapa.

—¿Habéis venido a despedirnos? —preguntó Gamache, aunque ya sabía que no se trataba de eso.

Clara negó con la cabeza e indicó con un gesto las maletas ya cargadas en el Volvo.

—¿Venís con nosotros? —preguntó.

—No —contestó Clara—: Jean-Guy y tú venís con nosotras.

Lo dijo con una sonrisa, pero el punto quedó perfectamente claro.

—Ya veo —repuso Armand.

—Estupendo. —Clara lo miró fijamente—. Hablo en serio, Armand: voy a encontrar a Peter. Podéis venir si queréis, pero si lo hacéis tenéis que estar de acuerdo en que sea yo quien tome las decisiones importantes. No quiero que esto se convierta en una lucha por el poder.

—Créeme, Clara, no tengo ansias de poder... —Gamache hizo una pausa, tan quieto que la propia Clara procuró no moverse— y, como verás, no llevo conmigo material de dibujo y pintura.

—¿Y eso qué significa?

—Pues que no soy un artista.

—Y yo no soy una investigadora —repuso ella comprendiendo qué quería decir.

—No sabes con qué vas a encontrarte.

—No, no lo sé, pero necesito ser yo quien guíe esta búsqueda.

—¿Y qué vas a hacer cuando lleguemos allí?

—Averiguar dónde se aloja Peter.

—¿Y si ya no está allí?

—¿Me estás tratando como a una cría, Armand?

—No, te estoy tratando como a una adulta responsable, pero que intenta hacer algo para lo que no está preparada, para lo que no tiene formación. Yo no puedo pintar un buen cuadro y tú no puedes llevar una investigación como es debido: se trata de tu vida, sí, pero, en nuestro caso, es nuestra forma de ganarnos la vida. —Hizo una pausa y se acercó mucho a ella para que nadie más lo oyera—. Se me da muy bien esto: voy a encontrar a Peter.

Y Clara contestó, tan cerca que Armand notó su cálido aliento en la oreja:

—Es posible que tú sepas cómo llevar una investigación, pero yo conozco a Peter.

—Conocías a Peter. —Gamache advirtió que esas palabras eran como una bofetada para Clara—. Crees que es el mismo hombre de antes, y no lo es. Si no aceptas eso, perderás el rumbo enseguida.

Clara dio un paso atrás.

—Ya sé que no es el mismo. —Miró fijamente a Gamache—. Peter ha cambiado: ahora sigue el dictado de su corazón, y ése es mi territorio. Yo puedo encontrarlo, Armand. Sabré cómo. —Gamache y Jean-Guy se limitaron a mirarla y ella notó que se ponía furiosa. Furiosa con ellos por no entenderlo y consigo misma por no ser capaz de explicarlo. Y furiosa porque todo aquello resultaba bastante lamentable—. Peter os cae bien —dijo por fin—, pero yo lo quiero. Reíos si queréis, pero supone algo muy distinto: seré capaz de encontrarlo.

—Si el amor fuera brújula suficiente —sentenció Gamache en voz baja—, no habría niños desaparecidos.

Clara sintió que el aliento escapaba de su cuerpo. No tenía nada que decir a eso: era una verdad como la copa de un pino. Y sin embargo sabía a ciencia cierta que ella tenía que ir, y no siguiendo a Gamache, sino como cabecilla.

Ella podía encontrar a Peter.

—Yo nunca me reiría de ti —decía Gamache, aunque ella lo oía como a lo lejos—. Y nunca, jamás, me burlaría del poder del amor. Sin embargo, el amor también puede distorsionar tu percepción, volverte proclive a la desesperación y el autoengaño.

—Por eso hace falta que vengáis con nosotras —repuso Clara—. Hacedlo, por favor, pero necesito estar al mando: yo puedo encontrarlo.

Gamache asintió con la cabeza.

—Tú mandas. Nosotros estamos aquí para apoyarte.

Cuando rodeaban el coche, Jean-Guy le susurró a Gamache:

—No hablas en serio, ¿no? Si las cosas empiezan a torcerse, asumirás tú el mando.

—No van a torcerse.

—Pero ¿y si lo hacen?

—Si lo hacen, Clara estará al mando.

—¿Siguiendo qué? ¿Corazonadas? ¿Cagarrutas de su enamorado? —espetó Beauvoir.

El jefe se volvió hacia él y bajó la voz.

—Si Annie desapareciera, ¿dejarías que fuera alguien más quien la buscara?

Jean-Guy palideció con sólo pensarlo.

—Jamás.

—Clara tiene razón, Jean-Guy: ella tiene más claro que nadie qué haría Peter y adónde iría. Si ella hace caso a su corazón y nosotros hacemos caso a nuestra cabeza, a lo mejor lo encontramos.

—Diría que eso me deja a mí el estómago —intervino Myrna, que había oído su conversación. Sostuvo en alto una bolsa de papel llena de bocadillos de la *boulangerie* de Sarah—. ¿Quién quiere hacerme caso?

Dejó los bocadillos y una nevera portátil en el coche mientras los demás metían las maletas de los hombres. Cuando estaban ya a punto de subir, Clara tendió una mano.

Jean-Guy miró a Gamache, que asintió con la cabeza. Beauvoir dejó caer las llaves en la palma de Clara, rodeó el coche y, cuando estaba a punto de subirse al asiento del acompañante, Myrna se le plantó delante. Volvió a mirar a Gamache, que asintió nuevamente.

Los hombres ocuparon el asiento trasero.

Clara se había sentado al volante.

—¿Estás seguro de que esto es buena idea? —le susurró Beauvoir a Gamache.

—Clara es una excelente conductora, Jean-Guy, y todo irá bien.

—No me refiero a eso, y tú lo sabes.

—Clara se comportará —repuso el inspector jefe.

—Ya, vale.

Justo cuando el coche arrancaba, Jean-Guy se inclinó hacia delante.

—¿Falta mucho para llegar? —preguntó.

—¿Estás segura de que esto es buena idea? —le preguntó Myrna a Clara.

—Jean-Guy se comportará —repuso ella.

Apretó el acelerador e hizo girar el coche hacia la carretera que salía del pueblo, en dirección al norte.

—Tengo hambre —soltó Jean-Guy—, me estoy haciendo pis.

Cuando pasaban ante el banco en lo alto de la colina, con su inscripción de TE SORPRENDIÓ LA DICHA, Gamache se volvió en el asiento, miró atrás y vio a Reine-Marie de pie en medio de la carretera.

Se volvió de nuevo y se concentró en la carretera frente a ellos tratando de ignorar el nudo que tenía en la garganta.

VEINTIDÓS

—Y ahora ¿qué? —preguntó Jean-Guy.

Se había dirigido a Gamache, como de costumbre, pero éste dejó que fuera Clara quien respondiera.

Habían recorrido todos los sitios que ofrecían alojamiento y desayuno en Bahía de San Pablo, todos los hostales y fondas, todos los hoteles, tanto los baratos como los de lujo.

Ni rastro de Peter.

Para empeorar las cosas, Bahía de San Pablo se encontraba en plena temporada alta y era evidente que no sólo tendrían problemas para dar con Peter, sino también para dar con un lugar donde dormir.

Clara miraba de aquí para allá en la atestada calle mayor. Hacía calor y se sentía frustrada: había creído que al entrar con el coche en Bahía de San Pablo se encontraría a Peter esperando en una esquina.

—¿Puedo hacer una sugerencia? —preguntó Myrna, y Clara asintió agradecida—. Creo que necesitamos reagruparnos: tenemos que hallar un sitio donde sentarnos y pensar.

Veía las terrazas llenas y a los turistas que comían y bebían entre risas: era todo de lo más irritante.

—Ya hemos pensado suficiente —terció Clara—, es lo único que hemos hecho durante días en Three Pines. Hace falta actuar.

—Pensar no deja de ser un acto —repuso Gamache desde unos pasos más allá—. Es posible que corretear por ahí nos haga sentir bien, pero no se consigue nada con ello. Y a estas alturas malgastar el tiempo es perjudicial.

—Tiene razón —opinó Myrna, y se ganó una mirada asesina de Clara.

—Tengo que ir al lavabo —dijo Jean-Guy.

—¡Te has pasado todo el camino pidiendo ir al lavabo! —le espetó Clara.

—Puede ser, pero ahora es verdad.

Se volvieron para mirar a Jean-Guy, que cambiaba el peso de un pie al otro.

Clara se rindió.

—¡Ay, por Dios! De acuerdo, reagrupémonos.

—Por aquí. —Jean-Guy señaló una pequeña colina y los guió hacia ella por una estrecha calle lateral para alejarlos del bullicio de los turistas.

Las calles de esa zona, poco más que callejones, estaban flanqueadas por casas pareadas y comercios de otra época: tiendas de ordenadores, farmacias llevadas por familias, *dépanneurs* que vendían tabaco y lotería, panaderías de toda la vida. De vez en cuando vislumbraban un destello de un azul grisáceo entre los edificios de madera o mampostería de colores vivos: el río, tan vasto y amplio que semejaba el mar. Jean-Guy Beauvoir los alejaba del tumulto de turistas para internarlos en una zona que sólo los lugareños conocían.

—Por aquí.

Siguieron a Beauvoir hasta llegar a una taberna destartalada.

—Pero aquí ya hemos preguntado, ¿no? —dijo Clara.

Se dio la vuelta: la ruta tortuosa de Jean-Guy la había desorientado.

—*Oui* —contestó él—, pero hemos llegado por la parte delantera, ésta es la de atrás.

—¿Y esperas una respuesta distinta dependiendo de por qué puerta entremos? —dijo Myrna—. Sospecho que Peter seguirá sin estar ahí dentro aunque entremos por la ventana. (Pensó que quizá tendrían que hacer algo si no encontraban pronto un sitio donde pasar la noche.)

—Vamos a plantear una pregunta distinta. —Beauvoir parecía estar a punto de perder la paciencia—. Por aquí.

Los condujo a través de un pequeño pasaje abovedado y de repente se encontraron ante algo que sólo habían podido vislumbrar, a través de las rendijas que se abrían entre distintas construcciones, como quien mira sólo partes de una criatura enorme: la cola, el hocico, los dientes...

Pero en cuanto emergieron del pasaje la criatura estaba ahí, magnífica, feroz, eterna: el río San Lorenzo, un río que había dado pie a batallas lo mismo que a pinturas, poemas, música, se extendía hasta el infinito ante sus ojos.

—¿Dónde están los lavabos? —le preguntó Beauvoir a un camarero que salió a la terraza cubierta, pero enseguida desapareció en el interior sin esperar respuesta.

Sólo había otra mesa ocupada en el pequeño patio de baldosas irregulares: dos lugareños bebían cerveza, fumaban apestosos Gitanes y jugaban al backgammon. Miraron a los recién llegados con escaso interés y luego volvieron a su partida.

Clara eligió una mesa al borde mismo de la barandilla de madera. Al otro lado había un acantilado casi vertical y una vista panorámica de la *baie* de San Pablo.

Pidieron té helado y nachos.

Clara bajó la mirada hacia el mantel individual que tenía ante sí. Como en tantos restaurantes y *brasseries* de

Quebec, había un plano del pueblo, meramente esquemático y sin mayores pretensiones de escala, en el que se explicaba su historia y se mostraban lugares y comercios de interés: hoteles, restaurantes, galerías y tiendas de ropa que habían pagado por aparecer.

Peter había estado ahí, quizá no en esa misma terraza, pero sí en la zona.

—Se me había olvidado que el Cirque du Soleil empezó en Bahía de San Pablo —comentó Myrna mientras leía su individual—. Éste es uno de esos lugares...

—¿De qué hablas? —quiso saber Jean-Guy, que volvía de los lavabos.

—De puntos calientes —respondió Myrna—: centros donde florece el talento, la creación. Three Pines es uno de ellos, y es evidente que Charlevoix también.

—Aquí veo que hubo tal epidemia de sífilis a finales del siglo XVII —comentó Jean-Guy mientras leía su individual— que empezaron a llamar a la sífilis «el mal de Bahía de San Pablo». No cabe duda de que era un punto caliente.

Pidió unos nachos.

—¿Cómo has sabido de esta terraza? —preguntó Clara.

—Con mis superpoderes.

—Jean-Guy Beauvoir o el Robin de Batman —bromeó Gamache.

—Mucha gente cree que soy un simple adlátere, y sin embargo... —le susurró Beauvoir a Myrna.

—Ay, cómo me gustaría tenerte en mi diván —repuso ella.

—Ponte en la cola, amiga.

Myrna se echó a reír.

—Tengo una habilidad asombrosa para encontrar los lavabos —dijo él.

—Pues parece un superpoder un tanto limitado —comentó Myrna.

—Sí, ya, pero si de verdad tuvieras una urgencia, ¿preferirías otra clase de superpoder? ¿Volar? ¿Volverte invisible?

—Volverse invisible podría resultar útil, pero lo he pillado, Kato.

—Ya te lo he dicho: el adlátere no soy yo. —Jean-Guy indicó a Gamache con un gesto furtivo.

—¿Has estado aquí antes? —preguntó Clara—. ¿Por eso conocías el sitio?

—*Non.* —Beauvoir miró hacia el precipicio y pareció momentáneamente absorto en la vista. Luego volvió a mirar a Clara y, en sus ojos, ella vio árboles desesperados por arraigar en la ribera de un río infinito—. Pero no ha sido una cuestión de magia, si estás pensando en eso —añadió—: cuando hemos pasado cerca de aquí hace un rato me he percatado de que estábamos a gran altura sobre el río y he sospechado que cualquier lugar con esta vista sería fantástico para un restaurante.

—¿Lo has sospechado? —intervino Myrna.

—Sí.

Pero ambas mujeres sabían que no se trataba de una mera sospecha: puede que Jean-Guy Beauvoir pasara por un Robin, un adlátere, pero ellas mejor que nadie sabían que aquello no era más que una fachada: Jean-Guy también tenía un pasaje abovedado, un patio secreto... y vistas que mantenía ocultas.

Las dos dieron sendos sorbos a sus bebidas y se mordieron la lengua.

—Y ahora ¿qué? —preguntó Myrna.

—Hemos estado en todos los alojamientos posibles —respondió Clara, tachando los hoteles en su individual— y hemos enseñado la foto de Peter; creo que ahora deberíamos enseñar sus obras.

—¿En los hoteles? —preguntó Jean-Guy.

—No. En las galerías: en Bahía de San Pablo hay muchísimas. —Una vez más señaló el mantel individual—. Si Peter está aquí, es probable que haya visitado una o más.

—¡Buena idea! —repuso Jean-Guy sin molestarse en ocultar su sorpresa.

—Vosotros dos id a las que están a este lado del pueblo. —Clara trazó un círculo en el individual—. Nosotras nos ocuparemos de las demás. —Miró su reloj de pulsera. No faltaba mucho para las cinco, hora de cierre—. Tenemos que darnos prisa.

Se levantó y todos cogieron sus individuales.

—¿Dónde nos encontramos?—preguntó Myrna.

—Aquí.

El dedo de Clara se posó sobre una *brasserie* en el centro del pueblo.

La Muse.

Myrna y Clara se llevaron dos obras de Peter, incluida la de los labios. Jean-Guy cogió la que quedaba y la examinó, no muy seguro de si estaba cabeza arriba o cabeza abajo.

Miró brevemente el paisaje y de nuevo la pintura.

Y negó con la cabeza.

¿Cómo se convierte eso en esto?, se preguntó. Tal vez al fin y al cabo sí fuera como Robin, el chico maravilla.

En su opinión, había mucho de lo que maravillarse en todo ese asunto.

Gamache y Jean-Guy fueron los primeros en volver a La Muse.

Dos de las cinco galerías que les habían correspondido ya estaban cerradas cuando ellos llegaron, incluida la Galerie Gagnon.

A Gamache le encantaban las obras de Clarence Gagnon, así que se había alegrado mucho cuando Clara les había asignado la zona que incluía la galería dedicada al artista quebequés. Pero sólo pudo escudriñar a través del escaparate, con las pinturas tentadoramente cerca.

Jean-Guy había ido a la puerta trasera con la esperanza de que el conservador o algún otro siguiesen allí, pero estaba cerrada a cal y canto y de nada le sirvió aporrearla.

Ahora, sentado en el pórtico de La Muse, Gamache comprendió por qué se sentía tan relajado.

En esencia, estaba sentado en un cuadro de Clarence Gagnon, no muy distinto del que había visto en la pared en casa de la madre de Peter. Qué suerte la de Peter: haberse criado con un Gagnon. Aunque lo había criado una gorgona, lo que no suponía en absoluto tener buena suerte.

Gamache entornó un poco los ojos. Quitando a la gente, el lugar era casi igual que las obras sobre Bahía de San Pablo que el viejo maestro había pintado más de setenta años atrás: las casas de vivos colores flanqueando las calles, los tejados a dos aguas, las mansardas y claraboyas, las altas agujas de las iglesias al fondo. Todo muy pintoresco, reconfortante y muy muy quebequés.

Sólo faltaba un caballo de tiro con su carro, niños jugando... o nieve: en muchas obras de Gagnon aparecía la nieve. Y sin embargo las imágenes no resultaban frías, ni mucho menos.

Llamó a Reine-Marie y la puso rápidamente al día sobre la búsqueda.

—¿Y las otras tres galerías? —preguntó ella.

—Dos eran más bien talleres de enmarcado, pero hemos preguntado de todas formas y no conocían a Peter ni han mostrado interés en su pintura. La otra exhibía obras de artistas contemporáneos de la región. Había algunas piezas maravillosas.

—¿Pero ninguna de Peter Morrow?

—No: el dueño ni siquiera había oído hablar de él.

—¿Le habéis enseñado el lienzo de Peter? —preguntó Reine-Marie.

—Sí. Ha reaccionado... —Gamache trató de dar con el término adecuado.

—¿Con horror?

Armand se echó a reír.

—Muy educadamente.

Oyó a Reine-Marie reír por lo bajo.

—Es casi peor, ¿verdad? —comentó él.

—¿Habéis encontrado alojamiento?

—No todavía. Jean-Guy se ha ido a ver si ha habido cancelaciones. Te lo haré saber.

—¿Y tienes un plan B?

—De hecho, sí: hay un banco muy bonito en el parque de aquí enfrente... —repuso Gamache.

—Mi madre ya me advirtió de que terminarías convertido en un vagabundo. Yo estoy sentada en el porche con un *gin-tonic* y un fiambre medio seco.

—Y conmigo —dijo una voz familiar.

—A ti me refería con lo del «fiambre medio seco» —soltó Reine-Marie, y Gamache oyó la risa cascada de Ruth—. Estaba contándomelo todo sobre su disipada juventud. ¿Sabías que estuvo...?

Y la comunicación se cortó.

Gamache miró el teléfono móvil y sonrió: sospechaba que Reine-Marie había colgado a propósito para gastarle una broma. Un minuto más tarde, recibió un mensaje en que le decía que lo quería y que volviera pronto a casa.

—Nada, *patron* —declaró Beauvoir ocupando su silla junto al jefe.

Nada. La búsqueda en Bahía de San Pablo no había dado fruto: ni Peter, ni rastro de Peter ni una cama para pasar la noche. Gamache se dijo que tal vez ir allí no había sido la mejor idea.

Jean-Guy le dio un codazo y señaló la tortuosa calle. Clara y Myrna caminaban a buen paso hacia ellos. Clara agitaba en el aire los lienzos enrollados y ambas parecían bastante contentas.

Habían dado con algo, por fin. Beauvoir experimentó tanto alivio que olvidó mosquearse porque hubieran sido Clara y Myrna, y no él, las que lo habían averiguado.

Se unieron a los hombres en el pórtico de La Muse y Clara no perdió el tiempo: desenrolló una de las pinturas de Peter mientras Myrna desenrollaba un mapa de Charlevoix.

—Aquí. —El dedo de Clara cayó como un rayo en el mapa—. Ése es el sitio donde Peter pintó esto.

Sus miradas fueron del mapa a la pintura de los labios.

—¿Te lo han dicho en una galería? —preguntó Gamache.

Al alzar la vista del mapa, advirtió que un hombre en el otro extremo del pórtico los miraba fijamente. Los ojos del tipo se apartaron al instante de los de Gamache.

El antiguo inspector jefe estaba acostumbrado a las miradas, después de todas las veces que había aparecido en las noticias. Aun así, tuvo la sensación de que aquel hombre no lo miraba precisamente a él, sino a Clara.

—No, casi todas las galerías estaban cerradas —le dijo ella—. Myrna y yo ya veníamos hacia aquí cuando de repente se me ha ocurrido a quién más podríamos preguntarle.

—¿A quién? —quiso saber Beauvoir.

Gamache escuchaba, pero intentaba no perder de vista al hombre, al menos con el rabillo del ojo. Volvía a mirar hacia donde estaban ellos.

—A los dos viejos que jugaban al backgammon —intervino Myrna—. Parecían llevar ahí desde siempre...

—Y así es. —Clara prosiguió con la historia—. Sus familias llevan aquí desde épocas que nadie puede ni recordar. Ellos dos incluso conocieron a Clarence Gagnon: le cortaban leña cuando eran críos. —Guardó silencio unos instantes—. ¿Os imagináis, conocer a Gagnon? Pintaba pueblos y paisajes, pero de un modo completamente distinto a cualquier cosa que se hiciera en la época: era como si Gagnon le quitara la piel al mundo y pintara los músculos, tendones y venas de un lugar. Tal como lo digo parece grotesco, pero ya sabéis a qué me refiero.

—Yo sí lo sé.

Pero no era uno de sus acompañantes quien había hablado, era el hombre del otro lado del pórtico.

Mientras Clara hablaba, Gamache había reparado en que el hombre se levantaba, dejaba algo de dinero sobre la mesa y se encaminaba hacia ellos.

Gamache advirtió que Jean-Guy también se había dado cuenta y que estaba ojo avizor. Cauto. Preparado.

—*Excusez-moi.* —El hombre estaba ahora de pie junto a su mesa—. Lamento molestarlos.

Llevaba ropa informal, pero Gamache se fijó en la buena calidad de su camisa y sus pantalones. Supuso que tendría unos cincuenta años, quizá algunos menos.

El hombre los miró uno por uno educadamente. Se detuvo en Gamache y hubo un destello de interés en sus ojos, pero luego su mirada fue a posarse en Clara.

—La he oído hablar de Clarence Gagnon y he querido presentarme: yo también soy un admirador de las obras de Gagnon. ¿Me permiten sentarme con ustedes?

Era un poco más bajo que Gamache, y esbelto. Llevaba gafas, y detrás de esas gafas había unos ojos azules e inteligentes.

Clara se levantó y le sonrió.

—Me temo que tenemos que irnos.

—Si hay algo que pueda hacer por ustedes durante su estancia en Bahía de San Pablo, háganmelo saber, por favor.

Le tendió una tarjeta a Clara.

—Sería un placer poder conversar con usted sobre arte —dijo el hombre, hizo una reverencia con inesperada dignidad y añadió—: *Au revoir.*

Gamache lo observó alejarse y a Clara meterse la tarjeta en el bolsillo.

—¿Venís? —Myrna recogió las pinturas y el mapa de encima de la mesa.

En cuestión de minutos estaban en el coche y salían de Bahía de San Pablo en dirección este. Pero no para tomar la muy transitada Carretera 138; en vez de eso, Clara se desvió ligeramente hacia el sur, hacia el río, y luego tomó una carretera mucho más estrecha y menos frecuentada.

La Carretera 362 discurría por los acantilados y seguía el río San Lorenzo. Justo antes de llegar al pueblecito de Les Éboulements, Clara detuvo el coche.

Sabía que era una estupidez como la copa de un pino, pero casi esperaba ver la silueta de Peter recortándose contra el cielo del anochecer, plantado ante su caballete, pintando.

Y esperándola, tal como ella lo había esperado unas semanas antes en el jardín de la casa común.

Peter no estaba allí, pero había otra cosa.

Bajaron del coche. Myrna se disponía a coger los lienzos de Peter, pero se detuvo. Clara, Armand, Jean-Guy y ella avanzaron varios pasos.

No había necesidad de consultar las pinturas: estaban ahí. Ése era el sitio donde se había plantado Peter.

El San Lorenzo se extendía ante ellos, más magnífico incluso que en el pueblo. Ahí, su grandeza y su tempestuoso esplendor resultaban tan evidentes como increíbles.

Los cuatro amigos se hallaban codo con codo en el borde del acantilado.

Era ahí, en ese lugar preciso, donde un meteorito había chocado contra la tierra trescientos millones de años atrás. El impacto fue tal que acabó con toda la vida posible en kilómetros y kilómetros a la redonda, e incluso ahora la zona del impacto podía verse desde el espacio.

Oleadas de tierra se habían desplazado formando un profundo cráter rodeado de montañas.

Toda forma de vida se había extinguido en esa zona: la tierra quedó yerma durante miles de años, cientos de miles de años, millones de años.

Estéril, desierta, convertida en nada.

Y entonces... llegó el agua, luego las plantas, después los peces. Y empezaron a crecer árboles en la tierra nuevamente fértil. Insectos rastreros y voladores, murciélagos, aves, osos, alces, ciervos...

Lo que había sido un páramo se tornó un hervidero, un crisol de vida tan rico y tan diverso que terminó constituyendo un ecosistema único en el mundo.

Marsopas, focas, ballenas azules.

Hombres, mujeres, niños.

Todos se sintieron atraídos por aquel lugar. Todos formaron su hogar allí, en el cráter.

Era Charlevoix.

Y allí se hallaban los cuatro amigos en busca de un quinto. A sus pies, el río se internaba en aquella herida en la tierra, la cubría o la rodeaba: el lugar donde la vida se había extinguido y había vuelto a regenerarse.

Un terrible impacto había creado uno de los lugares más mágicos e increíbles sobre la faz de la tierra.

Era eso lo que Peter había tratado de captar: esa catástrofe, ese milagro.

Armand Gamache giró la cabeza muy despacio de un lado al otro. Al igual que Clara, casi esperaba ver a Peter Morrow observándolos.

Peter había viajado de Escocia a ese lugar: de la especulación cósmica a la realidad cósmica. Un hombre estrictamente racional que iba en busca de lo mágico y había tratado de plasmarlo en un lienzo.

Mientras Gamache contemplaba el San Lorenzo desde el acantilado, el sol poniente tiñó de un rojo intenso las espumosas crestas de las olas del enorme río, las convirtió en ceños fruncidos y después en sonrisas, y de nuevo en ceños que luego se transformaron, una vez más, en radiantes y tontorronas sonrisas rojas: un río de emociones.

Gamache permanecía inmóvil, cautivado. Sin verlos, sentía a Clara, Myrna y Jean-Guy a su lado, también mirando fijamente, presas del asombro.

Contemplaron la escena hasta que el sol se puso y cuanto quedó fue un río sombrío y un resplandor rosáceo en el cielo.

Peter había estado allí y había plasmado aquella vista en un lienzo en la medida de sus posibilidades, tratando de dejar constancia del asombro, del sobrecogimiento. No sólo de la belleza, sino también de la gloria.

Y después lo había despachado por correo, lejos de ahí. ¿Por qué?

Y ¿dónde estaba Peter ahora? ¿Había seguido camino, internándose más en su propia herida? ¿Estaba buscando todavía?

O quizá... Gamache miró hacia las profundidades del cráter. ¿O quizá nunca se había marchado de allí? ¿Estaba con ellos ahora, yaciendo en el bosque al pie del acantilado, convirtiéndose en parte del paisaje, sumido en el silencio, un silencio peculiarmente profundo porque ya no tenía fin?

A su lado, Clara contemplaba el río que Peter había pintado y dejaba que las emociones la recorrieran, las suyas y las de Peter. Lo sentía muy cerca y muy hondo.

Pero no su presencia, sino su ausencia.

VEINTITRÉS

—¿Dónde vamos a dormir? —preguntó Jean-Guy en voz baja.

Conducían de vuelta al pueblo de Bahía de San Pablo... y a la realidad. Dejaban atrás lo cósmico para centrarse en cuestiones más mundanas y prácticas, como la comida y el alojamiento.

—No lo sé —contestó Gamache también en susurros.

—¿No te preocupa? —preguntó Beauvoir.

—Podemos dormir en el coche si hace falta —repuso Armand—, no sería la primera vez.

—Ya, claro, pero ¿nos conviene? No podemos quedarnos de brazos cruzados, *patron*. Tenemos que planear nuestro próximo movimiento: Clara es una persona estupenda, pero esto le viene grande.

—Quién sabe —murmuró Gamache, y se volvió para mirar por la ventanilla. Vio estrellas y las luces de Bahía de San Pablo.

No era posible distinguir entre ambas: cuáles pertenecían al cielo y cuáles a la tierra.

—¿Dónde vamos a dormir? —le susurró Myrna a Clara.

—No lo sé.

Myrna asintió con la cabeza y, a través del parabrisas, contempló el cielo tachonado de estrellas.

Echaba de menos su apartamento en la buhardilla, echaba de menos su cama, echaba de menos su infusión de hierbas y sus galletas con trocitos de chocolate.

Pero sabía que Clara también añoraba todas esas cosas, y que además añoraba a Peter: a Peter, a quien de repente habían sentido muy cerca y a la vez muy lejos cuando se hallaban en aquel acantilado.

Myrna se volvió hacia Clara: su amiga miraba al frente, concentrada en la carretera azotada por el viento, tratando de no salirse del camino.

Tratando de no precipitarse al vacío.

Myrna se arrellanó en el asiento, inspiró profundamente y se calmó mirando las estrellas... o las luces del pueblo, pues no acababa de distinguir entre unas y otras. Y daba igual, ambas le resultaban tranquilizadoras.

Conforme se acercaban, las luces de Bahía de San Pablo se tornaron más brillantes y las estrellas palidecieron. Llegaron de regreso al *bistrot* de La Muse. Ya eran las nueve de la noche y estaban muertos de hambre. Pidieron la cena y, mientras Myrna se quedaba en la mesa, los otros tres recorrieron las calles preguntando en hoteles y fondas si habían tenido cancelaciones.

No.

Volvieron justo cuando llegaba la cena.

Filetes con patatas para todos; los filetes bien gruesos y hechos a la brasa, las patatas fritas finas y condimentadas.

A Beauvoir, si bien no le entusiasmaba dormir en un coche, la situación no lo agobiaba particularmente. He ahí la ventaja de haber visto cosas peores: ahora le preocupaban bien pocas.

—¿Qué toca ahora? —preguntó mientras pinchaba con el tenedor un pedazo de filete tierno y lo mojaba en mantequilla de ajo derretida.

—Sabemos a ciencia cierta que Peter estuvo aquí —contestó Clara—, ahora necesitamos saber si sigue aquí, y si no, adónde se fue.

Con eso de «qué toca ahora», Jean-Guy intentaba averiguar qué había de postre, pero ya le venía bien hablar del caso. Porque, a su entender, aquello era un caso; y sabía que para el jefe también lo era.

Imposible confundir la expresión en los ojos de Gamache cuando observaba el acantilado: una vez superado el sobrecogimiento, el cerebro del jefe se había puesto en marcha.

Observando, evaluando.

¿Dónde podría hallarse el cuerpo de una persona que hubiese caído... o a la que hubieran empujado?

¿Dónde acabaría?

Cuando terminaron de cenar y llegaron los cafés, Gamache se volvió hacia Clara.

—¿Te gustaría oír mi opinión?

Ella lo estudió durante unos instantes.

—A juzgar por tu cara, probablemente no. —Gamache asintió: «Muy bien»—. Creo que deberíamos hablar con la policía de aquí, involucrarla en esto.

—¿Quieres que nos ayuden a averiguar dónde podría alojarse Peter?

—Que nos ayuden a averiguar dónde podría estar Peter —repuso Gamache en voz baja, pero con firmeza. Sus ojos no se apartaron de los de Clara.

Ella palideció al comprender lo que quería decir.

—¿Crees que está muerto?

—Creo que vino aquí y pintó esos lienzos, creo que se los mandó por correo a Bean... y luego desapareció. Eso fue hace meses. —Gamache guardó silencio unos instantes. Bajó la vista hacia el café y la *crème* con su cobertura de caramelo marrón. Luego la levantó para volver a mirarla a los ojos—. Los bosques de aquí son muy densos —dijo.

254

Clara se quedó absolutamente inmóvil.

—No crees que vayamos a encontrarlo nunca.

—Fue hace meses, Clara —repitió él—. Confío en que me equivoque, confío en que lo encontremos por ahí en una cabaña, con la barba crecida y la ropa llena de pintura, rodeado de lienzos.

Siguió mirándola a los ojos.

Clara miró el rostro juvenil y a la vez sombrío de Jean-Guy, que también la observaba.

Y luego miró a Myrna. La optimista, esperanzada y alegre Myrna. Parecía triste.

—Tú también lo crees —dijo Clara: lo veía en su cara.

—Tienes que haber sabido que era una posibilidad, Clara. Tú misma admitiste que podría no gustarte lo que descubrieras.

—Pensaba que encontraría a Peter contento con su soledad —contestó ella—. Incluso creía que podría encontrarlo con otra mujer. —Observó los rostros de los demás en torno a la mesa—, pero siempre pensé que lo encontraría vivo. —Estaba desafiándolos: los retaba a discutir con ella esa posibilidad. Cuando nadie lo hizo, se levantó—. Y todavía lo creo.

Salió de La Muse.

—¿Deberíamos ir tras ella? —preguntó Jean-Guy.

—No, dale tiempo —respondió Myrna.

Beauvoir observó cómo Clara se alejaba calle arriba con la cabeza gacha. Los turistas apenas conseguían apartarse de su camino, y entonces de pronto desapareció de la vista.

Jean-Guy se levantó y se paseó por la *brasserie*. Había cuadros en las paredes con etiquetas ligeramente torcidas de tantos años de sacarles el polvo donde constaba su precio. Eran paisajes bonitos, pero en Charlevoix una pintura tenía que ser más que eso para venderse.

De no haber escudriñado a través del escaparate de la Galerie Gagnon, Jean-Guy podría haber considerado buenas esas pinturas. Pero sí había escudriñado, y ahora veía la diferencia. Una parte de él lamentaba que así fuera: quizá ahora le gustaban cosas de mayor calidad, pero también le gustaban menos cosas.

—Mirad a quién me he encontrado.

Beauvoir oyó la voz de Clara, su tono triunfal, desde el otro extremo de la *brasserie*. Se volvió rápidamente.

El hombre que se había dirigido antes a ellos en La Muse estaba de pie a su lado.

Jean-Guy notó que el corazón, que le había dado un vuelco enorme, se le encogía, y comprendió que había creído que Clara quería decir que había encontrado a Peter.

—Madame Morrow me ha llamado y me ha puesto al corriente de sus dificultades —dijo el hombre, y procedió a presentarse—: Marcel Chartrand. —Estrechó las manos de todos—. Dirijo la Galerie Gagnon, he venido para llevarlos a casa.

Para cuando estuvieron instalados en el piso de Chartrand sobre la Galerie Gagnon, ya era casi medianoche.

Resultó ser un anfitrión cortés y complaciente. Gamache sabía que no todo el mundo recibiría de buen grado la llamada de una extraña a las once de la noche para pedirle un sitio donde poder alojarse... para ella y tres amigos.

Pero Marcel Chartrand les había abierto su casa y les estaba sirviendo una copita de última hora mientras se relajaban en la sala de estar.

O era un santo, pensó Gamache mirando cómo charlaba con Clara, o bien un hombre con una agenda propia: no había olvidado la expresión rapaz en su rostro mientras los observaba por primera vez en La Muse.

Mientras observaba a Clara.

—Ésta no es mi residencia habitual —explicó el anfitrión.

Les había llevado un plato de galletas y, tras servir sendos coñacs para Clara y Myrna, le ofreció una copa a Jean-Guy. Cuando éste la rechazó con un ademán, se centró en Gamache.

—Tengo una *maison* a unos minutos de aquí, de camino a Les Éboulements.

—¿Con vistas al San Lorenzo? —preguntó Gamache también declinando el coñac.

—*Oui, chef* —respondió Chartrand, y se sirvió un dedo en el fondo de una gran copa balón.

Ni a Gamache ni a Beauvoir les pasó por alto que su anfitrión acababa de revelar que sabía exactamente quiénes eran sus invitados, o por lo menos uno de ellos.

—Acabamos de estar allí —comentó Gamache—: bellísimas vistas del río.

—Sí, lo dejan a uno sin aliento.

Marcel Chartrand se dejó caer en una butaca y cruzó las piernas. En reposo, esbozaba una sonrisita, aunque no de suficiencia, o al menos eso le pareció a Gamache: mientras que algunos rostros adoptaban una expresión de leve censura al relajarse, a ese hombre se lo veía simplemente satisfecho.

Desde cierta distancia, su rostro parecía apuesto y completamente urbano. De cerca, sin embargo, su piel se notaba surcada por arrugas: un cara curtida, castigada por los elementos al pasar tiempo calzado con esquís o raquetas, cortando leña o contemplando desde lo alto de un precipicio el magnífico río. Parecía un rostro honesto.

Pero ¿era un hombre honesto? Gamache todavía no se había formado una opinión.

Era posible que Chartrand fuera mayor de lo que parecía de entrada, y sin embargo transmitía una inconfundible vitalidad.

Gamache recorrió la habitación. Las paredes eran gruesas, de mampostería. Mantenían el frescor en verano y el calor en invierno. Las ventanas eran pequeñas y estaban empotradas, originales de aquella antiquísima casa quebequesa. Era evidente que Chartrand respetaba el pasado y a quien había construido aquella vivienda con sus propias manos cientos de años atrás. Debía de haberla erigido a toda prisa, aunque cuidadosamente, para protegerse a sí mismo y a su familia de los elementos: del invierno que se acercaba, del monstruo que descendía por el enorme río trayendo consigo el hielo, la nieve y un frío glacial, y que se volvía cada vez más fuerte y poderoso. Muy pocos de los primeros colonos habían sobrevivido, pero quien fuera que hubiera construido aquella casa sí lo había hecho. Y aquel lugar todavía ofrecía refugio a quienes lo necesitaban.

Detrás de él, Chartrand les ofrecía a Clara y Myrna otro coñac. Myrna declinó el ofrecimiento, pero Clara aceptó media copita.

—Para llevármela a la cama con una galleta —contestó.

—Eso sí que es espíritu pionero —bromeó Myrna.

Los suelos eran originales, hechos de anchas tablas de pino procedentes de árboles que se habían alzado antaño en ese mismo lugar y que ahora yacían horizontales. Años y años de fuegos humeantes en la chimenea las habían oscurecido. Frente al hogar había dos sofás y una butaca con un escabel delante y, a un lado, una mesita con libros amontonados. Unas lámparas derramaban una luz suave.

Pero lo que le llamaba la atención a Gamache eran las paredes. Las recorrió una por una, acercándose más a ratos, atraído por un Krieghoff original, un Lemieux, un Gagnon... Un poco más allá, entre dos ventanas, había un diminuto óleo sobre madera.

—Precioso, ¿verdad?

Chartrand había aparecido detrás de Gamache. El inspector jefe había captado su presencia, pero no había apartado los ojos de la pintura. Representaba un bosque, una lengua de roca que se internaba en un lago y un único árbol con las ramas esculpidas por el viento implacable, aferrándose a aquel afloramiento rocoso.

Era extraordinaria, tanto por su belleza como por la desolación que transmitía.

—¿Es un Thomson? —quiso saber Gamache.

—En efecto.

—¿Del Parque Algonquino?

El paisaje accidentado resultaba inconfundible.

—*Oui*.

—*Mon Dieu* —soltó Gamache, consciente de que se encontraba allí, delante de un cuadro pintado por el gran Thomson.

Los dos hombres contemplaron el diminuto rectángulo.

—¿Cuándo lo pintó? —preguntó Gamache.

—En 1917, el año en que murió —añadió Chartrand.

—¿Murió en la guerra? —preguntó Jean-Guy, que se había acercado.

—No —contestó el galerista—, en un accidente.

Gamache se incorporó y miró a Chartrand.

—¿De veras lo cree?

—Quiero hacerlo: creer otra cosa sería demasiado horrible.

Jean-Guy miró de Chartrand a Gamache.

—¿Hay dudas sobre su muerte?

—Plantea un pequeño interrogante, sí —repuso Gamache, dirigiéndose de vuelta al sofá como si no quisiera que la pintura oyera su conversación.

—¿Qué interrogante?

—Tom Thomson pintaba sobre todo paisajes —explicó Chartrand—. Su tema favorito era el Parque Algonquino, en Ontario. Por lo visto, le gustaba la soledad:

llegaba en canoa, acampaba por ahí por su cuenta y se iba llevando consigo pinturas maravillosas.

Indicó con un gesto el cuadrito en su pared.

—¿Era famoso? —quiso saber Beauvoir.

—No —contestó Chartrand—. En esa época, no. Muy pocos lo conocían. Otros pintores sí, pero no el gran público, todavía no.

—Tuvo que morir para volverse célebre —intervino Gamache.

—Pues qué suerte para quien tuviera sus pinturas —comentó Beauvoir.

—Sí, qué suerte para su galerista —coincidió Chartrand.

—Bueno, ¿y dónde está el misterio? ¿Cómo murió?

—La explicación oficial fue que murió ahogado —repuso Gamache—, pero hubo cierta controversia: incluso ahora persiste el rumor de que o bien murió asesinado o se suicidó.

—¿Y qué justifica ese rumor?—preguntó Beauvoir.

Él y Gamache se habían sentado en un sofá y Chartrand en su butaca, de cara a la chimenea apagada.

—La teoría es que Thomson estaba muy abatido porque la gente ignoraba su obra —explicó Chartrand.

—¿Y la teoría del asesinato? —preguntó Beauvoir.

—Se ha hablado de que pudo haber sido otro artista celoso de su talento —respondió Chartrand.

—O alguien que poseyera muchas de sus obras —sugirió Gamache mirando directamente a su anfitrión.

—¿Como su galerista? —Chartrand sonrió, al parecer verdaderamente divertido—. Somos gente codiciosa, rapaz. Nos encanta extorsionar tanto al artista como a nuestros clientes. Haríamos lo que fuera por obtener lo que deseamos. Aunque asesinar quizá no.

Pero Beauvoir y Gamache sabían que aquello no era del todo cierto.

—¿De quién habláis?

Clara y Myrna estaban poco antes en el otro extremo de la sala admirando un Jean Paul Lemieux, pero Clara acababa de sentarse en el sofá frente a Gamache.

—De Tom Thomson. —Chartrand indicó con un ademán el cuadrito en la pared, que semejaba una ventana con vistas a otros tiempos, a otro mundo. Aunque un mundo no muy distinto de Charlevoix.

—*Désolé* —dijo Gamache en voz baja sin apartar la mirada de Clara—, ha sido una falta de tacto.

—*Désolé?* —repitió Chartrand. Miraba de uno al otro, perplejo ante la repentina e intensa emoción que captaba—. No le entiendo...

—Mi marido ha desaparecido, por eso estamos aquí. —Clara se volvió hacia Gamache—. ¿No le has preguntado por Peter cuando has ido a la galería?

—Estaba cerrada —contestó Gamache—. Creía que lo habías hablado con él cuando lo has llamado.

—¿Por qué iba a hacerlo? Pensaba que ya se lo habías preguntado tú y que no conocía a Peter.

—¿Peter? —preguntó Chartrand mirando a uno y a otro.

—Mi marido. Peter Morrow.

—¿Peter Morrow es su marido?

—¿Lo conoce? —quiso saber Gamache.

—*Bien sûr* —respondió Chartrand.

—¿A él o su obra? —intervino Myrna.

—A él, en persona: pasaba muchas horas en la galería.

Clara se sumió momentáneamente en el silencio, perpleja. Y entonces las preguntas se agolparon en su cerebro y crearon un atasco. Ninguna parecía capaz de salir en primer lugar, pero entonces una logró colarse.

—¿Y eso cuándo fue?

Chartrand reflexionó.

—En abril, me parece. Quizá algo más tarde.

—¿Se alojaba con usted? —preguntó Clara.

—*Non*. Tenía alquilada una cabaña carretera abajo.

—¿Y sigue allí? —Clara se levantó como si estuviera a punto de irse.

Chartrand negó con la cabeza.

—No, se marchó. Hace un par de meses que no lo veo. Lo siento.

—¿Sabe adónde fue? —preguntó Clara.

Chartrand la miró a los ojos.

—No, no lo sé.

—¿Cuándo lo vio por última vez? —intervino Gamache.

Chartrand lo pensó un momento.

—Ahora estamos a principios de agosto y él se fue antes del verano... pues a finales de primavera, me parece.

—¿Está seguro de que se fue de aquí? —preguntó Jean-Guy—. ¿Le dijo que se marchaba?

Chartrand parecía un boxeador ebrio de tanto encajar golpes de varios contrincantes.

—Lo siento, no lo recuerdo.

—¡¿Cómo es posible?! —le espetó Clara alzando la voz.

Chartrand pareció aturullado y confuso.

—No me pareció importante —trató de explicar—. Tampoco es que fuera un amigo íntimo. Un día estaba aquí, y al siguiente ya no estaba.

Miró de Clara a Gamache y de nuevo a Clara.

—¿Por eso nos ha invitado a venir aquí? —intervino Jean-Guy—. ¿Porque Peter le había hablado de ella?

Indicó a Clara con un gesto.

—Ya lo he dicho antes: yo no sabía que fuera la esposa de Peter Morrow. Los he invitado a venir porque era tarde, los hoteles están llenos y ustedes necesitaban un sitio donde alojarse.

—Y porque nos ha reconocido —concluyó Gamache, impidiendo que Chartrand se saliera con la suya.

Quizá fuera un hombre bueno, muy bueno, pero no era del todo sincero.

—Es verdad: a usted lo conozco, inspector jefe. Como todo el mundo: por las noticias. Y conozco a Clara por los artículos que salen sobre ella en las revistas de arte. Me he acercado a ustedes en La Muse porque...

—¿Sí?

—Porque me ha parecido que sería interesante conversar con ustedes, eso es todo.

Gamache se fijó una vez más en aquella única butaca solitaria que ahora parecía envolver, consumir a Marcel Chartrand, y se preguntó si la cosa sería así de simple.

¿Era únicamente compañía lo que quería aquel hombre? ¿Alguien con quien hablar, a quien escuchar?

¿Era la conversación el arte que prefería Marcel Chartrand en definitiva? ¿Cambiaría aquellas silenciosas obras maestras por un solo buen amigo?

Chartrand se volvió hacia Clara.

—Peter nunca mencionó que tuviera una esposa: aquí llevaba la vida de un *religieux*, de un monje. —Esbozó una sonrisa tranquilizadora—. Me visitaba, pero más para gozar de la compañía de las pinturas que de la mía. Comía en alguna de las cafeterías del pueblo; rara vez en sitios tan refinados como La Muse. No hablaba con casi nadie. Y luego regresaba a su cabaña.

—A pintar —dijo Clara.

—Es posible.

—¿Le enseñó las obras en las que trabajaba? —preguntó Gamache.

Chartrand negó con la cabeza.

—Y nunca le pedí verlas: la gente suele acudir a mí, no me hace falta ir en su busca, salvo en raras ocasiones.

Se volvió de nuevo hacia Clara.

—Lo que ha dicho usted hoy en La Muse, lo de que Gagnon le quitaba la piel al paisaje y pintaba sus músculos y venas, es estrictamente correcto. Lejos de resultar feo o grotesco, lo que pintaba era justo lo que este lugar tenía de maravilloso: su corazón y su alma. Pintaba lo que muy pocos eran capaces de ver en realidad. Debía de tener una musa muy poderosa para permitirle hurgar tan hondo.

—¿Quién era la musa de Gagnon? —preguntó Gamache.

—No me refería a una persona.

—¿A qué se refería entonces?

—A la naturaleza. En mi opinión, al igual que para Tom Thomson, la musa de Clarence Gagnon era la naturaleza. Imposible encontrar una musa más poderosa. —Se volvió de nuevo hacia Clara—. Lo que Gagnon hacía con los paisajes, usted lo hace con la gente: su rostro, su piel, su apariencia, están ahí a la vista de todo el mundo, pero usted también pinta su interior. Es un don muy poco frecuente, madame. Confío en no haber hecho que se sienta incómoda al decírselo.

Era evidente que Clara se sentía incómoda.

—Perdone —añadió—. Me había prometido que no mencionaría su obra. Debe de ser una constante para usted. Discúlpeme. Y ahora tiene preocupaciones más acuciantes. ¿En qué puedo ayudar?

Se volvió para mirar a Gamache.

—¿Conocía las obras anteriores de Peter? —preguntó el inspector jefe.

—Sabía que era un artista de éxito, pero no puedo decir que recuerde haber visto alguna obra suya en particular.

El tono de voz de Chartrand había cambiado. Seguía siendo cortés, pero ahora se captaba cierta distancia: estaba hablando de negocios.

—¿Habló con él sobre su obra? —preguntó Clara.

—No, nunca me pidió mi opinión y yo no me ofrecí a dársela.

«Pero sólo tenían su palabra», pensó Gamache. Y él ya sabía que Chartrand no siempre era sincero.

VEINTICUATRO

Unos ruidos desconocidos se colaron por la ventana abierta y despertaron temprano a Gamache, que se vio de pronto en una cama desconocida.

Se habían metido bajo los edredones un buen rato después de la medianoche.

La cortina de encaje se abombó un poco, como si tomara aliento, y luego se desinfló. El aire olía a fresco, con el toque penetrante e inconfundible de la gran masa de agua cercana.

Echó un vistazo al reloj en la mesita.

No eran ni las seis, pero el sol ya estaba saliendo.

Beauvoir estaba profundamente dormido en la cama de al lado, con la cara enterrada en la almohada y la boca entreabierta. Era un espectáculo que Gamache había visto muchas veces y Annie todos los días.

«Tiene que quererlo muchísimo», pensó mientras se levantaba sin hacer ruido. Apartó la cortina para mirar hacia fuera. No tenía ni idea de qué iba a ver al otro lado de la ventana y lo sorprendió agradablemente comprobar que esa habitación daba a los tejados metálicos del antiguo pueblo de Charlevoix y, más allá, al río San Lorenzo.

Una vez duchado y vestido, bajó con sigilo las escaleras y salió de la casa.

Aquel momento del día parecía pintado al pastel. Bajo el sol naciente, todo eran azules y rosas suaves. Los turistas dormían en sus hoteles y pensiones y la mayoría de los residentes aún no habían salido de casa, así que Gamache tenía el pueblo para él solo. Lejos de parecer abandonado, transmitía una sensación de expectativa: estaba a punto de dar a luz a otro día vibrante.

Pero aún no. Por el momento, reinaba la paz. Era posible cualquier cosa.

Gamache empezó a leer. Al cabo de unas cuantas páginas, cerró el libro. Mantuvo la manaza sobre la cubierta para que el título quedase parcialmente oculto. Como el río entre las viejas casas, sólo se intuía: estaba ahí, pero no se veía del todo.

El bálsamo de Galaad.

Lo sostuvo cerrado entre los dedos y, como hacía todas las mañanas desde su jubilación, pensó en las últimas manos que habían cerrado aquel libro.

«...para curar a un alma enferma de pecado.»

¿Había cura para lo que había hecho él en los bosques a las afueras de Three Pines ocho meses atrás? No fue tanto el acto de matar en sí, el hecho de haber arrebatado una vida, como lo que había sentido al hacerlo. Y el hecho de que lo había buscado, y hasta confiado en que lo haría, desde su llegada.

Mens rea. La diferencia entre el homicidio sin premeditación y el asesinato: la intención. *Mens rea*: la mente culpable, el alma enferma de pecado.

Miró el libro bajo su mano.

¿Qué habría sentido el anterior propietario del libro ante lo que él, Gamache, había hecho?

Armand Gamache estaba seguro de conocer la respuesta a esa pregunta.

Le dio la espalda al río, a la accidentada costa, a los barcos mercantes y a las ballenas que se deslizaban bajo la superficie, inmensas e invisibles.

Regresó a la casa de Marcel Chartrand.

—Me ha parecido oír salir a alguien —dijo Chartrand desde el porche cuando Gamache se acercaba—. Veo que era usted. ¿Qué tal ha dormido?

—Perfectamente.

—Debe de estar acostumbrado a las camas desconocidas —comentó el anfitrión tendiéndole una humeante taza de café.

—Pues sí —admitió el jefe—, pero pocas son tan cómodas como la suya. *Merci.* —Levantó la taza hacia Chartrand en un gesto de agradecimiento.

—*Un plaisir.* ¿Le gustaría ver la galería?

Gamache sonrió.

—Muchísimo.

Se sentía como un niño al que acabaran de darle un pase privado para Disneylandia.

Chartrand abrió la puerta y encendió las luces. Gamache caminó hasta el centro de la sala y se detuvo. Notó con cierta alarma que estaba al borde de las lágrimas.

Ahí, en torno a él, se hallaba el patrimonio de su país, la historia de su país, pero había algo más: ahí, colgadas en las paredes, estaban sus propias entrañas.

Las casas de colores vivos, rojo y amarillo mostaza, con las chimeneas despidiendo humo. Las agujas de las iglesias. Los paisajes de invierno: la nieve sobre las ramas de los pinos, los caballos y los trineos. La suave luz que se derramaba a través de las ventanas por la noche. El hombre que recorría un sendero abierto en la nieve profunda en dirección a su casa llevando una lámpara de aceite.

Gamache se dio la vuelta. Estaba rodeado. Inmerso, pero no ahogándose, sino flotando. Era como un bautismo.

Suspiró y miró a Marcel Chartrand, que estaba a su lado y parecía también a punto de llorar. ¿Sentía eso aquel hombre todos los días?

¿Era ése su banco en lo alto del pueblo? ¿Lo sorprendía a él también cada día la dicha?

—Peter Morrow venía aquí a menudo —dijo Chartrand—. Se sentaba y contemplaba las pinturas.

Sentarse y contemplar.

El propio Gamache hacía eso muchas veces, pero la combinación de palabras y el tono desencadenaron un recuerdo, aunque no del pasado remoto: un recuerdo muy reciente. Alguien había descrito a Peter, de niño, sentado en plena contemplación.

Madame Finney, su madre, le había contado a Gamache que el pequeño Peter se limitaba a contemplar las paredes durante horas. Miraba las pinturas, trataba de acercarse a las imágenes, de unirse a los genios que veían el mundo de aquella forma y pintaban los sentimientos que les provocaba.

Y lo hacían con pinceladas fluidas, con líneas que se unían entre sí de modo que las casas devenían tierra, árboles, gente; devenían cielo y nubes que devenían casas.

Todo en colores vivos y alegres, en absoluto inventados: los que Gamache veía en ese mismo momento a través de las ventanas de la galería. No era necesario embellecer, ni dramatizar, ni idealizar.

Clarence Gagnon veía la verdad. Pero no era que la captara, más bien la liberaba.

El joven Peter también anhelaba verse liberado y las pinturas en las paredes de aquella casa sombría fueron su vía de salida. Primero debía de haber intentado escapar internándose en ellas, pero al ver que no lo conseguía había probado otra cosa no muy alejada de la anterior.

Se había hecho artista. A pesar de su familia. Aunque su familia sí había logrado una cosa: le arrebataron el color y la creatividad dejando su obra convertida en algo atractivo, pero predecible; algo seguro... y desvaído.

Gamache observaba los cuadros en las paredes de la Galerie Gagnon, los colores vivos, las pinceladas ondulantes y fluidas; paisajes que eran tan internos como externos.

Peter había contemplado aquellas mismas paredes y luego había desaparecido.

Y, durante unos instantes, Armand Gamache se preguntó si Peter habría logrado por fin aquella magia que parecía buscar tan desesperadamente y habría acabado por entrar en una de aquellas pinturas.

Se acercó más y examinó al hombre que llevaba el farol. ¿Sería Peter, que caminaba lenta y pesadamente de regreso a casa?

Y entonces sonrió. Por supuesto que no: aquello era Bahía de San Pablo, no *La dimensión desconocida*.

—¿Fue por esto por lo que Peter vino a Bahía de San Pablo? —Gamache indicó las pinturas que cubrían las paredes de la galería.

Chartrand negó con la cabeza.

—Diría que eran un aliciente, pero no la razón fundamental.

—Y entonces ¿cuál era?

—Al parecer estaba buscando a alguien.

—¿A alguien?

—Alguien o algo, o ambas cosas, no lo sé —repuso Chartrand.

—¿Y por qué no nos contó esto anoche?

—La verdad es que ni siquiera lo pensé. Peter era simplemente un conocido, otro artista que venía a Charlevoix buscando inspiración, confiando en que lo que había inspirado estas obras —indicó con un gesto los cuadros de Gagnon colgados en las paredes— también lo inspirase a él.

—Quería que la musa de Gagnon fuera ahora su musa —dijo Gamache.

Chartrand reflexionó unos instantes.

—¿Cree que está muerto?

—Creo que es muy difícil que la gente desaparezca por las buenas, mucho más de lo que creemos —repuso Gamache—. Aunque es cuestión de intentarlo.

—¿Y cómo se logra?

—Sólo hay una manera: hay que dejar de vivir en este mundo.

—¿Hay que morirse?

—Bueno, eso también funcionaría, pero me refería a apartarse por completo de la sociedad: irse a una isla o a las profundidades de un bosque, lejos del mundanal ruido.

Chartrand pareció incómodo.

—¿Formar parte de una comuna?

—Bueno, hoy en día la mayoría de las comunas son bastante sofisticadas. —Estudió a su anfitrión—. ¿Qué ha querido decir?

—Cuando Peter visitó por primera vez la galería, preguntó por un hombre llamado Norman. Yo no tenía ni idea de a quién se refería, pero le dije que preguntaría por ahí.

—¿Norman? —repitió Gamache. El nombre le sonaba—. ¿Y qué averiguó?

—Nada que fuera de utilidad.

—Pero ¿descubrió algo? —insistió Gamache.

—Había un tipo que había fundado una colonia de artistas en el bosque, pero no se llamaba Norman: era *No Man*.

—¿Noman?

—No Man.

Se miraron fijamente: parecía que estaban diciendo lo mismo.

Finalmente, Chartrand lo escribió y Gamache asintió con la cabeza. Por fin lo entendía, pero se sentía aún más desconcertado.

¿No Man? ¿Nadie? ¿Un don Nadie?

· · ·

Clara y Myrna bajaron unos minutos más tarde, seguidas por Jean-Guy.

—¿No Man? —preguntó Myrna.

Habían salido de la galería y recorrían una calle angosta hacia un café para desayunar allí.

—No Man —confirmó Chartrand.

—Qué raro —opinó Clara.

Beauvoir no entendía de qué se sorprendía Clara: la mayoría de los artistas que él conocía eran auténticos bichos raros. Para ellos, lo raro era ser conservador. Clara, con su pelo siempre despeinado y plagado de partículas de comida y sus úteros guerreros era una de las más sensatas.

Peter Morrow, con sus camisas con cuello de botones y su carácter tranquilo, era sin duda el más chiflado de todos.

—Peter no iba en busca de No Man, sino de un tipo llamado Norman —explicó Chartrand.

—¿Y lo encontró? —preguntó Clara.

—Que yo sepa, no.

A petición de Gamache, Chartrand los había conducido a la cafetería donde Peter comía a veces. Llegaron al pequeño local y se sentaron a una mesa.

—*Oui*, lo conozco —dijo la camarera cuando le enseñaron la foto de Peter—. Tomaba huevos con tostadas integrales, sin beicon. Y café solo.

Parecía aprobar aquel desayuno tan espartano.

—¿Se sentaba alguna vez con otra gente? —preguntó Clara.

—No, siempre solo —respondió la mujer—. ¿Qué quieren?

Jean-Guy pidió el Especial del Viajero: dos huevos y toda la carne que fuera posible encontrar y freír.

Chartrand pidió huevos revueltos.

Los demás pidieron *crêpes* de arándanos y beicon.

Cuando la camarera volvió con los platos, Gamache le preguntó si conocía a un tal Norman.

—¿Es el nombre o el apellido? —preguntó ella mientras les servía más café.

—No lo sabemos.

—*Non* —contestó y se fue.

—¿Dijo Peter de dónde conocía a ese tal Norman? —quiso saber Jean-Guy.

Chartrand negó con la cabeza.

—No se lo pregunté.

—¿Recuerdas a algún Norman en la vida de Peter? —le preguntó Gamache a Clara—. Un amigo, quizá, o un artista al que admirara.

—He intentado recordar —repuso ella—, pero el nombre no me suena en absoluto.

—¿Y dónde encaja ese No Man? —preguntó Jean-Guy.

—En realidad, en ningún sitio —admitió Chartrand—. Sólo es un tipo que fundó una colonia de artistas por aquí cerca. Fracasó y se dedicó a otra cosa. Pasa mucho: los artistas necesitan ganar dinero y creen que dar clases u organizar retiros los ayudará a llegar a fin de mes. Casi nunca es así. —Le sonrió a Clara—. El lugar de retiro en cuestión quedó abandonado mucho antes de que Peter llegara aquí. Además, Peter no parecía de los que quieren formar parte de un grupo.

—«El que viaja solo, viaja más deprisa» —señaló Gamache.

—Siempre me he preguntado si eso será cierto —comentó Myrna—. Es posible que se vaya más deprisa, pero no resulta tan divertido, y al llegar, ¿qué nos encontramos? A nadie.

«A No Man: un don Nadie», pensó Gamache.

—¿Clara? Estás muy callada —dijo Myrna.

Clara se había apoyado en el respaldo de la silla, al parecer para admirar la vista, pero sus ojos tenían una expresión distante.

—Norman —repitió—. Sí que había alguien. —Miró a Myrna—. En la Escuela de Arte había un profesor que se llamaba Norman.

Myrna asintió.

—Es verdad, el profesor Massey lo mencionó.

—Fue el que organizó el Salon des Refusés —añadió Clara.

—¿Creéis que puede tratarse de la misma persona? —quiso saber Gamache.

Clara frunció el entrecejo.

—No veo por qué: Peter hizo una sola asignatura con él, y para colmo le pareció una auténtica gilipollez. No puede tratarse de la misma persona, ¿no?

—Podría ser —repuso Myrna—. ¿No era el que estaba chiflado, según el profesor Massey?

—Sí. No puedo creer que Peter haya querido seguirle el rastro.

—*Excuse-moi.* —Gamache, que había estado escuchando, se levantó y se llevó el teléfono a un rincón tranquilo. Mientras hablaba, se volvió para mirar a través de una ventana que daba al oeste. Habló durante un par de minutos y luego regresó a la mesa.

—¿A quién has llamado? —preguntó Clara.

Pero Jean-Guy ya lo sabía, incluso antes de que el jefe respondiera: lo sabía por el lenguaje corporal de Gamache, por su postura, su rostro y hacia dónde había mirado mientras hablaba.

Hacia el oeste: hacia un pueblecito en un valle.

Beauvoir lo sabía porque era hacia donde él mismo se volvía cuando hablaba con Annie.

Hacia su casa.

—A Reine-Marie. Le he pedido que vaya a Toronto, a hablar con vuestro antiguo profesor y que de ser posible eche un vistazo a los archivos: que averigüe todo lo que pueda sobre ese tal profesor Norman.

—Pero podríamos llamar desde aquí —dijo Myrna—, sería más rápido y más fácil.

—Sí, pero esto es delicado y no tenemos derecho a acceder a los archivos. Creo que Reine-Marie llegará más lejos que una llamada telefónica: se le da muy bien conseguir información.

Gamache sonreía mientras decía esto último: su mujer se había pasado décadas trabajando en el Archivo Nacional de Quebec reuniendo información, pero lo cierto era que se le daba mejor protegerla que revelarla.

Aun así, si alguien era capaz de sonsacar información confidencial de una institución, era ella.

Gamache volvió a mirar hacia el oeste y se encontró con la mirada de Beauvoir.

VEINTICINCO

El avión cobró velocidad y recorrió dando tumbos la pista de despegue del aeropuerto Trudeau International de Montreal.

Reine-Marie había hecho la reserva en la aerolínea que volaba al aeropuerto Toronto Island, cerca del centro de la ciudad, y no al enorme aeropuerto internacional en las afueras: le convenía mucho más.

Pero significaba un avión de hélice, lo cual no hacía sentirse seguros a todos los pasajeros, incluida la mujer que estaba sentada a su lado.

Aferraba el brazo del asiento y su rostro parecía una máscara mortuoria.

—No hay de qué preocuparse: no va a pasar nada —le dijo Reine-Marie.

—¿Cómo puedes saberlo, cabeza de chorlito? —le espetó la mujer.

Reine-Marie sonrió.

Ruth no podía estar tan asustada si se acordaba de insultarla.

El avión se elevó en el aire. Si un avión con motor a reacción despegaba como una bala, el pequeño aparato con turbopropulsor lo hacía como una gaviota. Volaba, pero sujeto a las corrientes de aire. Cabeceaba y se bamboleaba. Ruth empezó a rezar por lo bajo.

—Ay, Dios, mierda, mierda, mierda. Ay, Jesucristo.

—Ya estamos en el aire —dijo Reine-Marie con tono tranquilizador—, así que ya puedes relajarte, vieja bruja.

Ruth volvió hacia ella una mirada penetrante... y se echó a reír. Cuando salían de la nube, soltó el brazo del asiento.

—La gente no está hecha para volar —declaró alzando la voz por encima del rugido de los motores.

—Pero los aviones sí, y quiere la suerte que vayamos en uno. Disponemos de una hora antes de aterrizar, así que cuéntame algo más sobre el tiempo que pasaste en aquella prisión turca. Tengo entendido que eras celadora, no reclusa.

Ruth volvió a reír y su cara recuperó el color. Pese al miedo que le daba volar, había ido con ella: para hacerle compañía y, sospechaba Reine-Marie, para ayudar a encontrar a Peter.

Ruth empezó a parlotear soltando chorradas fruto del nerviosismo. Reine-Marie posó una mano sobre la suya y la dejó ahí durante todo aquel vuelo de locura.

—¿Le has enseñado a Chartrand esas pinturas?

Gamache señaló los lienzos enrollados que Clara llevaba ahora consigo a todas partes como una vara de zahorí.

—No. Lo consideré, pero Peter podría habérselas enseñado y decidió no hacerlo. Si él no lo hizo, no creo que deba hacerlo yo. —Miró fijamente a Gamache—. ¿Por qué? ¿Crees que debería?

Armand reflexionó un momento.

—No lo sé. Tampoco veo que importe, francamente. Supongo que sólo tengo curiosidad.

—¿Por saber qué?

—Por saber qué opinaría de ellas Chartrand —admitió él—. ¿A ti no te da curiosidad?

—«Curiosidad» no es la palabra —repuso Clara con una sonrisa burlona—, más bien tengo miedo.

—¿Tan malas crees que son?

—Creo que son muy extrañas.

—¿Y eso es tan malo? —preguntó Gamache.

Clara reflexionó mientras se daba golpecitos en la mano con los lienzos enrollados.

—Me da miedo que la gente las vea y piense que Peter está chiflado.

Gamache abrió la boca, pero enseguida volvió a cerrarla.

—Vamos —lo animó ella—. Di lo que estás pensando: que Peter está chiflado.

—No, no —contestó él—, no es eso lo que iba a decir.

—¿Y qué ibas a decir?

Lejos de sentirse a la defensiva, Clara descubrió que tenía verdaderas ganas de saberlo.

—Úteros guerreros —soltó Gamache.

Clara se lo quedó mirando. Podría haberse pasado el resto de la vida tratando de adivinar qué diría Armand y nunca habría dado con esas dos palabras.

—¿Úteros guerreros? —repitió—. ¿Qué tienen que ver con esto?

—Hace unos años hiciste una serie de esculturas —le recordó Gamache—: eran úteros de diferentes tamaños. Los decoraste con plumas, cuero, jabones buenos, palos y hojas, encaje y toda clase de cosas, y los expusiste en una galería.

—Sí —contestó Clara riendo—. Por raro que parezca, aún los conservo todos. Consideré darle uno a la madre de Peter como regalo de Navidad, pero me acobardé. —Soltó una carcajada—. Supongo que, pese a ser capaz de esculpirlos, en realidad no tengo un útero guerrero.

—Tampoco hace tanto tiempo de esa serie —le recordó Gamache.

—Es verdad.

—¿Lo lamentas?

—En absoluto. Fue divertidísimo y extrañamente potente. Todo el mundo creyó que era una broma, pero no lo era.

—¿Y qué era entonces? —preguntó Gamache.

—Un paso en el camino.

Él asintió y se levantó, pero antes de irse, se inclinó y le susurró al oído:

—Y apuesto a que todos creyeron que estabas chiflada.

—No es que estuviera un poco loco —dijo el profesor Massey—, sino totalmente demente. —Miró alternativamente a las dos mujeres que estaban sentadas en su aula-estudio en la Escuela de Arte. Le había cedido a Ruth la que claramente era su butaca favorita: la que daba al amplio espacio lleno de plásticos cubretodo, caballetes y viejas paletas con pegotes de pintura. Los lienzos sin utilizar estaban amontonados en un rincón y las obras del propio Massey, sin enmarcar, podían verse aquí y allá en las paredes, como si las hubieran puesto allí despreocupadamente. Eran muy buenas y le daban vida y calidez al espacio—. Y la suya no era una demencia divertida ni excéntrica —continuó el profesor Massey—, era peligrosa.

—¿Peligrosa? ¿Quiere decir violenta? —le preguntó Reine-Marie.

Por mucho que tratara de atraer la atención del anciano profesor, su mirada nunca permanecía mucho rato en ella: sus ojos no paraban de desviarse hacia un lado.

Hacia Ruth.

Por su parte, Ruth parecía haber perdido el juicio, pero haber recuperado el corazón, se dijo Reine-Marie.

De hecho, la vieja poeta incluso había soltado una risita cuando el profesor Massey le había cogido la mano al saludarla.

Habían llegado media hora antes sin anunciarse, aunque Reine-Marie había tenido la precaución de llamar a la Escuela de Arte para asegurarse de que el profesor Massey estuviera allí.

Y allí estaba. Y, por lo visto, estaba siempre.

Reine-Marie observó la almohada con unas sábanas pulcramente dobladas encima que había junto al desvencijado sofá, el microondas sobre la encimera manchada de pintura, el hornillo, la pequeña nevera.

Paseó la vista por el aula y comprendió que parecía más un estudio que un aula, y más que un estudio un espacio privado: un espacio para vivir.

Su mirada volvió a centrarse en el anciano profesor perfectamente arreglado, con los pantalones de pana bien planchados, una impecable camisa de algodón y un ligero chaleco de punto. Limpio, pulcro.

Se preguntó qué habría pasado. ¿Habría tenido alguna vez esposa e hijos? ¿Un hogar en el barrio del Annex?

¿Los hijos habrían crecido y se habrían ido de casa? ¿Habría muerto la esposa?

¿Dejó sencillamente de volver a casa hasta que ese sitio se convirtió en su hogar? Un hogar donde vivía acompañado de olores familiares y reconfortantes y lienzos sin utilizar. Donde los alumnos podían dejarse caer a cualquier hora para preguntarle cosas o para beber algo y comer un bocadillo y charlar sobre tonterías dándoselas de entendidos.

Observó el lienzo que estaba sobre el caballete.

Se preguntó cuánto tiempo llevaría allí, sin utilizarse.

—No, violenta no —contestó el profesor—. No físicamente, al menos. Todavía no. Pero no podíamos correr el riesgo: Sébastien Norman tenía un punto mesiánico. Era de esas personas con opiniones firmes e inflexibles. No lo sabíamos, por supuesto, cuando lo contratamos para impartir teoría del arte, una asignatura bastante «benigna», diría cualquiera. —Massey sonrió—. Supongo que no le dejamos suficientemente claro que iba a dar clases de teoría del arte y no de *su* teoría del arte. Bien pronto nos dimos cuenta de que teníamos un problema.

—¿Cómo? —preguntó Reine-Marie.

—Por los rumores en los pasillos. Yo mismo empecé a oír comentarios de sus alumnos. Casi todos se burlaban, se reían de él. Acostumbro defender a los colegas, de modo que les pregunté qué les hacía tanta gracia... y me lo contaron.

—Siga.

—Bueno, ahora parece una tontería. —Dio la impresión de que el profesor Massey se sentía avergonzado. Miró a Ruth y, al final, pareció vencer sus reticencias—. Al parecer, el profesor Norman creía en la décima musa.

Esbozó una mueca como para disculparse por la estupidez que acababa de soltar.

Entonces intervino Ruth.

—Pero sólo había nueve musas —comentó.

—Exacto: nueve hijas de Zeus. Personificaban el conocimiento y las artes. La música, la poesía, la ciencia.

—Pero no la pintura —terció Reine-Marie—. Ahora me acuerdo: no había musa de la pintura como tal.

La atención del profesor Massey se centró entonces en ella. Y menuda atención la suya. Reine-Marie sintió toda la fuerza de su personalidad. No era violenta, sino abrumadora, envolvente.

Ella captaba su inteligencia, su calma. Y por primera vez en su vida deseó haber sido artista, sólo para haber podido estudiar con ese profesor.

—Es curioso, ¿verdad? —comentó él—. Nueve musas. Un grupito considerable, pero ni una sola para la pintura o la escultura. Está claro que a los griegos les gustaban sus murales y sus estatuas, y sin embargo no les asignaron una musa.

—¿Y por qué? —preguntó Reine-Marie.

Massey se encogió de hombros y enarcó las canosas cejas.

—Nadie lo sabe. Existen teorías, por supuesto.

—Lo que nos lleva de nuevo al profesor Norman —dijo Reine-Marie—. ¿Cuál era su teoría?

—Nunca hablé directamente con él sobre la cuestión —repuso Massey—. Lo que sé lo pergeñé tras haber hablado con sus alumnos. Ni siquiera estoy seguro de entenderlo bien a estas alturas: ha pasado mucho tiempo. Sólo sé que creía que en efecto había habido una décima musa..., y que para ser un gran artista uno tenía que encontrarla.

—¿Creía que esa décima musa vivía en un sitio real? —preguntó Reine-Marie—. ¿Que uno podía llamar a la puerta y allí estaría?

—Lo siento, no sé qué creía en realidad el profesor Norman. Fue hace mucho tiempo. En todo caso, yo tuve la culpa de todo aquel lío: fui yo quien animó al rector a contratarlo.

—¿Por qué?

—Bueno, había visto algunas de sus obras y las encontraba prometedoras. Él acababa de llegar a Toronto, no tenía mucho dinero ni contactos, así que trabajar aquí media jornada era una buena idea: suponía ganar un poco de dinero, conocer gente... —Su voz había ido apagándose. Daba la impresión de que toda su energía, toda la fuerza de su personalidad, se hubiesen agotado y aquel hombre magnífico se hubiera desinflado. Como si sólo pensar en el profesor Norman le sorbiera toda la vitalidad—. Fue una equivocación —añadió. Se quedó callado un instante mientras rememoraba aquellos tiempos—. Pero Norman no fue despedido por sus creencias estrafalarias, ¿saben? En aquel entonces éramos una institución muy progresista. Sus teorías ni siquiera gozaban de aceptación entre los alumnos. No lo respetaban, a lo que contribuía su aspecto.

—¿Tenía pinta de loco? —quiso saber Reine-Marie.

Inesperadamente, el profesor Massey se echó a reír.

—Todos parecíamos lunáticos. En cambio, él parecía un banquero, un banquero próspero. Todos los demás tenían un aspecto desastrado, o por lo menos lo intentaban: era el uniforme de la época, aunque ahora todos tratemos de parecer triunfadores, respetables.

Bajó la vista hacia su ropa y luego miró a la desastrada Ruth.

Y Reine-Marie se preguntó si aquel lienzo en el caballete habría estado sin usar de no haber sido tan respetable el profesor Massey.

—Y entonces ¿por qué lo despidieron, si no fue por la teoría de la décima musa?

—Yo estaba en el consejo directivo, y le dimos muchas vueltas al asunto: Norman no era violento, o al menos no todavía. He ahí el problema con esas cosas, ¿no? Es complicado despedir a alguien por la sospecha de que podría hacer algo.

—Pero ¿qué les hacía creer que se volvería violento? —preguntó Reine-Marie.

—Ni siquiera lo sabíamos bien. Tenía estallidos verbales, temblaba de rabia. Traté de hablar con él al respecto, pero negaba que pasara nada malo: decía que los artistas de verdad son apasionados, y que eso era todo: pasión.

—¿Y usted no lo creía?

—Quizá tuviera razón: es posible que muchos artistas verdaderos sean apasionados, y muchos están como cabras. Pero la cuestión no era si él era un artista auténtico, sino si era un buen profesor.

—¿Qué lo ponía tan furioso? ¿Qué hacía estallar su ira?

—Cualquiera que estuviera en desacuerdo con su teoría de la décima musa... y cualquier cosa que él considerara mediocre: a su modo de ver, ambas cosas iban de la mano. Por desgracia, a medida que el curso avanzaba, él estaba cada vez más desequilibrado. No sabíamos si acabaría por despeñarse ni a quiénes arrastraría consigo. Teníamos que proteger a los alumnos. Pero no actuamos a tiempo.

—¿Hubo algún incidente? —preguntó Reine-Marie.

A su lado, Ruth no prestaba ninguna ayuda. Reine-Marie ni siquiera tenía claro que estuviera escuchando. Tenía una sonrisa tontorrona en la cara mientras observaba al profesor Massey.

—Violento, no —repuso el profesor—. O físicamente no, en todo caso. Sin decírselo a nadie ni obtener el permiso de la escuela, Sébastien Norman organizó el Salon des Refusés.

—Clara Morrow nos ha hablado de eso, pero ¿en qué consistía?

—Era una exposición paralela a la oficial, y en ella se exhibían las obras rechazadas.

—¿Y qué tenía eso de malo?

Reine-Marie captó de inmediato la censura del profesor: irradiaba de él en oleadas de desaprobación y desencanto. El blanco era ella, que se encontró lamentando haber hecho aquella pregunta. Sabía que sentirse así era una tontería desde el punto de vista intelectual: era una pregunta legítima, pero tenía la sensación de haber decepcionado a aquel hombre al no conocer la respuesta.

Incluso Ruth la abandonó en ese momento. Se alejó y empezó a examinar las pinturas en las paredes, deteniéndose ante cada una de ellas, dedicándoles más atención de la que les había prestado nunca a las de Clara o de Peter.

—¿Es usted maestra? —preguntó el profesor Massey.

Reine-Marie negó con la cabeza.

—Bibliotecaria.

—Pero ¿tiene hijos?

—Sí, dos. Ambos ya son adultos. Y tengo dos nietos.

—Y cuando iban al colegio y hacían los deberes mal, ¿le habría gustado que el profesor se los enseñara a toda la clase, a toda la escuela, para dejarlos en ridículo?

—No, por supuesto que no.

—Bueno, pues eso fue lo que hizo el profesor Norman. Pregúntenle a su amiga Clara cómo la hizo sentir, cómo la hace sentir todavía. Estamos hablando de jóvenes, madame Gamache, de jóvenes de talento, y muchos son frágiles porque llevan gran parte de su vida siendo marginados precisamente por su creatividad. Vivimos en una sociedad que no valora al que es diferente. Cuando llegan aquí, a la Escuela de Arte, seguramente es la primera vez en su vida en que se sienten parte de algo, y a salvo. Aquí, no sólo se sienten valorados, sino valiosos.

La miraba a los ojos y hablaba con tono profundo y tranquilo, casi hipnótico. Y Reine-Marie volvió a sentir el atractivo de ese hombre, incluso a su avanzada edad. Qué impactante debía de haber sido en la flor de la vida.

Y qué reconfortante ese mensaje suyo a los jóvenes descarriados y heridos que asistían a la Escuela de Arte, con sus poses chulescas y pasotas, sus piercings y sus corazones rotos.

Allí estaban a salvo. Para experimentar, para explorar; para fracasar y volver a intentarlo. Sin miedo al ridículo.

Miró hacia el gastado sofá y casi pudo ver las generaciones de artistas jóvenes y emocionados repantingados allí en animado debate. Libres por fin.

Hasta que el profesor Norman entraba en escena y dejaba de ser un lugar seguro.

El Salon des Refusés.

Reine-Marie empezaba a comprender hasta qué punto era una canallada.

—¿Cree que la Escuela de Arte tendrá la dirección del profesor Norman en sus archivos?

—Es posible. Lo que sé con certeza es que era de Quebec: tenía un acento curioso.

—¿Sabe de qué parte de Quebec? —insistió Reine-Marie.

El profesor negó con la cabeza.

—¿Le hizo Peter estas preguntas cuando vino a visitarlo?

—¿Sobre el profesor Norman? —Fue evidente que aquello lo sorprendía y divertía a la vez—. No. Hablamos sobre él brevemente, pero creo que fui yo quien lo sacó a colación.

—¿Es posible que Peter ande buscando al profesor Norman? —preguntó Reine-Marie.

—Lo dudo —fue la respuesta de Massey—. No dijo nada al respecto antes de irse. ¿Por qué?

—Clara, mi marido y otros están buscando a Peter, y por lo visto Peter trataba de encontrar a alguien llamado Norman.

—Me sorprendería muchísimo que se tratara del mismo hombre —repuso Massey, y en efecto parecía perplejo—. Confío en que no sea así.

—¿Por qué?

—Si Sébastien Norman ya estaba loco hace treinta años, no quiero ni pensar cómo estará ahora. —Massey suspiró y negó con la cabeza—. Cuando Clara se fue de aquí, le aconsejé que se limitara a volver a casa, que siguiera adelante con su vida. Y le dije que Peter regresaría cuando estuviera preparado.

—¿Cree que planeaba volver con ella? —preguntó Reine-Marie.

—No lo mencionó —admitió Massey—, pero eso no significa que no fuera su intención.

—Como ir en busca de Norman, quizá.

—Quizá.

La mirada del profesor se apartó de Reine-Marie y se posó en Ruth, que estaba en el otro extremo del estudio observando otra pintura.

—Supongo que no tendrá una fotografía del profesor Norman, ¿no?

—¿En la cartera? —Massey sonrió—. De hecho, es posible que pueda encontrar una en el anuario.

Mientras Massey buscaba en la estantería, Reine-Marie se acercó a Ruth.

—¿Es ésta la pintura que según Myrna era tan buena? —preguntó.

La observó y comprendió lo que Myrna quería decir. Las demás eran buenas: ésa era extraordinaria, hipnótica.

Se recompuso y se volvió hacia Ruth.

—¿Estás lista para irte o piensas tomar medidas de las ventanas para poner cortinas?

—¿Te parece eso motivo de risa? —espetó Ruth.

Reine-Marie se sumió en un silencio atónito. No estaba perpleja por lo que Ruth acababa de decir, sino por su propia conducta: había menospreciado, e incluso ridiculizado, los sentimientos de Ruth por el profesor.

—Lo siento muchísimo —se disculpó—, ha sido una estupidez por mi parte.

Ruth miró hacia el anciano profesor, que sacaba anuarios de los estantes, los examinaba y acto seguido volvía a dejarlos.

Y entonces la vieja poeta se irguió y soltó:

—«*Noli timere.*»

Reine-Marie tuvo la impresión de que aquellas palabras no iban destinadas a sus oídos, al igual que la expresión en el rostro de Ruth no era para sus ojos.

—Aquí está.

El profesor Massey se dirigió hacia ellas sujetando un anuario con gesto triunfal.

—Temía que se hubiera perdido con las obras de reforma o que hubiera quedado emparedado entre los muros: les sorprendería saber lo que encontraron cuando los echaron abajo.

—¿Qué? —preguntó Ruth mientras Reine-Marie cogía el anuario.

—Bueno, amianto, para empezar, aunque eso ya se lo esperaban: ése era el motivo de la restauración. Fueron otras cosas las que supusieron una sorpresa.

El anuario estaba polvoriento y Reine-Marie se volvió hacia el profesor.

—¿Amianto?

—Sí. —La miró, cayó en la cuenta de por qué lo preguntaba y se echó a reír—. No se preocupe. Lo que hay ahí son sólo dos décadas de polvo, no amianto.

Cogió el libro de sus manos, lo desempolvó con la manga y se lo devolvió. Luego las guió hacia el sofá.

Ruth y Paul Massey tomaron asiento, mientras que Reine-Marie se quedó de pie hojeando el anuario.

—¿Qué encontraron en las paredes? —quiso saber Ruth.

A oídos de Reine-Marie su voz sonó casi irreconocible.

—Periódicos viejos, sobre todo. Resulta que el edificio, o sus cimientos, eran mucho más antiguos de lo que creía nadie. Unos obreros italianos se habían dejado trozos de bocadillo y, a partir de las viejas semillas que se encontraron, los biólogos fueron capaces de cultivar una serie de tomateras de una especie prácticamente extinguida. Y también encontraron un par de lienzos.

—¿Ése es uno de ellos? —Ruth señaló la pintura que habían contemplado unos instantes antes, al fondo del estudio.

El profesor Massey se echó a reír.

—¿Le parece basura?

No parecía ofendido, sino divertido, incluso satisfecho.

—Eso lo pintó el profesor Massey —dijo Reine-Marie con la intención de suavizar una escena potencialmente bochornosa, aunque parecía la única incomodada por lo que había dicho Ruth.

—Podrán ver los lienzos que encontraron cerca de la puerta principal —dijo Massey—. Nada muy destacable, me temo: ni un Emily Carr ni un Tom Thomson que alguien hubiera escondido allí.

Mientras hablaban, Reine-Marie estudiaba una página tras otra de fotografías de hombres y mujeres jóvenes. La mayoría de los alumnos eran blancos, casi todos tenían el cabello largo y grasiento y vestían un apretado cuello alto y vaqueros más apretados incluso. Y mostraban expresiones enfurruñadas e indiferentes.

Eran demasiado modernos para aquella escuela, demasiado modernos para que les importara un pimiento.

Reine-Marie se detuvo en una página y volvió a la anterior.

Ahí, inconfundible, estaba Clara, con un cabello que parecía el de Einstein. Llevaba un vestido amplio y sin gracia y lucía una sonrisa de oreja a oreja.

Y a su lado, en el mismo sofá en el que ella acababa de sentarse, había varios estudiantes repantingados. Un profesor Massey más joven e incluso más enérgico se hallaba en pie tras ellos, hablando con un joven.

Estaban enzarzados en una apasionada conversación. De los labios del joven pendía un pitillo y la nube de humo le ocultaba el rostro. Sólo era visible un ojo, penetrante y calculador. Despierto.

Era Peter.

Reine-Marie sonrió ante aquella foto y luego volvió a la búsqueda de Sébastien Norman, pero cuando llegó a la sección de los profesores se llevó una decepción.

—Se me había olvidado —dijo Massey cuando ella se la mostró—: ése fue el año en que los editores decidieron no utilizar nuestras fotografías. Quizá en respuesta al Salon des Refusés, publicaron imágenes de nuestras obras. Creo que eligieron deliberadamente los ejemplos más vergonzosos.

Recuperó el libro de manos de Reine-Marie, pasó unas páginas y esbozó una mueca.

—Ésa es la mía: lo peor que he hecho nunca.

Consistía en unas columnas de colores vivos hechas con grandes pinceladas. A ella le parecieron muy dinámicas, no era mala en absoluto.

No obstante, era probable que los artistas no fueran los mejores jueces de sus propias obras.

—¿Puedo llevármelo? —preguntó indicando el anuario.

—Sí, siempre y cuando lo devuelva.

El profesor se dirigió a Ruth, lo cual no fue del todo sorprendente. Le habló con tanta ternura que Reine-Marie se sintió tentada de responder por ella.

—Estaré esperando —le dijo a la vieja poeta—. «Me limitaré a seguir aquí, esculpido en piedra y queriendo creer.»

Reine-Marie reconoció la cita de un poema de Ruth y tuvo ganas de pedirle a aquel hombre que parara. De decirle que, aunque estuviera regalándole los oídos a Ruth al citar sus propias palabras, no tenía ni idea de dónde se metía.

Ruth se volvió hacia el profesor Massey y declaró con voz firme y nítida:

—«Que la deidad que mata por placer también es capaz de curar.»

Había completado el pareado.

Mientras volvían al aeropuerto, Reine-Marie reflexionaba sobre lo que había escuchado. Sobre el profesor Norman, su pasión y su locura; sobre la décima musa, la musa desaparecida...

«Que la deidad que mata por placer también es capaz de curar.»

¿Sería la décima musa esa deidad? ¿Regalaría inspiración, como las demás musas? ¿Podría curar?

Pero ¿mataría también, esa musa, por placer?

VEINTISÉIS

Marcel Chartrand dejó los lienzos enrollados sobre la mesa de madera.

Se hallaban en su despacho al fondo de la galería, lejos de miradas indiscretas.

La galería en sí estaba abierta, y durante toda la jornada no habían parado de entrar turistas, artistas y entusiastas. No a comprar, sino a rendir homenaje.

No costaba mucho distinguir a los que llegaban de fuera de los de Quebec: los turistas de otras provincias o de otros países simplemente sonreían al mirar las obras de Gagnon; los de Quebec, en cambio, parecían a punto de romper a llorar: sus rostros revelaban de pronto un anhelo insospechado, el de una época más simple y una vida más sencilla, antes de internet, del cambio climático y del terrorismo, cuando los vecinos trabajaban juntos y la separación no era ni un tema ni una cuestión ni les parecía sensata.

No obstante, las pinturas de Gagnon no eran imágenes idealizadas de la vida en el campo: mostraban apuros y penurias, pero también tanta belleza, tanta paz, que resultaban dolorosas para la gente que las contemplaba.

De pie en el umbral entre el despacho y la galería, Gamache observaba la reacción de los visitantes.

—¿Armand?

Clara lo llamaba. Cerró la puerta tras él y se unió a los demás en torno a la mesa.

En el almuerzo, habían hablado sobre su siguiente paso. Habían empleado la mañana en ir hasta la cabaña que Peter había alquilado. Lejos de ser un encantador chalet quebequés, era una casucha de una sola habitación, apenas mejor que una chabola.

La casera se acordaba de Peter.

—Sí... Alto, hablaba en inglés, pagaba en efectivo —dijo mientras observaba la habitación con cara de disgusto, consciente de su mal estado—. Alquilaba por meses. ¿Están interesados?

Miró a Clara, a quien por algún motivo identificó como la mejor candidata.

—¿Recibía visitas? —quiso saber ella.

La casera la miró como si fuera una pregunta absurda; y lo era, pero era necesario plantearla, igual que la que vino después:

—¿Le preguntó tal vez acerca de un hombre llamado Norman?

La reacción fue la misma.

—¿Conoce usted a ese tal Norman?

—Oigan, ¿quieren alquilar o no?

Pues no.

La casera cerró la cabaña con llave.

—¿Le contó qué hacía aquí? —Plantada ante la puerta, Clara hizo un último intento.

—Pues claro que sí, teníamos largas conversaciones ante una *fondue* y un vino blanco. —Miró a Clara de mal talante—. No sé qué hacía aquí, ni me importa. Pagaba en efectivo.

—¿Le contó adónde iba, cuando se marchó? —insistió Clara ante la evidente derrota.

—Yo no sé lo pregunté, y él no me lo dijo.

Y ahí acabó la cosa.

Se dirigieron de vuelta a la *brasserie*, para quitarse el mal sabor de boca con unas hamburguesas.

—¿Y ahora qué? —preguntó Clara.

—Reine-Marie debe de estar ahora mismo en Toronto, en tu Escuela de Arte —repuso Gamache mirando el reloj—, ya nos contará lo que averigüe.

—¿Y hasta entonces? —preguntó Myrna.

—Hay algo que podemos hacer —contestó Clara dirigiendo una rápida mirada a Gamache—: podríamos enseñarle las pinturas de Peter a Marcel.

Clara se volvió hacia Myrna y apoyó una mano en el rollo de lienzos.

—¿Qué te revelan a ti?

Myrna captó aquel gesto protector.

—Doy por hecho que no quieres mi opinión como crítica de arte.

—Tu ojo es incuestionable, no por nada me consideras genial. Pero no, es tu otra opinión la que quiero.

Myrna estudió a su amiga durante unos instantes.

—A mí me revelan que Peter estaba profundamente atribulado.

—¿Crees que había perdido la chaveta? —volvió a preguntar Clara.

—Creo que Peter podía permitirse perder un poco la chaveta —contestó Myrna hablando pausadamente—: no habría sido necesariamente tan mala cosa.

Esbozó una sonrisa.

—Vale —concluyó Clara levantándose y cogiendo el rollo de pinturas—. Vamos.

Y se alejó a grandes zancadas, como un general que liderara una carga inútil en la guerra de Crimea.

Se encaminó cuesta arriba hacia la Galerie Gagnon, dejando atrás a los demás, así como la cuenta.

—Tiene estilo, eso hay que concedérselo —comentó Jean-Guy, y se apresuró a darle un último y enorme mordisco a su hamburguesa.

Gamache pagó la cuenta, consciente de que lo de tener «estilo», viniendo de Beauvoir, no era ningún piropo.

Y ahora se hallaban ante aquella mesa a la espera de que Marcel Chartrand desenrollara los lienzos.

El que estaba encima de los demás era el de los labios.

Gamache estudiaba al galerista mientras éste estudiaba la pintura, pero entonces advirtió que «estudiar» no era el término adecuado: Chartrand la estaba absorbiendo. Intentaba no pensar en la pintura, sino más bien experimentarla; de hecho, tenía los ojos casi cerrados.

Chartrand ladeó la cabeza, primero a la derecha, luego a la izquierda.

Y entonces esbozó una leve sonrisa. Sus ojos bien entrenados habían descubierto los labios pintados.

Pues la pintura estaba boca arriba, ofreciendo su perspectiva tontorrona y risible.

—Hay un poco de batiburrillo aquí y aquí —comentó mientras señalaba dos puntos de la pintura—. Da la impresión de que Peter se limitara a llenar huecos, no muy seguro de lo que hacía. Falta cohesión, pero debo admitir que transmite cierto... —buscó la palabra adecuada— optimismo.

Clara tendió una mano e hizo girar lentamente la pintura de Peter. Fue como la rotación de la tierra: un giro lento y paulatino hasta que el día se tornó noche, las sonrisas se convirtieron en ceños fruncidos, la risa se volvió pesar, el cielo se transformó en agua.

—Oh.

Fue cuanto dijo Chartrand, y cuanto necesitaba decir: su expresión decía el resto. Su cuerpo, en su súbita tensión, también hablaba.

Gamache notó la vibración del teléfono móvil en el bolsillo, se disculpó y salió por la puerta trasera.

—*Bonjour?* ¿Reine-Marie?

—*Oui*. Estamos en la sala de espera del aeropuerto, cogemos el siguiente vuelo de regreso a Montreal. Quería hablar contigo un momentito.

—¿Cómo ha ido?

—La verdad es que no estoy muy segura.

Lo puso al corriente sobre la visita a la Escuela de Arte y al profesor Massey, y sobre el profesor Norman.

—De modo que era de Quebec —repuso Armand—, ¿pero no saben de qué lugar exactamente?

—Lo están buscando en la oficina: la secretaria del archivo está un poco atribulada ahora mismo porque está a punto de irse de vacaciones, pero creo haberla convencido de que buscara el expediente del profesor Norman. Los documentos antiguos no están informatizados, así que tendrá que revisarlos todos manualmente.

—¿Y está dispuesta a hacerlo?

—Por suerte, tú en realidad sólo necesitas un riñón, ¿verdad, Armand?

Él hizo una mueca.

—Siempre y cuando sea la única parte del cuerpo que le hayas ofrecido...

Oyó reír a Reine-Marie al otro lado de la línea y él sonrió y volvió a mirar hacia el oeste. De fondo, oyó cómo anunciaban su vuelo.

—Armand, ¿qué sabes sobre las musas?

—¿Las musas?

No estaba seguro de haber oído bien por culpa de la megafonía del aeropuerto, pero entonces oyó otra voz perfectamente nítida:

—Cuelga ya ese teléfono, por el amor de Dios.

—¿Ésa es Ruth?

—Sí, ha venido conmigo. Creo que se ha enamorado del profesor Massey.

—¿Ruth?

—Ya, lo sé. Deberías haberla visto soltando risitas y ruborizándose. Si hasta han recitado juntos parte de aquel poema suyo: «Me limitaré a seguir aquí, esculpido en piedra...»

—¿Ruth?

—Date prisa —le llegó la voz gruñona—. Si subimos a bordo ya, a lo mejor podemos zamparnos un whisky antes de que el puto trasto despegue.

Ruth.

—Tengo que irme —dijo Reine-Marie—. Te cuento más cuando estemos en casa. El profesor Massey me ha dado un anuario, le echaré un buen vistazo en el vuelo.

—*Merci* —repuso él a través del teléfono—, *merci*.

Pero ella ya había cortado la comunicación.

Gamache volvió al despacho y se encontró a los otros cuatro inclinados sobre un lienzo.

—¿Hay algo?

—Nada. —Chartrand negó con la cabeza y se incorporó como si aquel lienzo le provocara repulsión—. Pobre Peter.

Clara miró a Gamache a los ojos: sus peores temores se habían hecho realidad; sentía como si la ropa interior sucia de Peter estuviera extendida sobre aquel escritorio.

—¿Y tú? —preguntó Jean-Guy señalando el móvil que Gamache aún tenía en la mano.

—Era Reine-Marie. Ruth y ella están cogiendo ahora el mismo vuelo de regreso a Montreal.

—¿Ruth? —preguntó Clara.

—Sí, ha acompañado a Reine-Marie. Por lo visto, el profesor Massey ha quedado prendado de ella.

—Con lo sensato que parecía —dijo Myrna negando con la cabeza—. ¿Ha sobrevivido?

—Pues se ve que sí —repuso Gamache—. Ruth incluso le ha soltado risitas.

—¿Nada de «tonto del culo» ni «gilipollas»? —preguntó Jean-Guy—. Pues tiene que ser amor, si es que no es odio.

—¿Ha descubierto algo Reine-Marie? —quiso saber Clara.

—Sólo que al profesor Norman lo consideraban un desequilibrado, que daba clases de teoría del arte y que es de Quebec; Reine-Marie está esperando que le digan de dónde exactamente.

—Se me había olvidado —comentó Clara—, pero es cierto: tenía un acento raro, difícil de situar.

—Justo cuando las llamaban a embarcar, me ha preguntado si sabía algo sobre las musas —añadió Gamache—; ¿tiene eso algún sentido para ti?

—¿Se refería a la *brasserie*? —intervino Myrna.

—No, creo que se refería a las musas griegas como tales.

Clara soltó un bufido.

—Madre mía, de eso también me había olvidado: el profesor Norman estaba obsesionado con el tema de las musas. Peter solía reírse de eso.

—¿Y por qué le parecía tan absurdo? —preguntó Myrna—. ¿No es cierto que los artistas suelen tener una musa?

—Sí, por supuesto, pero lo de Norman era claramente una manía: una especie de prerrequisito.

—Veamos, se supone que una musa inspira a los artistas, ¿no? —dijo Jean-Guy.

—*Oui* —respondió Chartrand—. Como Victorine a Manet y Joanna Hiffernan a Whistler... —Se interrumpió—. Qué curioso.

—¿El qué? —quiso saber Gamache.

—Esas dos mujeres inspiraron obras que acabarían en el primer Salon des Refusés.

—Pues un hurra por las musas —ironizó Jean-Guy.

—Pero hay muchos ejemplos más —continuó Chartrand—, e incluso esas dos pinturas llegaron con el tiempo a considerarse obras maestras.

—¿Gracias a las musas? —preguntó Jean-Guy—. ¿No le parece acaso que los artistas pudieron haber tenido algo que ver?

—*Absolument* —contestó Chartrand—, pero cuando un artista encuentra a su musa ocurre una especie de magia.

«Ahí está de nuevo la palabra "magia"», se dijo Gamache.

Clara escuchaba, pero no era capaz de mirar a Beauvoir mientras Chartrand trataba de explicar lo inexplicable. Jean-Guy era tan parecido a Peter en tantos sentidos...

Peter no había creído en las musas: creía en la técnica y la disciplina, creía en el círculo cromático y en las reglas de la perspectiva, creía en el trabajo duro... y no en algún ser mítico o mágico que lo convertiría en un artista mejor. Eso le parecía absurdo.

Clara había confiado secretamente en que, pese a las creencias de Peter, ella fuera su musa, su inspiración, pero con el tiempo había tenido que renunciar a esa esperanza.

—¿Quién es tu musa? —preguntó Jean-Guy.

—¿La mía? —repuso Clara.

—Ajá. Si tan importante es tener una musa, ¿quién es la tuya?

Ella tuvo deseos de decir que era Peter. Tiempo atrás habría dicho que era Peter, aunque sólo fuera por lealtad: era la respuesta más fácil y evidente.

Pero no era verdad.

Myrna la libró de tener que dar una respuesta.

—Es Ruth.

Clara le sonrió a su amiga y asintió con la cabeza.

La chiflada, borracha y delirante Ruth inspiraba a Clara.

Ruth, con su nudo en la garganta.

—¿Y sólo los artistas de éxito tienen musas? —preguntó Beauvoir.

—No, qué va —contestó Chartrand—: muchos artistas tienen una, o varias. Sin embargo, el hecho de que una musa los inspire no los vuelve mejores artistas ni les garantiza el éxito.

—Pero la magia funciona a veces... —Jean-Guy miró a Clara y sonrió.

Ella se preguntó si Beauvoir sabría más o entendería más de lo que uno podría pensar en un primer momento.

—Si la musa es una persona —Jean-Guy continuó pensando en voz alta—, ¿qué pasa si muere?

Clara, Myrna, Chartrand y Gamache se miraron unos a otros. ¿Qué ocurría cuando la musa moría? Una musa era una figura muy poderosa en la vida de un artista.

A falta de eso, ¿qué le quedaba?

Beauvoir advirtió que su pregunta los había dejado perplejos a todos. Pero, lejos de tener la impresión de haberse apuntado un tanto, sentía un creciente desasosiego.

Reflexionó sobre lo que había oído decir y lo que le constaba respecto del mundo del arte y los artistas. La mayoría vendería su alma por una exposición en solitario y mataría a cambio de reconocimiento.

Según su experiencia, lo único peor que no ser famoso para un artista era que un conocido suyo sí lo fuera.

Eso podía bastar para llevar al límite a un artista ya desequilibrado: podía conducirlo a la bebida, a las drogas, a matar.

Al suicidio, a asesinar al otro artista... o, quizá, a la musa.

VEINTISIETE

Reine-Marie terminó el correo electrónico para Armand mientras esperaba a Ruth en el aeropuerto de Montreal. Su vuelo había aterrizado veinte minutos antes y Ruth se había alejado renqueando, derecha a los lavabos.

La vieja poeta se había negado a utilizar el servicio en el avión temiendo que, si se estrellaban, fueran a encontrarla muerta ahí dentro.

—¿De verdad te da miedo lo que pueda pensar la gente? —le había preguntado Reine-Marie.

—Por supuesto que no, pero ¿por dónde iba a vagar después? Tengo perfectamente planeada mi vida después de la vida: me moriré en mi casa de Three Pines y luego me dedicaré a vagar por el pueblo. Pero si me muriera en el lavabo de un avión, ¿qué sería de mí?

—Buena teoría —repuso Reine-Marie.

Así que Ruth había ido derecha a los servicios del aeropuerto Trudeau, que por lo visto merecían correr el riesgo de pasar allí la eternidad. Reine-Marie releyó el correo electrónico en el que describía su visita al profesor Massey. Pensaba llamar a Armand en cuanto estuvieran de vuelta en Three Pines, pero prefería enviarle algunos detalles por escrito.

Estaba a punto de darle a la tecla de enviar cuando descubrió que le faltaba algo: un archivo adjunto. Ya estaba enviándole una fotografía, pero añadiría otra.

Abrió el anuario, encontró la sección del profesorado y tomó una foto. Luego cerró rápidamente el libro, atrapando la imagen en su interior como si fuera un bicho.

No hacía falta pasar más tiempo del necesario mirándola. Casi se sentía culpable mandándosela a Armand. Confiaba en que leyera el correo antes de abrir el archivo adjunto; si no, se llevaría una gran sorpresa.

Envió el correo justo en el momento en que reaparecía Ruth.

—Bueno, háblame de la décima musa —dijo Reine-Marie mientras recorrían lentamente el aeropuerto en dirección al coche.

—Es una gilipollez —espetó Ruth—. La décima musa no existe.

—Pero ¿las otras nueve sí?

Ruth soltó una risa gruñona.

—*Touchée.* —Reflexionó un poco antes de continuar—. Las nueve musas son una invención de los griegos: son las diosas de la sabiduría y la inspiración. Representan a la poesía, la historia, la ciencia, el teatro. —Ruth rebuscó en su memoria mientras caminaban—. La danza. —Pensó un poco más—. Y un par de cosas más. Son hijas de Zeus y Mnemósine, la memoria.

—Qué ironía —repuso Reine-Marie—. Pero ¿no hay ninguna para el arte? ¿Por qué no?

—¡¿Cómo coño voy a saberlo?! Por lo menos hay una para la poesía, que es lo que a mí me importa.

—¿Tienes tú una musa?

—¿Tengo pinta de lunática o qué?

—Bueno, tienes una pata. Me ha parecido posible que tuvieras una musa.

Ruth sonrió.

—Eso es jugar limpio. Pero no, no tengo musa.

—¿Por qué no?

—Tienen demasiado poder. Supón que se larga, ¿en qué situación quedaría yo? No, prefiero confiar en mis propios talentos, por más que sean escasos.

Dieron unos pasos en silencio hasta que Ruth soltó un largo suspiro, como invitando a Reine-Marie a contradecirla.

—Pero, Ruth... si tu talento es legendario. Colosal. En ti lo único que escasea es el ego.

—¿Lo dices en serio? —repuso Ruth con una sonrisa.

—¿Podemos volver al tema de las musas? —pidió Reine-Marie. Ya habían llegado al coche y, tras haber ayudado a Ruth a instalarse, se sentó al volante—. Nueve musas... ¿De dónde sale entonces esa décima?

—Según una teoría, en realidad eran diez hermanas —respondió Ruth—, pero en algún punto una desapareció, o más bien la borraron.

—¿Era la del arte?

Ruth se encogió de hombros.

Reine-Marie arrancó el coche y salió del aparcamiento para dirigirse hacia Three Pines.

—«Las musas trabajan todo el día y por las noches se reúnen y danzan» —declamó Ruth.

Reine-Marie trataba de mantener la mirada en la carretera, pero le echó un rápido vistazo a Ruth.

—Lo dices como si las hubieras visto.

La anciana se echó a reír.

—Es una cita de Degas. Pero a veces, en las noches de luna en la plaza del pueblo...

Reine-Marie volvió a mirar a Ruth, que mostraba una sonrisa torcida en el rostro arrugado.

—¿Eso es cosa de la luna o de una lunática como tú? —preguntó Reine-Marie, y Ruth se echó a reír.

Aun así, mientras conducía desde la isla de Montreal hacia los Cantones del Este, Reine-Marie podía imaginarlas, no en la plaza del pueblo, sino entre los árboles, en un bosquecillo. Nueve jóvenes, nueve hermanas, que bailaban formando una ronda. Cogiéndose de las manos, llenas de energía, de salud, de dicha.

—Una imagen preciosa, ¿a que sí? —comentó Ruth como si compartiera la visión de Reine-Marie—. Y ahora, imagínate a alguien más ahí de pie, a un lado, observando.

Reine-Marie veía el círculo de diosas jóvenes, felices y llenas de energía, y al fondo, otra joven que las observaba, que esperaba a que la invitaran a participar.

Que esperaba. Eternamente.

—La décima musa —dijo—. Pero si existió, si era una de las hermanas, ¿por qué la dejaban fuera?

—No sólo fue excluida, sino también borrada —repuso Ruth—: su existencia misma se negó.

—¿Por qué? —quiso saber Reine-Marie.

—¿Cómo coño voy a saberlo?

Y la anciana se volvió para mirar hacia el bosque que pasaba a toda prisa.

Armand Gamache leyó el correo electrónico de Reine-Marie sobre su encuentro con el profesor Massey. Le explicaba que el profesor le había dado un anuario y adjuntaba una fotografía de Clara y Peter en el estudio de Massey. Gamache había esperado encontrar también una imagen del profesor Norman, pero los editores habían decidido no incluir fotos de los docentes aquel año; en su lugar, habían reproducido una de sus obras.

Suspiró, decepcionado. Una fotografía, aunque fuera antigua, habría sido de ayuda.

Hizo clic en uno de los documentos adjuntos... y sonrió: ahí estaba Clara, inconfundible y feliz. El aparente desencanto y la apatía de quienes la rodeaban en el sofá volvían incluso más evidente su alegría. Y de pie tras el sofá se hallaba un jovencísimo Peter mirando atentamente entre el humo de lo que Gamache prefería creer que era un cigarrillo.

Enseguida abrió el segundo archivo adjunto.

E inspiró. No fue exactamente como si se hubiera quedado sin aliento, no fue tan dramático, pero fue una inhalación profunda y repentina.

Había aparecido un rostro, un retrato distorsionado. No era abstracto, como un Picasso, pero sí expandido, como henchido por una gran emoción. Y lo que sentía aquel hombre resultaba evidente: la pintura no tenía nada de sutil.

Aullaba de rabia, pero no hacia los dioses, ni hacia el cielo o el destino, el foco de su ira se hallaba más cerca, era más personal: quedaba justo a espaldas del espectador.

Gamache sintió el impulso de volverse para comprobar si en efecto había alguien o algo ahí detrás.

Pero aquel horrendo retrato no gritaba una advertencia, como la heroína de una película de terror que descubre al asesino tras la espalda de su interlocutor, era pura indignación.

Gamache sintió un vacío en la boca del estómago, un dolor. No era la náusea informe que había sentido la primera vez que vio una de las chillonas obras de Peter, esta vez era definido e inconfundible.

Aquel retrato desbordaba locura, una locura incontrolable, incontenible: algo encadenado había conseguido liberarse.

Se veía en la boca, se veía en los ojos, se veía en cada pincelada.

Gamache miró en la esquina inferior derecha.

Norman: era un autorretrato del profesor Norman.

Y entonces lo observó más de cerca.

Sonó el teléfono. Era Reine-Marie.

—Armand, creo que hay algo que he olvidado incluir en el mensaje. No, no es que me haya olvidado, pero no he sido precisa.

—Estaba a punto de llamarte —contestó él—. ¿Tú lo ves?

—¿Si veo qué?

Estaba sentada en una de las butacas del jardín con *Henri* tumbado en la hierba a su lado. Acababa de darle de comer y pasearlo, y luego se había preparado un *gin-tonic*. El vaso reposaba sobre uno de los ruedos del amplio brazo.

—El retrato que me has mandado... ¿Tienes el anuario?

—Sí, está aquí, en la mesa. Es horroroso... Quiero decir que probablemente es un retrato brillante, pero ¿qué dice acerca del hombre en sí? Es un autorretrato, ¿verdad?

—*Oui* —contestó Gamache—. ¿Puedes buscarlo otra vez, por favor, y mirar la firma?

—¿Quieres decir que no es del profesor Norman?

—Tú sólo dime qué ves.

Gamache oyó unos ruidos distantes mientras ella dejaba el teléfono inalámbrico y hacía lo que él le pedía. Luego volvió a ponerse.

—Norman —leyó.

—Fíjate bien.

—Lo siento, Armand. Sigue poniendo «Norman». Espera un momento.

Él oyó más ruidos y luego se hizo el silencio. Y entonces se oyeron pisadas y un crujido cuando su mujer cogió el teléfono.

—He ido por mi móvil. Espera, que abro la galería de fotos. Puedo ampliar ésa.

Gamache esperó.

—Oh.

Eso fue cuanto oyó... y era cuanto necesitaba oír.

—¿Qué querías contarme? —preguntó él.

A Reine-Marie le llevó unos instantes apartar la vista, y la cabeza, de lo que acababa de ver.

Bajó el móvil y dejó caer al loco en su regazo.

—El profesor Norman daba clases de teoría del arte —explicó—, pero según el profesor Massey no enseñaba a sus alumnos las teorías tradicionales sobre la estética y la naturaleza del arte: les enseñaba sus propias teorías.

—Sí —repuso Gamache—, sobre el lugar de una musa en la vida de un artista.

—Pero el profesor Norman no les aconsejaba a sus alumnos que se buscaran una musa, lo que hacía era instruirlos sobre la décima musa.

Armand frunció el entrecejo tratando de acordarse.

—¿La décima musa? Creía que sólo eran nueve.

—Existe la teoría de que había una décima —dijo Reine-Marie—. Ésa es la teoría que enseñaba el profesor Norman. Ten en cuenta que ninguna de las musas originales representaba la pintura ni la escultura.

—Pero tenía que haber alguna.

Ella negó con la cabeza, aunque él no pudiera verla.

—No. Las había de la poesía, de la danza, incluso de la historia. La palabra «museo» viene de «musa», lo mismo que «música», pero, como tal, no había una musa de las artes plásticas.

—Parece increíble, ¿no? —opinó, aunque le creía.

—El profesor Massey admitió que no recordaba los detalles, si es que los supo alguna vez, pero sí que el profesor Norman pensaba que había existido de hecho una musa del arte: la décima musa, y que para ser un artista de éxito hacía falta encontrarla.

—¿Estás diciendo que Norman creía que esa décima musa existe en realidad? ¿Que vive en alguna parte?

—No lo digo yo, ni tampoco el profesor Massey, era Sébastien Norman quien les enseñaba eso a sus alumnos. Pero hay algo más, algo que me ha dicho Ruth.

—Estoy listo para oírlo —repuso Gamache estoicamente. Reine-Marie sonrió.

—Me ha citado a Degas, que según ella decía que las musas trabajan todo el día y por las noches se reúnen y danzan.

—Bonita imagen.

—Ruth se preguntaba cómo sería quedarse de pie en el bosque, sin danzar, meramente observando, eternamente excluida.

Otra imagen brotó en la mente de Armand: la de una figura envuelta en sombras entre los árboles, anhelando formar parte del grupo.

Pero viéndose rechazada.

Y el dolor tornándose amargura, y la amargura, ira, y la ira, furia.

Hasta que esa furia se transformaba en locura.

Y la locura, en un retrato.

Gamache bajó la vista hacia la imagen en su teléfono móvil. Ahora, a causa del ángulo, el rostro parecía estar gritándole a su pecho, al bolsillo de su pechera.

Donde guardaba el librito, el volumen sobre el bálsamo de Galaad.

El que era capaz de sanar las heridas.

¿Habría vuelto loco al profesor Norman la décima musa, sus ansias de dar con ella? ¿O ya estaba loco y ella era su salvación, su bálsamo?

¿Conseguiría sanarlo?

Gamache miró fijamente aquel rostro distorsionado.

Si había existido alguna vez un alma enferma de pecado, era ésa.

VEINTIOCHO

—Era Reine-Marie —informó Gamache cuando volvió al despacho de Chartrand.

Los lienzos de Peter estaban enrollados y reposaban circunspectos sobre el escritorio.

—¿Qué ocurre? —preguntó Clara al verle la cara.

—Me ha mandado esto. —Gamache le tendió el teléfono móvil—. Lo ha sacado del anuario de tu curso.

—¿Me va a gustar verlo? —Clara hizo una mueca—. No siempre he sido la mujer elegante que soy hoy en día.

Tocó la pantalla del móvil mientras los demás se congregaban a su alrededor.

—No lo decías en broma —soltó Jean-Guy.

—No soy yo, capullo —contestó Clara y, por primera vez, Beauvoir vio una prueba de que Ruth era su musa.

El loco los miraba furibundo, desfigurado por la ira.

—Pobre hombre. —Myrna fue la primera en reaccionar. Entre todos ellos, era la única familiarizada con la locura, aunque no inmune a ella.

Su «pobre hombre» le recordó a Gamache las palabras de Marcel Chartrand al contemplar, invertida, la pintura de los labios de Peter.

«Pobre Peter», había dicho.

Aquella pintura no igualaba en ningún sentido el horror de ésta, pero existía cierta similitud entre ambas: era como contemplar a un yo más joven sabiendo adónde se encamina.

—¿Es el profesor Norman? —preguntó Myrna.

Gamache asintió.

—Un autorretrato, mirad la firma.

Eso hicieron.

—Aumentadla.

Eso hicieron.

Y luego miraron a Gamache, confusos.

—Pero ahí no pone «Norman» —repuso Clara.

Y en efecto no ponía eso. Sólo al agrandarla, la firma se veía con claridad.

No Man.

—Necesito aire —dijo Clara. Parecía que alguien acabara de ponerle una funda de almohada en la cabeza. Desorientada, dejó el móvil, pero enseguida volvió a cogerlo y se lo tendió a Myrna.

Se volvió en redondo buscando la puerta y, cuando la encontró, salió.

Los demás la siguieron.

Caminaba rápido, así que tuvieron que apresurarse para alcanzarla, hasta que quedaron en fila a sus espaldas, como una cola.

Lejos de aminorar el paso, Clara aceleraba, recorría a toda prisa callejas y callejones, las vías laterales por las que los turistas nunca se aventuraban, dejaba atrás los hogares quebequeses, perseguida por aquel rostro abotargado, hasta que finalmente abandonó la ciudad.

Hasta que cruzó sus límites y ya no hubo nada más, sólo aire y, más allá, el río.

Sólo entonces se detuvo.

Jean-Guy fue el primero en llegar hasta donde estaba. Luego lo alcanzaron Gamache y Chartrand y, finalmente, resoplando y jadeando, pero sin amilanarse, Myrna.

Clara miraba al frente con los ojos bien abiertos y respiraba agitadamente.

—¿Qué significa? —Hablaba como si el amplio río debiera saberlo. Luego se volvió para mirarlos—. ¿Qué significa?

—Sugiere que el profesor Norman y ese tal No Man son la misma persona —respondió Gamache.

—¿Seguro? —preguntó Clara—. ¿No hay otra interpretación posible?

—La verdad es que no.

—¿Y qué significa que Norman y No Man sean la misma persona? —exigió.

—¿Para nosotros? —repuso Gamache—. Ya sabes qué significa.

—Significa que el profesor Norman vino aquí cuando lo despidieron —dijo Clara—. Es probable que fuera de esta zona. Volvió, pero no como Sébastien Norman: decidió convertirse en No Man.

—Pero ¿por qué se puso ese apodo? —preguntó Beauvoir.

—Por vergüenza, quizá —sugirió Myrna—: lo habían despedido.

—O quizá fue justo lo contrario —propuso Gamache—. Tampoco fue exactamente que se escondiera. —Se dirigió a Chartrand—: Usted nos dijo que fundó una colonia de artistas.

Chartrand asintió con la cabeza. Parecía inquieto.

—Así es, pero dudo que fuera ésa su intención.

—¿Qué quiere decir?

—Construyó un lugar para él no muy lejos de aquí, en el bosque. Pero entonces la gente empezó a unírsele; otros artistas, sin invitación, sólo porque sí.

—Peter vino aquí en su busca —dijo Clara—: quería encontrar al profesor Norman por razones que ni siquiera me imagino. Pero ¿encontró en su lugar a No Man?

—*Non* —repuso Chartrand—. *C'est impossible.* Para entonces hacía mucho que No Man se había ido: su colonia desapareció hace años, mucho antes de que Peter llegara.

—¿Y por qué iba Peter a recorrer todo este camino en busca del profesor Norman? —preguntó Clara—. ¿Qué quería de él?

Para eso no tenían respuesta, de modo que todos guardaron silencio.

—¿Y dónde está? —preguntó Clara—. ¿Dónde está Peter?

—¿Y dónde está No Man? —preguntó Beauvoir.

Gamache no le quitaba la vista de encima a Chartrand.

—¿Y bien?

—¿Y bien qué?

—¿Dónde está No Man?

—No lo sé —respondió el galerista—, ya se lo he dicho.

—Si no sabe dónde está, por lo menos sí sabrá dónde estuvo —repuso Gamache.

Chartrand asintió con la cabeza y señaló más allá del río, hacia el bosque.

Diez minutos más tarde, recorrían un sendero medio desdibujado a través del bosque.

Y entonces, como si hubieran cruzado alguna barrera, el bosque se interrumpió y emergieron a la luz del sol. Ante ellos se abría un claro cubierto de hierba y matorrales crecidos. Tuvieron que abrirse paso entre unos helechos hasta llegar al centro de un gran campo circular.

Estaba salpicado de montículos y protuberancias. Gamache supuso que se trataba de tocones de árboles, pero entonces cayó en la cuenta de que formaban figuras: cuadrados, rectángulos.

Eran cimientos.

Lo que ahora era una maraña de flores silvestres y abrojos antaño habían sido casas.

No se habían limitado a abandonarlas, sino que las habían desmantelado y derruido hasta que sólo quedaron unos huesos desnudos como prueba de que alguien había vivido ahí alguna vez.

Gamache oyó un ruido a su lado, una suerte de exhalación, de gemido.

Miró a Clara, que miraba al frente totalmente inmóvil. Siguió su mirada, pero no vio nada insólito.

—¿Clara? —preguntó Myrna: ella también había reparado en la súbita rigidez y la mirada fija de su amiga.

Entonces, Clara se movió muy deprisa. Desenrolló las pinturas de Peter. Dejó caer dos al suelo, cogió la tercera y echó a andar de aquí para allá. Sujetaba la pintura con los brazos extendidos, como si fuera un mapa. Recorría el campo como una zahorí desesperada por encontrar el manantial.

Tropezaba con rocas, piedras, cimientos.

Hasta que al fin se detuvo.

—Aquí: Peter estaba aquí cuando pintó esto.

Todos se acercaron y se miraron unos a otros: no había relación alguna entre los colores descabellados y las feroces pinceladas de la pintura y esa escena bucólica. Una esposa desesperada había visto algo que no estaba ahí.

Pero cuanto más miraban, más de acuerdo estaban con Clara.

Si bien en el cuadro el claro no se veía literalmente y los colores no necesariamente eran idénticos, las coincidencias iban revelándose poco a poco.

La pintura que Clara tenía en las manos era un extraño matrimonio, una suerte de alquimia, entre realidad y percepción, entre lo que saltaba a la vista y la sensación que le hubiera producido a Peter.

—Es cierto, estaba aquí —coincidió Myrna—. ¿Y la otra?

Tomó la pintura restante y, con Beauvoir a su lado, se dedicó a recorrer el campo sosteniéndola en alto hasta que ambos se detuvieron.

—Aquí.

Y entonces todos miraron a Marcel Chartrand.

—Usted lo sabía, ¿verdad? —dijo Gamache.

—Al principio, no. No me he dado cuenta cuando he visto las pinturas en mi despacho: era imposible establecer una conexión entre ellas y este sitio.

A regañadientes, Gamache tuvo que aceptar que Chartrand tenía razón, pero aun así siguió mirándolo fijamente.

—¿Cuándo ha sabido que Peter había estado aquí?

—Cuando hemos caído en la cuenta de que el profesor Norman y No Man son la misma persona. Tienen que entenderlo, llevaba años sin pensar siquiera en ese tal No Man. Por aquí florecen colonias de artistas constantemente: hace unos años hubo una cuyos miembros sólo pintaban en tonos de verde, y otra en la que sólo se hablaba en latín. Algunas comunidades sobreviven un tiempo, pero la mayoría no. Así son las cosas.

—Pero tampoco nos ha dicho que Peter estuvo aquí —intervino Beauvoir. Myrna y él se habían unido de nuevo a ellos.

—Seguía sin estar seguro hasta que hemos llegado —dijo Chartrand mirando a Clara.

—¿Cómo encontró Peter este sitio? —preguntó Gamache—. Tampoco es que aparezca en esos individuales para turistas. ¿Se lo explicó usted? ¿Lo trajo hasta aquí?

—No, ya se lo he dicho. Pero no era ningún secreto: todo el mundo conocía la existencia de esta colonia. Como les digo, sólo era una más. Es probable que aún haya antiguos miembros viviendo en la zona. Quizá uno de ellos le habló a Peter de este sitio.

—Pero usted sabía dónde estaba, ya había estado aquí —insistió Gamache.

—Una vez.

—¿Era miembro? —Armand observaba a Chartrand con mucha atención.

—¿Yo? —El galerista pareció realmente sorprendido ante semejante sugerencia—. No. Yo no soy artista.

—¿De verdad giraba este sitio en torno al arte? —intervino Myrna—. ¿O a la décima musa?

—Por lo que yo sé, al arte.

—¿Y usted vino aquí por esa razón o por alguna otra? —preguntó Gamache.

—No Man me pidió que hablara sobre Clarence Gagnon: le interesaba mucho. A él y a todos los miembros de la colonia.

—¿Por qué? —preguntó Gamache.

—Usted ya sabe por qué —repuso Chartrand—: se nota cuando contempla sus pinturas. Sabe que ese hombre no era sólo un genio, sino que además era valiente, audaz, quería romper con las convenciones. Pintaba escenas tradicionales, pero con tanta... —mientras Chartrand guardaba silencio tratando de dar con el término idóneo oyeron zumbar moscas y abejas— elegancia —dijo por fin—: pintaba con elegancia.

Gamache sólo pudo mostrarse de acuerdo.

—¿Cree que Clarence Gagnon había encontrado a la décima musa?

La pregunta la planteó Jean-Guy Beauvoir con un dejo de sarcasmo.

Marcel Chartrand inspiró profundamente y sopesó la respuesta.

—Creo que, si ha existido alguna vez una musa de las artes plásticas, Clarence Gagnon la encontró aquí, en Bahía de San Pablo. Hay muchos lugares hermosos en

Quebec, pero este sitio es como un imán para los artistas. Creo que No Man sospechaba que Clarence Gagnon había encontrado aquí a la décima musa, y por eso vino, para encontrarla.

Todos miraron el campo desierto y abandonado que los rodeaba, los montículos y protuberancias que alguna vez habían sido casas y que ahora parecían túmulos. Y Armand Gamache se preguntó qué vería si regresaba de noche. Probablemente, a ningún ser humano: No Man, Nadie. Pero ¿vería a las musas bailando?

¿A nueve?

¿O a una sola? Dando vueltas como una endemoniada. Sola, poderosa. Expulsada, como le había ocurrido al propio No Man.

Se había vuelto loca, como él. Había acabado ahí, como él.

VEINTINUEVE

Ya era tarde para cuando volvieron a Bahía de San Pablo.

Chartrand aparcó en la galería y Beauvoir, tras dirigir una rápida mirada a Gamache, se excusó y se alejó por la calle adoquinada.

—¿Adónde va? —preguntó Myrna.

—A conseguirse un té helado —contestó Gamache.

—Pues no me importaría que me trajera uno —comentó ella. Pero, en cuanto se dio la vuelta, Beauvoir había desaparecido. Miró de nuevo a Gamache—. ¿Qué andas tramando, Armand?

Él sonrió.

—Si fueras miembro de la colonia de No Man y el sitio desapareciera, ¿qué harías?

—Irme a casa.

—Supongamos que fueras de aquí.

—Pues entonces... —Myrna reflexionó—. Me buscaría un empleo, supongo.

—O quizá montarías tu propio negocio —repuso Gamache.

—Es posible. ¿Una galería de arte, por poner un ejemplo? —Estudió a Armand y añadió bajando la voz—: No crees a Chartrand, ¿verdad?

—Yo no creo a nadie, ni siquiera a ti.

Myrna se echó a reír.

—Ni deberías hacerlo. Acabo de mentirte ahora mismo. No me interesa un té helado, sólo quería saber adónde había salido pitando Jean-Guy.

—¿No lo adivinas? —la desafió Gamache.

Myrna le dio vueltas al asunto y entonces apareció una sonrisa en su rostro.

—Serás pillastre... Ha ido a la *brasserie*: a La Muse.

Armand sonrió.

—Valía la pena intentarlo.

—¿Y crees que ella estará allí? ¿Esa décima musa? —preguntó Myrna.

—¿Tú lo crees?

Jean-Guy ocupó una mesa dentro: todas las de la terraza ya estaban ocupadas. De todas formas, él prefería estar dentro, donde pudiera observar a los camareros.

Cogió la carta y observó la imagen laminada en la cubierta: era un sencillo dibujo de una mujer bailando.

—¿Qué le sirvo? —preguntó la camarera. Su tono fue escueto y formal, pero lo había recorrido con la mirada fijándose en su cuerpo esbelto, en el cabello y los ojos oscuros, en su actitud relajada.

Beauvoir estaba acostumbrado a eso y solía devolver esas miradas, pero ahora, aunque la presencia de aquella joven absorbía su atención, se encontró con que no significaba nada para él. Lejos de sentir que había perdido algo, recordó una vez más todo lo que ahora tenía... con Annie.

—Una cerveza de jengibre, *s'il te plaît*. Sin alcohol.

La camarera le llevó la bebida.

—¿Cuánto hace que trabajas aquí? —Le dio un billete de cinco dólares y le dijo que se quedara con el cambio.

—Un par de años.

—¿Eres artista?

—No, estudio arquitectura. Trabajo aquí durante el verano.

—¿Está el dueño?

—¿Por qué? ¿Algo va mal? —Pareció preocupada.

—No, sólo quería conocerlo. —Beauvoir sostuvo en alto la carta—. El diseño me parece interesante.

—Lo hizo él mismo: es artista.

Beauvoir trató de no dar muestras de interés.

—¿Y está aquí ahora? Me gustaría felicitarlo.

Por la expresión de la camarera, pareció que ni le creía ni le importaba.

—Está fuera.

—Vaya. ¿Y cuándo vuelve?

—Dentro de una semana, quizá dos.

—¿Sabe dónde puedo encontrarlo?

Ella negó con la cabeza.

—Todos los años se va a algún sitio ribera abajo a pintar.

—¿No es ahora temporada alta aquí? —le preguntó Beauvoir—. ¿No puede irse en invierno?

—¿Usted lo haría?

En eso tenía razón.

Paseaban por las calles adoquinadas de Bahía de San Pablo; Clara y Chartrand iban delante, Myrna y Gamache, unos pasos por detrás.

—Parece que se han hecho amigos —comentó Gamache indicando a los dos que abrían camino.

—Sí —contestó Myrna. Observó cómo Chartrand agachaba la cabeza para oír mejor a Clara. Ella gesticulaba con el rollo de pinturas de Peter en la mano.

Hablan de arte, se dijo Myrna, y se dio cuenta de que había pasado mucho tiempo desde la última vez que había visto a Peter inclinarse para oír mejor a Clara y de la última vez que los había oído hablar de arte, o de lo que fuera, del modo tan íntimo en que Clara y Chartrand conversaban ahora.

—Me cae bien —declaró.

A su lado, Gamache juntó las manos a la espalda. Se mecía levemente al caminar.

—¿Crees en la existencia de la décima musa? —preguntó.

Ahora le tocó a Myrna caminar un rato en silencio considerando la cuestión.

—Creo que las musas existen. Creo que ocurre algo cuando un artista, un escritor o un músico encuentran a alguien que los inspira.

—Eso no es lo mismo, y lo sabes —repuso Gamache—: no hablo de una persona que inspire a un artista, te pregunto por la décima musa. No has respondido a mi pregunta.

—Te has dado cuenta, ¿eh? —contestó ella con una sonrisa, y empezó a mecerse también al caminar, con un movimiento rítmico que imitaba al del jefe. Finalmente, añadió—: Nunca me había detenido a pensar en las musas, pero creo que, si puedo creer en nueve, no me cuesta alargar la cosa a diez.

A su lado, Gamache se rió por lo bajo.

—¿Y eres capaz de creer en nueve o diez?

Myrna guardó silencio unos pasos más observando cómo Clara alzaba la vista hacia Chartrand mientras él hablaba, mirándolo hacer gestos que nunca veía en Peter.

Myrna se detuvo y Gamache la imitó. Los otros dos, como no los veían, continuaron.

—Cientos de millones de personas creen en alguna clase de Dios, creen en el karma, en los ángeles, en espíritus y fantasmas, en la reencarnación, en el cielo y en el alma. Rezan, encienden velas, entonan cánticos, llevan amuletos e interpretan los acontecimientos como presagios. Y no estoy hablando de grupos marginales, sino de la gran mayoría. —Podían entrever el río entre las viejas casas—. ¿Por qué no creer en las musas? —prosiguió ella—. Además, ¿cómo, si no, se explica la poesía de Ruth? No irás a decirme que esa anciana borracha escribe sus poemas sin alguna clase de ayuda sobrenatural.

Gamache se echó a reír.

—En realidad no importa si las musas existen o no —concluyó Myrna—. Lo que importa es que No Man sí creía en ellas, y hasta tal punto que se arriesgó al ridículo e incluso a perder su empleo. Eso dice mucho de él, Armand. Y esa clase de pasión, esa clase de certeza, resultan muy atractivas, en especial para la gente que no tiene un norte.

—¿Venís? —los llamó Clara.

Chartrand y ella se habían parado a esperarlos.

Myrna y Gamache se unieron a ellos y anduvieron todos juntos hasta llegar al pasaje abovedado que daba al patio escondido. Era allí donde se habían reagrupado veinticuatro horas antes. Habían pasado tantas cosas que parecía que hubiera transcurrido mucho tiempo.

Aunque los demás estaban deseando reunirse con Jean-Guy en La Muse, Gamache los había convencido de que quizá Beauvoir no daría lo mejor de sí con los cuatro mirándolo, así que se encontraban en aquella terraza que ya les resultaba familiar, que debería haber estado atiborrada de turistas admirando la vista, pero que se hallaba casi desierta.

Aquel lugar parecía existir sólo para ellos y para dos solitarios jugadores de backgammon. Seguían allí. Tal vez estaban siempre allí, como improbables guardianes de una puerta olvidada.

• • •

Beauvoir recorrió el local con la mirada en busca de los demás camareros y sus ojos se posaron en un hombre de mediana edad que acababa de aparecer por una puerta junto a la barra. Cogió su bebida y se trasladó a uno de los taburetes. Eso lo hizo sentir un poco incómodo; o peor incluso, lo hizo sentir demasiado cómodo, le resultó demasiado familiar.

Se levantó.

—*Salut* —dijo dirigiéndose a aquel hombre, mayor que él, que se hallaba ahora detrás de la barra y examinaba los pedidos.

El tipo alzó la vista y le brindó a Beauvoir una sonrisa breve y profesional.

—*Salut*.

Y enseguida volvió a lo que tenía entre manos.

—Bonito sitio —comentó Beauvoir—, y un nombre interesante: La Muse. ¿De dónde viene?

Había captado su atención, aunque quedó claro que lo consideraba un imbécil, un borracho solitario o simplemente un pesado de narices.

Pero volvió a esbozar su sonrisa profesional.

—Se llama así desde el día en que yo empecé a trabajar aquí.

—¿Y cuánto hace de eso?

Beauvoir sabía que estaba quedando como un idiota. ¡Con lo útil que sería sacar en ese momento su placa de la Sûreté! Menuda diferencia había en que las preguntas las hiciera un inspector de homicidios o un borrachín cualquiera.

El hombre dejó lo que estaba haciendo y apoyó ambas manos con firmeza en la barra.

—Diez años, quizá más.

—¿Es usted el dueño?

—No.

—¿Podría hablar con él?

—No tenemos puestos vacantes.

—Yo ya tengo un empleo.

El tipo puso cara de no creerle.

Cómo ansiaba Beauvoir sacar la placa... o la pistola.

—Mire, ya sé que esto es un poco raro, pero trato de encontrar a alguien que conozca a un artista al que llaman No Man.

La actitud del hombre cambió. Se empujó para apartarse de la barra y le dirigió a Beauvoir una mirada inquisitiva.

—¿Por qué?

—Bueno, trabajo en una galería en Montreal y la obra de ese tal No Man ha subido de valor de repente. Pero nadie parece saber gran cosa sobre él.

Ahora sí que disponía de la plena atención de aquel hombre. Por pura chiripa, Beauvoir había dicho justo aquello que le garantizaba tanto una respuesta como un poco de respeto: dos cosas que él deseaba fervientemente.

—¿En serio?

—Parece sorprendido.

—Bueno, yo en realidad nunca he visto ninguna de las pinturas de ese No Man, pero Luc me ha hecho creer...

—¿Sí?

—Bueno, supongo que Van Gogh también estaba un poco... ya sabe.

—¿Qué?

—Como una puta cabra.

—Ahhh. —Ésa sí que era una descripción de un artista que él podía respaldar—. ¿Y No Man también lo estaba?

Eso lo hizo ganarse una mirada severa.

—Se hacía llamar No Man, ¿qué le parece a usted?

—Ya, en eso tiene razón. ¿Quién es ese tal Luc?

—Es el dueño de este sitio: Luc Vachon.

—¿Y él conocía a No Man?

—Sí, bueno, vivió en aquel sitio unos años.

—¿Le ha contado algo sobre él? —le preguntó Beauvoir.

—No mucho.

—Venga, si vivió allí varios años, tiene que haberle contado algo.

—Se lo he preguntado unas cuantas veces, pero la verdad es que nunca quiere hablar del tema.

—¿Cree usted que hacerlo le da vergüenza? —le preguntó Beauvoir.

—Es posible.

—Vamos, hombre, a mí puede contármelo. Debe de haber sido bastante estrafalario.

—Creo que al final acabó asustándose un poco —confesó el tipo—. Como le digo, Luc nunca quiere hablar de eso, pero sé que solía encargarse de llevar las pinturas de No Man a su galería o algo así. A tipos como usted, supongo. Y también se ocupaba de conseguir los materiales de dibujo y pintura que usaba No Man.

—Debían de estar muy unidos.

—No podían estarlo tanto porque, según Luc, No Man se levantó un día y se largó, tal cual: puso pies en polvorosa.

—¿Y adónde fue?

—Ni idea.

—¿Lo sabe Luc? ¿Sigue en contacto con No Man?

—Nunca se lo he preguntado ni me importa.

—¿Sabe si No Man era de por aquí?

—No lo creo. Nunca oí decir que tuviera familia ni nada parecido.

—¿O sea que quizá volvió a casa?

—Supongo.

Jean-Guy le dio un sorbo a la cerveza de jengibre y reflexionó unos momentos.

—¿Cuándo abrió Luc este local?

—Compró la *brasserie* después de abandonar la comuna.

—¿Y por qué la llamó La Muse?

—¿No ha oído hablar nunca de la musa de un artista? —preguntó el camarero—: todos parecen tener una o querer tenerla. Yo lo único que quiero es paz y tranquilidad.

Miró fijamente a Beauvoir, quien ignoró la insinuación.

—¿Tiene Luc una musa?

—Sólo ella.

El camarero dio unos golpecitos sobre la carta.

—¿Es real? —quiso saber Jean-Guy.

—Sería bonito, ¿eh? —comentó el camarero—. Pero no. —Se inclinó sobre la barra y susurró como quien comparte una confidencia—: Las musas no son reales.

—*Merci* —repuso Beauvoir, y una vez más anheló sentir el peso de la pistola en la mano.

—¿Luc todavía pinta?

—*Oui*. Se marcha a hacerlo un par de semanas al año. Es donde está ahora. —El tipo hizo una pausa—. Oiga, supongo que sus obras valdrán algo ahora, puesto que estudió con ese No Man, ¿no?

Fue evidente que él tenía unas cuantas, ya fuera por decisión propia o porque no había tenido elección.

—Es posible. Pero, por favor, no diga nada: deje que se lo cuente yo. ¿Puedo llamarlo o mandarle un correo electrónico?

—No. No quiere que lo molesten. Normalmente se marcha a finales de agosto, pero este año se ha ido antes. Supongo que hacía buen tiempo. ¿Cómo se llama su galería? Luc querrá saberlo.

—*Désolé*. Vengo de incógnito.

—Ahhh —soltó el tipo.

—¿Siguen por aquí otros miembros de la colonia artística de No Man?

—Que yo sepa, no.

—¿Algún conocido suyo tiene alguna obra suya?

—No. Hacía que Luc las mandara todas al sur, a su galería. —El hombre se interrumpió y adelantó el labio inferior—. ¿Cómo puede Luc ponerse en contacto con usted, si va de incógnito?

La cosa parecía bastante absurda, en efecto. Y el tipo parecía sospechar algo. Beauvoir le dio su número de móvil.

—Lo siento, pero tengo que preguntárselo otra vez —insistió—. ¿Ha oído hablar alguna vez a su jefe de una musa? ¿La suya, quizá, o una que tuviera influencia en la colonia? —Sostuvo en alto la carta.

—*Non*.

Beauvoir se levantó, saludó agitando la carta y se marchó llevándose la carta consigo.

—¿Encontraron lo que buscaban? —preguntó uno de los jugadores de backgammon.

Clara se quedó momentáneamente perpleja, preguntándose cómo podían saber lo de Peter, pero Myrna se acordó.

—Pues sí, y tenían ustedes razón: aquella obra se pintó exactamente donde ustedes dijeron.

Y entonces Clara recordó que Myrna y ella les habían pedido ayuda a los dos hombres para averiguar dónde había pintado Peter el lienzo de los labios, y las habían ayudado.

—Una pintura extraña —comentó uno.

—Un sitio extraño —añadió el otro.

Clara, Myrna, Chartrand y Gamache ocuparon la mesa del extremo de la terraza y pidieron bebidas. Mientras esperaban, Gamache se excusó y volvió a acercarse a los dos hombres.

—¿Qué ha querido decir hace un momento con lo de que era un sitio extraño? ¿Se refería al río, donde se pintó esa obra?

—No, qué va, yo me refería a la que llevaba ella en la otra mano.

—¿Sabía también dónde se pintó esa otra obra? —preguntó Gamache.

—Oh, sí. Estuve allí hace años: ayudé a talar algunos árboles.

—En el bosque. —Gamache indicó la zona con un ademán impreciso.

—*Oui*, lo reconocí.

—Pero ¿no dijo nada? —preguntó Gamache.

—Ella no nos lo preguntó: sólo le interesaba la pintura del río. Unas obras bien extrañas.

—A mí me gustaron —soltó el otro hombre mirando fijamente el tablero de backgammon.

—¿Saben algo sobre la colonia artística que se construyó en el bosque? —preguntó Gamache.

—No, nada. Yo talé árboles y luego me fui. Vi al tipo unas cuantas veces por aquí, en el pueblo. La cosa se volvió bastante grande, según oí decir. Y luego se acabó, todos se fueron.

—¿Sabe por qué?

—Por lo mismo que los demás, supongo —contestó el anciano—: llegó al final de su camino.

Gamache reflexionó.

—Ha mencionado usted que era un sitio extraño. ¿Por qué?

El otro anciano levantó la vista del tablero y examinó a Gamache con interés.

—Yo lo conozco. Usted es ese poli. Lo he visto en la tele.

Gamache asintió y sonrió.

—Ahora ya no, sólo estamos tratando de encontrar a un amigo. El hombre que pintó esas obras. Se llama Peter Morrow. ¿Lo conocen?

Ambos negaron con la cabeza.

—Es alto —insistió Gamache—, de mediana edad, habla en inglés. —Pero los dos ancianos se limitaron a dirigirle miradas inexpresivas—. Le interesaba el tipo que dirigía la colonia de artistas, un tal Norman o No Man.

—No Man —repitió un anciano—. Ahora lo recuerdo. Extraño nombre, ¿no es cierto?

—¿Y un tipo extraño? —preguntó Gamache.

El jugador de backgammon le dio vueltas a la cuestión.

—No más que muchos otros. Quizá menos. Era muy reservado, parecía desear que lo dejaran en paz.

Se echó a reír.

—¿Qué le parece tan divertido?

—Por aquí pasan muchos artistas desesperados por tener alumnos. Se anuncian, organizan exposiciones y ofrecen toda clase de cursos, pero ese tipo sólo construyó una cabaña en aquel claro, sin decir nada, y los alumnos acudieron allí en tropel.

—¿Sabe por qué? —volvió a insistir Gamache—. ¿Era muy carismático?

Eso le arrancó al anciano otra carcajada.

—Ni mucho menos. Pero una cosa sí puedo decirle: no parecía un artista. La mayoría tienen un aspecto bastante desastrado, en cambio él parecía..., bueno, más como usted.

El anciano lo recorrió con la mirada y Gamache sospechó que aquello podía no ser un cumplido.

—¿Podría describírmelo? ¿Qué aspecto tenía?

El viejo se lo pensó un momento.

—Un tipo menudo, velludo. Más o menos de mi edad. De mi edad en aquella época, quiero decir.

—¿Hubo alguna vez mujeres?

—¿Está sugiriendo que se celebraban orgías en aquel sitio?

—¿Despejaste ese claro para que hicieran orgías, Léon? Espera a que se entere tu mujer.

—Si las hicieron, a mí no me invitaron.

—No me refería a eso —intervino Gamache, bastante seguro de que le tomaban el pelo—, sólo les preguntaba si les parecía que No Man estuviera casado o tuviera una compañera.

—Por lo que yo vi, no.

—¿Nada de musas? —preguntó Gamache, y observó su respuesta.

Pero no la hubo, aparte de que uno de los ancianos por fin movió ficha y ganó la partida.

El otro negó con la cabeza y chasqueó la lengua.

—Antes ha dicho que era un sitio extraño. ¿Qué ha querido decir? —siguió insistiendo Gamache.

—Por dónde estaba, para empezar. ¿Elegiría vivir allí si pudiera tener esto?

Indicó el río con un ademán.

—La mayoría de los refugios de artistas, o comunidades, o como sea que las llame, se aprovechan de estas vistas; ¿por qué no hacerlo?

Gamache consideró lo que le decían.

—¿Por qué? —preguntó.

El anciano se encogió de hombros.

—Por la privacidad, supongo.

—O por secretismo —dijo el otro con la cabeza gacha y estudiando el tablero. Miró a su amigo—: para las orgías.

Se echaron a reír. Gamache volvió a su mesa y reflexionó sobre la finísima línea que separaba la privacidad del secretismo.

Ya habían llegado sus bebidas.

—¿De qué hablabais? —Myrna indicó con la cabeza a los jugadores de backgammon.

—Conocían a No Man —contestó Gamache— y reconocieron el sitio por la pintura de Peter.

—¿Conocían a Peter? —intervino Clara.

—No. —Les contó qué habían dicho los jugadores y luego sacó el cuaderno de notas y el bolígrafo del bolsillo y los dejó sobre la mesa—. ¿Dónde estábamos?

Buscó el bolígrafo, pero lo había cogido Clara, que le dio la vuelta al mantel individual.

Gamache se acordó de quién estaba al mando... y de quién no.

TREINTA

—¿Le habló Peter alguna vez de Escocia? —le preguntó Clara a Chartrand.

—¿De Escocia?

—De Dumfries, en concreto —intervino Myrna.

—Del Jardín de la Especulación Cósmica —dijo Gamache.

Chartrand pareció momentáneamente asustado, como si sus compañeros se hubieran vuelto locos.

—¿O de liebres? —añadió Clara.

—¿Liendres? —Chartrand se tocó la cabeza—. ¿Por la gente de la comuna?

—No, de liebres: conejos —explicó Myrna, aunque advirtió que no era una gran aclaración.

—¿De qué hablan?

—¿Nada de esto le suena? —preguntó Gamache.

—No, no me suena —respondió Chartrand, exasperado—. Ni siquiera me parece sensato. —Se volvió hacia Clara—. ¿Qué ha querido decir con lo de Escocia?

—Peter estuvo allí el invierno pasado. Visitó un jardín.

Clara le explicó lo que habían averiguado sobre Peter y el Jardín de la Especulación Cósmica, esperando que Chartrand soltara una carcajada en cualquier momento.

Pero no se rió. Escuchó y asintió con la cabeza.

—Así que el conejo se convirtió en piedra y luego volvió a ser de carne y hueso... —repitió, como si fuera una conducta perfectamente razonable tratándose de un conejo—. El río de Peter pasa del pesar a la dicha y de nuevo al pesar. Al parecer, Peter ha aprendido a llevar a cabo el milagro de la transformación: es capaz de convertir su dolor en pintura, y sus pinturas en éxtasis.

—Eso es lo que hace grande a un artista —convino Clara.

—No muchos llegan a ese nivel —repuso Chartrand—, pero creo que si persevera en su valentía y sigue explorando, llegará a donde llegan muy pocos: Van Gogh, Picasso, Vermeer, Gagnon... Clara Morrow. Si crea una forma completamente nueva, una que vuelva indistintos el pensamiento y la emoción; lo natural y lo hecho por el hombre; agua, piedra y tejido vivo; que lo reúna todo, entonces Peter podrá contarse entre los grandes.

—Le hizo falta una liebre del Jardín de la Especulación Cósmica para descubrirlo —comentó Myrna.

—Hizo falta que Peter creciera y se convirtiera en un hombre valiente —intervino Gamache—: lo bastante valiente para no estropearlo todo con explicaciones.

—Si encontramos a No Man, encontraremos a Peter —dijo Myrna.

—Y quizá a la décima musa —añadió Clara—. Me gustaría conocerla.

—Usted la conoce —intervino Chartrand—. Es posible que no sepa decir quién es, pero forma parte de su vida.

—¿Ruth? —musitó Clara dirigiéndose a Myrna, y abrió mucho los ojos, fingiéndose horrorizada.

—¿*Rosa*? —repuso Myrna.

Clara soltó una risita y miró sobre la barandilla hacia el bosque, las rocas y el río. Se preguntó si la décima musa podría ser un lugar, como Charlevoix para Gagnon: un hogar.

—No comprendo por qué los griegos querrían borrar la existencia de la décima musa —comentó Myrna—. Habría cabido pensar que sería más importante que las otras nueve, puesto que los griegos reverenciaban las artes plásticas.

—Quizá ésa fue la razón, precisamente —sugirió Gamache.

En el otro extremo de la terraza, los jugadores de backgammon de pronto dejaron de tirar los dados para mirarlo.

—El poder —añadió él—: quizá la décima musa era demasiado poderosa. Quizá la desterraron porque suponía una amenaza. ¿Y qué podía resultar más amenazador que la libertad? ¿Y no consiste en eso la inspiración? No se la puede encerrar, ni siquiera canalizar. No es posible mantenerla a raya ni controlarla, y eso era lo que ofrecía la décima musa.

Los miró uno por uno y acabó en Clara.

—¿No era eso lo que ofrecía el profesor Norman, No Man? ¿Inspiración? ¿Libertad? El fin de las normas rígidas, del encorsetamiento y la conformidad. Les ofrecía a los jóvenes artistas ayuda para liberarse, para encontrar su propio camino. Y cuando sus obras eran rechazadas por el sistema, él las homenajeaba... —Miró a Clara a los ojos— con su propio Salon. Y a causa de eso fue despreciado, marginado, objeto de burlas...

—Y expulsado —añadió Clara.

—Construyó un hogar aquí, en un claro —prosiguió Gamache—, pero no estuvo solo mucho tiempo: otros artistas se sintieron atraídos por él. Aunque sólo los fracasados, los desesperados, los que habían intentado todo y no tenían a nadie más a quien acudir.

—Un Salon des Refusés —dijo Clara—: no había creado una comunidad artística, sino un hogar para *des refusés*, para los marginados, los inadaptados, los refugiados del mundo del arte convencional.

—Él era su última esperanza —intervino Myrna. Y tras una pausa añadió—: Qué lástima que estuviera loco.

—Me han llamado «loca» montones de veces —repuso Clara—. Madre mía, si hasta Ruth cree que estoy chiflada. ¿En qué consiste la locura?

Armand Gamache tocó su teléfono móvil, y en la pantalla, refulgiendo sobre la mesa, apareció la fotografía de un demente.

No Man.

—En esto —concluyó.

La carta aterrizó sobre la mesa en el preciso instante en que Jean-Guy Beauvoir aterrizaba en una silla.

—La Muse —dijo—. El dueño se llama Luc Vachon y era miembro de la comunidad de No Man. Él dibujó esto. —Dio golpecitos sobre la carta.

—¿Te ha dicho algo sobre No Man y la colonia? —preguntó Gamache, cogiendo la carta para observar el dibujo.

—Nada. No estaba en la *brasserie*: se va fuera todos los años, a pintar.

—¿En esta época? —preguntó Myrna—. ¿Lleva una *brasserie* y la abandona en plena temporada turística?

—¿Te imaginas al propietario de un negocio haciendo algo así? —Clara miró fijamente a Myrna hasta que esta última se echó a reír.

—*Touchée*, jovencita —repuso Myrna, y se preguntó brevemente como le iría a su librería bajo la dirección de Ruth y *Rosa*.

—¿Cuándo estará de vuelta ese tal Vachon? —quiso saber Clara.

—Dentro de un par de semanas —contestó Beauvoir—. Entretanto no hay manera de localizarlo. De todas formas, el tipo con el que he hablado me ha dicho que a Vachon no le gusta hablar sobre el tiempo que pasó en la colonia; sin embargo, le parece que Vachon y No Man debían de tener una relación bastante cercana, puesto que No Man le confiaba el envío de sus pinturas a un marchante del sur.

—¿Cuánto al sur? ¿Un marchante de Florida, por ejemplo? —preguntó Myrna.

—No, más bien de Montreal. Por lo visto, No Man tenía tratos con una galería o con un marchante de allí: enviaba obras y recibía a cambio lienzos y material de dibujo y pintura. El tipo no sabía el nombre de la galería, pero Vachon muy probablemente sí lo sepa.

Gamache se había puesto las gafas de lectura y estudiaba la firma en el dibujo.

—Ya lo he mirado —dijo Beauvoir—. En la firma pone «Vachon»: no es de No Man.

Gamache asintió con la cabeza y le pasó la carta a Clara.

—Es un buen dibujo.

—Muy bonito —dijo Clara con tono desapasionado.

A todos les dio la impresión de que no se trataba de la musa, sino sólo de la idea que Vachon tenía de una musa a la que evidentemente no conocía en persona... todavía.

Pero era una figura solitaria, no las clásicas nueve hermanas: La Muse, y no Les Muses.

—La comuna se desmoronó cuando No Man se largó de repente. No le dijo nada a nadie, sencillamente se fue.

Gamache se movió en el asiento, pero no dijo nada. Bajó la vista hacia la figura que danzaba en la carta, pero mentalmente estaba viendo el claro: los helechos, las flores silvestres, los montículos y protuberancias donde antaño se alzaban las casas.

Y que tanto se parecían a túmulos.

Consultó el reloj: eran más de las seis de la tarde.

—Me temo que tendremos que abusar de su hospitalidad una noche más —le dijo a Chartrand, que sonrió.

—Ya los considero mis amigos, quédense cuanto deseen.

—*Merci*.

—¿Y ahora qué? —preguntó Clara—. Creo que hemos hablado con todo el mundo en Bahía de San Pablo.

—Hay un sitio más en el que podríamos probar —dijo Gamache.

Jean-Guy Beauvoir entró el primero y esta vez sí sacó la placa de la Sûreté.

—Dígame, señor, ¿qué puedo hacer por usted?

Beauvoir esperó a que la joven agente tras el mostrador le diera un repaso y, cuando no lo hizo, la repasó él. Era muy muy joven, tendría unos quince años menos. Casi podría ser su...

Aunque era un hombre valiente, no lo era tanto como para seguir por ese camino. Sólo se preguntó por un momento cómo podría haber ocurrido, y cuándo, que el listo, joven y ocurrente Jean-Guy Beauvoir, el *enfant terrible* de Homicidios, se convirtiera en el señor inspector Beauvoir.

No todas las transformaciones eran milagrosas ni mágicas. Ni suponían mejoras.

—Nos gustaría hablar con el comisario jefe.

La joven agente lo miró y después volvió los ojos hacia el resto del grupo que estaba tras él, apiñado en la entrada de la pequeña comisaría de la Sûreté.

Y entonces abrió mucho los ojos.

De pie al fondo, esperando pacientemente, había un hombre al que reconocía.

La joven se levantó, volvió a sentarse y se levantó otra vez.

Jean-Guy Beauvoir contuvo una sonrisa. Estaba acostumbrado a esa reacción y no lo sorprendía; había estado esperándola.

—Inspector jefe —dijo la agente, prácticamente haciendo una reverencia.

—Armand Gamache. —Dio un paso adelante y, colando un brazo entre Clara y Chartrand, tendió la mano.

—Agente Pagé —repuso ella notando la firmeza de su apretón—. Beatrice Pagé.

A punto estuvo de soltar una maldición. ¿Por qué le había dado su nombre de pila? «A él no le importa: es el inspector jefe del puto departamento de Homicidios.» O lo era hasta todo aquel asunto tan horroroso, hasta que se había jubilado.

La agente Pagé había ingresado a la Sûreté unos meses antes de que estallara el escándalo y sabía que, aunque pasara la mayor parte de su carrera con otros superiores, ese hombre siempre sería, para ella, el inspector jefe de Homicidios.

—Acabo de empezar —dijo y abrió mucho los ojos. «Para de hablar, para de hablar; a él no le importa un pimiento, cierra el puto pico.»—. Mi turno, quiero decir. Y en la Sûreté también. —«Ay, Dios mío. Llévame contigo ahora mismo.»—. Éste es mi primer destino.

—¿Y de dónde es? —preguntó Gamache.

Parecía interesado.

—De Baie-Comeau, queda un poco más al norte.

«*Merde, merde, merde*», pensó. «Ya sabe dónde está. *Merde.*»

Gamache asintió con la cabeza.

—Acaban de dragar la bahía, ¿no es cierto? Un sitio precioso. —Sonrió.

—Sí, señor, es muy bonito. Mi familia lleva mucho tiempo trabajando en los aserraderos.

—¿Usted es la primera de su familia en la Sûreté?

—*Oui.* No querían que formara parte del cuerpo: les parecía poco respetable.

«*Maudit tabarnac!*», pensó la chica, y miró a su alrededor en busca de una pistola que embutirse en la boca.

Pero el hombre grandote que tenía delante, con la cicatriz en la sien, se limitó a reír y aparecieron arruguitas junto a sus cálidos ojos marrones.

—¿Y siguen pensando lo mismo?

—No, señor, ya no. —La joven se calmó un poco y por fin pudo mirarlo a los ojos—. Después de lo que usted hizo, no. Ahora sienten mucho orgullo.

Gamache le sostuvo la mirada y sonrió.

—Están orgullosos de usted y así debe ser, no tiene nada que ver conmigo.

Para entonces, otros agentes e inspectores se habían enterado de que el inspector jefe Armand Gamache estaba allí y se habían acercado. Unos saludaban y otros se limitaban a asomarse y luego seguían con lo suyo.

—Inspector jefe. —Una mujer de mediana edad y de uniforme salió de un despacho con la mano tendida—. Jeanne Nadeau, soy la comisaria jefe.

Los hizo pasar a su despacho. Allí dentro estaban incluso más apretados que en la zona de recepción.

—No se trata de un asunto oficial, por supuesto —dijo Gamache—. Estamos buscando a un amigo al que vieron por última vez en esta zona a finales de primavera.

—Es mi marido —intervino Clara. Le mostró a la capitana Nadeau una fotografía de Peter y procuró describirlo.

—¿Podemos hacer copias? —preguntó Nadeau. Clara estuvo de acuerdo—. ¿Cómo puedo ayudar?

—Supongo que no ha tenido noticia últimamente de nadie que respondiera a esa descripción —dijo Gamache.

Nadeau negó con la cabeza y su inteligente mirada fue de Gamache a Clara.

—¿Qué hacía aquí su marido?

Clara se lo explicó de forma sucinta.

—De modo que cree que estaba buscando a ese tal profesor Norman —concluyó Nadeau. Pasó de Clara a

Chartrand—. ¿Dice usted que lo conocían como No Man cuando vivía aquí?

—Bueno, así se hacía llamar.

La reacción de Nadeau apenas fue visible: era evidente que no se trataba de la primera extravagancia con la que se encontraba en Bahía de San Pablo. Era fácil imaginar que los artistas no se caracterizarían precisamente por su conducta convencional.

—¿Lo conocía? —preguntó Clara.

—¿A No Man? —Nadeau negó con la cabeza—. Tengo poco tiempo libre en esta comisaría.

Se acercó a la pared donde estaba clavado un mapa detallado de la zona.

—¿Podría indicarme dónde se ubicaba esa colonia de artistas?

Chartrand lo hizo y ella tomó nota.

—Pero ¿dicen que hace mucho que desapareció?

—Por lo menos diez años, probablemente más —contestó Chartrand.

—¿Algún indicio de actividad criminal?

—No —respondió Chartrand—. De hecho, parece que salían muy poco de la colonia.

Nadeau tomó el teléfono. Poco después, un hombre de uniforme, bastante corpulento y evidentemente mayor que ella, entró en el despacho. Olía a soltería y a pescado frito.

—*Oui?*

Parecía creerse en alguna clase de problema: su mirada iba de su comisaria jefe a Gamache, que estaba encajonado en un rincón. El perchero se le clavaba en la espalda como si fuera la pistola de un atracador.

—Les presento al agente Morriseau —dijo Nadeau—. Lleva aquí más tiempo que nadie. —Se dirigió a Morriseau—. Estas personas preguntan por un hombre llamado Norman. Vivió aquí hace años y fundó una colonia para artistas, una especie de refugio en el bosque.

—¿Se refieren a No Man? —preguntó Morriseau, y de pronto captó la atención de todos.

—Exactamente —repuso Clara.

—Durante un tiempo fue bastante popular —comentó Morriseau—, pero ya saben, lo de siempre...

—¿A qué se refiere?

—A las sectas. —Se fijó en sus caras de sorpresa—. Ya lo sabían, ¿o no? De otro modo, no veo por qué iban a interesarse por él.

—¿Aquello era una secta? —quiso saber Chartrand.

—Sí.

—¿Qué le hace pensar eso? —preguntó Clara.

—No eran sólo un puñado de pintores —contestó Morriseau—: practicaban una religión extraña.

—¿Cómo lo sabe? —preguntó Jean-Guy.

—Porque saber esas cosas es parte de mi trabajo —respondió el agente—. Esos sitios pueden empezar siendo bastante normales y luego descarriarse completamente. Quería asegurarme de que todo aquello se mantuviera en la senda de lo razonable, que no derivara en locura.

«Otra vez esa palabra», pensó Gamache.

—¿Locura? ¿Por qué dice eso?

Morriseau se volvió hacia el perchero parlante.

—¿Cómo lo llamaría usted, señor? —preguntó educadamente.

Gamache decidió no preguntarle si alguna vez rezaba porque saliera premiado su número de lotería, o porque el coche que patinaba no se saliera de la carretera.

—¿Y lo hicieron? —fue su pregunta—. ¿Permanecieron en la senda de lo razonable?

—Por lo que yo sé, sí. Y luego ese tal No Man desapareció: la nave espacial debió de llegar para llevárselo.

Morriseau se echó a reír, pero se detuvo, pues había juzgado mal a su público: aquello funcionaba en el bar, funcionaba en la sala de reunión de los polis, pero aquella gente se limitaba a mirarlo fijamente como si fuera él quien hubiera traspasado un límite.

—¿Tiene idea de adónde fue? —preguntó Beauvoir.

—*Non*. Creo que la gente sencillamente se alegró de verlo marchar.

Lo habían echado de un sitio más, se dijo Gamache... O tal vez no.

—¿Hay algún antiguo habitante de la colonia que aún viva en Bahía de San Pablo? —quiso saber Clara.

—Sí, Luc Vachon.

—De él ya hemos oído hablar —dijo Beauvoir—. Está fuera, pintando. ¿Alguien más?

El agente lo pensó un momento y luego negó con la cabeza.

—*Merci* —dijo la comisaria jefe.

Morriseau salió y ella los miró expectante.

—¿Hay algo más que pueda hacer por ustedes?

No había nada más.

Antes de que se fueran, Gamache se escabulló un momento de vuelta al despacho de Nadeau y le preguntó si tenían perros rastreadores.

—¿Para buscar drogas?

—Para otra cosa.

—Cree que no todos se fueron de allí —conjeturó Nadeau.

—Creo que no hubo nave espacial.

Ella hizo un brusco gesto de afirmación con la cabeza.

—Me ocuparé del asunto.

Gamache le dio las coordenadas y, cuando salía, la vio acercarse al mapa en la pared.

Volvieron a la Galerie Gagnon esperando pasar la noche allí, pero Marcel Chartrand les tenía reservada una sorpresa.

—Creo que ya les mencioné que ésta no es mi residencia habitual: me quedo aquí los fines de semana cuando hay mucho trabajo en la galería. Mi casa queda ribera arriba, a varios kilómetros de aquí. Necesito regresar allí esta noche. Por supuesto, pueden quedarse aquí si quieren...

—¿O bien...? —preguntó Clara.

—La verdad, preferiría que vinieran conmigo —contestó él. Su mirada recorrió a todo el grupo, pero acabó posándose en Clara.

Ella no rehuyó su mirada.

—Creo que... —empezó Beauvoir.

—Nos encantaría acompañarlo a su casa, *merci* —zanjó Clara.

Mientras recogían sus cosas, Beauvoir le susurró a Gamache:

—Deberías haber intervenido, *patron*: estamos mejor aquí que en una casa en medio de la nada. Todavía tenemos muchas preguntas que hacer si queremos seguirle el rastro a Peter.

—¿Y qué preguntas son ésas? —quiso saber Gamache.

—¿Era realmente una secta? ¿Se fue No Man por voluntad propia o lo echaron de su propia comunidad? ¿Adónde fue?

—Buenas preguntas, pero ¿a quién vamos a planteárselas? —Gamache cerró la cremallera de la maleta y se volvió hacia Beauvoir.

Jean-Guy reflexionó sobre lo que había dicho el jefe: por lo visto habían llegado a un callejón sin salida.

—¿Estamos seguros de que No Man se fue realmente? —preguntó entonces.

Gamache asintió con la cabeza.

—La capitana Nadeau se está ocupando de eso: van a conseguirnos perros rastreadores.

—¿Rastreadores de cadáveres?

Gamache volvió a asentir. No sabía con certeza si encontrarían algo y, aunque lo hicieran, no sabía si el cuerpo llevaría allí diez años o diez semanas.

Como a Beauvoir, le parecía curioso que Marcel Chartrand quisiera llevárselos lejos de Bahía de San Pablo: podrían haberse quedado en aquel lugar una noche más. Ya se habían instalado allí: sin duda era más sencillo quedarse, incluso para el propio Chartrand.

Y sin embargo el galerista quería trasladarlos a una casa remota.

Beauvoir estaba en lo cierto: quedaban preguntas que hacer, pero Gamache sospechaba que la mayoría de las respuestas podría proporcionárselas Chartrand.

TREINTA Y UNO

Tras detenerse a comprar provisiones, enfilaron la carretera de la costa hacia el norte siguiendo las montañas, los peñascos y los acantilados.

La furgoneta de Chartrand iba delante, seguida de cerca por el coche donde viajaban Clara y los demás.

Chartrand puso el intermitente al cabo de unos kilómetros. En lugar de hacia la izquierda, alejándose del río, indicaba que iba a desviarse a la derecha. Pero no parecía haber una «derecha» en ningún sitio, sólo acantilados. Tomaron una curva y entonces vieron una lengua de tierra que se internaba en el río y, sobre ella, un grupito de alegres casas de colores vivos.

—En una época, pertenecían a tres hermanas —explicó Marcel cuando se acercó para recibirlos—. Eran solteras y decidieron construirse viviendas contiguas.

Las casas eran de un tamaño modesto y estaban pintadas en vivos tonos de rojo, azul y amarillo. Contra aquel paisaje gris, parecían faros. Eran de un estilo similar, aunque con ligeras diferencias. Todas tenían techos de dos aguas y mansardas, chimeneas de mampostería y porches de madera; los tejados eran metálicos y las tejas, vistas desde lejos, semejaban escamas de peces plateados:

captaban la luz del atardecer y la devolvían en suaves tonos de azul y rosa.

—¿Cómo se llama este sitio? —preguntó Myrna.

—¿Este conjunto de casitas? No tiene nombre.

—No tiene nombre —repitió Myrna.

—¿Y quién vive aquí ahora? —preguntó Clara mientras seguían a Chartrand hacia la casa más cercana al río.

—Esas dos casas son de veraneantes —dijo Chartrand señalándolas—. Yo soy el único que vive aquí todo el año.

—¿No resulta un poco solitario? —preguntó Myrna.

—A veces sí, pero menuda compensación, ¿no?

Chartrand hizo un gesto amplio con el brazo englobando árboles, rocas, acantilados, la inmensa cúpula de cielo y el río sombrío. Por la expresión de su rostro, se hubiera dicho que cada una de esas cosas era un viejo amigo.

Pero no eran personas, se dijo Myrna. Sin duda todo aquello era magnífico, pero ¿de verdad compensaba?

—Compré este sitio hace veinticinco años. Llevaba años en el mercado, desde la muerte de la última de las hermanas. Nadie lo quería y estaba casi en ruinas.

Chartrand abrió la puerta y entraron en la casa.

Se encontraron en una sala de estar de techo bajo con suelos y vigas de madera. Habría resultado claustrofóbica si Chartrand no hubiera utilizado lechada tradicional para encalar las vigas y las paredes de yeso.

El resultado era acogedor y hogareño. Ante la gran chimenea abierta había dispuesto dos butacas y un viejo sofá. Las ventanas, a ambos lados, daban al San Lorenzo.

Una vez instalados en sus habitaciones se sirvieron copas y se reunieron en la cocina para preparar una cena a base de pasta, *baguettes* con mantequilla al ajo y ensalada de endivias.

—Usted conoció a No Man. —Gamache, que estaba preparando la ensalada, se dirigió a Chartrand, que ponía la mesa—. Es el único de nosotros que ha...

343

—Eso no es estrictamente cierto —interrumpió Chartrand—. Usted también lo conoció, Clara.

—Sí, supongo —repuso ella—. Se me olvida una y otra vez. Fue hace mucho tiempo, y yo ni siquiera estaba en su clase: lo veía en los pasillos, nada más. Apenas pude reconocerlo en ese autorretrato suyo del anuario, aunque ésa era la moda del momento: todos querían parecer torturados.

—Es posible que quisieran parecerlo, pero Norman lo era de verdad —opinó Myrna.

—Usted dio una conferencia en la colonia de artistas —le recordó Gamache a Chartrand—; ¿le pareció una secta?

Chartrand dejó lo que estaba haciendo y reflexionó un momento.

—Creo que no, pero ¿qué debería haber notado? ¿Uno lo nota y eso es todo?

—¿Qué diferencia hay entre una comuna y una secta? —intervino Beauvoir.

—Ambas cuentan con una especie de filosofía orientadora —dijo Myrna—, pero una comuna es abierta: los miembros pueden ir y venir a su antojo. Una secta es cerrada, rígida. Exige conformidad y lealtad absoluta al líder y a sus creencias. Aísla a la gente de la sociedad.

—Es interesante entonces que No Man invitara a Marcel a dar esa conferencia —comentó Clara—: no me parece algo propio del líder de una secta.

—No —coincidió Myrna. Miró un momento a Chartrand y luego apartó la vista.

Gamache, que lo observaba todo con atención, creyó saber qué estaba pensando la psicóloga.

A lo mejor Chartrand no era un invitado: a lo mejor ya estaba allí.

Gamache llevaba un tiempo sospechando que Chartrand podía haber formado parte de la comunidad de No

Man. No porque supiera mucho sobre ella, sino porque fingía no saber nada.

Chartrand alzó la mirada y le sonrió. Fue un gesto amistoso: la mirada de un camarada.

Gamache hubiera querido creer que estaban en el mismo bando.

Pero, en lugar de disiparse, sus dudas no hacían sino aumentar.

—¿Los residentes en la colonia le mostraron algunas de sus obras? —preguntó Clara. Era la única que no parecía abrigar sospechas sobre Chartrand.

—No, y yo tampoco les pedí que me las enseñaran.

Myrna levantó entonces la vista y miró a Clara. Deseaba que su amiga se diera cuenta de lo extraño que resultaba un galerista que no parecía tener el menor interés en el arte.

Los galeristas solían especializarse en algo, pero al menos sentían curiosidad por el arte en general. De hecho, casi todos se mostraban apasionados y hasta repelentes al respecto.

Clara, que untaba mantequilla al ajo en las rebanadas de *baguette*, no parecía advertir nada peculiar.

—¿Y No Man tampoco le enseñó sus propias obras nunca? —preguntó Gamache.

—No.

—Déjeme adivinarlo —terció Beauvoir—: Usted no se lo pidió.

A Chartrand aquello le pareció divertido.

—Cuando uno encuentra lo que ama, no hay necesidad de buscar más.

—Es una pena que Luc Vachon se haya ido —comentó Clara—: podría habernos contado más cosas sobre la colonia.

—Sí —admitió Gamache—, es una lástima.

—Sería lógico pensar que le habría dicho a alguien adónde iba —dijo Beauvoir—. La camarera me ha contado que era «ribera abajo», pero podría ser cualquier parte. —Dejó de cortar tomates para la ensalada—. Le he preguntado adónde se había ido, pero no estoy seguro de... —Mientras pensaba, bajó lentamente el cuchillo hasta apoyarlo en la tabla. Beauvoir, con la mirada perdida, rememoraba las conversaciones en la *brasserie*—. *Merde!* —soltó finalmente, dejando caer el cuchillo—. ¿Dónde está el teléfono?

Chartrand señaló hacia la sala de estar.

—¿Por qué?

—Le he preguntado a la camarera adónde suele ir Vachon y no lo sabía. Luego le he preguntado al tipo de la barra cuándo volvería y si podía ponerme en contacto con él, ¡pero no adónde suele ir! La camarera no lo sabía, pero a lo mejor él sí, *tabarnac!*

Hurgó en el bolsillo, sacó su libretita y buscó el teléfono de La Muse.

Luego oyeron cómo marcaba el número en la sala de estar.

Myrna y Gamache estaban codo con codo ante el fregadero.

—¿Qué piensas, Armand? —preguntó ella en voz baja.

—Estoy pensando en que primero desapareció No Man, después Peter y ahora se ha esfumado Luc Vachon, el único miembro de la colonia de artistas que quedaba por aquí.

—Y también hemos desaparecido nosotros —susurró Myrna.

—Cierto.

—Venga, Armand, dilo de una vez. ¿Qué estás pensando?

—Estoy pensando —Gamache se secó las manos con el trapo y se volvió hacia ella— que No Man vivió aquí tranquilamente durante varios años y entonces se difundió el rumor de que era el líder de una secta, por lo que tuvo que marcharse.

—Eso no es pensar —terció Myrna—, es recapitular. Vamos, puedes hacerlo mejor.

—Estoy pensando —repuso Gamache dirigiéndole una mirada reprobatoria— que tengo que llamar por teléfono.

—Transmítele mi cariño a Reine-Marie —exclamó Myrna a sus espaldas.

Gamache asintió, salió de la casa y sacó el móvil. No le había dicho a Myrna que no iba a llamar a su mujer, sino a otra persona de Three Pines.

—¿Qué coño quieres?

Ése era el modo en que Ruth solía decir «Hola».

—Quiero hablar contigo sobre la visita que habéis hecho hoy a la Escuela de Arte.

—¿No te lo ha contado ya tu mujer? ¿Para qué fastidiarme a mí?

—Quiero preguntarte algo a lo que Reine-Marie no podría responder.

—¿Qué? —espetó la voz impaciente, pero él detectó en ella un dejo de curiosidad.

—Es sobre ese pareado tuyo que no para de salir a cuento.

—¿Cuál, miss Marple? He escrito cientos de poemas.

—Ya sabes cuál, *ma belle*. —Casi la oyó crisparse: Gamache sabía desde tiempo atrás que si querías granjearte el cariño de Ruth tenías que pagarle con su misma moneda, pero si querías atemorizarla, lo mejor era ser amable—. Me refiero a «Me limitaré a seguir aquí...»

—¿Y...?

—Pues que Reine-Marie me ha contado que el profesor Massey y tú lo habéis citado hoy a coro. Nunca te había oído hacer algo así. Tiene que haberte gustado mucho ese hombre.

—¿Adónde quieres llegar?

—Reine-Marie afirma que él ha quedado prendado de ti...

—Pareces sorprendido.

—... y tú de él. —Eso provocó una pausa—. Y que cuando te ha preguntado al respecto le has dicho algo, ella cree que en latín. ¿Qué era?

—No es asunto tuyo. ¿Da tanta risa que dos personas mayores puedan encontrarse atractivas mutuamente? ¿Tan increíble es?

¿Se trataba de otra cosa inexplicable?

Lejos de estar enfadada, Ruth parecía al borde de las lágrimas. Gamache recordó entonces algunas cosas que despreciaba de su trabajo.

—Ruth, ¿qué le has dicho en latín a Reine-Marie cuando te ha preguntado qué sentías por el profesor Massey?

—No lo entenderías.

—Deja que lo intente.

—No era una cita mía, sino de uno de mis poetas favoritos.

—¿De quién?

—De Seamus Heaney.

—¿Un verso de uno de sus poemas? —preguntó Gamache.

—No. Fue lo último que dijo antes de morir, a su mujer: «*Noli timere.*»

Gamache sintió un nudo en la garganta, pero continuó.

—El poema que el profesor Massey y tú habéis citado: «Me limitaré a seguir aquí, esculpido en piedra y queriendo creer»... —Esperó a que ella completara el pareado como había hecho con el profesor, pero Ruth no lo hizo, así que lo recitó él mismo—. «Que la deidad que mata por placer también es capaz de curar.»

—¿Qué pasa con él?

Gamache miró la casa a sus espaldas y vio a Clara y Chartrand enmarcados en la ventana mientras preparaban la cena.

«*Noli timere*», pensó.

—¿Para quién escribiste ese poema? —le preguntó a Ruth.

—¿Importa?

—Creo que sí.

—Pues yo creo que ya lo sabes.

—Para Peter.

—Sí, ¿cómo lo has sabido?

—Por varias cosas —repuso Gamache—. Se me ocurre que, en francés, «piedra» es *pierre* y Pierre es Peter: es un juego de palabras con su nombre, pero es mucho más que eso. Lo escribiste hace años... ¿Fuiste capaz de verlo incluso entonces?

—¿Que estaba hecho de piedra y de cosas que deseaba creer? Sí.

—Y que había una deidad que mataba por placer —añadió Gamache—, pero también era capaz de curar.

—Eso es lo que creo yo —contestó Ruth—, Peter no lo creía. Era un hombre que lo tenía todo: talento, amor, un sitio tranquilo donde vivir y crear. Sólo necesitaba aprender a valorar todo eso.

—¿Y si no lo hacía?

—Seguiría siendo de piedra. Y los dioses se volverían contra él: hacen esas cosas, ¿sabes? Son generosos, pero exigen gratitud. Peter creía que su buena fortuna se debía a sí mismo.

Sin que Ruth lo viera, Gamache asintió con la cabeza.

—Peter siempre tuvo una fecha de consumo preferente estampada en la frente —prosiguió Ruth—: le pasa a la gente que vive sólo en su propia cabeza. Al principio les va bien, pero acaban quedándose sin ideas. ¿Y qué sucede si no hay imaginación, ni inspiración alguna a la que recurrir?

—¿Qué?

—Pues que estás apañado. ¿Qué pasa cuando la piedra se hace añicos, cuando incluso lo que deseas creer se desvanece?

Gamache palpó en el bolsillo y notó el librito, y el punto de libro, aún más pequeño: el punto que señalaba una página de la que nunca había pasado.

—Sus obras acaban por morir de puro abandono, de malnutrición —dijo Ruth como respuesta a su propia pregunta—. Y a veces, cuando eso ocurre, el artista también muere.

—Lo conduce a ello una deidad que mata por placer —dijo Gamache.

—Sí.

—Pero ¿también es capaz de curar? ¿Cómo?

Gamache se dio cuenta de que aquello le interesaba muchísimo, y era lo bastante sincero para reconocer que no era sólo por Peter.

—Ofreciendo una segunda oportunidad, una última oportunidad. No me malinterpretes: creo que hay que usar la cabeza, pero tampoco hay que pasarse. El miedo vive en la mente; y el valor vive en el corazón: la tarea consiste en ir y venir entre ambos.

—Y en medio de los dos está el nudo en la garganta —dijo Gamache.

—Sí. La mayor parte de la gente no es capaz de superar eso. Algunos nacen para ser brillantes, como Peter, aunque él sencillamente no consiguió llegar a serlo. Llegó tan cerca que pudo ver y oler el éxito. Probablemente incluso llegó a creer que lo había conseguido.

—Era lo que deseaba creer.

—Exacto. Los dioses le dieron a probar un poquito de genialidad, de verdadera creatividad, y entonces, como si estuvieran bromeando, se lo quitaron de los labios. Pero los dioses aún no habían terminado: le dieron una esposa con verdadero talento para que tuviera que ser testigo de ese talento día tras día, para que tuviera que enfrentarse a él. Y entonces le arrebataron incluso eso.

Parecía como si estuviera contando una historia de terror, un relato espantoso e inquietante de lo que ella misma temía más que ninguna otra cosa. Y no consistía en que apareciera un monstruo, sino en que lo que más amaba desapareciera.

Peter Morrow estaba viviendo la pesadilla de Ruth, la pesadilla de todos ellos.

—Pero ¿le concedieron una última oportunidad de reencontrar lo que había perdido? —preguntó Gamache.

—De reencontrar, no —repuso Ruth con acritud, asegurándose de que aquel hombre corriente la entendiera—: de encontrar por primera vez algo que nunca había tenido.

—¿Y qué era?

—Su corazón. —Ruth hizo una pausa antes de continuar—. Eso era lo que le había faltado a Peter toda la vida: tenía el talento, la inteligencia, pero estaba lleno de miedo, de manera que no paraba de explorar el mismo territorio una y otra vez, como si Lewis y Clark hubieran llegado a Kansas y hubieran vuelto sobre sus pasos para volver a empezar, en un bucle constante, hasta confundir el mero movimiento con el avance.

—¿Peter hacía eso? —preguntó Gamache.

—Lo hizo toda la vida —respondió Ruth—, ¿no te parece? El tema de cada obra suya podía ser distinto, pero si habías visto un Peter Morrow los habías visto todos. De todas formas, no todo el mundo es un Lewis o un Clark: no todo el mundo es un explorador y no todo explorador regresa con vida. Por eso hace falta tantísimo valor.

—«*Noli timere*» —dijo Gamache—. Pero supongamos que hubiera encontrado el valor necesario... Y entonces ¿qué? ¿Fue a Toronto en busca de ayuda, de consejo? Por continuar con tu analogía, ¿no le habría hecho falta un mapa?

—Pero ¿qué dices? Jolín, estamos hablando de inspiración creativa, no de geografía. Serás cabeza de chorlito... —musitó Ruth.

Gamache suspiró: Ruth empezaba a irse por las ramas y en el proceso él también empezaba a perderse.

—¿Qué buscaba Peter en Toronto? —preguntó, tratando de ser llano y simple.

—Estaba buscando un mapa —contestó Ruth. Gamache negó con la cabeza e inspiró profundamente—. Y acudió al sitio preciso, pero...

—Pero ¿qué? —insistió Gamache.

—Peter debía cuidarse de no acabar bajo la influencia equivocada: la mayoría de la gente quiere que la guíen, pero supongamos que eligen mal al líder... Acabarán en la expedición de Donner.

—Creo que esta analogía ya ha dado demasiado de sí —dijo Gamache.

—¿Qué analogía?

Gamache pensó en su amigo Peter Morrow: solo, asustado, perdido. Y entonces, por fin, encontrando no un camino, sino dos: uno que podía conducirlo a salir del desierto, otro que podía obligarlo a caminar en círculos confundiendo el movimiento con el avance, como había dicho Ruth. El profesor Massey estaba en un camino, el profesor Norman en el otro.

Ruth tenía razón: Peter, pese a su bravuconería, era un cobarde. Y los cobardes casi siempre toman el camino más fácil.

¿Y qué podía resultar más fácil que una décima musa mágica que resolviera todos tus problemas? ¿No era eso lo que ofrecían las sectas? ¿Refugio de la tormenta? ¿Una respuesta clara, un avance sin obstáculos?

—¿Crees en la décima musa, Ruth?

Gamache se encogió esperando insultos, pero no los hubo.

—Creo en la inspiración, y creo que es divina. Si se trata de Dios, de los ángeles, de un árbol o de una musa, no parece que importe.

—Myrna hablaba del poder de creer en algo.

—Parece una mujer sensata, me gustaría conocerla algún día.

Gamache sonrió: la conversación había llegado a su fin.

—Merci, borrachina sinvergüenza —soltó, y la oyó reír.

De fondo, *Rosa* graznaba «caca, caca, caca».

—Lo siento —dijo Ruth—, creo que se ha equivocado de número.

Ruth colgó y fue a sentarse con *Rosa*, su musa, su inspiración, no para convertirse en una mejor poeta, sino en mejor persona.

Gamache se quedó de pie donde estaba, en la oscuridad, y volvió a mirar hacia la ventana. A Clara... y a Marcel Chartrand.

Pensó que quizá era ése el motivo por el que el galerista los había invitado a ese lugar. No como parte de algún plan siniestro para alejarlos de Bahía de San Pablo, sino por algo mucho más simple y mucho más humano.

Ahí era donde vivía Marcel Chartrand, solo, aferrado a aquel saliente rocoso: había invitado a Clara a conocer su hogar.

«*Noli timere.*»

No tengas miedo.

TREINTA Y DOS

Jean-Guy Beauvoir estaba al teléfono, todavía a la espera. Gamache lo veía a través de las ventanas de la sala de estar: se paseaba de aquí para allá.

Sonó el móvil que Gamache tenía en la mano.

—¿Reine-Marie?

—*Oui*, Armand. Tengo noticias. La secretaria del archivo de la Escuela de Arte me ha devuelto la llamada.

—¿Tan tarde?

—Bueno, es que no conseguía localizar el expediente del profesor Norman. Creo que en circunstancias normales lo habría dejado correr y se habría ido de vacaciones, pero el hecho de que faltara le preocupaba.

—¿Y lo ha encontrado o no?

—No.

—Vaya, parece que no tendré que parar las rotativas al fin y al cabo —dijo él, y la oyó reír.

—Hay algo más. No lo ha encontrado, pero ha llamado a la interina que estuvo trabajando con ellos al final del semestre, que ha admitido que sacó el expediente a petición de otra persona.

—¿Peter?

—Peter. Y creo que sé por qué pasó él tanto tiempo en Toronto —añadió Reine-Marie—. Había pedido el

354

expediente en invierno, pero llevó mucho tiempo encontrarlo.

—¿Meses?

—Bueno, no tanto, pero todos los archivos antiguos se habían metido en cajas durante unas obras años antes. La cosa llevó su tiempo porque la interina tuvo que asegurarse de que los documentos no estuvieran contaminados con polvo de amianto de las obras. Cuadra con las fechas que nos dio el profesor Massey. Para cuando la interina tuvo el visto bueno para manipular los archivos habían pasado varias semanas, y ya era primavera.

—Si la interina encontró el expediente, ¿por qué no consiguió encontrarlo la secretaria del archivo? —preguntó Armand.

—Porque la interina lo destruyó. Y antes de que saques conclusiones precipitadas —Reine-Marie lo había oído refunfuñar—, tienes que saber que el trabajo de la interina consistía en introducir datos actuales sobre los alumnos, pero como había sacado el expediente del profesor Norman para Peter, se limitó a escanearlo y luego destruyó el original. Por eso la secretaria del archivo no pudo encontrar el expediente.

—Pero eso significa que existe una versión electrónica —repuso él.

—Exacto. La secretaria me lo va a enviar por correo electrónico. Por supuesto, para cuando acabe de descargarse ya habremos muerto todos de viejos, así que le he pedido que me leyera los datos más importantes.

—¿Y...?

—Sébastien Norman dio clases un solo curso en la Escuela de Arte. Fue Massey quien lo recomendó para el puesto: él mismo nos lo contó. Pero el dato valioso que figura en el expediente es una nota de Norman en la que pide que le manden su último cheque a Bahía de San Pablo. Peter seguramente la vio y fue allí en su busca.

—Pero para entonces hacía mucho que Norman había desaparecido —repuso Gamache—. Es posible que tengamos otra pista: Norman enviaba sus obras a una galería que quizá siga representándolo. El profesor Massey conoció a Norman en Toronto cuando empezaba su carrera: quizá la galería esté en Toronto.

—Y quizá tengan su dirección actual —añadió Reine-Marie—. ¡Pero en Toronto hay muchísimas galerías!

—Cierto, pero es posible que el profesor Massey sepa cuál es —dijo Armand.

—¿Quieres que lo llame?

—Es demasiado tarde para llamarlo —contestó Armand—. Ya se habrá ido a casa.

—No necesariamente: creo que el profesor Massey vive en su estudio de la Escuela de Arte.

—¿En serio? Qué raro.

—Supongo que allí tiene todo lo que necesita —repuso Reine-Marie—. Probaré a ver.

«A un profesor lo expulsan y otro profesor en cambio no se va nunca», pensó Gamache al colgar.

Reine-Marie volvió a llamar al cabo de pocos minutos.

—No contesta, quizá no viva ahí al fin y al cabo... Probaré otra vez mañana por la mañana.

—¿Te ha dicho la secretaria del archivo de dónde era el profesor Norman? ¿De qué parte de Quebec?

—Pues no se lo he preguntado, pero supongo que estará en el expediente.

—¿Puedes reenviármelo en cuanto lo tengas, *s'il te plaît*?

Hablaron unos minutos más, una conversación discreta y privada, y después Gamache volvió a la cocina para encontrarse con que Beauvoir acababa de regresar también.

—¿Hay alguna novedad? —preguntaron los demás al unísono.

—*Patron?* —Beauvoir hizo un gesto a Gamache para que empezara él.

—Reine-Marie está esperando un correo electrónico de la universidad con el expediente del profesor Norman. ¿Sabíais que fue el profesor Massey quien recomendó a Norman en la Escuela de Arte?

A juzgar por la cara que puso Clara, ella no lo sabía.

—¿Por qué lo hizo?

—Massey le confesó a Reine-Marie que no conocía bien a Norman, pero habían coincidido en varias exposiciones y le pareció que Norman necesitaba que le echaran una mano: no conocía a mucha gente y claramente andaba mal de dinero. Así que Massey recomendó a Norman para un puesto a tiempo parcial como profesor de teoría del arte.

—Supongo que a Massey debió de sentarle muy mal que Norman la fastidiara —comentó Beauvoir.

—¿Y tú qué opinas de él? —le preguntó Gamache a Myrna.

—¿De Massey? Me cayó bien. Entiendo por qué lo adoraban los estudiantes. Incluso ahora sigue teniendo un gran magnetismo y parecía preocuparse de verdad por sus alumnos. Me recordó un poco a ti, Armand —respondió Myrna.

—Es verdad —coincidió Clara—, a mí también me parecía que ese hombre tenía algo magnético. Creo que era esa calma suya, esas ganas de ayudar...

—Y su atractivo físico, ¿no? —añadió Gamache, y ellas miraron al cielo—. En fin, Reine-Marie también me dijo que hay una nota en el expediente de Norman para que le envíen el último cheque de su paga aquí, a Bahía de San Pablo. Peter vio el expediente, vio la nota y viajó aquí. Si hay algo más, lo averiguaremos muy pronto.

Ya habían colado la pasta y la habían aderezado con aceite de oliva aromatizado con ajo, albahaca fresca y parmesano rallado. Llevaron el cuenco a la mesa.

—Te toca a ti —le dijo Clara a Beauvoir cuando se sentaron—. ¿Ha habido suerte con La Muse?

—No. He esperado mucho rato, pero el encargado estaba demasiado ocupado para ponerse al teléfono. —Beauvoir iba sirviéndose la pasta mientras hablaba.

No lo dijo, pero si se hubieran quedado en Bahía de San Pablo podría haber ido a La Muse y acorralado a aquel hombre para sacarle la información. En cambio, le habían colgado el teléfono después de prometerle que el encargado lo llamaría cuando tuviera tiempo.

Una hora más tarde, después de que lavaran los platos y prepararan el café, entraron dos llamadas al mismo tiempo.

—*Excuse-moi* —dijo Gamache, y salió de nuevo a la terraza de piedra con su móvil. Antes de cerrar la puerta oyó que Chartrand le decía a Beauvoir: «Es para usted.»

Hacía una noche cálida y sin luna, y aunque Gamache ya no podía ver el San Lorenzo sus otros sentidos percibían su presencia: podía olerlo, oírlo, incluso lo notaba en el rostro convertido en finísima niebla.

—¿Reine-Marie? —Al hablar, se volvió sin pretenderlo hacia el oeste y la imaginó en casa. Se figuró que estaba con ella, sentado en el jardín bajo esas mismas estrellas.

—Ya tengo el expediente, te lo acabo de reenviar.

—¿Puedes darme los datos más importantes?

Escuchó mientras ella leía y, al tiempo que lo hacía, él se fue dando la vuelta despacio, alejándose de ella, de Three Pines, del corazón de Quebec, hacia el nacimiento del río, el lugar donde empezaban el San Lorenzo y Quebec.

Hacia el sitio donde, ahora lo sabía, había empezado todo aquello, y donde todo terminaría.

• • •

358

—*Patron?*

La silueta de Beauvoir se recortaba en la puerta.

—*Ici.* —Acababa de colgar tras contestarle a Reine-Marie.

—Ya sé adónde ha ido el propietario de La Muse. Adónde va cada año más o menos en esta época.

—Déjame que lo adivine —repuso Gamache.

El jefe era una voz sin cuerpo, pero poco a poco Beauvoir fue distinguiendo su perfil: una masa aún más oscura en medio de la oscuridad de la noche.

La figura levantó un brazo negro y señaló.

—Ahí fuera —dijo Gamache.

—*Oui* —respondió Beauvoir.

—A Tabaquen.

—*Oui.* —Se volvió y contempló la oscuridad.

Si el mundo hubiera sido plano, Tabaquen habría quedado colgando en el precipicio.

—Ah, conque estáis aquí —dijo Myrna al salir.

—¿Qué ocurre? —preguntó Clara, uniéndose a Myrna y reparando en que ambos hombres estaban muy quietos y callados, mirando hacia el este.

—Sabemos adónde se ha ido el dueño de La Muse —contestó Beauvoir.

—Y sabemos adónde se fue No Man —añadió Gamache—, y el lugar donde está Peter, casi con toda seguridad.

—¿Adónde? —quiso saber Clara acercándose rápidamente a ellos.

—A un pueblo que hay mucho más allá. —Beauvoir señaló hacia la noche.

—Y que se llama Tabaquen —añadió Gamache.

—¿Lo conocéis? —preguntó Clara, y en la penumbra vio que la negra cabeza asentía.

—Es el pueblo hermanado con Agneau-de-Dieu —explicó él—. Están uno al lado del otro, pero son pueblos muy distintos.

Gamache pasó junto a ellos de camino hacia la casa.

—Agneau-de-Dieu —repitió Myrna, y tradujo—: Cordero de Dios, pero ¿Tabaquen? No sé cómo se traduce eso.

—Es una vulgarización —explicó Beauvoir—. No es francés, en realidad: fue el nombre que le pusieron los nativos hace mucho mucho tiempo, antes de que llegaran los europeos.

—¿Y qué significa? —preguntó Clara—. ¿Lo sabéis?

—Significa «hechicero» —contestó Gamache entrando en la casa.

TREINTA Y TRES

Beauvoir y Clara se quedaron despiertos un buen rato, hablando y reflexionando, enviando correos electrónicos, investigando y urdiendo un plan.

Finalmente, a las dos de la madrugada ya lo tenían todo organizado y se fueron a la cama, pero se levantaron a las seis, cuando sonaron sus respectivos despertadores.

—¿Qué hora es? —preguntó la voz amodorrada de Myrna—. Madre mía, Clara, si apenas son las seis. ¿Se ha incendiado la casa?

—Tenemos que salir ahora si queremos coger el avión de las nueve.

—¿Cómo?

Myrna se incorporó en la cama completamente despierta y algo alarmada.

Pasillo abajo, Gamache ya estaba sentado en un lado de la cama. Se había ofrecido a quedarse despierto con Clara y Beauvoir para echarles una mano, pero lo habían convencido de que su presencia no era en absoluto necesaria.

—¿Habéis tenido éxito? —le preguntó a Jean-Guy, que parecía adormilado pero también nervioso.

—Hay un vuelo a Tabaquen que sale de La Malbaie dentro de tres horas.

—¿En serio? —soltó Myrna cuando Clara se lo explicó—. ¿Y no podemos ir en coche y ya está?

—No hay carreteras —contestó Clara, intentando que la mujerona se levantara de una vez de aquella cama diminuta—. Es un pueblecito pesquero, sólo se puede llegar en barco o en avión.

—Nos hemos decidido al final por el avión —le explicó Beauvoir a Gamache, que estaba en la ducha—. Va haciendo escala en todos los pueblos y nos llevará el día entero, pero llegaremos a tiempo para la cena.

A las siete ya estaban todos vestidos y saliendo por la puerta.

Chartrand estaba de pie junto a su furgoneta.

—Cogeremos nuestro coche —dijo Jean-Guy arrojando su bolsa en el maletero.

—Yo voy con ustedes —repuso Chartrand—. No hace falta coger dos vehículos, pueden recoger el suyo a la vuelta.

Los dos hombres se miraron fijamente.

—Vamos —intervino Clara.

Se subió a la furgoneta, miró a Jean-Guy y dio unas palmaditas en el asiento a su lado.

Beauvoir la miró a ella, luego a Chartrand y finalmente a Gamache, que se encogió de hombros.

—Ya la has oído, Jean-Guy. Coge tus cosas.

—*Patron...* —empezó a decir Jean-Guy, pero Gamache le puso la mano en el brazo para detenerlo.

—Clara está al mando, sabe lo que hace.

—Una vez se comió un popurrí aromático pensando que eran patatas fritas —le recordó Jean-Guy—. Se preparó un baño con sopa creyendo que eran sales de baño, hizo una escultura con una aspiradora: no tiene ni idea de lo que hace.

Gamache sonrió.

—Al menos, si todo esto se fastidia podremos echarle la culpa a otro, para variar.

—Podremos no: podrás —murmuró Beauvoir, arrojando su bolsa en la parte trasera de la furgoneta—. Además, yo siempre te he echado la culpa a ti, para mí no supone ninguna mejora.

Veinte minutos después, Chartrand entraba en el diminuto aeropuerto de La Malbaie, que más parecía una casucha.

—¿Es ése el avión? —preguntó Myrna mirando el pequeño aparato que había en la pista.

—Pues supongo que sí —respondió Gamache intentando no darle muchas vueltas al asunto. Estaba acostumbrado a coger aviones diminutos para dirigirse a pueblecitos remotos y a aterrizar en lo que la mayoría de los pilotos ni siquiera consideraría una pista, pero aun así nunca le resultaba divertido.

—Me pido el asiento junto a la salida de emergencia —dijo Myrna.

Un joven salió de la casucha y los miró valorándolos como carga.

—Soy Marc Brossard, el piloto. ¿Son ustedes los que me mandaron un correo anoche?

—Exactamente —le respondió Jean-Guy—. Cuatro para ir a Tabaquen.

—Cinco —corrigió Chartrand.

Beauvoir se volvió hacia él.

—Nos ha traído hasta aquí y con eso basta: no puede venir con nosotros.

—Claro que puedo. Lo único que tengo que hacer es pagar el pasaje. —Tendió su tarjeta de crédito al joven piloto—. Aquí tiene. Miren qué fácil: ya puedo volar.

La forma en que lo dijo recordó tanto a Peter Pan que Myrna se echó a reír, pero Beauvoir no. Miró al galerista con el ceño fruncido y después se volvió hacia Gamache.

—No podemos hacer nada, Jean-Guy.

—Si ni siquiera lo intentamos, no —respondió él.

Gamache se inclinó hacia Beauvoir y le dijo por lo bajo:

—No podemos impedírselo. Y tampoco queremos, ¿verdad?

Pero Beauvoir no se había rendido.

—¿Hay sitio, por cierto?

—Siempre hay sitio para uno más, como dice mi madre —contestó el piloto, que le devolvió la tarjeta a Chartrand y miró hacia el este—. Será mejor que nos demos prisa.

—¿Por qué? —quiso saber Myrna, y al instante deseó no haberlo preguntado: a veces era mejor no saber ciertas cosas.

—Cielo rojo por la mañana... —El piloto hizo un gesto hacia el cielo, de un rojo intenso—. Los marineros hacen caso de las señales.

—¿Eso también lo decía su madre? —ironizó Beauvoir.

—No, mi tío.

—Pero usted pilota aviones y esto no es precisamente un barco —intervino Clara.

—Da lo mismo: significa que hará mal tiempo. Estaríamos más seguros en un barco. —Miró a Myrna y luego a Gamache—. Por el lastre. En un *bateau* es bueno, en el aire no tanto.

—A lo mejor él tendría que quedarse —propuso Jean-Guy señalando a Chartrand.

El galerista, de espaldas a ellos, miraba hacia el llamativo amanecer.

—No —dijo Clara—. Ha sido amable con nosotros. Si quiere venir, que venga.

—¿Está de coña? —le susurró entonces Beauvoir a Gamache—. ¿Toma las decisiones basándose en que alguien es «simpático»?

—Hasta ahora le ha funcionado, ¿no? —Gamache vio que la cara de Beauvoir enrojecía de pura frustración.

Myrna se acercó, vio lo rojo que estaba y, dándose por avisada, se volvió hacia el otro lado.

—¿Vienen? —El piloto había cargado su equipaje y estaba en pie junto a la portezuela del aparato.

Subieron a bordo con dificultad y el piloto les fue indicando dónde sentarse para que el peso quedara bien distribuido. Aun así, el avión despegó meciéndose con torpeza en el aire, con un ala peligrosamente baja y casi rozando la pista. Gamache y Clara, que iban en ese lado, se inclinaron hacia el centro: como marineros compensando la escora de un barco.

Y finalmente se encontraron en el aire, volando hacia su destino. El avión describió un semicírculo y Gamache, con la cara apretada contra la ventanilla por culpa de la inclinación del cuerpo de Jean-Guy, disfrutó de una visión que sólo era posible desde arriba.

El cráter: el círculo gigantesco y perfecto donde había caído el meteorito cientos de millones de años atrás, la catástrofe cósmica que había borrado toda forma de vida y que luego la había creado.

El avión se ladeó de nuevo para virar y luego voló hacia el este, alejándose de allí para internarse en el cielo rojo.

—¡¿Hace mucho que cubre esta ruta?! —dijo Clara a gritos intentando hacerse oír entre el ruido de los motores.

Finalmente había dejado de rezar y le pareció que podía abrir la boca sin soltar un chillido.

—Varios años —respondió el piloto—. Empecé a los dieciocho, en el negocio de la familia.

—¿La aviación? —preguntó Clara sintiéndose un poco más tranquila.

—La fruta.

—¿Perdón?

—¡Ay, por el amor de Dios! —exclamó Myrna—. ¡Déjalo en paz para que pueda concentrarse en pilotar!

—*Oui*, la fruta. No hay mucha fruta fresca en la costa del estuario y el *bateau* tarda demasiado a veces, así que nosotros la transportamos en avión. Plátanos, sobre todo.

Lo que siguió fue un monólogo sobre el tiempo que tardan en pudrirse los distintos tipos de fruta. Cuando el chico calló por fin, todos tenían la sensación de que estaban un poco podridos también.

—¿Lleva pasajeros a menudo? —preguntó Jean-Guy desesperado por cambiar de tema.

—Pues últimamente sí, muchos, pero es algo fuera de lo común. La mayoría de la gente que quiere ir por la costa coge el barco. Tarda más, pero es más seguro.

Nadie quiso seguir con ese tema y Clara volvió a ponerse a rezar: «Bendice, Señor, estos alimentos que vamos a tomar...»

—¿Ha llevado recientemente a Luc Vachon?—preguntó Jean-Guy.

—¿El dueño de La Muse? *Oui*, hace unos días. Suele viajar a la costa cada verano, aunque esta vez partió un poco antes. Va a Tabaquen a pintar. Esta vez lo llevé hasta allí, pero normalmente lo dejo en Sept-Îles para que coja el barco: los artistas prefieren el barco, es...

—...más seguro. Ya lo ha dicho antes —interrumpió Beauvoir.

El piloto se echó a reír.

—Iba a decir más bonito. Creo que a los artistas les gustan las cosas bonitas. *Mais, franchement*, seguro del todo no es. No hay forma segura de llegar a la costa norte. Para nosotros hay turbulencias y el barco tiene las Tumbas, así que es como echar los dados.

—No abráis la boca —susurró Myrna fulminándolos con la mirada.

El minúsculo avión dio un bandazo en una corriente de aire, descendió en picado y luego volvió a remontar. Rápidamente, el piloto centró toda la atención en el vuelo. Atrás, todos abrieron mucho los ojos y Clara cogió la mano de Myrna.

Jean-Guy, al verlo, sintió envidia de las mujeres y se preguntó cómo se lo tomaría el jefe si le cogía la mano.

El avión cayó en picado otra vez y Beauvoir asió la mano de Gamache. La soltó en cuanto se volvió a enderezar.

Gamache lo miró, pero no dijo nada: ambos sabían que no era la primera vez que se aferraban el uno al otro temiendo por su vida, y tal como iban las cosas quizá no sería la última.

—¡Peter! —chilló Clara, tan fuerte que Beauvoir estuvo tentado de mirar a su alrededor por si Peter se había unido a ellos.

Clara se inclinó hacia delante.

—¿Llevó usted a mi marido? ¿A Peter Morrow?

—*Désolé*, señora —contestó el piloto, que no sólo era perfectamente bilingüe, sino que además hablaba en «franglés»: una mezcla de las dos lenguas—. No recuerdo los nombres de todos los pasajeros... Es más fácil que me acuerde de la carga, de la fruta; ahora mismo, por ejemplo, llevamos limones...

—Tiene que haberse dirigido a Tabaquen —lo cortó rápidamente Clara—. Es alto y habla en inglés.

El piloto negó con la cabeza.

—No me suena.

Myrna sacó el móvil y, tras pulsar en la pantalla unas cuantas veces, se lo tendió a Clara, que dudó un momento.

—Qué coño importa —soltó—: de todos modos vamos a morir...

Le enseñó la foto al piloto, que dejó escapar una carcajada.

—¿Ésta es usted? —preguntó señalando la foto.

—Eso da igual; ¿reconoce al hombre?

—Sí. Alto, viejo. Hablaba en inglés.

—¡¿Viejo?! —repitió Clara.

—Quizá no sea lo más importante de lo que ha dicho —opinó Myrna—. Todos le parecemos viejos, él apenas ha empezado a pudrirse.

El avión dio una pequeña sacudida, como si le hubieran dado un codazo.

—Ay, Dios, ya estamos otra vez —soltó Jean-Guy.

—¿Qué es eso? —preguntó Clara.

—¿Qué? —quiso saber Myrna, mirando de manera frenética por la ventanilla hacia donde señalaba Clara.

—Es el barco de suministros —explicó el piloto.

—¿El que cogen los artistas? —preguntó Clara.

Desde arriba, el barco parecía un puro.

—*Oui*.

—¿Cuánto tarda el barco en llegar a Tabaquen? —quiso saber ella.

—¿Desde Sept-Îles? —El piloto lo pensó un momento—. Pues un día, quizá dos. Depende del tiempo.

—Llévenos allí.

—¿Adónde?

—A Sept-Îles.

—¿Clara? —preguntó Myrna.

—¿Clara? —preguntó Gamache.

—Si Peter cogió el barco, nosotros lo cogeremos también.

—¿Clara? —preguntó Jean-Guy.

—Pero Peter ya no está en el barco —dijo Myrna.

—Ya lo sé, pero lo cogió por algún motivo.

—Quizá —dijo Myrna—, pero nosotros tenemos motivos para no hacerlo. ¿No sería mejor llegar a Tabaquen lo antes posible?

—¿Para qué? —preguntó Clara.

—Para encontrar a Peter.

—¿Y si él se bajó del barco? —preguntó Clara—. ¿Y si no llegó a su destino? No: hay que seguir sus huellas tan minuciosamente como podamos.

Beauvoir se volvió hacia Gamache. Viajaban tan apretados que sus narices casi se tocaban. El jefe descifró enseguida la expresión en los ojos de su antiguo subalterno: era desesperación.

Basta de bromas: ya se habían divertido suficiente, ya habían dejado que Clara los llevara de aquí para allá.

Era hora de coger las riendas.

—*Patron...*

—Clara está al mando, Jean-Guy —dijo Gamache. Su voz apenas se oía entre el ruido de los motores.

—Podemos ir en avión a ese pueblo, averiguar lo que le pasó a Peter y estar de vuelta en casa antes de que el barco haya recorrido la mitad del camino —insistió Beauvoir—; ¿no es más razonable?

Gamache miró el barco allá abajo, diminuto en el enorme río.

—Le dimos nuestra palabra a Clara. —Se volvió de nuevo hacia Jean-Guy—. Además, a lo mejor ella tiene razón: hasta ahora no se ha equivocado.

Beauvoir miró al jefe y vio sus ojos castaños, las arrugas de su rostro, la gran cicatriz en la sien, el cabello ya completamente gris.

—¿Tienes miedo? —le preguntó Beauvoir.

—¿De qué?

—De estar al mando de nuevo, de asumir la responsabilidad.

«Hay un bálsamo en Galaad...» El libro que llevaba Gamache en el bolsillo se le clavaba en el costado como una espina que no le permitiera olvidar, «... que cura el alma enferma de pecado».

—Estamos aquí para apoyar a Clara, nada más —repitió Gamache—. Si tengo que intervenir, lo haré, pero no antes.

Cuando Jean-Guy apartaba la mirada, Gamache vio en aquellos ojos tan familiares algo que no le resultaba familiar.

Duda.

• • •

Más que aterrizar, el avión se quedó sin aire, dio contra la pista con un ruido sordo y patinó hasta detenerse.

—Uf —soltó el piloto inmortal, y sonrió—. Casi chafo los plátanos.

Myrna se echó a reír con el júbilo embriagador de quien se ha salvado de una muerte segura.

Bajaron del cacharro y se quedaron de pie en la pista mirando el río: el avión se había detenido a sólo unos metros del San Lorenzo.

—*Tabarnac!* —soltó Chartrand, y se volvió hacia las mujeres—. Perdón.

—*Merde* —soltó Myrna, y se volvió hacia Chartrand—. Perdón.

—Esto no es el aeropuerto —dijo Gamache mirando a su alrededor.

El piloto estaba sacando su equipaje y dejándolo en la pista.

—El aeropuerto es grande —continuó Gamache—, allí aterrizan aviones comerciales. Esto es...

Se volvió en redondo. Río, bosque, río.

—Esto es...

—De nada —dijo el piloto, arrojando la última maleta al montón.

—En serio —insistió Gamache—, ¿dónde estamos?

El piloto señaló el horizonte, donde se veía un puntito. A medida que lo miraban fue aumentando de tamaño y adquirió forma: forma de barco.

—El *Loup de Mer* atraca allí. —El joven señaló un muelle que quedaba a unos quinientos metros de distancia—. Esto es una antigua pista de aterrizaje de cargueros, será mejor que se den prisa.

—*Tabarnac!* —soltó Myrna recogiendo su equipaje.

—*Merde!* —soltó Chartrand.

Corrieron por la pista llena de baches haciendo una pausa para ver cómo volvía a despegar el avión. Desde el suelo parecía extrañamente grácil, como si se hubiera sacado de encima algo que lo incomodaba.

El aparato y el chico que lo pilotaba parecían hechos para los cielos, no para esta tierra.

El avión se movió de arriba abajo, giró hacia el sol y luego desapareció.

Le dieron la espalda y se encaminaron hacia el muelle, donde el *Loup de Mer* estaba atracando justo en ese momento.

El Lobo de Mar.

Gamache, que conocía bien aquellas costas, se preguntaba si Clara tendría la más mínima idea de dónde se estaban metiendo.

TREINTA Y CUATRO

Les quedaban dos camarotes: la Suite del Almirante y la Suite del Capitán.

Se decidió que las mujeres ocuparan esta última, mientras que los tres hombres se alojarían juntos en la Suite del Almirante, que seguramente sería más grande.

Le enseñaron la foto de Peter al práctico de puerto, al tipo de la ventanilla donde compraron los billetes, al sobrecargo, a una mujer que les pareció una camarera pero que también resultó ser una pasajera...

Ninguno de ellos reconoció a Peter.

—A lo mejor ni siquiera cogió el barco —dijo Myrna.

Clara se quedó pensativa con la bolsa de viaje en una mano y la foto de Peter, ya algo maltrecha, en la otra. Myrna había prometido no enseñar más la antigua foto del anuario.

—Pero el piloto lo ha reconocido —comentó Myrna—. Aunque no entiendo cómo: el humo le tapa la mayor parte de la cara.

«Excepto por un ojo agudo y penetrante», pensó Gamache. No un ojo de artista, sino un ojo astuto y calculador como los de su madre.

Algo en la conversación que habían sostenido con el joven piloto inquietaba a Gamache. Quizá Myrna hubiera dado en el blanco: le parecía extraño que ese chico, que decía considerar simple carga a sus pasajeros, reconociera a Peter de aquel antiguo anuario.

Pero también había reconocido a Clara, así que a lo mejor el joven tenía buen ojo para las caras.

—Creo que si alguien puede reconocerlo —Clara sostuvo en alto la fotografía reciente de Peter—, será algún camarero que lo hubiera visto deambulando por el barco todos los días, no el capitán del barco, ni el práctico.

—Buena observación —opinó Gamache.

Y Clara tenía razón: mientras que el sobrecargo que acompañó a las mujeres a la Suite del Capitán no lo reconoció, el camarero que condujo a los hombres a la suya sí que lo hizo.

—Tenía un camarote individual —explicó— y era muy reservado.

—¿Cómo es que lo recuerda? —preguntó Jean-Guy mientras lo seguían por el oscuro y estrecho pasillo: aquello no era el *Queen Mary*, desde luego.

—Lo tenía vigilado.

—¿Por qué? —preguntó Beauvoir.

—Tenía miedo de que saltara.

Se detuvieron en seco en mitad del pasillo.

—¿Qué quiere decir? —preguntó Gamache.

—Hay gente que salta —explicó el joven camarero. Era menudo, delgado y tenía un fuerte acento español—. Especialmente los más tranquilos, y este tipo era muy tranquilo, introvertido.

Echaron a andar de nuevo por el pasillo y luego, para su sorpresa, bajaron dos tramos de escaleras.

—A la mayoría de los pasajeros les emociona mucho estar de viaje. Hablan entre ellos, procuran conocer gente. No hay gran cosa que hacer, así que acaban pasando muchos ratos juntos. Pero el tipo que buscan era distinto.

—¿Cree que estaba pensando en saltar al agua? —preguntó Gamache.

—No lo creo. Pero era distinto.

Esa palabra, otra vez. Peter Morrow, que había luchado por adaptarse toda su vida, era diferente al fin y al cabo.

—¿Y dónde bajó? —preguntó Jean-Guy.

—No me acuerdo.

Habían llegado a la Suite del Almirante. El camarero los invitó a entrar y tendió la mano.

Beauvoir lo ignoró, pero Gamache le dio un billete de veinte.

—¿En serio, *patron*? ¿Veinte? —preguntó Beauvoir, en voz baja.

—¿Quién crees que se ocupará de asignar los puestos en los botes salvavidas?

—Ah.

—Ah —replicó Gamache.

Entraron... o casi: juntos, los tres apenas podían estar de pie dentro, y no quedaba claro cómo se las apañarían para echarse.

—¿Y ésta es la Suite del Almirante? Debe de haber un error —dijo Chartrand intentando darse la vuelta sin chocar con los otros.

—Debió de haber un motín —dijo Beauvoir.

Gamache arqueó las cejas: aquello parecía más bien el calabozo. Y olía a letrina. Desde luego, estaban en las tripas del barco...

El *Loup de Mer* dio una fuerte sacudida y zarpó del muelle.

—*Bon voyage* —dijo el camarero al cerrar la puerta.

A través del sucio ojo de buey, los hombres vieron la tierra alejarse.

Myrna cerró los grifos y agitó el agua con la mano para asegurarse de que estuviera a la temperatura adecuada.

El aroma a lavanda de la bañera de burbujas llenó el cuarto de baño forrado de caoba.

Había velas encendidas y su camarero les había llevado dos capuchinos bien fuertes, una cesta de *croissants* calientes y mermelada.

Armand las había llamado para decirles que su camarero había reconocido a Peter sin lugar a dudas. Clara se sintió aliviada: al fin podía relajarse. Cortó una de las puntas del *croissant* hojaldrado y se arrellanó en el sofá de su camarote.

Iban por buen camino.

En el baño, al otro extremo de la suite, Clara vio a Myrna sumergirse en la bañera de cobre. La espuma formaba montañas y valles por todo su cuerpo.

—Ya veo que estás como pez en el agua —comentó Clara mientras oía a Myrna canturrear:

—«Ese marinero está borracho / ¿Qué se puede hacer con el muchacho?»

—Soy marinera nata —respondió ella.

Mientras Myrna se bañaba, Clara dio un sorbo al capuchino y miró a través de la amplia ventana. A medida que el *Loup de Mer* navegaba hacia el este, fue viendo pasar bahías y bosques densos y antiguos.

Jean-Guy y Armand estaban apoyados en la barandilla del *Loup de Mer*. El barco apuntaba directamente hacia las olas y ambos hombres se asomaban por la borda, casi hipnotizados por el ritmo de la proa, que subía y bajaba cortando las olas y rociándoles ligeramente los rostros.

Era refrescante y tranquilizador.

Si Gamache hubiera canturreado esa vieja canción de cuna quebequesa: *Petit berceuse*... de Gilles Vigneault, Jean-Guy se habría dormido inmediatamente allí mismo, estaba seguro.

C'est un grand mystère
Depuis trois nuits que le loup
Hurle la nouvelle...

Con sólo recordarla, Jean-Guy notó que se le cerraban los párpados. Los abrió otra vez. Le pesaban cada vez más... *C'est un grand mystère*: es un gran misterio. La voz de su madre le canturreaba sobre tierras salvajes, lobos y zorros; sobre estar asustado y que vinieran a salvarte, sobre estar a salvo.

Cabeceó, pero él levantó la cabeza de golpe.

—Vamos a desayunar algo —dijo Gamache—, tiene que haber una cafetería.

Habían dejado que Marcel Chartrand fuera el primero en usar el baño. Al pagar la habitación, el empleado les había asegurado que contarían con una «habitación con baño».

Pero no era así, a menos que «habitación con baño», en términos marineros, significara «con un diminuto y mugriento inodoro al fondo de un pasillo oscuro».

—Si ésta es la Suite del Almirante, ¿te imaginas cómo será la del Capitán? —comentó Jean-Guy.

—Cuando las he llamado para contarles lo de Peter, les he preguntado qué tal estaban. No se han quejado.

—Increíble —dijo Jean-Guy—. Yo en su lugar me quejaría.

—¿«En su lugar»? —se burló Gamache.

Encontraron la cafetería, pero acababa de cerrar.

—*Désolé* —se disculpó el camarero—. Pueden servirse un café allí.

Señaló una máquina automática que se encontraba en un rincón.

—No tengo cambio —dijo Gamache palpándose los bolsillos—. ¿Y tú?

Beauvoir, cada vez más frenético, volvió del revés sus bolsillos.

376

—*Merde.*

Miraron fijamente la máquina.

—Ha sido maravilloso —comentó Myrna arrellanándose en la silla ante la mesa de comedor de caoba.

Acababan de zamparse un desayuno consistente en beicon y huevos con la sorpresa añadida de un filetito de trucha ahumada, y ahora tomaban café y daban bocaditos a la fruta.

—Si nuestro camarote está así de bien —comentó Clara levantándose para prepararse un baño—, ¿te imaginas cómo será el de los hombres? La Suite del Almirante, ¡uau!...

Myrna se quitó el mullido albornoz que proporcionaba el barco y se puso ropa limpia mientras oía a Clara soltar un gemido de placer al meterse en la bañera.

—Voy a salir —dijo Myrna deteniéndose en la puerta del baño—. ¿Estás bien ahí? No irás a quedarte dormida, ¿verdad?

—¿Y ahogarme y perderme el resto de este maravilloso viaje? —bromeó Clara—. Ni por asomo. Tendrán que llamar a la policía para sacarme de este barco. ¿Adónde vas?

—A ver a la policía.

Myrna encontró el camarote de los hombres en un pasillo sorprendentemente cutre. Tras haber comprobado dos veces que en la placa de la puerta realmente pusiera SUITE DEL ALMIRANTE, llamó. Le abrió Jean-Guy. Al fondo, que no quedaba demasiado lejos, vio a Armand... hurgando en el bolsillo de la chaqueta de Chartrand.

—Buscaba algo de suelto —tartamudeó, y luego recuperó la compostura, cuadró los hombros y añadió con cierta dignidad—: Para la máquina de café.

—Claro —contestó Myrna. Habría entrado en la habitación si le hubiera sido posible. Se limitó a meter la cabeza y echar un vistazo.

Una chapa de madera desconchada y ondulada cubría las paredes haciendo que la diminuta habitación pareciera aún más pequeña. Había una sola litera contra la pared, convertida en estrecho sofá durante el día. El ojo de buey estaba muy sucio. El recinto olía a naftalina y a orines.

—Sentimos mucho habernos quedado el mejor camarote —dijo Gamache—. El vuestro debe de ser espantoso. ¿Queréis que cambiemos?

Jean-Guy se volvió y le dirigió una mirada asesina.

Myrna le aseguró que estaban bien. Que seguirían al pie del cañón. Les dio todas las monedas que tenía y se fue.

Su primera escala a lo largo de la costa fue la isla de Anticosti, en el golfo de San Lorenzo.

—Aquí dice —explicaba Clara leyendo en una guía que había encontrado en la sala de estar de los pasajeros— que ha habido cuatrocientos naufragios ante las costas de Anticosti.

—¿En serio? —dijo Jean-Guy cruzando los brazos—. Cuéntame más.

—Al parecer, la llaman el Cementerio del Golfo.

—Lo he dicho en plan sarcástico —repuso Beauvoir.

—Ya lo sé —indicó Clara—, pero al menos ahora sabemos qué quería decir el piloto cuando ha dicho que el mayor desafío para el barco eran las Tumbas. Pronto las dejaremos atrás.

—Esto no son las Tumbas —intervino Gamache. Se levantó de la mesa de melamina de la sala y fue hasta las ventanas. A través de los churretes de suciedad se veía la isla que se acercaba: era grande y estaba casi completamente deshabitada.

El único asentamiento era Port-Menier, donde vivían menos de trescientas personas.

Eso sí: las aguas estaban repletas de enormes salmones, truchas y focas, y los bosques llenos de ciervos, alces y urogallos.

Gamache salió a cubierta seguido por Clara, Myrna, Jean-Guy y Marcel Chartrand. El aire era más frío que en Bahía de San Pablo, más tonificante. La niebla flotaba sobre el bosque y se deslizaba hacia el río difuminando los límites entre la tierra, el agua y el aire.

Parecía que se estuvieran acercando al pasado, a un bosque primigenio tan exuberante y verde, tan intacto, que no podía existir en la era de los viajes espaciales, los móviles y el bótox.

Los únicos indicios de moradores eran el faro y la hilera de cabañas de madera de colores vivos a lo largo de la costa.

—¿Qué es eso? —preguntó Clara.

—¿El qué? —repuso Chartrand.

—Eso. —Clara ladeó la cabeza y señaló hacia arriba.

Se oían aplausos.

Recorrió la costa con la mirada. Quizá fuera una tradición. Quizá cuando llegaba el barco de los suministros los residentes salían y aplaudían: ella lo habría hecho.

Pero no le parecía la explicación adecuada, aquel sonido no era humano.

—Son los árboles —explicó Chartrand.

Hizo girar suavemente a Clara hasta que quedó mirando hacia el lado opuesto al puerto, hacia el bosque.

—Se alegran de vernos —añadió él en voz baja.

Clara lo miró a la cara, a los ojos. Él no la miraba: miraba hacia los bosques, hacia aquellos árboles felices que aplaudían con sus hojas bajo la ligera brisa.

A su lado, Myrna consultaba la guía y no tenía valor para decirles que aquellos árboles se llamaban «álamos temblones». Ni que si sentían algo al ver aproximarse el barco sería alarma. Ella también la sentiría si fuera un árbol.

—Vamos a atracar para descargar suministros —les avisó la voz metálica del sistema de megafonía—, pueden bajar a tierra si lo desean, pero tengan en cuenta que zarparemos dentro de cuatro horas.

Con o sin ellos, quedaba implícito.

—Podemos desembarcar aquí —propuso Beauvoir—: tiene que haber alguna avioneta que podamos alquilar...

—No, nos quedaremos en el barco —decidió Clara—. Lo siento, Jean-Guy, ya sé que no es lo que harías tú, pero si Peter tomó esta ruta, nosotros la seguiremos también. No sabemos dónde desembarcó: podría haber sido aquí mismo.

No les llevaría cuatro horas peinar Port-Menier.

Se separaron. Clara y Chartrand se alejaron hacia una parte del pueblecito y los demás hacia la otra. Una hora después de haber bajado del barco, y de haber hablado con todos los comerciantes y lugareños que pudieron encontrar, Myrna, Jean-Guy y Gamache llegaron al único restaurante que había en la localidad.

—Debes de estar muerta de hambre —le dijo Gamache a Myrna—. Yo lo estoy.

—Pues sí, podría comer algo —le respondió ella.

Pidieron pescado frito con patatas y Beauvoir pidió también una pizza.

—¡Y otra para llevar! —exclamó—. Nunca se sabe —le dijo a Gamache.

—Sinceramente, no creo que la caja de la pizza nos quepa en el camarote —repuso Gamache, quitándose las gafas de leer y dejando a un lado la carta—. Y me preocupa un poco que si comemos pizza tampoco quepamos nosotros.

Cuando llegó la comida, descubrieron que el pescado era bacalao.

—Fresco, de hoy mismo —anunció el joven camarero—, y las patatas son de hoy también.

Hizo un gesto señalando por la ventana hacia el enorme barco en el que ellos habían llegado. Quedó claro que «fresco» significaba algo un poco distinto para ellos.

—¿Baja mucha gente del barco aquí? —preguntó Gamache, y empezó a cortar el pescado.

—Algunos. La mayoría sólo quieren estirar las piernas, como ustedes.

—¿Y se quedan muchos? —Jean-Guy siguió con el interrogatorio mientras Gamache comía.

—¿Aquí? Qué va. —El joven se echó a reír—. Algunos cazadores pasan aquí una semana, pero habitualmente más entrado el verano, y unos cuantos pescadores... Pero sólo nosotros vivimos aquí.

No parecía preocuparle. De hecho, parecía aliviado.

—Buscamos a un amigo nuestro —dijo Gamache. Le tocaba a Beauvoir el turno de comer y a él de hablar—. Estuvo en el *Loup de Mer* hace unos meses. Alto, habla en inglés...

Le enseñó la foto.

—No, lo siento —dijo el camarero tras examinarla y devolvérsela.

Para entonces, el restaurante estaba lleno de gente que llamaba al joven por su nombre (Cyril) y le pedía vieiras, cocochas de bacalao y todo tipo de cosas que no estaban en la carta.

—¿Le gustaría probar esto, joven?

Una anciana corpulenta, vestida con ropa de hombre, se acercó y le mostró a Beauvoir una cestilla llena de cocochas de bacalao.

Él negó con la cabeza.

—Venga, hombre, lo he visto salivar desde la otra punta.

Los demás rieron. Un hombre de mediana edad se dirigió a la mujer.

—Vamos, madre. No molestes a esta gente tan agradable.

—Ah, no, no es ninguna molestia —dijo Beauvoir. Había visto en el rostro de la mujer que se había ofendido—. ¿Me permite coger una?

Cogió uno de los diminutos bocaditos fritos de la cesta, lo mojó en la salsa y se lo comió.

Toda la sala quedó en silencio.

Cuando él se dispuso a coger otro, todos prorrumpieron en vítores como si acabaran de ganar la Copa del Mundo.

La anciana fingió apartar la mano de Jean-Guy de la cesta.

—Cocochas de bacalao para esta mesa, Cyril —dijo el hombre que estaba a su lado.

Cuando Clara y Marcel llegaron, una hora más tarde, Myrna y un grupo de mujeres bailaban entre aclamaciones en medio de la sala mientras cantaban a coro *Man Smart (Woman Smarter)* al son de la gramola.

Jean-Guy estaba al otro lado del restaurante hablando con unos pescadores.

—¿Ha habido suerte? —preguntó Clara cuando Marcel y ella se deslizaron en el reservado junto a Gamache.

—No, ¿y para vosotros?

Clara negó con la cabeza e intentó decir algo, pero la música y las risas ahogaron el sonido de su voz.

—¡Salgamos! —le gritó Gamache al oído, y enseguida le puso la mano en el brazo a Chartrand para indicarle que se quedara en su sitio—. Pida las cocochas de bacalao y las patatas fritas —le dijo—, no lo lamentará.

Clara y él salieron.

—¿Qué pasa? —preguntó Gamache. Había notado que ella intentaba hacerse oír con cierta urgencia en el restaurante.

—Marcel y yo hemos ido a dar una vuelta por el pueblo y la costa —repuso Clara— y me ha dado tiempo de pensar.

—*Oui?*

—El piloto no ha podido reconocer a Peter de esa foto antigua.

Habían cruzado rápidamente el pueblo y ahora se encontraban en un pequeño muelle. Un bote de remos amarrado allí se mecía suavemente en el agua.

Gamache se la quedó mirando fijamente y recordó la imagen.

—La foto era demasiado antigua, demasiado pequeña —insistió Clara observando cómo Gamache se devanaba los sesos—, y la cara de Peter quedaba casi completamente oculta por el humo.

—Madre mía: era Massey —dijo Armand, llegando a la misma conclusión que Clara—. El piloto ha reconocido al profesor Massey, no a Peter.

Sacó su móvil. Apenas tenía cobertura: tan sólo una rayita de contacto con el mundo exterior. Tecleó en la pantalla con dedos tan rápidos y expertos que Clara se sorprendió: siempre le había parecido un hombre que no se sentiría a gusto con ordenadores, tabletas y dispositivos móviles.

Pero mientras lo observaba se dio cuenta de que aquélla era una herramienta tan poderosa como cualquier arma: le proporcionaba información, y ningún investigador puede sobrevivir sin ella.

Tras teclear en la pantalla un poco más, Gamache se volvió y se encaminó rápidamente hacia el pueblo, pero se detuvo de repente.

La solitaria rayita de cobertura oscilaba: aparecía, desaparecía. El hilo que los unía al mundo exterior era frágil, se rompía y luego reaparecía otra vez.

—*Oui, allô?* —dijo en voz bien alta—. ¿Es Vols Côte Nord?

Clara observó la tensión en su rostro. Apretaba el teléfono contra la oreja como si intentara sujetar esa rayita esquiva.

—Hemos tomado un vuelo esta mañana, de La Malbaie a Sept-Îles...

La persona que estaba al otro lado hablaba, obviamente, y Gamache entrecerraba los ojos tratando de concentrarse en la voz que iba y venía.

—Eso es. Nos ha dejado en Sept-Îles. ¿Ha vuelto ya el piloto?

Gamache escuchaba. Clara esperaba, intentando descifrar su expresión.

—¿Cuándo?

Gamache escuchó un poco más.

—¿Puede pasarme con el avión?

Incluso Clara, que estaba a un metro de distancia, pudo oír la carcajada.

—Pero debería poder hacerlo —insistió Gamache.

Entonces Clara oyó una rápida ristra de palabras en francés. Pudo reconocer «estupidez», «imposible», «locura».

—Puede hacerse, yo lo he hecho antes. Insisto. Me llamo Armand Gamache y soy inspector jefe de Homicidios de la Sûreté de Quebec. Emérito. —La última palabra la farfulló, como mucho, y miró a Clara esbozando una mueca.

Aunque la persona que estaba al otro lado se perdió lo de «emérito», el tono de autoridad de Gamache le quedó bien claro.

Hubo otra pausa breve mientras Gamache escuchaba y finalmente dijo: «*Merci.*»

Clara se acercó un paso.

—Va a pasarnos con él. —Gamache miró al cielo, como si éste pudiera ayudarlos. Por fin, asintió brevemente en dirección a Clara.

—*Bonjour.* ¿Es Marc Brossard? Me llamo Gamache, nos ha llevado hoy a Sept-Îles.

Junto a él, Clara rezaba para que la conexión intermitente y frágil se mantuviera tan sólo un minuto más, un minuto.

—*Oui, oui* —decía Gamache—. Escuche. —Pero el joven continuaba hablando, así que repitió con aspereza—: Escúcheme.

Y el joven piloto se calló por fin.

—Le hemos enseñado una foto en un iPhone. Ha dicho que reconocía al hombre, pero ¿a cuál?

Gamache miraba a los ojos a Clara al hablar. Luego escuchó con más atención aún y Clara notó que el corazón se le aceleraba en el pecho.

—Había dos hombres —dijo Gamache con voz clara y bien audible—, uno más viejo y otro más joven.

Clara oyó la electricidad estática. La conexión se estaba perdiendo, pero todavía no se había perdido del todo. «Un poco más, un poco más...», pensó.

—¿Adónde lo llevó? —Gamache estaba escuchando—. ¿Cuándo? —dijo, y Clara lo miró a los ojos—. ¿Cuándo? —repitió con la sorpresa reflejada en las pupilas—. ¿Está seguro?

Clara notó el corazón en la garganta.

—Estamos en Port-Menier —decía Gamache—. ¿Puede recogernos?

Al cabo de una pausa, negó con la cabeza.

—Lo entiendo. *Merci.*

Colgó.

—Ha reconocido al profesor Massey —dijo Clara—, no a Peter.

Gamache asintió con expresión sombría.

—Voló a Tabaquen ayer.

—¿Adónde se dirigen? —La anciana se deslizó en el reservado junto a Beauvoir.

—Hacia el norte por la costa —respondió él con un ademán.

—Ya me imagino, pero ¿adónde?

—A Tabaquen.

—¿Están seguros?

Él se echó a reír.

—Pues sí, bastante seguros.

—Tome —dijo ella—, va a necesitar esto.

Cogió el sombrero que tenía al lado en el deteriorado asiento de piel sintética y se lo puso a él en la cabeza.

—Ese lugar es muy húmedo y frío.

—No voy al Atlántico Norte —le aseguró él, quitándose el sombrero y alisándose el pelo.

—No tiene ni idea de adónde va. —La mujer sacó algo del bolsillo de la chaqueta de lana y lo dejó en la mesa ante él.

Beauvoir lo miró.

Era una pata de conejo. No, de conejo no, más bien de liebre.

—Aquí en la isla no hay liebres —dijo la mujer—. Me la dio hace años otro visitante. Dijo que me traería suerte, y así ha sido.

Miró alrededor a todos sus hijos e hijas; no habían salido de sus entrañas, pero sí eran familia en su corazón.

—Suya. —La empujó hacia él.

—Usted la necesita. —Beauvoir se la devolvió.

—Ya la he tenido, ahora le toca a usted.

Beauvoir se metió la pata en el bolsillo y, mientras lo hacía, oyó un toque de sirena grave y largo.

El *Loup de Mer* los llamaba.

—¿Ayer? —Clara se quedó boquiabierta—. Pero si lo vi hace sólo unos días y no me dijo que planeara ir a ninguna parte. ¿De qué va todo esto?

386

—Pues no lo sé —repuso Gamache. Miró más allá de las tranquilas aguas del puerto. Luego bajó la vista. Bajo el muelle veía pasar raudos peces, relámpagos plateados en las aguas frías y claras.

—El profesor Norman está en Tabaquen —les dijo a los peces— y ahora el profesor Massey ha ido también. ¿Por qué?

—Massey nos mintió —intervino Clara—: dijo que no sabía dónde estaba Norman.

—Y quizá no lo supiera entonces —contestó Gamache—. A lo mejor nuestras preguntas hicieron que se lo planteara y que también buscara el expediente.

—Pero ¿por qué ir hasta allí? No está precisamente calle abajo: supone cruzar medio continente. Hay que estar muy desesperado.

Sí, pensó Gamache. Ésa era justamente la palabra. Y él mismo también empezaba a desesperarse por llegar a ese sitio.

—Le he preguntado al piloto si puede recogernos aquí, pero dice que el tiempo ha empeorado a lo largo de toda la costa. No puede volar a ningún pueblo cercano.

—Así que de todos modos no habríamos podido llegar a Tabaquen hoy, ¿no?

—Lo dudo —admitió Gamache—: cielo rojo por la mañana...

Sonó la sirena del buque, profunda y lastimera. Ella consultó el reloj.

—Va a zarpar.

Echó a andar con paso rápido hacia el muelle.

—Espera, Clara. Tengo otra pregunta que hacerte, es sobre Chartrand...

Clara se detuvo y se volvió.

—¿Qué pasa con él?

La sirena del barco lanzó otro gemido.

—¿Por qué crees que viene con nosotros?

Gamache vio que Jean-Guy les hacía señas desde donde estaba, junto al *Loup de Mer*.

—¿Porque le gusta nuestra compañía? —sugirió Clara.

—¿La nuestra?

—¿Crees que viene sólo por mí?

—¿A ti que te parece?

La sirena del barco emitía ahora unos sonidos breves, insistentes.

—Crees que sólo finge que le gusto como excusa para acercarse a nosotros.

Gamache se quedó callado.

—¿Crees que no soy motivo suficiente para que un hombre cierre el chiringuito y se venga con nosotros?

—He visto cómo te mira —explicó Gamache—, la atracción que siente por ti... y tú por él.

—Sigue.

—No creo que sea mentira, no del todo.

—No del todo. Qué amable.

Pero Gamache, aunque intentaba ser sutil, no pensaba morder el anzuelo.

—Tenemos que explorar todas las posibilidades.

—¿Como por ejemplo?

—Chartrand conocía a No Man —respondió Gamache—. Creo que es posible que fuera miembro de su comuna, secta o lo que sea. Creo que incluso es posible que fuera Chartrand quien le hablara a Peter de Tabaquen, y que lo enviara allí.

—Eso no es ningún delito, Armand: lo dices como si fuera algo siniestro.

—Tienes toda la razón —reconoció Gamache—. Si Peter preguntó por No Man y Chartrand le dijo dónde encontrarlo, no hay absolutamente nada siniestro en ello. De hecho, le estaba haciendo un favor, pero...

—¿Qué?

—Si Chartrand hizo todo eso, ¿por qué no nos lo ha contado?

Clara se detuvo.

—¿Por qué mantenerlo en secreto, Clara? ¿Qué trata de ocultar?

Ella se quedó callada un momento; en el silencio, oían a Jean-Guy llamándolos.

—Me has preguntado qué motivo podía tener Marcel para unirse a nosotros, pero no me has preguntado por qué he accedido yo.

—Yo creía...

—¿Creías que me había hecho perder la cabeza? Una mujer solitaria, vulnerable, que con un poco de atención... ¿De verdad te parece probable?

—Bueno, ahora no —repuso él, tan incómodo que Clara sonrió.

Jean-Guy les hacía señas frenéticas desde el muelle. Myrna estaba de pie en medio de la pasarela, negándose a moverse para evitar que los marineros la quitaran.

—Si Marcel sabía adónde fue Peter y no nos lo ha contado es porque quería mantenernos alejados de Tabaquen —dijo Clara—. Es posible que él nos vigile, pero yo también lo tengo vigilado a él: por eso quería que viniera con nosotros. —Se volvió y echó a andar rápidamente hacia el muelle, pero miró atrás y añadió—: Y yo soy motivo suficiente para que un hombre lo deje todo, Armand.

TREINTA Y CINCO

—Uf —soltó Gamache.

El sol se estaba poniendo. La travesía había sido bastante plácida hasta entonces: la tormenta que había pronosticado el piloto estaba todavía delante.

Al oír el gruñido de Gamache, Jean-Guy levantó la vista hacia el jefe. Beauvoir llevaba un rato mirando la ventana; no a través de ella, sino la ventana en sí: su propio reflejo.

—¿Qué pasa? —preguntó.

Gamache levantó la vista de su móvil para mirar a Beauvoir. Costaba no dejarse distraer por el sombrero que llevaba. Se lo había calado de un modo torcido y desenfadado y durante la última media hora lo había toqueteado e intentado recomponer para que pareciera que lo había cogido de un perchero como quien no quiere la cosa y se lo había puesto en la cabeza al grito de «¡Por allí resopla!» del capitán del ballenero.

—Muy auténtico, amigo.

—¿Te has hecho alguna vez a la mar, Billy? —Beauvoir le lanzó una mirada maliciosa a Gamache.

—A ver, ¿qué rollo es ese que te traes con las abuelas? —preguntó Gamache.

Beauvoir se quitó el sombrero y se lo puso en la rodilla.

—Creo que saben que no las veo como unas viejas: las considero simplemente personas.

Gamache comprendió que era verdad.

—Al igual que jamás veré vieja a Annie, aunque llegaremos a serlo algún día.

Y Gamache esperaba que eso también fuera verdad. Miró a Beauvoir, a su lado en el banco, e imaginó cómo sería al cabo de unas décadas. Lo vio sentado con Annie en el sofá del que sería su hogar, su morada, en Three Pines, leyendo. Viejos y canosos, frente al fuego: Annie, Jean-Guy, con sus hijos y sus nietos.

Juntos.

Como Reine-Marie y él... hasta unos días antes.

Beauvoir indicó con un gesto el móvil que Gamache tenía en la mano.

—¿Qué es eso?

—*Pardon?*

—¿Estabas leyendo un mensaje? —sugirió Beauvoir.

—Ah, *oui*. De la comisaría de la Sûreté en Bahía de San Pablo: los perros han encontrado algo.

Beauvoir se movió en el duro banco para quedar mirando cara a cara al jefe.

—¿Un cadáver?

—No, todavía no. Es una caja de metal con unos tubos de cartón como el que contenía los lienzos de Peter. Estaban vacíos salvo por un polvillo.

—¿Heroína? ¿Cocaína?

—La capitana Nadeau ya ha pedido que lo examinen.

Gamache miró hacia las ventanas llenas de salpicaduras. Estaba oscuro, sólo se veía la luz de proa del *Loup de Mer*.

—¿Será que la colonia era, en realidad, un laboratorio de metanfetamina y el arte sólo una tapadera para vender drogas?

—Ya sabemos que la heroína y la cocaína llegan a Quebec por barco —comentó Beauvoir—, y que es casi imposible impedirlo.

Gamache asintió.

—Supongamos que la desembarcaban en Bahía de San Pablo y luego la llevaban a la comuna de No Man en el bosque...

—Eso explicaría por qué la colonia estaba en medio del bosque —interrumpió Beauvoir— y no cerca del río, donde suelen situarse otras colonias de artistas: no querían vistas, sino privacidad y estar sobre aviso por si se acercaba alguien.

—No Man corta y empaqueta y Luc Vachon la envía al sur metida en esos tubos fingiendo que son sólo pinturas de No Man...

El San Lorenzo, además de ser la vía de acceso de un sinfín de cosas buenas y necesarias, es también una vía de contrabando de todo tipo de mercancías ilegales, incluidas las drogas duras.

—Quizá el propio No Man difundió los rumores de que se trataba de una secta para mantener alejados a los curiosos —dijo Beauvoir—, pero aquel policía empezó a fijarse en ellos, así que No Man prefirió cerrar el chiringuito y trasladarse más lejos todavía: a Tabaquen, un lugar aún más remoto y menos expuesto, con menos control.

Gamache, incómodo, se removió en aquel banco tan duro.

No se hacía ilusiones: si No Man se dedicaba precisamente a eso en Tabaquen, se encontrarían con un montón de problemas a su llegada.

Sus temores, meros espejismos cuando se hallaba en Three Pines, empezaban a tomar forma, a perfilarse y a acercarse: eso le ocurría a uno cuando se adentraba en el mundo real.

«Un hombre valiente en un país valiente.» Es fácil ser valiente cuando el país también lo es, pero ¿y si no?

¿Y si resulta que es corrupto, grotesco, codicioso y violento?

¿Y si los estaban esperando? ¿Y si sabían que se acercaban?

—¿Y Chartrand? —preguntó Beauvoir—. ¿Cómo encaja en todo esto?

—¿Un respetado galerista con conexiones en todo el mundo, un hombre aparentemente irreprochable? —preguntó Gamache—. ¿Quién estaría mejor situado para coordinar la operación?

Eso explicaba lo de Chartrand, pero ¿y lo del profesor Massey?

¿Qué papel representaba en todo aquello? Tenía que estar implicado de alguna manera, o de otro modo no habría recorrido el largo camino hasta Tabaquen.

—Supongamos que No Man estaba involucrado en el asunto de las drogas en los tiempos en que trabajaba en la universidad —comentó Gamache, pensando en voz alta—. Supongamos que Massey lo sospechaba, pero no tenía pruebas.

Tal vez, igual que Carlos Castaneda insistía en que el peyote estimulaba la creatividad, el profesor Norman había estado traficando con coca destinada a los alumnos ansiosos de llevar al límite su imaginación y plasmarla en el lienzo.

—Quizá ésa era la décima musa —sugirió Gamache—: la cocaína.

A su lado, Beauvoir jugueteaba con el sombrero: eso tenía mucho más sentido para él que una diosa inconstante, caprichosa y amarga.

La que mataba por placer.

Ahora era el cristal, la heroína o la coca. La trinidad de las drogas mortales.

Eso sí era algo que mataba por placer.

—¿Es posible que Massey haya ido a Tabaquen a enfrentarse finalmente con Norman? —preguntó Beauvoir—. Quizá cuando se enteró de que Peter podía haber seguido a No Man hasta allí, lo siguió para protegerlo: parece esa clase de persona.

Tanto Clara como Myrna habían mencionado que el viejo profesor les recordaba al inspector jefe, y Gamache habría ido hasta el mismo infierno para llevar de vuelta a Jean-Guy. Quizá Massey hubiera acudido a Tabaquen a fin de salvar a Peter, para rescatarlo como se rescata un cuadro que por algún motivo no funciona.

Era sólo una suposición, pero cuadraba.

El teléfono de Gamache sonó y él contestó.

—*Oui, allô?*

—Armand, ¿qué tal el crucero?

—Estamos en la cubierta de la piscina, acaba de terminar la conga. —Intentó que su voz sonara alegre—. Deberías ver nuestro camarote... Por suerte, esos interminables bautizos de tus noventa y siete sobrinos me han enseñado a dormir de pie: es una bendición.

—Te irás al infierno —contestó ella riendo.

Él miró la proa, que subía y bajaba y daba bandazos. Las aguas, oscuras como la tinta, se habían embravecido. En los últimos minutos se había levantado un viento que soplaba justo de cara, como si intentara echarlos atrás, pero el *Loup de Mer* seguía avanzando entre resoplidos, surcando el agua, surcando la noche, dirigiéndose hacia el corazón de las tinieblas.

Gamache sabía adónde iban, y Reine-Marie no se equivocaba demasiado.

Charlaron unos minutos más sobre las novedades en Three Pines. Mientras hablaban, Armand se volvió en el banco hasta quedar de cara a la popa: mirando atrás, hacia el hogar que había abandonado.

• • •

Por la noche, el *Loup de Mer* hizo escala en varias aldeas de pescadores más. Dejó en ellas comida, suministros y personas y siguió adelante.

Por la mañana habían avanzado mucho: carreteras, pueblos y la mayoría de los árboles habían quedado atrás. Al despertar, los pasajeros se encontraron con un cielo gris y una costa llena de rocas que el embate de las olas había alisado.

—Qué sitio tan extraño —comentó Myrna, reuniéndose con Armand en cubierta y tendiéndole un té fuerte y dulce.

Se apoyaron en la barandilla. El aire era frío, nada propio de la temporada veraniega: era como si hubieran dejado atrás el calendario. El tiempo se regía allí por sus propias normas.

Gamache tomó un sorbo de té, una bebida que asociaba con la costa norte. Allí había cazos al fuego el día entero en las cocinas de leña, y manos artríticas que añadían agua caliente y echaban más y más bolsitas hasta que parecía un potaje.

Él había bebido litros y litros de ese brebaje sentado en las cocinas de los remotos pueblecitos de pescadores a lo largo de la costa.

—Ya habías estado aquí, ¿verdad? —preguntó ella.

—Unas cuantas veces.

—¿Investigando?

—Sí. Siempre resulta difícil en una comunidad cerrada: son gente orgullosa, sólo confían en sí mismos. Ni siquiera tenían agua corriente o electricidad hasta hace poco. Nunca piden ayuda al gobierno. Hasta hace muy poco, ni una sola persona había cobrado un subsidio de desempleo: nunca se les ocurriría aceptar lo que consideran una limosna. Tienen sus propias leyes y códigos de conducta.

—Tal como lo describes parece el salvaje Oeste.

Gamache sonrió.

—Supongo que hasta cierto punto lo es, aunque en realidad no es tan salvaje: son pescadores, una raza distinta. El mar ya es lo bastante salvaje para ellos: cuando vuelven a casa sólo quieren paz. La gente aquí es muy civilizada.

—Y sin embargo, matan...

—A veces. Son humanos. —Gamache miró a Myrna—. ¿Sabes cómo llamaba Jacques Cartier a este trozo de costa?

—¿Cartier, el explorador?

—Sí. Cuando vio este sitio por primera vez, a principios del siglo XVI, dijo que era «la tierra que Dios le dio a Caín».

Myrna se quedó pensativa mirando la costa, donde crecían aquellos extraños árboles atrofiados... y nada más.

—Caín: el primer asesino —dijo.

—Una costa tan inhóspita, tan hostil, que sólo era digna de los condenados —comentó Gamache—, y sin embargo...

—¿Y sin embargo...?

Él esbozó una sonrisita torcida y miró hacia la costa lejana.

—Y sin embargo, he llegado a considerarla uno de los sitios más hermosos en el mundo entero. Me pregunto qué dirá eso de mí.

—A lo mejor que te atraen los condenados —sugirió Myrna.

—Eso explicaría por qué me he pasado la vida persiguiendo asesinos.

—¿Y en Tabaquen has estado alguna vez? —preguntó ella.

—Una sola. Arrestamos a un viejo trampero por asesinato. Nunca había salido de esta costa ni se había alejado de sus trampas. Murió en prisión antes del juicio.

—Pobre hombre —repuso Myrna.

Gamache asintió.

Miró las rocas, tan lisas que casi no parecían naturales. Enormes lajas asomaban del agua.

—Por un lado están los que son más como el mar: siempre cambiantes, siempre adaptándose sin establecerse jamás; por otro, los que se parecen a las piedras y formaciones rocosas. —Indicó la costa con un ademán—. Sólidos, pero inmóviles.

Miró a Myrna y sonrió.

—Lo siento, creo que suena a puro romanticismo.

—No, no es así.

Myrna pensó que quizá en Montreal, Toronto, Nueva York o Londres podría ser así, pero allí, asomados a la borda, contemplando las aguas frías y grises, las piedras duras y grises, las densas nubes grises, sonaba bien.

Miró a Armand. ¿Sería él más como el mar o como la piedra? ¿Y ella?

Clara recorría el estrecho pasillo procurando seguir el paso al zarandeo creciente e impredecible de las olas. Estaba descubriendo que se le daban bien los barcos, igual que a Myrna.

A Chartrand, por otra parte, no se le daban nada bien.

Se había pasado toda la mañana en la Suite del Almirante. Clara le llevó unas tostadas y un poco de té. Era la primera vez que veía aquella «suite» y se quedó muy impresionada. La ausencia de Chartrand le había despertado ciertas sospechas y se preguntaba si no estaría fingiendo, pero al ver aquel camarote incómodo, horrible y apestoso, supo que sólo un auténtico moribundo decidiría voluntariamente quedarse allí.

Chartrand despertó, la vio y le dio las gracias con ojos soñolientos.

—Debería irse —dijo intentando incorporarse sobre un codo—: no quiero que me vea así.

—¿Y si fuera yo la que estuviera mareada? —preguntó ella.

—Pues desearía cuidar de usted —repuso él, y su palidez verdosa adquirió cierto tono anaranjado. De haber sido la cara de Marcel Chartrand un círculo cromático, habría suspendido el examen.

Se sentaron en la estrecha cama. Ella había conseguido un paño frío y una pastilla para el mareo.

Al cabo de unos minutos, el medicamento hizo su efecto y Clara reparó en que los párpados de Chartrand se volvían pesados, su respiración más profunda y su piel menos cérea.

Lo dejó desplomarse en la cama y lo tapó con una manta.

—No se vaya —susurró él y cerró los ojos.

Clara se quedó unos instantes en la puerta y luego se fue.

La información sobre el polvo hallado en el estuche enterrado llegó aquella tarde.

Gamache y Beauvoir la leyeron con creciente incredulidad.

No era heroína, al fin y al cabo, ni cocaína.

—¿Cómo puede ser? —preguntó Beauvoir arqueando las cejas—. ¿Estoy leyendo bien?

El propio Gamache había repasado el informe dos o tres veces. Primero lo leyó muy rápido, recorriendo con la mirada un formulario que le resultaba de lo más familiar hasta llegar a la línea que buscaba; entonces se detuvo como si hubiera chocado contra una pared. Luego volvió al principio y leyó con más atención. La conclusión, sin embargo, era la misma.

La sustancia en polvo que había en el estuche no era ningún fármaco. Era natural, aunque no del lado amable de la naturaleza.

Amianto.

Los dos hombres levantaron la vista de la pantalla y se miraron.

—¿Y esto qué significa? —preguntó Jean-Guy.

Gamache se puso en pie.

—Mira a ver qué consigues averiguar sobre el amianto.

—Bien.

A Beauvoir se le daba muy bien encontrar datos, ir siguiéndolos, analizarlos, ponerlos en su lugar, no como un autómata, sino como un investigador hábil y reflexivo.

Gamache dejó a Beauvoir con su portátil en el salón de pasajeros y fue a la sala de comunicaciones del barco, donde le imprimieron unas copias del informe. Luego volvió a cubierta y encontró a Clara y a Myrna hablando en un banco.

—¿Os molesto? —preguntó.

—No, pero pareces un poco alterado —contestó Myrna, y dio unas palmaditas en el asiento a su lado.

Gamache se sentó y les contó las últimas novedades.

—¿Amianto? —repitió Clara—. ¿Y no podría ser natural? Quiero decir..., ¿no hay minas de amianto en Quebec?

—*Oui*. Incluso existe un pueblo que se llama Asbestos —confirmó Gamache— construido en torno a las minas. Pero queda muy lejos. Este amianto se encontró dentro de unos tubos como el que contenía los lienzos de Peter.

—¿Y cómo llegó allí? —quiso saber Clara.

—¿Se puede siquiera encontrar amianto hoy en día? —preguntó Myrna—. Pensaba que lo habían quitado y eliminado del todo hace años.

—Sí, así fue —repuso Gamache—. Extrajeron el amianto de la Escuela de Arte un año después de que tú te graduaras, Clara.

—Recuerdo haber oído hablar del tema —confirmó ella.

—Pasaba en todas partes —recordó Myrna—. Yo trabajaba en un hospital y lo encontraron en las paredes. Antes se usaba como aislante. Por aquel entonces nadie creía que fuera peligroso, por supuesto, pero cuando averiguaron que lo era, tuvieron que quitarlo todo. Un lío tremendo.

—Sí, un lío tremendo —coincidió Gamache.

—Pero ¿cómo acabó enterrado en un campo en Charlevoix?—preguntó Clara.

—Y dentro de un tubo de correo —añadió Myrna.

Los tres miraron hacia la costa. Las gaviotas que se zambullían y flotaban en las corrientes de aire. A medida que las corrientes se volvían más inestables, sus movimientos se hacían cada vez más erráticos. Las propias gaviotas parecían sorprendidas y graznaban cuando el viento las zarandeaba.

Gamache contempló aquel espectáculo y luego miró al cielo: estaba nublado y gris, pero tampoco parecía amenazador.

—*Excusez-moi* —dijo.

Volvió dentro y llamó a la Escuela de Arte. El rector le confirmó que, de acuerdo con las leyes y normativas canadienses, se habían llevado a cabo algunas obras en los años ochenta.

—¿Pudo alguien llevarse parte de ese amianto? —preguntó Gamache.

Se hizo un breve silencio.

—Fue antes de mi época aquí, así que no puedo decirlo con total seguridad, pero sé que tampoco había montones de amianto al alcance de cualquiera. Y aunque los hubiera habido, ¿por qué iba alguien a querer llevarse una cosa que puede resultar mortal?

Gamache, antiguo jefe de Homicidios de la Sûreté, tenía respuesta para eso.

Precisamente para matar, para eso se lo llevaría.

A través de la ventana veía a las gaviotas dar tumbos y sacudidas, y a veces retroceder de repente como si una mano fuerte las hubiera empujado.

Era un presagio, y Gamache lo sabía: los primeros indicios de que algo se avecinaba.

TREINTA Y SEIS

—¿Has encontrado algo? —preguntó Gamache.

Había vuelto al salón de pasajeros.

Beauvoir asintió distraído, absorto en la lectura.

Gamache se sentó a la mesa con él.

En la pantalla estaba la historia del pueblo de Asbestos, Quebec, donde se había descubierto y extraído amianto. Para aquella región tan pobre parecía una bendición divina: un producto natural en abundancia, un aislante que protegía contra el fuego. El amianto no sólo salvaría la región, además salvaría vidas.

Era como magia.

Nadie parecía reparar en las fibras semejantes al cristal hilado que, con sólo tocar el material, se dispersaban por el aire y terminaban alojándose en los pulmones de quienes trabajaban con él, jugaban con él o vivían con él.

Beauvoir recorrió la pantalla hacia abajo con la ruedecilla del ratón y leyeron palabras como «mesotelioma», que sonaba a era geológica pero no lo era, y «friable», que parecía un término culinario pero no lo era.

Aprendieron muchas cosas sobre ese mineral que se suponía que era un milagro pero no lo era.

El amianto resultó la talidomida de los materiales de construcción: un salvador que mataba.

Beauvoir se apartó de la pantalla como si respirar cerca de ella pudiera infectarlo.

—¿Y qué hacía en ese tubo? —preguntó—. ¿De dónde venía?

—¿Y adónde iba? —añadió Gamache—. ¿Y qué más había en ese tubo que ya no está?

Ambos sabían la respuesta.

Lienzos. Obras de arte. Arte mortífero.

Cuando se encontraron con Myrna y Clara en la cubierta del *Loup de Mer*, no estaban solas: las acompañaba una joven.

—Os presento a Julie Foucault —dijo Myrna—, es la nueva profesora de la escuela de Blanc-Sablon.

—*Un plaisir* —dijo Gamache y le estrechó la mano.

Jean-Guy saludó con la cabeza esperando impaciente a que se fuera esa tal Julie para poder contarles a Myrna y Clara lo que habían averiguado.

—¿Es su primer empleo? —preguntó Gamache, y se sentó al lado de la profesora. No parecía que tuviera más de veinte años, llevaba el pelo, de un naranja chillón, largo hasta los hombros, tenía las mejillas rubicundas y la típica expresión de inexperiencia: una mezcla de emoción y ansiedad.

—Sí. Podría haber venido en avión, pero quería ver la costa.

—Julie nos estaba contando que va a enseñar un poco de todo: las cosas funcionan así en las escuelas pequeñas. Pero su especialidad son las ciencias —comentó Clara.

—Tengo un máster y estoy preparando mi tesis doctoral —puntualizó la chica.

Beauvoir se sentó también.

—¿Sabe algo sobre el amianto? —preguntó sin preámbulos.

—Espero que no sea la típica frase para ligar... —respondió ella, y Gamache se echó a reír. Parecía muy joven y hasta puede que lo fuera, pero sabía cuidarse sola.

Incluso Beauvoir sonrió.

—No. Estamos investigando sobre cierto asunto y ha surgido el tema del amianto.

—De hecho, algo sí que sé —dijo Julie—. No soy una especialista, pero lo estudié en la universidad: se usaba como ejemplo con moraleja de la relación entre ciencia, industria y gobierno.

—No nos interesan las implicaciones políticas del amianto —indicó el inspector jefe—, sino sus propiedades.

—Entonces definitivamente puedo decirles unas cuantas cosas. ¿Por qué?

—Se ha encontrado un poco en una caja —explicó Gamache— y estamos intentando averiguar cómo es posible que alguien lo tuviera en su poder y hasta qué punto podría ser peligroso.

—Bueno, el peligro depende de la forma en que se haya encontrado. Si se trataba de un trozo, el peligro es mínimo: el amianto sólo se vuelve peligroso cuando flota en el aire y se puede inhalar.

—Éste era un polvillo —reveló Beauvoir.

Todos miraron a la joven maestra a la espera de su respuesta, pero no tuvieron que esperar mucho. No dudó un solo instante.

—Sí, sería peligroso.

—¿Y cómo mata el amianto? —quiso saber Gamache—. Si alguien se lo tragara, ¿sería muy malo?

—Pues bueno no sería, pero insisto en que el auténtico peligro reside en inhalarlo: que llegue a los pulmones. Una vez allí, se abre paso en los tejidos y provoca asbestosis o mesotelioma, un tipo de cáncer de pulmón, o ambas cosas. Y en la gran mayoría de los casos cuando se diagnostica ya es tarde.

—¿Cuánto tiempo puede tardar en matar a alguien? —preguntó Clara.

—Pues depende... —Julie hizo una pausa para pensar—. Ése fue uno de los motivos por los que tardaran tanto en saltar las alarmas, aparte del deseo de ignorarlo por parte de la industria y del gobierno, que montaron una verdadera farsa...

—Nos estamos desviando hacia asuntos políticos... —le recordó Gamache.

—Lo siento. El problema es que los efectos no se notan hasta al cabo de un tiempo. Se tardó bastante en establecer la relación entre los trabajadores del amianto y las muertes por enfermedades pulmonares. Los mineros podían llevar años retirados antes de mostrar síntomas.

—¿Y cuáles son los síntomas?—preguntó Myrna.

—Tos, por supuesto, dificultades para respirar...

—Bien poco específicos, ¿no? —dijo Myrna.

—Eso también suponía un problema: los errores en el diagnóstico. Pero al final el vínculo salió a la luz y se prohibió el amianto, aunque para entonces ya estaba por todas partes.

—De todas formas, había que estar muy cerca de la sustancia para llegar a inhalarla, ¿no es cierto? —dijo Beauvoir tras reflexionar un momento.

—Cierto. O tendría que estar flotando alrededor, en el aire, como pasa en una mina. ¿Dicen que en su caso se trata de un polvo en un recipiente?

—Sí.

Julie negó con la cabeza.

—Así podría acabar en el aire con mucha facilidad, me parece.

—¿Y la persona que lo inhalase moriría inevitablemente? —preguntó Gamache, y reparó en que Julie ponía cara de preocupación.

—¿Alguno de ustedes lo ha inhalado?

—No. —Gamache la tranquilizó—. Pero si lo hubiéramos hecho, ¿qué pasaría? ¿Moriríamos?

—Es posible. Es uno de esos caprichos del destino: no todos los mineros del amianto desarrollaron enfermedades pulmonares y algunas personas que se vieron expuestas sólo por casualidad sí que lo hicieron.

—¿Cuánto habría que inhalar?

—Pues depende. Siento ser tan imprecisa, pero recuerdo haber leído que algunos mineros lo inhalaron toda la vida y no les pasó nada mientras que otras personas lo inhalaron sólo una vez y murieron. Depende de la persona y de las características de las fibras.

—Pero teóricamente bastaría con muy poco —insistió Beauvoir—: una sola exposición podría ser mortal, ¿verdad?

—Teóricamente, sí —repuso Julie—. Supondría una mala suerte extraordinaria, pero sí, podría ocurrir.

—Si hubiera amianto en el aislamiento de una galería de arte, ¿parte de la sustancia podría adherirse a los lienzos y permanecer ahí aunque se retirara de las paredes? —preguntó Gamache.

—Es más lógico suponer que las personas encargadas de retirarlo habrían limpiado el local entero: el amianto no se puede quitar sin más, sólo personas preparadas para ello pueden dedicarse a algo así.

—Pero ¿si no lo hubieran quitado del todo...? —sugirió Gamache.

Julie observó al hombre robusto que tenía delante.

—Si quiere respuestas claras, tendrá que hacer preguntas claras.

Gamache arqueó ligeramente las cejas y sonrió.

—Sí, ya veo. El recipiente donde se encontró este amianto probablemente contenía algunas pinturas enrolladas... o lienzos en blanco. Una cosa u otra. ¿Podría haber estado el amianto en los lienzos y caer de ellos?

Julie reflexionó unos momentos.

—En realidad, un lienzo sería un vehículo fantástico para el amianto: tiene una trama fina, así que las fibras del amianto podrían quedar pegadas a él.

—¿Y una vez pintado? ¿Se habría adherido el amianto a la pintura al óleo? —preguntó Clara.

—No, no lo creo, pero en un lienzo en blanco...

—... sí —concluyó Clara.

—Bueno, no soy artista...

—Pero yo sí.

Julie se volvió hacia ella.

—Si tuviera un lienzo en blanco enrollado, ¿qué haría con él?

—Pues lo desenrollaría, lo estiraría y lo clavaría a un bastidor de madera para poder pintar en él. Lo he hecho muchas veces: he comprado lienzo barato en algún mercadillo, sin bastidor, enrollado sin más, y he tenido que clavarlo a un marco de madera.

Julie asintió.

—O sea que lo manipularía.

—Por supuesto. —Clara abrió mucho los ojos y añadió—: Y el polvo de amianto se desprendería y flotaría en el aire...

Julie asintió con la cabeza.

—Y como usted estaría manipulando el lienzo, el polvo de amianto podría flotar suficientemente cerca de usted como para que lo inhalara, o bien adherirse a sus manos y su ropa y acabar finalmente en el aire. Pero hay otra cuestión...

—Las pinceladas —dijo Clara, viendo adónde quería ir a parar la joven profesora.

—Exacto. Al dar pinceladas, también podría desprender el polvo de amianto: sería otra forma de dispersarlo en el aire.

—Y de nuevo —terció Gamache— el artista estaría lo bastante cerca para inhalarlo.

—Estaría a la distancia de un brazo extendido —confirmó Julie.

Reflexionaron un momento.

—Pero supongamos que el lienzo enrollado ya estuviera pintado —dijo Clara—; ¿se podría aplicar entonces el amianto?

—No con tanta eficacia, como les decía, porque la trama estaría cubierta de pintura y el amianto no tendría dónde afianzarse: resbalaría por la superficie.

—Pero aún quedaría el revés de la tela —puntualizó Myrna, y todos la miraron—. Incluso si la parte delantera está pintada, la parte trasera seguiría siendo tela sin utilizar, ¿verdad? Una superficie... —Myrna se volvió hacia Julie— «donde afianzarse».

Julie asintió.

—Tiene razón: en ese caso también, al desenrollarse la tela, el amianto pasaría al aire.

—Y podría inhalarse —añadió Myrna.

Julie los miraba. La euforia de los razonamientos iba dando paso a un nerviosismo creciente.

—¿Cuánto tiempo tardaría alguien en ponerse enfermo? —preguntó Myrna.

—Depende de la exposición —contestó Julie, ahora más reservada—. Como ya he dicho, podría no ocurrir nunca pero, en general, el amianto tardaría años, incluso décadas, en resultar mortal.

La chica observó sus expresiones sombrías.

—¿De qué va todo esto? No estarán planeando hacerlo, ¿verdad?

—¿Y si fuera así? —preguntó Gamache.

—Pues serían unos asesinos —aseguró Julie palideciendo.

Gamache se apresuró a tranquilizarla: no estaban planeando ningún asesinato, sino todo lo contrario.

—¿Están intentando detener a un asesino? —preguntó ella con tono de incredulidad mientras los miraba uno a uno—. Si se trata de amianto, probablemente sea demasiado tarde: a la persona en cuestión ya la han asesinado, aunque todavía no haya muerto.

Dicho lo cual, se fue.

Armand la observó alejarse procurando conservar el equilibrio ante los incesantes bandazos y sacudidas del barco: parecía una gaviota en apuros.

Gamache se dio cuenta de que, aunque la pobre chica sin duda los había ayudado, ellos en cambio no le habían hecho ningún favor.

Julie ya no estaba tan animada y alegre como antes de hablar con ella: habían empañado su brillo.

Los cuatro amigos pasearon por la cubierta rumiando la información que les había dado la joven profesora. Mientras ellos circunnavegaban el buque, el *Loup de Mer* surcaba las aguas en dirección al norte. De vez en cuando una ola sacudía el barco y se veían obligados a detenerse para no perder el equilibrio: el viento había arreciado y las olas, cada vez más altas, saltaban sobre la borda, bañaban la cubierta y la volvían resbaladiza.

—Es casi seguro que esos tubos contenían lienzos —opinó Gamache—: pinturas de No Man.

—Pero ¿el amianto? —preguntó entonces Clara—. ¿Quién pudo ponerlo ahí?

—¿Y por qué?

Los cuatro reflexionaron un momento en silencio.

—El amianto es mortal —dijo por fin Gamache—. No había garantías, pero sí bastantes probabilidades de que quien sea que manipulase esos cuadros contaminados lo inhalase y acabara muriendo.

—¿Será alguien como aquellos locos que enviaban ántrax por correo? —planteó Beauvoir—. ¿Estaremos ante un asesino en serie?

—¿Creéis que habrá mandado esos cuadros a galerías de todo Canadá? —preguntó Clara.

Myrna, Clara, Beauvoir y Gamache seguían andando, pensando y recordando la única imagen que tenían del profesor Norman: un autorretrato, el autorretrato de un loco.

Un alma enferma de pecado que espolvoreaba amianto en sus obras y las mandaba lejos sabiendo que quienquiera que abriese el recipiente, desenrollara las telas, las tocase y las admirase, estaba sellando su propio destino, pensó Gamache.

El amianto se dispersaría en el aire y esa persona lo inhalaría y acabaría teniéndolo en los pulmones. A partir de ahí las fibras, como hilos de cristal, irían horadando cada vez más hondo, cavando profundos túneles.

Mientras tanto, aquel hombre o mujer amante del arte seguiría con su vida sin saber que había aspirado el aroma de Samarra: su propia muerte.

Se volvió demasiado difícil pasear por cubierta, así que se refugiaron en la sala de pasajeros. Estando allí, a Gamache le sonó el móvil.

Era el rector de la Escuela de Arte.

—Me ha dejado muy preocupado nuestra conversación de antes, monsieur Gamache —dijo—, así que le he pedido a la persona encargada del departamento de Sanidad y Seguridad que revisase algunos puntos de la Escuela de Arte por si había amianto. No tendrá los resultados definitivos hasta dentro de unos días, pero todo parece estar en orden, con una sola excepción: hay un punto sospechoso en el estudio del profesor Massey.

—¿Y eso qué significa? —preguntó Myrna.

—Diría que está bastante claro lo que significa —respondió Clara.

Habían usado las últimas monedas que les quedaban para comprar chocolate caliente en la máquina expendedora. Se sentaron a una mesa junto a una de las ventanas que el río salpicaba.

La proa del *Loup de Mer* subía y bajaba, subía y bajaba. De vez en cuando llegaba más alto y, después de unos momentos, volvía a caer con estruendo. Se estaba levantando un temporal que iba derecho hacia ellos; y ellos iban derechos hacia él.

Todos sostenían con cuidado sus vasos de chocolate, pero aun así se les derramó un poco. Clara pensó un momento en Marcel Chartrand, allá abajo, en las entrañas del barco.

—Significa que sabemos a quién envió Norman sus cuadros contaminados con amianto —dijo Clara.

—Al profesor Massey —especificó Beauvoir.

—Pero ¿por qué? —preguntó Myrna—. Massey hizo que lo despidieran, ¿por qué razón iba a confiarle sus obras?

—No se las confiaba: intentaba matarlo —puntualizó Gamache.

Se volvió, por costumbre, hacia Jean-Guy Beauvoir.

Aquél era un territorio familiar para ambos: cuántas veces no habían estado así, sentados uno frente al otro a mesas de formica, mesas de madera sin desbastar o escritorios; en campos embarrados; en coches, aviones o trenes; bajo la radiante luz del sol o bajo ventiscas de nieve.

Ellos dos.

Lo que intentaban era despejar el camino, abrirse paso hacia un corazón sombrío. Intentaban resolver el crimen más antiguo, el primigenio; el crimen de Caín: el asesinato.

Beauvoir reflexionaba.

—Si No Man contaminó sus obras y se las envió a Massey, ¿no existe la posibilidad de que Massey las vendiera? ¿De que encontrara compradores?

Eso también tenía preocupado a Gamache: una vez que No Man ya no los tuviera entre manos, con los lienzos podía haber ocurrido cualquier cosa. No había forma de saber si matarían a Massey, a un estudiante o a algún pobre y anónimo coleccionista de arte.

Quizá a No Man no le importase realmente a quién más podía matar, mientras el profesor Massey estuviera entre ellos. O quizá...

—Quizá no fueran muy buenas —sugirió Gamache—. Quizá le envió deliberadamente unas pinturas que sabía que Massey no le enseñaría a nadie más.

—Aun así, la cosa no tiene mucho sentido —intervino Myrna—. El profesor Massey odiaba a Sébastien Norman. Le consiguió un empleo y Norman se aprovechó de la situación para impulsar su propia teoría de la décima musa. Luego montó una exposición para las obras rechazadas. El profesor Norman hizo todas las maldades que pudo salvo prenderle fuego a la Escuela de Arte. ¿Por qué iba a ayudarlo Massey?

—¿Lo ayudarías tú?

La pregunta provenía de Beauvoir e iba dirigida a Gamache.

—Tanto Clara como Myrna piensan que el profesor Massey les recordaba a ti, *patron*. Te he visto hacer cosas muy raras por personas a las que todos los demás rechazaban, incluido yo mismo. ¿Crees que Massey habría ayudado a Norman?

Gamache reflexionó unos momentos.

—Pues sí, podría ser. Quizá no odiaba a Norman —añadió dirigiéndose a Myrna—, sino que le daba pena. Quizá incluso se sentía responsable por haber puesto a Norman y a la Escuela de Arte en aquella situación.

Myrna y Gamache se miraron.

—Sí —repuso ella, recordando sus sesiones privadas de terapia—, es posible.

—Y creo que Massey era el marchante a quien Luc Vachon le enviaba los lienzos —añadió Gamache.

—Unos lienzos contaminados con amianto —puntualizó Beauvoir—. Quizá Massey no odiase a Norman, pero Norman sí que odiaba a Massey por hacer que lo despidieran.

—¿Cuántos empleados despedidos no vuelven a la oficina con un arma? —les recordó Myrna—. Pues los cuadros eran el arma de Norman.

—Pero ¿de dónde sacó el amianto? ¿Y dónde están esas pinturas? —preguntó Clara—. ¿Dónde las metía el profesor Massey? No las hemos visto colgadas en las paredes.

—Quizá estén en algún almacén —contestó Gamache—: quizá ése sea el punto conflictivo que han encontrado. Llamaré de nuevo al rector.

—Por suerte, parece ser que el plan de No Man no funcionó —comentó Myrna mientras Gamache hacía la llamada.

—¿Qué quieres decir? —preguntó Beauvoir.

—Siempre se me olvida que tú no llegaste a ver al profesor Massey. Costaría encontrar a un octogenario más sano. Si esas obras hubieran empezado a llegar hace décadas y el amianto hubiera hecho lo suyo, estaría muerto o al menos moribundo.

—¿Os acordáis de lo que ha dicho Julie? «Caprichos del destino» —comentó Clara.

—Algunas veces la magia funciona... —comentó Beauvoir—, pero ¿por qué Massey habrá ido de repente a Tabaquen?

Gamache colgó tras haber dejado un mensaje en el buzón de voz del rector con su número y el de Beauvoir.

—¿Por qué habrá ido Peter a Tabaquen? —añadió Clara.

—Para encontrar a la décima musa —le recordó Myrna—: para ser mejor pintor. Él no tenía idea de nada de esto, sólo sabía que estaba desesperado y perdido, y el profesor Norman le ofrecía una forma fácil de abrir su corazón al arte. Un rescate sencillo: una musa para el hombre moderno.

El barco se estremeció cuando lo golpeó una ola especialmente enorme: el río parecía saltar y arremeter contra las ventanas.

Pero, aunque la velocidad del barco disminuyó un momento, el *Loup de Mer* siguió avanzando, acercándose cada vez más a su destino: al Hechicero, el punto cero.

TREINTA Y SIETE

Pasaron la tarde separados, cada cual intentando capear el temporal como buenamente podía.

Armand Gamache se encontró a Clara en el camarote de los hombres, la supuesta Suite del Almirante. Ella le había llevado un poco de sopa y pan a Chartrand, que seguía dormido en la estrecha litera. No quedaba mucha sopa que digamos en el cuenco, pues la mayor parte se había derramado en el camino.

Ahora tenían el temporal justo encima, azotando el barco. Lo zarandeaba de un lado a otro, de modo que la gente se veía arrojada de aquí para allá sin previo aviso.

—Yo también venía a ver qué tal le iba. ¿Está bien? —susurró Gamache agarrado al marco de la puerta.

—Sí, sólo muy mareado.

Clara dejó el pan en la mesita de noche, pero no la sopa: acabaría en el suelo... o encima de Chartrand.

Se levantó, pero primero le palpó la frente. Al tacto parecía un bacalao, y tenía un aspecto desastroso. Era una mejora. Le apoyó una mano grande en el pecho sólo un momento.

Luego lo dejaron y volvieron penosamente a la cubierta de observación. El estuario del río era pura espuma, la cubierta estaba inundada.

Clara había elegido un banco junto a la ventana y Gamache se sentó a su lado, como hacían cada mañana en Three Pines: como desconocidos que esperan un autobús.

Clara tenía su cuaderno de bocetos y la caja de lápices en el regazo, pero no los abría.

—¿Pensabas hacer un dibujo?

—No, es que me da seguridad tenerlos conmigo.

Rozó el estuche de lápices metálico con el dedo, como si fuera un rosario, y abrazó el cuaderno de bocetos como si fuera la Biblia.

Una ola arremetió contra la ventana; ambos se echaron atrás instintivamente, pero el plexiglás aguantó por suerte. Se quedaron sentados en silencio, en el silencio tenso que reina cuando se capea un temporal y que cualquier marinero es capaz de reconocer desde hace siglos.

Gamache miró el perfil de Clara mientras ella contemplaba las olas rompiendo contra la costa. Golpeaban las rocas erosionándolas, alisándolas.

Tenía una mirada tranquila y concentrada a la vez: captaba los detalles del mundo físico y metafísico.

—Es algo especialmente cruel utilizar el arte para matar, ¿no te parece? —dijo entonces, aún mirando hacia la costa.

—He visto cosas peores —repuso él.

Le tocó el turno a Clara de observar a Gamache de perfil. Le creía.

—Me refiero a usar algo que amas en contra de ti mismo —insistió Clara.

—Sé a qué te refieres —contestó él.

El *Loup de Mer* daba bandazos y se zarandeaba. Ambos se vieron arrojados hacia delante y a punto estuvieron de caerse del banco.

—Cobarde —soltó Clara.

—¡¿Perdón?!

—Norman. Es un cobarde. No tenía que verlo, no tenía que enfrentarse a lo que había hecho: simplemente ponía el amianto allí, lo enviaba por correo y seguía viviendo tan tranquilo. Como un cobarde.

—La mayoría de los crímenes son así —explicó Gamache—, los cometen personas débiles o personas fuertes en un momento de debilidad, pero casi nunca es un acto valeroso.

—¿Casi nunca?

Gamache se quedó callado.

Ella sacó del bolsillo una pastilla para la tos y la dejó en el banco entre ambos.

—¿Hay alguien a quien desearías matar si no tuvieras que presenciarlo? —preguntó—. Si pudieras simplemente apretar esto —y señaló la pastilla para la tos— y la persona en cuestión muriera..., ¿lo harías?

Gamache se quedó mirando el rectangulito blanco.

—¿Y tú? —le preguntó él levantando la vista de nuevo.

—Uy, sí: mataría a toda clase de personas todos los días. A Myrna esta misma mañana, cuando se ha pasado demasiado rato en la bañera...

—¿Tenéis bañera?

—Es una metáfora —se apresuró a contestar Clara, y siguió hablando deprisa, dejando a un perplejo Gamache pensando en bañeras—. A Ruth, a los galeristas que prestan más atención a otros pintores...

—¿A Ruth?

—Sí, a ella también —repuso Clara.

—¿Te has sentido tentada de apretar la pastilla pensando en Peter?

—¿Tentada de matarlo? Sí, ha habido veces en que he deseado que desapareciera; no de Three Pines, sino por completo, para poder dejar de pensar en él, dejar de esperar y quizá incluso dejar de odiarlo... o de quererlo... Y si desapareciera, yo podría hacerlo también, quizá.

—Pero tú no querías verlo muerto —dijo Gamache—: lo que querías era que cesara el dolor.

Clara miró la pastilla que había dejado en el banco.

—Hubo veces en que sí, en que quise que muriera: lo quería y lo temía a la vez. Habría sido un final terrible para nuestra vida en común, pero al menos habría supuesto un final.

Clara miró hacia la cubierta, resbaladiza por el agua del río. Miró el casco metálico del buque, las olas enormes, la costa desolada más allá.

Qué distinto del pueblecito amable, cálido. De su hogar, sus estudios y su jardín, con las dos butacas y aquellos ruedos que se entrelazaban.

Se había esforzado por pensar en todo aquello como *su* hogar: sólo de ella. En llamarlo «*mi* casa» en las conversaciones. Pero no, no lo era: era la casa de ambos. Estaba impregnada de la presencia de ambos.

Echaba tanto de menos a Peter que se le encogían las entrañas.

Y tenía que saberlo, tenía que saber qué sentía él.

Estaba segura de conocer ya la respuesta: el silencio de Peter lo decía todo. Sin duda su ausencia debería bastarle, pero no era así: tenía que oírlo de sus labios.

¿Habría dejado de quererla? ¿La había abandonado a ella, y a Three Pines también, y había formado un hogar en otro sitio?

El muy cabrón no se iba a librar tan fácilmente, tendría que enfrentarse a ella.

Su querido, adorado Peter. Tendrían que enfrentarse el uno al otro y decirse la verdad, y entonces ella podría irse a casa.

Gamache se levantó, caminó con cuidado hasta la ventana y se quedó mirando hacia el exterior largo rato, agarrado al marco entre los tumbos y las sacudidas del barco.

—¿Puedes venir hasta aquí?

—No estoy segura —contestó ella y esperó a una pausa entre dos olas para levantarse.

Gamache la sostuvo apoyándole una mano grandota en la espalda y prácticamente inmovilizándola contra la ventana.

—¿Ves esa cala de ahí?

—Sí.

—Eso son las Tumbas.

Clara se armó de valor y miró hacia una bahía que debería haber estado resguardada, pero que era de hecho un revoltijo de olas y remolinos: parecía que alguna criatura se estuviera retorciendo y agitando justo bajo la superficie.

—Hay rocas debajo del agua —explicó Gamache, aunque ella no se lo había preguntado—, crean ese efecto. Cualquier barco que quede atrapado en ellas no tiene la menor posibilidad de salvarse.

Clara notó que la piel se le helaba con un frío que llegaba de dentro. Notó que se encogía, que intentaba apartarse de aquellos remolinos mortíferos, de la costa inhóspita.

—¿Fue eso lo que hizo naufragar al *Empress of Ireland*? —preguntó.

Clara había leído al respecto en el colegio y sabía que debían de estar muy cerca del sitio donde aquello había ocurrido.

—No, fue otro fenómeno. Por lo visto, la niebla es distinta aquí que en cualquier otro sitio: los dos barcos se perdieron en la niebla.

No hizo falta que siguiera, ambos sabían lo que ocurrió después.

En 1914, el barco de pasajeros *Empress of Ireland* naufragó en aquellas aguas tras ser embestido por otro navío en la oscuridad, entre la niebla. Se hundió en quince minutos, se perdieron más de mil vidas, hombres, mujeres y niños.

Clara miró las agitadas aguas. El río hervía de vida y de muerte, la vida y la muerte de los que se habían perdido bajo las olas: almas que no se habían salvado.

—Mi abuela me contaba muchos cuentos de *voyageurs* condenados a remar para siempre en sus canoas a través del cielo —explicó Gamache—: bajaban en picado, cogían a los niños malos y los traían aquí.

—¿A las Tumbas? —preguntó ella.

—No. Más allá siguiendo la costa, a la Île aux Demons.

—La «Isla de los Demonios» —tradujo Clara—: esto es como un parque de atracciones gigante.

Gamache sonrió.

—Yo no le creía, desde luego..., hasta que vine aquí.

Miró hacia la costa yerma y sin señales de vida.

Pero él sabía que no era cierto: allí vivían muchas cosas sin ser vistas.

—Me gustaría dibujarlo —dijo Clara— si es que se calma alguna vez.

—Envidio tu capacidad de pintar —confesó él—: debe de ser terapéutico.

Volvieron al banco tambaleándose.

—¿Crees que necesito terapia?

—Creo que todos los que vamos en este barco probablemente la necesitemos.

Ella se echó a reír.

—La nave de los locos.

Clara se quedó mirando el río mientras Gamache buscaba en el bolsillo interior de su abrigo. Sacó *El bálsamo de Galaad*.

—Encontré esto en la mesita de noche de mi padre cuando tenía nueve años, la noche en la que murieron —contó mirando el libro—. Me sentía inconsolable, no sabía qué hacer, así que hice lo que hacía siempre que estaba asustado: fui a su dormitorio, me acurruqué en su cama y esperé a que aquella pesadilla llegara a su fin, a despertarme y que ellos estuvieran allí, uno a cada lado, protegiéndome. Pero, claro, no pude dormir y no hubo despertar. —Hizo una pausa para recomponerse. Una ola tras otra arremetían contra las ventanas de enfrente como si el río se arrojara contra ellas a propósito intentando entrar, intentando atraparlos, intentando, quizá, refugiarse de su propia tormenta—. Murieron en un accidente de coche. Pero no fue un simple accidente, según supe después. Cuando entré en la Sûreté busqué su expediente, no sé por qué.

—Necesitabas saber lo que pasó —repuso Clara—, es natural.

—Muchas cosas son naturales, pero no siempre son buenas, como el amianto. Esto fue como el amianto: me horadó las entrañas. Desearía no haberlo visto nunca. Mi abuela no me había contado que a mis padres los había matado un conductor borracho... que sobrevivió, cómo no.

Clara miró a Gamache. A lo largo de los años había captado muchas cosas en su voz: ternura, asombro, ira, decepción, advertencia, pero nunca amargura... hasta ese momento.

—Bueno —concluyó él como si lo que acababa de contarle fuera trivial—, el caso es que encontré este libro en la mesita de mi padre con el punto en el sitio preciso donde él lo había dejado. Lo cogí y lo metí en una caja junto con otras cosas...

Tesoros de la niñez: llaves viejas de casas en las que ya no vivía, banderines de carreras que había ganado, una castaña especialmente bonita, un trozo de madera que según alguien era del palo de hockey de Jean Béliveau, reliquias de los santos de su infancia, talismanes.

Le habían dado el crucifijo que su padre llevaba siempre, que llevaba cuando murió. Querían enterrarlo con él, pero su abuela lo rescató quién sabía cómo; nunca se lo preguntó.

Se lo dio cuando nació su primer hijo, Daniel.

Y él lo había guardado como otro tesoro y se lo había dado a su vez a Daniel cuando nació Florence.

Pero ese libro se lo quedó sólo para sí, a salvo en la caja, oculto en la caja.

Siempre estaba ahí, pero nunca lo tocaba. A veces sacaba la caja y la miraba, pero nunca la abría.

Hasta el día en que Reine-Marie y él se mudaron a Three Pines.

Hasta que él dejó de perseguir a asesinos: había cumplido su deber con las almas de los muertos y las almas de los condenados y al final podía descansar en el pueblecito del valle.

Sólo entonces consideró que era del todo seguro abrir la caja.

O eso creía, al menos.

De ella emanó el aroma del libro y el aroma de su padre, almizclado, masculino: había quedado impregnado en las páginas del libro... como un fantasma.

«Hay un bálsamo en Galaad», había leído aquella primera mañana en su jardín, «capaz de sanar las heridas».

Se había sentido inundado de alivio: quizá por fin podría dejar su pesada carga.

Armand Gamache había sospechado durante mucho tiempo que, lejos de ser un pasajero de la canoa embrujada, era uno de los *voyageurs*. Que remaría siempre, sin detenerse jamás, llevándose las almas de los malos.

«Hay poder suficiente en el cielo», había leído, «para curar un alma enferma de pecado».

Las palabras que necesitaba oír. Era como si su padre le hubiese hablado, como si lo hubiera cogido entre sus brazos para decirle que todo estaba bien.

Ya podía parar.

A partir de entonces, cada mañana se sentaba en el banco que veía sobre el pueblo y recibía una breve visita privada de su padre.

—Pero nunca has leído más allá del punto de libro —dijo Clara—, ¿por qué?

—Porque no quiero ir más allá: no quiero dejarlo atrás...

Inhaló el aire marino y, cerrando los ojos, echó la cabeza atrás ligeramente.

Había salido algo más de aquella caja sellada, algo tan inesperado que a Gamache le había costado mucho tiempo reconocerlo... y admitirlo.

La mirada de Gamache se dirigió a la pastilla, ahora hincada entre dos travesaños debido al movimiento del buque.

—Leí el informe sobre la muerte de mis padres. —Le hablaba al cuadradito blanco—. Y sobre el chico que sobrevivió. Era un menor: su nombre se había suprimido.

Clara no sabía qué decir, así que no dijo nada.

—Sólo tenía un permiso para conducir en prácticas. Conducía ilegalmente y además iba borracho. No me llevaba ni diez años. Ahora tendrá sesenta y tantos: probablemente sigue vivo.

Gamache levantó un dedo y lo dejó suspendido sobre la pastilla para la tos esperando que un movimiento del barco llevase la pastilla hasta su dedo.

Pero el barco no se zarandeó, no se agitó, las olas parecieron calmarse un momento.

Gamache miró por encima de la borda hacia la costa.

Habían salido de las Tumbas y surcaban las aguas más cerca que nunca del final del viaje.

Gamache volvió a poner la mano sobre el libro.

—*Patron.*

Beauvoir recorría el suelo inestable como un vaquero recién llegado de cabalgar un buen trecho. Myrna iba detrás dando bandazos de banco a banco.

Gamache volvió a meterse el libro en el bolsillo justo cuando llegaba Beauvoir.

—El rector ha vuelto a llamar. Ha intentado llamarte a ti, pero no contestabas.

—Llevo el teléfono en el bolsillo —respondió Gamache—, no lo he oído.

—Le preguntabas dónde encontraron el amianto en el estudio de Massey.

—Sí, ¿y...?

—Han sellado la habitación entera y van a hacer más pruebas, pero por el momento el amianto parece estar concentrado en un solo sitio.

—¿El almacén? —preguntó Gamache—. Probablemente Massey guardaba allí los cuadros de No Man.

—No, al fondo del estudio, en uno de los cuadros.

Clara frunció el entrecejo, concentrada y algo confusa.

—Pero allí sólo había una pintura. —Palideció—. Yo no la vi, pero tú sí —le dijo a Myrna.

Gamache sintió que el corazón le daba un vuelco, como si lo hubieran golpeado desde atrás. Reine-Marie también había mirado aquel cuadro, había estado lo bastante cerca de él para apreciarlo, para respirarlo.

—¿Y estaba cubierto de amianto? —preguntó.

—No, cubierto no: había restos... —Beauvoir comprendió de inmediato su preocupación— y sólo por la parte de atrás. Esa profesora de ciencias tenía razón: No Man colocó el amianto de modo que Massey lo dispersara cuando manipulase el cuadro, pero no suponía un peligro para nadie más. Ya no estaba en el aire, no pudisteis inhalarlo.

El corazón de Gamache se calmó y su mente fue cobrando velocidad.

—Esa obra —se volvió hacia Clara— era aquella tan buena, ¿verdad?

—Yo no la vi, en realidad, pero Myrna sí.

—Era maravillosa —confirmó Myrna—, mucho mejor que las demás.

—Pero la había pintado el profesor Massey —les recordó Clara—, y no Norman. ¿Cómo es posible que estuviera contaminada?

Gamache se echó atrás en el banco, perplejo. Todo o casi todo cuadraba... si se ignoraba aquella única cuestión.

Si Massey había pintado aquella obra, ¿cómo pudo No Man ponerle el amianto?

—Estamos pasando algo por alto —dijo Gamache—, nos hemos equivocado en algún punto.

Era la hora de la cena, pero los cocineros no se atrevían a encender los hornos y los fogones, de modo que tomaron unos bocadillos y se sujetaron fuerte porque las olas se ensanchaban y se volvían más profundas. Hasta los marineros más avezados parecían tensos.

Los amigos apartaban la atención del vaivén del barco repasando una y otra vez lo que ya sabían: los hechos.

El periplo de Peter por Europa. El Jardín de la Especulación Cósmica. La liebre de piedra.

Beauvoir buscó en su bolsillo y acarició la pata de conejo: seguía ahí.

El viaje de Peter a Toronto y la Escuela de Arte, su reunión con el profesor Massey.

Y luego el viaje a Charlevoix y Bahía de San Pablo, en busca, al parecer, de la musa: la décima musa, la musa indomable, capaz tanto de curar como de matar, y su campeón: No Man.

Los cuatro le dieron vueltas al asunto, vueltas y más vueltas.

Pero aún seguía sin quedar claro qué habían pasado por alto, si es que había algo.

—Bueno —concluyó Clara—, pronto tendremos la respuesta: el barco llega a Tabaquen por la mañana.

Levantó la mano: sostenía una llave.

—¿Qué es eso? —preguntó Beauvoir.

—La llave de nuestro camarote —respondió Myrna.

—¿Es una insinuación? —preguntó él.

—No llevamos tanto tiempo en el mar —dijo Myrna, y oyó una risa parecida a un gruñido procedente de Gamache—. Es una invitación: tenemos un sofá que se convierte en cama.

—Pero lo estaréis usando vosotras —señaló Beauvoir.

—No, nosotras estamos en el dormitorio.

—¿Dormitorio?

—Creo que la llaman «alcoba» —puntualizó Myrna—. Podéis usar con toda libertad la ducha o la bañera.

—¿Para un baño metafórico? —preguntó Gamache a Clara, que enrojeció.

Beauvoir entornó los ojos y le quitó la llave de las manos.

—Y coged lo que queráis de la nevera —añadió Myrna cuando ya se alejaban zigzagueando por la cubierta de observación.

Beauvoir se metió la llave en el bolsillo junto con la pata de liebre.

Hablaron un poco más, repasaron un poco más los detalles, pero seguían sin verlo claro.

Gamache se levantó.

—Estoy cansado, y Clara tiene razón. Tendremos la respuesta mañana.

Los dos hombres se fueron a la Suite del Capitán, no sin antes pasar por la del Almirante para echarle un vistazo a Chartrand, coger sus artículos de aseo y ropa limpia.

Cuando abrió la puerta de la Suite del Capitán, Beauvoir se detuvo.

—¿Qué pasa? —preguntó Gamache—. ¿Cabemos?

—Aquí cabe toda la flota —contestó Beauvoir, y se hizo a un lado para que el jefe pudiera verlo todo: la cocina, la pulida mesa del comedor, los ventanales, las butacas, la puerta de caoba cerrada que conducía, presumiblemente, a la alcoba donde dormían Clara y Myrna. Y el sofá, abierto y convertido en una cama grande, preparado con sábanas limpias, almohadas y un edredón de plumas.

—Es lo más bello que he visto en mi vida —susurró Beauvoir—, podría casarme con esta habitación.

—No mientras yo esté en ella —dijo Gamache pasando junto a él.

Decidieron que se turnarían para darse un baño caliente: ninguno de los dos confiaba en conseguir mantenerse en pie bajo la ducha. Cuando salió Beauvoir, envuelto en un mullido albornoz, encontró a Gamache agarrado al borde de la mesa del comedor examinando una de las pinturas de Peter.

—Los labios —dijo Beauvoir uniéndose a él.

Aquellos labios miraban ceñudos a los dos hombres y ellos los miraban a su vez con el ceño fruncido.

Después de navegar dos días en aquellas aguas, Beauvoir podía apreciar mejor lo que Peter había intentado captar.

Peter había visto, sentido e intentado pintar el rostro y la deriva cambiante del río.

—Seguimos en medio del temporal —comentó Jean-Guy.

—Pero quizá un poco más cerca de la costa.

—Sí, ya, pero la costa no es siempre el mejor sitio donde estar —terció Beauvoir, que se dirigía hacia la cama a trompicones.

—Cierto, *mon vieux* —admitió Gamache—. Me voy a dar un baño.

Al otro lado del ventanal, la oscuridad era total, pero cada tanto lo azotaba el agua.

Media hora más tarde, Gamache apagó la luz y se metió en la cama.

—Estaremos allí mañana —dijo Beauvoir ya medio dormido—. ¿Crees que encontraremos a Peter?

—Sí.

Gamache se fue dejando llevar poco a poco por el sueño pensando en lo que les esperaba.

El aislamiento y la compañía de un loco podían alterar incluso a la persona más estable del mundo, y mucho más a alguien que ya se estaba desmoronando, como le ocurría a Peter.

Casi con toda certeza encontrarían a Peter Morrow al día siguiente, pero no estaba en absoluto seguro de que Peter quisiera que lo encontraran.

Jean-Guy se despertó en el camarote y percibió una luz rosa muy tenue y olor a café. Era temprano, las mujeres seguían dormidas.

Pero Gamache ya estaba levantado e instalado en la mesa del comedor. Miraba las pinturas de Peter y tarareaba para sí.

—¿Todo bien, *patron*? —preguntó Jean-Guy, y se sentó en la cama. Algo le parecía raro, distinto.

Y entonces se dio cuenta de lo que era: por primera vez desde hacía días, el *Loup de Mer* no se zarandeaba ni se balanceaba.

—*Oui.* —La voz de Gamache y sus pensamientos estaban muy muy lejos.

—¿Todavía avanzamos? —Beauvoir miró por la ventana.

El temporal había amainado y se dirigía hacia el río: hacia Anticosti y Sept-Îles, la ciudad de Quebec y finalmente Montreal.

De camino al baño, Beauvoir hizo una pausa en la mesa, el tiempo suficiente para ver que el jefe había dado la vuelta al cuadro de Peter de modo que el pesar abrumador ahora era alegría tontorrona.

Y sin embargo el jefe parecía completamente serio.

—¿Qué ocurre? —preguntó Jean-Guy cuando volvió, mientras dejaba unas tazas de café bien fuerte encima de la mesa.

—*Merci* —repuso Gamache aún distraído.

Y entonces le contó a Jean-Guy lo que había encontrado oculto en aquel cuadro.

Allí, entre los labios, las olas, la tristeza y la esperanza, había hallado un alma enferma de pecado.

Myrna y Clara se despertaron cuando los rayos del sol se colaron a través del ventanal.

El *Loup de Mer* parecía no moverse en absoluto: de no haber sido por el reconfortante ronroneo de los motores, habrían pensado que el barco estaba varado en el agua. Pero, por la ventana, Clara y Myrna veían pasar con rapidez la costa.

El cielo se había despejado y el río parecía de cristal. El *Loup de Mer* surcaba las aguas hacia un resplandeciente día de color pastel.

La costa se elevaba con suavidad, como si el río mismo sencillamente se hubiera convertido en piedra.

La estancia principal del camarote estaba desierta: los hombres se habían ido.

Las mujeres se sirvieron café y entraron en el baño por turnos. Luego, ya vestidas, salieron a cubierta, donde hallaron a Gamache, Beauvoir y Chartrand apoyados en la barandilla.

—¿Se encuentra mejor? —preguntó Clara situándose junto al galerista. Estaba pálido, pero ya no verde.

—Mucho mejor. Lo siento, no he podido ayudar gran cosa ni he sido una buena compañía.

Clara sonrió, pero advirtió que Myrna y Gamache miraban a Chartrand. Adivinó lo que estaban pensando: exactamente lo mismo que ella.

La de Marcel Chartrand había sido una recuperación milagrosa y muy oportuna: con todo el tiempo que se había pasado enfermo, resucitaba justo antes de que llegaran a Tabaquen.

Clara sabía que estaba mareado de verdad, pero quizá no estuviera tan mareado como pretendía.

Y ahora los cinco se apoyaban en la barandilla mientras el *Loup de Mer* navegaba siguiendo la costa, en medio de aquella calma absoluta y casi inquietante.

Myrna observó a Armand. Los otros miraban la costa, pero Gamache miraba hacia delante, al lugar al que se dirigían.

Parecía un marinero, un auténtico lobo de mar, pero también, aquella bella mañana, parecía lo que era por naturaleza: un inspector de homicidios en la tierra que Dios le dio a Caín.

Y Myrna supo entonces que era posible que aquel día empezara con una calma sobrenatural, pero que muy probablemente acabaría en muerte.

TREINTA Y OCHO

—Eso es Agneau-de-Dieu —dijo Jean-Guy.

Clara llevaba media hora sin decir nada; los demás, un cuarto de hora sin decir nada.

Observaban la costa en silencio y oían el sonido familiar del casco hendiendo las aguas tranquilas.

El sol había salido para revelar una tierra casi indescriptiblemente hermosa en su simplicidad: rocas, líquenes, arbustos, unos pocos árboles valientes...

Y más allá, el puertecito y las casas de piedra.

Agneau-de-Dieu.

Unos niños saludaban de pie en la orilla, dándole la bienvenida a aquel barco que no se detenía.

Clara se obligó a contestarles y reparó en que Chartrand también lo hacía.

¿Los conocía? ¿Por eso saludaba?

Pero su mente no pudo detenerse en ese pensamiento: volvió a lo único en lo que era capaz de concentrarse.

Peter. Peter estaba ahí, en alguna parte.

Y entonces Agneau-de-Dieu quedó atrás y desapareció, aunque siguieron sin ver Tabaquen: una gran formación rocosa que se internaba en el río separaba las dos poblaciones.

La respiración de Clara era rápida y entrecortada, como si hubiera cubierto una gran distancia corriendo.

Notaba cómo se le enfriaban las manos. Se preguntó si estaría convirtiéndose en piedra, como las liebres.

Rodearon el saliente rocoso, Clara cuadró los hombros e inspiró profundamente, preparándose, armándose de valor.

Y entonces vio por primera vez Tabaquen.

El soleado puerto estaba flanqueado por dos salientes rocosos que se internaban en el río como brazos de piedra. El resultado era una especie de cuenco de piedra, una anomalía geológica y geográfica donde vivían cosas que en otros lugares habrían perecido. Inesperadamente, allí sí había árboles, aunque enanos: parecían una barba de tres días en un rostro curtido, pero se aferraban al terreno decididos a vivir.

Visto desde el barco, Tabaquen semejaba un refugio.

¿Era así como te cautivaba un hechicero?

¿Y una musa? ¿Te tranquilizaba, te sacaba de la tormenta y te tentaba con la promesa de la seguridad eterna, de la paz eterna?

¿Era así como te sentías al morir?

Clara retrocedió de la barandilla, pero Myrna la detuvo cogiéndola del brazo.

—Tranquila, no pasa nada —susurró.

Y Clara, con el corazón desbocado, se detuvo, pero no volvió a dar un paso adelante.

Cogieron las maletas y esperaron a que colocaran la pasarela.

Gamache quiso situarse el primero en la cola, pero Clara, sin decir palabra, se le adelantó y él, sin decir palabra, la dejó pasar.

Cuando la pasarela unió el barco con la costa, Clara fue la primera en cruzar.

Bajó por delante de sus amigos, guiándolos hasta el muelle.

—Con tu permiso —dijo Gamache cuando todos estuvieron en tierra.

Ella advirtió que algo había cambiado: Gamache le había pedido paso por cortesía, pero nada más.

Clara asintió y Gamache se adelantó, dirigiéndose con paso enérgico hacia la primera persona que vio: un anciano con un gran sombrero de piel que observaba cómo estibaban el *Loup de Mer*.

—Buscamos a un hombre llamado Norman —dijo—, aunque es posible que lo conozcan como No Man.

El hombre volvió la cara y se puso a mirar hacia el estuario.

—Vuelvan a subir al barco, aquí no hay nada para ustedes.

—Necesitamos ver a No Man —repitió Gamache con tono cordial pero firme.

—Deberían irse.

—¿Armand? —llamó Myrna.

Clara y ella estaban unos pasos más allá, observando el puerto y el pueblo en busca de Peter, pero no había nadie, ni hombres, ni mujeres ni niños. Más que desierto, aquel lugar parecía abandonado, como si todos hubieran salido huyendo porque se avecinaba un desastre.

Myrna se sentía cada vez menos segura de lo que estaban haciendo. A sus espaldas estaba el barco, meciéndose suave y rítmicamente; estaban los *croissants* y la bañera.

Ese barco podía llevarlos a casa, a sus *croissants* y su bañera; a Three Pines: lo contrario de esta tierra inhóspita.

Gamache y Beauvoir se acercaron.

—Jean-Guy y yo tenemos que ir en busca de Norman y vosotras tenéis que quedaros aquí.

—Pero...

Un levísimo ademán de Gamache y su gesto de determinación silenciaron a Clara.

Ostentara o no el cargo de inspector jefe, aquel hombre sería siempre un líder: siempre lo seguirían, incluso si seguirlo significaba no ir con él a algún sitio.

—Ya estamos aquí —dijo Clara.

—Exacto: ya hemos ido muy lejos —respondió él.

Su tono fue inequívocamente amable, así que ella se sintió más tranquila. Sin embargo, insistió:

—Necesito encontrar a Peter.

—Y lo encontrarás —le contestó Gamache—, pero primero tenemos que dar con Norman. Según el pescador, está ahí arriba —agregó, señalando hacia una colina donde no parecía haber casas ni edificación alguna, sólo roca y matorrales.

—Hay una cafetería —intervino Beauvoir, apuntando con el dedo hacia una casucha de madera—, podéis esperarnos allí.

Clara había olvidado que ellos dos habían estado antes en ese lugar.

—Yo debería ir con ustedes —intervino Chartrand.

—No, debería quedarse —fue la respuesta de Gamache. Luego se volvió hacia Clara—. Nos has traído hasta aquí, pero ahora tienes que esperar. Si encontramos a Peter te lo traeremos, te lo prometo.

Le hizo una breve inclinación de cabeza en señal de agradecimiento al anciano, que se había vuelto de nuevo y contemplaba el puerto y el río más allá.

Y en ese instante, Gamache tuvo la impresión de que aquel viejo, más que observando la llegada del barco, había estado esperando.

¿Era un marinero en tierra, incluso un *voyageur*?

Clara se detuvo en la puerta de la cafetería y observó cómo Armand y Jean-Guy se alejaban del pueblo.

Dos figuras separadas tan sólo unos palmos, recortadas contra el cielo matutino.

Ladeó un poco la cabeza y entornó los ojos. Se le encogió el corazón al notar que parecían las orejas de una liebre, como en la pintura de Peter.

Ya en la cafetería, desenrolló uno de los lienzos y se sentó a contemplar la pintura mientras Chartrand y Myrna comían pastel de merengue de limón. Era lo más cerca que podía llegar, por el momento, de estar con Peter.

Al frente, en la distancia, Gamache y Beauvoir veían el pueblecito de Agneau-de-Dieu; a sus espaldas se hallaba Tabaquen.

Y entre ambos se extendía aquella franja de terreno. Desolado, desierto.

La tierra de No Man, tierra de nadie.

Excepto por una pequeña y pulcra cabaña.

El hogar de No Man.

Ante ellos, una figura se incorporó lentamente de una silla. Se trataba de un hombre desgarbado y larguirucho como una marioneta o un espantapájaros. Permaneció un momento en pie, enmarcado contra el oscuro rectángulo de la puerta, y luego dio un paso hacia ellos, y otro más.

Y entonces se detuvo en seco.

El hombre se levantó cuando los vio en la ladera. Se quedó un momento de pie, mirándolos. Luego alargó una mano para agarrarse al maltrecho poste del porche. Lo asió con fuerza, aferrándose a él y a su propia cordura, sabiendo que lo que veía no podía ser real.

Era un espejismo, una broma, un truco provocado por el agotamiento.

Se apoyó contra el poste áspero y miró fijamente a aquellos hombres.

No podía ser.

• • •

Gamache y Beauvoir miraron al hombre que había en el porche.

Y entonces empezaron a caminar muy deprisa, casi corriendo.

El hombre del porche reparó en ello y retrocedió un poco. Miró por encima del hombro hacia el interior de la cueva de la cabaña.

Luego volvió a mirar a aquellos espectros que se cernían sobre él, que avanzaban hacia él desde más abajo en la ladera, desde Tabaquen.

—¿Peter? —exclamó Jean-Guy.

Peter Morrow, paralizado por completo, se los quedó mirando.

—Dios mío, sois vosotros —soltó.

Se veía desastrado, con el cabello despeinado y revuelto: aquel hombre normalmente tan pulcro tenía barba de varios días y ojeras profundas y negras.

Se agarraba al poste y parecía que fuera a caerse al suelo si lo soltaba. Cuando Gamache estuvo a su alcance, Peter se soltó por fin y se aferró a él.

—Has venido —susurró temiendo parpadear, no fueran a desaparecer Gamache y Beauvoir—. Armand, gracias a Dios eres tú.

Apretó los brazos de Gamache para asegurarse de que aquello no fuera alguna clase de espejismo.

Armand Gamache miró a los ojos azules e inyectados en sangre de Peter Morrow y vio en ellos agotamiento y desesperación, y quizá, apenas visible, un destello de esperanza.

Cogió a Peter de los hombros y lo sentó en una silla del porche.

—¿Está dentro? —preguntó, y Peter asintió con la cabeza.

—Quédate aquí —le dijo Beauvoir, aunque era evidente que Peter Morrow no tenía la menor intención de ir a ninguna parte.

• • •

En el interior de la cabaña de una sola habitación, Armand Gamache y Jean-Guy Beauvoir miraban fijamente la cama.

El cadáver tenía la cara cubierta con una almohada. La cama estaba roja de sangre, pero para los inspectores era evidente que ésta había dejado de manar horas atrás, cuando el corazón se había detenido.

Gamache le buscó el pulso y no lo encontró: estaba frío como el mármol.

—¿Le has puesto tú la almohada en la cara? —exclamó Gamache a través de la puerta abierta.

—No, por Dios —fue la respuesta.

Gamache y Beauvoir se miraron a los ojos y entonces, haciendo acopio de valor, Armand Gamache levantó la almohada mientras Jean-Guy registraba el momento con la cámara de su móvil.

Luego, Armand Gamache exhaló un suspiro largo y lento.

—¿Cuándo llegó el profesor Massey? —preguntó desde el pie de la cama.

El muerto tenía la boca entreabierta, como si se le hubiera ocurrido algo un instante antes de morir.

¿Qué habría dicho? ¿«No lo hagas, por el amor de Dios»? ¿Habría suplicado que lo dejaran seguir con vida? ¿Habría soltado reproches a gritos? ¿Amenazas?

Gamache lo dudaba: rara vez había visto a alguien tan aparentemente en paz con el hecho de que lo asesinaran, que lo llevaran a Samarra y lo arrojaran a los pies de la Muerte.

Pero quizá, se dijo Gamache mientras observaba aquellos ojos tranquilos, esa cita era fruto del destino.

Dos hombres cuyas vidas se habían cruzado décadas antes volvían a reunirse en aquel momento terrible en un lugar desolado.

—Llegó hace un par de días, me parece. —La voz les llegó a través de la puerta abierta como si el mundo se dirigiera a ellos—. He perdido la noción del tiempo.

—¿Cuándo ha ocurrido esto? —preguntó Beauvoir—. No fue hace un par de días: ha muerto hace bastante poco.

—Anoche, o quizá hoy temprano. Me lo he encontrado así esta mañana.

Hubo un silencio y Gamache fue hasta la puerta. Peter seguía en la silla, desplomado, aturdido.

—Mírame —dijo Gamache con tono tranquilo, razonable. Trataba de traer a Peter de vuelta a la realidad: lo veía distanciarse, dejarse llevar, alejarse de la casa, de la costa, de aquel espantoso descubrimiento: la cama empapada de sangre y del hombre de mármol, el hombre degollado que semejaba una escultura grotesca. Gamache no tenía claro si la expresión de absoluta paz la hacía más terrible o menos.

—¿Qué ha pasado?

—No lo sé, yo no estaba. El profesor Norman me hizo salir: me dijo que los dejara solos y volviera por la mañana. Esta mañana. Y al hacerlo me he encontrado con... —Indicó con un ademán la puerta de la cabaña.

Gamache oía a Beauvoir tomando fotografías y dictando en el móvil.

—Varón de raza blanca, causa de la muerte: herida en el cuello con una hoja grande que ha seccionado desde la arteria carótida hasta la yugular. No hay indicios de pelea, no hay rastro del arma.

—¿Has tocado algo? —preguntó Gamache.

—No, nada. —Al decirlo, Peter pareció tan asqueado que Armand le creyó.

—¿Ha habido alguien más aquí desde tu llegada esta mañana?

—Sólo Luc: pasa por aquí todas las mañanas. Lo he mandado en busca de ayuda.

Por fin, Peter se concentró totalmente en Gamache.

—¿No estás aquí por eso, Armand? —De pronto pareció confuso, aturullado—. Pero ¿qué hora es? —Miró a su alrededor—. No puede ser muy tarde... ¿Cómo has llegado tan deprisa?

—¿Con «Luc» te refieres a Luc Vachon? —quiso saber Gamache, evitando aquella pregunta por el momento.

Peter asintió con la cabeza.

—¿Un seguidor de No Man? —dijo Beauvoir desde el interior de la casa.

—Supongo. Un alumno, en realidad.

—¿Se ha acercado Vachon al cuerpo? —preguntó Gamache.

—Lo suficiente para ver qué había pasado —contestó Peter. Abrió mucho los ojos al recordar su propia impresión al mirar el cuerpo.

—¿Lo suficiente para llevarse algo? —insistió Beauvoir—. ¿El cuchillo, por ejemplo?

Había salido al porche y miraba fijamente a Peter. Al Peter que tenía delante, tan parecido al que conocían desde hacía años, pero a la vez tan distinto. Ese de ahora se veía distraído, inseguro, un poco perdido. Tenía el cabello largo y revuelto y su ropa, si bien limpia, estaba arrugada: era como si lo hubieran puesto del revés y lo hubieran sacudido.

—No lo sé —contestó—. Es posible que sí.

—Piénsalo bien —insistió Gamache con firmeza, aunque sin intimidarlo, sin que pareciera una orden.

Peter pareció calmarse.

—Ha sido todo muy caótico. Nos estábamos gritando el uno al otro, exigiendo saber qué había pasado. Él quería mover la almohada, pero yo se lo he impedido: sé lo suficiente de estas cosas para saber que no hay que tocar nada.

—Pero ¿estaba Vachon lo bastante cerca para coger el cuchillo? —preguntó Beauvoir.

—Sí, supongo que sí. —Peter empezaba a irritarse; sintiéndose acosado, se mostraba casi agresivo—. Pero yo no he visto ningún cuchillo. Luc parecía tan impresionado y alterado como yo. No creeréis que lo ha hecho él, ¿verdad?

Gamache consultó su reloj.

—Es casi mediodía.

Pero aquello no significaba nada para Peter.

—¿Cuándo has mandado a Vachon a hacer esa llamada? —preguntó Beauvoir.

—He llegado aquí sobre las siete, como de costumbre. Luc ha venido unos minutos más tarde.

—Cinco horas. —Beauvoir miró a Gamache.

—¿Adónde tendría que ir Vachon para hacer la llamada? —preguntó Gamache—. ¿A Tabaquen?

—Probablemente. La cobertura telefónica es muy pobre aquí, pero el práctico del puerto suele tener buena conexión: la necesita por si hay alguna emergencia en el río.

—Por lo que sabemos, Luc Vachon no ha hecho esa llamada —dijo Gamache—, ya sea porque no ha querido hacerla o porque no ha podido.

—Si fue Luc quien hizo esto, ¿para qué iba a volver? —quiso saber Peter, ahora más lúcido.

—Quizá se había dejado el cuchillo —sugirió Gamache—, o necesitaba asegurarse de que el profesor estaba realmente muerto. O quizá el verdadero culpable, sea quien sea, lo mandó de vuelta en busca del cuchillo o de alguna otra prueba.

—¿El verdadero culpable? —repitió Peter—. ¿En quién estás pensando?

Gamache lo miraba, pero no con los ojos de Armand, su amigo: aquélla era la mirada intensa, inquisitiva e implacable del inspector jefe de Homicidios.

—¿En mí? ¿Creéis que lo he matado yo? Pero ¿por qué?

—Quizá la musa te dijo que lo hicieras —sugirió Gamache.

—¿La musa? ¿De qué estás hablando?

Gamache seguía mirándolo. Peter abrió mucho los ojos.

—Creéis que me he vuelto loco, ¿verdad? Que este sitio me ha hecho perder el juicio.

—No sólo el sitio, sino también la compañía —repuso Gamache—: el profesor Norman impartía clases sobre la décima musa; ¿no fue por eso por lo que viniste aquí, para encontrar a ambos, a No Man y a la musa?

Peter se puso colorado, ya fuera de ira o de vergüenza, al verse descubierto.

—Quizá todo esto fue excesivo para ti, Peter. Te sentías perdido, desesperado por encontrar el rumbo. Quizá la combinación de las creencias de Norman y este sitio fue demasiado para ti. —Gamache miró hacia aquel paraje vasto y desierto—. Sin duda bastaría para que perdieras el contacto con la realidad.

—¿Y cometer un asesinato? No soy yo quien ha perdido el contacto con la realidad, Armand. Sí, ya veo que puede parecer que lo haya hecho yo; y sí, podría haberlo hecho Luc, pero ¿no os olvidáis de algo o de alguien?

—No —contestó Gamache.

No olvidaba que había desaparecido alguien además de Luc Vachon.

—¿Se llevó una sorpresa el profesor Norman cuando llegó Massey? —intervino Beauvoir.

—Creo que al profesor Norman ya nada lo sorprendía —repuso Peter—. De hecho, pareció alegrarse de verlo.

—Y anoche los dejaste a los dos aquí, solos —dijo Beauvoir.

Peter asintió con la cabeza. Gamache y Beauvoir entraron de nuevo en la cabaña y se acercaron a la cama.

Dos profesores jóvenes se habían conocido décadas atrás y se habían enfrentado. Y después habían vuelto a encontrarse, ya ancianos, en la tierra que Dios le había dado a Caín. Se habían sentado ahí: uno en la silla, el otro en la cama.

Y, por la mañana, uno estaba muerto y el otro había desaparecido.

Gamache bajó la vista hacia aquel rostro en paz, casi dichoso, y hacia el tajo largo y profundo que iba de la arteria a la vena.

Quien fuera que había hecho eso no había dejado nada al azar.

Quería asegurarse de que el profesor Norman, No Man, estuviera muerto.

Y lo estaba.

TREINTA Y NUEVE

Armand Gamache no sabía quién le había rebanado la garganta a Norman.

¿El profesor Massey? ¿Luc Vachon? ¿El propio Peter Morrow?

Uno de ellos lo había hecho.

Gamache sólo sabía con seguridad una cosa: él mismo se había equivocado, y mucho.

No había sido hasta esa mañana, en el barco, bajo la luz pastel del nuevo día, que había empezado a vislumbrar la verdad.

Más o menos a la misma hora en que Peter Morrow miraba fijamente esa cama, él observaba la pintura de los labios de Peter.

Y una vez más le había dado la vuelta.

Eso cambiaba su forma de mirarla.

Era lo mismo que necesitaba hacer con ese caso: darle la vuelta. Habían dado por supuestas muchas cosas, habían hecho que muchas conclusiones encajaran con los hechos.

Pero en realidad lo tenían todo cabeza abajo.

Si el profesor Massey había pintado aquella maravillosa obra que había al fondo de su estudio, ¿cómo lo había hecho Norman, desde tan lejos, para contaminarla con amianto?

¿Cómo? ¿Cómo?

La respuesta era que no podía haberlo hecho.

La respuesta tenía que ser que el profesor Massey no había pintado aquella obra.

Lo había hecho Norman.

Y no era Norman quien le había puesto amianto, sino Massey.

Gamache cayó en la cuenta de que lo tenía todo del revés.

No Man no estaba tratando de matar al profesor Massey.

Era Massey quien intentaba matar a No Man.

Y lo había conseguido.

Al profesor Norman lo habían degollado esa madrugada, pero el asesinato en realidad se había cometido décadas atrás: espolvoreando amianto en lienzos sin utilizar que se le habían enviado al deshonrado y despedido profesor Norman como un favor.

Norman habría abierto con impaciencia las cajas con material de dibujo y pintura, como un niño en Navidad, inhalando el amianto que se dispersaba en el aire. Y luego, encantado y agradecido, habría desenrollado los lienzos en blanco dispersando aún más fibras mortíferas. Y, como si con eso no bastara, los habría clavado a un bastidor y habría pintado en ellos.

Creyendo, durante todo ese tiempo, que el amable profesor Massey era su amigo.

Si debía dar crédito a las opiniones de Reine-Marie y Myrna, Sébastien Norman había sido un pintor de talento, quizá incluso magistral, pero cada pincelada lo había acercado un poco más a la muerte: el mismísimo acto de crear lo había matado.

Como Massey sabía que sucedería.

Gamache se sentía un idiota: debería haber visto todo eso antes, mucho antes. ¿Quién tenía acceso al amianto? Norman no, ya estaba muy lejos, en Bahía de

San Pablo, cuando se había retirado de las paredes de la Escuela de Arte.

No, quien tenía acceso al amianto era el profesor Massey.

—Pero ¿por qué querría Massey matar a Norman? —preguntó Beauvoir—. ¿No debería ser al revés? Massey hizo que despidieran a Norman, ¿por qué enviarle entonces lienzos contaminados durante años?

En lugar de responder, Gamache se volvió hacia Peter, que estaba de pie en el umbral. Apartaba los ojos para no ver la cama ensangrentada.

—Encontramos las pinturas que le diste a Bean.

—Oh. —Por la expresión de Peter, parecía que Gamache acabara de bajarle los pantalones—. ¿Las ha visto Clara?

—¿Te importaría?

Peter reflexionó un segundo y luego negó con la cabeza.

—Hace un año, hace unos meses incluso, me habría importado..., pero ahora... —Rebuscó en sus sentimientos y casi sonrió—. No pasa nada. —Los miró como si lo sorprendieran sus propios sentimientos—. No pasa nada: son un desastre, pero irán a mejor. ¿Qué le han parecido a Clara?

Eso era lo que le importaba en realidad: no la opinión de todos ellos, sino sólo la de Clara.

—¿De veras quieres saberlo?

Peter asintió con la cabeza.

—Pues le parecieron cagadas de perro. —Gamache estudió su rostro mientras decía esto último. El Peter de antaño se habría enfurruñado, se habría ofendido: habría supuesto un gran insulto para él que una obra suya pudiera recibirse con algo que no fueran vítores y aplausos.

Pero ese Peter se limitó a negar con la cabeza y sonreír.

—Tiene razón.

—Es un piropo, ¿sabes? Dijo que al principio sucedía lo mismo con sus obras: que eran como un nudo en la garganta.

—Ay, Dios, cuánto la echo de menos. —La poca energía que Peter había conseguido reunir se evaporó. Fue como si se desinflase.

El labio inferior le empezó a temblar y se le llenaron los ojos de lágrimas saladas: un mar de emociones contenidas. Parecía desesperado por decir todas las cosas que había dejado de decir durante décadas, pero cuanto brotó de su boca fue una respiración entrecortada.

—Cómo deseo sentarme en nuestro jardín y oír cómo le ha ido este año, y contarle yo cómo ha ido el mío —repuso finalmente—. Cuánto deseo saberlo todo sobre su obra, sobre su manera de pintar, sobre sus sentimientos... Ay, madre mía..., ¿qué he hecho?

Clara cogió el rollo de pinturas de Peter.

—No puedo esperar más.

—¡Siéntate! —le ordenó Myrna—. ¡Que te sientes!

—¿No podemos llamarlos al menos? —Clara sacó su móvil.

—Dame eso —ordenó Myrna alargando la mano—, dámelo.

—Pero...

—Dámelo ahora mismo. Puede haber vidas en juego. No sabemos qué está pasando y no podemos interrumpir, Armand ha dicho que lo esperáramos.

—No puedo.

—Tienes que hacerlo: él se dedica a esto, lo mismo que Beauvoir. Déjalos.

Sus cafés se habían enfriado y el pastel de merengue de limón seguía intacto en el centro de la mesa.

—¿Tú crees que habrán encontrado a Peter? —preguntó Clara.

—Espero que sí. —Myrna miró a través de la ventana. No podía imaginarse otro sitio donde buscar. ¿Dónde más podría estar Peter, dónde más habría podido esconderse?

—¿Vive aquí la musa? —le preguntó Clara a Chartrand.

—¿Por qué me lo pregunta a mí?

—Porque ha estado aquí antes.

—No, no he estado nunca.

—¿Está seguro? —Clara lo miró a los ojos y le sostuvo la mirada.

—No he estado aquí en toda mi vida —insistió Chartrand—, pero me alegro de estar ahora.

—¿Por qué? —quiso saber Clara.

Él esbozó una leve sonrisa, se levantó y salió. Lo vieron a través de la ventana de la cafetería: caminaba con las manos en los bolsillos, el cuello de la chaqueta levantado para protegerse del viento, la espalda encorvada. Contemplaba el agua.

Clara se retorció las manos bajo la mesa. ¿Cuánto rato tendría que esperar? ¿Cuánto tiempo podría soportarlo? Miró el reloj de baquelita en la pared de la cafetería. Vio la hora, pero no le sirvió de nada. Allí, los relojes no servían de nada.

En ese sitio, el tiempo parecía medirse de otra manera.

Según el reloj, llevaban en aquella cafetería tres cuartos de hora, pero Clara sabía que en realidad había sido una eternidad.

—¿Por qué viniste a este lugar? —preguntó Gamache.

—¿En busca de la décima musa? —añadió Beauvoir.

—Conque sabéis eso —repuso Peter y, como no dijeron nada, continuó—: No, vine a decirle a Norman que era un capullo. Cuando visité al profesor Massey en la Escuela de Arte, volví a recordarlo todo: siempre había lamentado no haberle dicho a Norman que había hecho mucho daño.

—¿Con el Salon des Refusés? —preguntó Gamache.

—Sí. Le hizo daño a Clara y yo no dije nada en su momento. Cuando me fui de Three Pines no tenía ni idea de cuáles serían sus sentimientos hacia mí cuando regresara. Sospechaba que querría poner fin a nuestro matrimonio para siempre y no podía culparla, pero quería llevarle de vuelta algo especial: un regalo. Le di muchas vueltas al asunto y me di cuenta de que había sido un cobarde durante todo el tiempo en que vivimos juntos. Nunca defendí a Clara ni su obra: dejaba que todos la criticaran y la menospreciaran y finalmente lo hice incluso yo, al comprender lo brillante que era en realidad: traté de arruinar su carrera artística, Armand.

Se miró las manos como si las tuviera manchadas de sangre: la mirada vacía de un alma enferma de pecado.

—Cuando el profesor Massey mencionó a Norman, me acordé del Salon des Refusés y enseguida supe qué podía regalarle —prosiguió Peter, volviendo a levantar la vista—: mis disculpas, pero no sólo de palabra, sino con un acto. Aunque tuviera que ir hasta el infierno y volver, encontraría al profesor Norman y me enfrentaría a él. Sólo entonces podría volver a casa y mirarla a la cara.

—Ibas a llevarle la cabeza del profesor Norman —concretó Gamache.

—Por así decirlo, sí.

Gamache continuó mirándolo fijamente y Peter palideció.

—No seguirás pensando que yo... —Indicó la cama con un ademán.

—Continúa —zanjó Gamache sin dejar de mirarlo a los ojos.

—Fui a Bahía de San Pablo porque, según el expediente, era allí adonde se le había enviado el último cheque a Norman, años atrás. Él no estaba allí, pero el sitio era tan bonito y tranquilo, y yo llevaba ya tanto tiempo vagando por ahí, que decidí alquilar una habitación y quedarme un tiempo para recuperar fuerzas. Entonces recordé que las pinturas de Clarence Gagnon que tantas horas había pasado contemplando en casa de mi madre, deseando internarme en ellas, se habían pintado en Bahía de San Pablo. Busqué la Galerie Gagnon y empecé a pasar tiempo ahí cuando no estaba pintando.

—¿Y por qué? —preguntó Beauvoir.

—¿Has visto esas obras? —quiso saber Peter, y Beauvoir asintió—. ¿Qué te hicieron sentir?

Jean-Guy respondió sin vacilar un instante.

—Añoranza.

Peter asintió con la cabeza.

—Para mí, se convirtieron en una ventana a través de la cual podía volver a Three Pines, a Clara, a lo que tenía y había perdido. Al principio me provocaban una tristeza indescriptible, pero después, cuanto más las miraba, más aliviado me sentía: me proporcionaban una especie de felicidad tranquila. Una esperanza.

—Los labios... —dijo Gamache.

Peter se volvió hacia él y sonrió.

—Sí, en efecto, en aquel momento fue cuando pinté los labios.

—¿Cómo supiste que No Man estaba aquí, en Tabaquen? —preguntó Beauvoir.

—Me lo dijo Luc Vachon. Él seguía en contacto con el profesor Norman.

—Había formado parte de la colonia de artistas, ¿no es cierto? —preguntó Beauvoir.

Peter asintió.

—Pero quizá no sea muy acertado decir que la «fundó», más bien surgió a su alrededor: la gente se sentía atraída por lo que él parecía saber.

—¿A qué te refieres? —preguntó Beauvoir.

—A la existencia de la décima musa. Norman daba la impresión de saber cómo encontrarla —repuso Peter. Y entonces, inesperadamente, soltó una carcajada burlona y desagradable.

—Crees que es una gilipollez —dijo Beauvoir.

—Creo que no tendría que haber viajado a la otra punta del mundo para encontrarla —contestó Peter—: estaba ahí desde el principio; conmigo, en la cama, sentada en el jardín, en el estudio junto al mío, en la butaca al lado de la mía. Vine hasta aquí en busca de algo que ya tenía.

—Viniste aquí a enfrentarte con el profesor Norman —le recordó Gamache.

—Cierto. Pero cuando llegué, hace un par de meses, descubrí que Norman se encontraba muy enfermo. Estaba moribundo y solo.

Peter dio entonces un paso, cruzando el umbral.

—¿Y te enfrentaste a él? —preguntó Beauvoir.

—No. Este sitio estaba hecho un desastre, así que pensé que primero pondría un poco de orden y después ya le echaría un rapapolvo. Pero entonces caí en la cuenta de que debía de llevar tiempo sin comer, de modo que compré unas cuantas cosas y le preparé algo. No soy un gran cocinero, pero le hice unas tostadas con huevos revueltos, algo nutritivo y ligero.

—¿Y después hablaste con él? —preguntó Beauvoir.

—No. Su ropa y sus sábanas estaban asquerosas, así que me las llevé a una lavandería de Tabaquen.

Beauvoir había dejado de hacer preguntas, ahora se limitaba a escuchar.

—Y entonces ya tenía ropa y sábanas limpias, pero llevaba días sin lavarse porque estaba demasiado débil.

—Peter inspiró profundamente—. De modo que lo lavé yo: llené una bañera y añadí agua de rosas, lavanda y un chorrito de esencia de azucenas, todo lo que logré encontrar. —Peter sonrió—. Es posible que se me fuera un poco la mano. —Bajó la vista hacia el hombre que yacía en la cama—. Lo cogí en brazos, lo metí en la bañera y lo lavé. El agua olía como nuestro jardín en Three Pines.

Para entonces había cruzado la habitación y contemplaba al muerto con enorme ternura. Veía más allá de la herida abierta y de la sangre que manchaba la sábana: veía al hombre.

—Me quedé aquí para cuidar de él.

La voz de Beauvoir rompió el hechizo.

—¿Sabías qué le pasaba? ¿Lo sabía él?

—Si lo sabía no me lo contó. Tenía algo en los pulmones. Yo quería llevarlo al hospital de Sept-Îles, pero se negó a marcharse de aquí. Me pareció comprensible: quería morir en casa.

Peter miró a Beauvoir y a Gamache.

—¿Sabéis qué le pasaba? —preguntó.

—Y tú ¿sabes a qué vino el profesor Massey? —fue la respuesta de Gamache.

—No. —Peter miró fijamente a Armand—. Pero tengo la impresión de que tú sí lo sabes.

—Quizá para confesar —dijo Gamache.

—¿Confesar qué?

—Tienes razón —explicó Gamache—: el profesor Norman estaba muriéndose. Llevaba mucho tiempo moribundo, desde mucho antes de que se diera cuenta. Massey lo había matado.

—¿Massey? Pero eso es absurdo... ¿Por qué? ¿Y cómo? ¿Haciéndole vudú?

—No: con amianto.

Eso dejó a Peter sin habla.

—Creo que cuando Massey se enteró de que estábamos buscándote —continuó Gamache— y de que tú buscabas al profesor Norman, comprendió que era casi seguro que os encontraríamos a ambos... y lo averiguaríamos todo.

—Pero ¿qué había que averiguar? —preguntó Peter desconcertado.

—Que el profesor Massey llevaba años mandándole lienzos contaminados con amianto.

—¿Y por qué? —preguntó Peter, atónito.

—Porque Norman era una amenaza —contestó Gamache—, al igual que Clara era una amenaza para ti. Ni siquiera tu amor por Clara impidió que intentaras destruir su carrera y vuestro matrimonio.

Por la cara que puso Peter, cualquiera habría dicho que acababan de darle una patada en el estómago, pero Gamache no se ablandó; siguió mirándolo fijamente hasta que Peter asintió con la cabeza.

—Tú la querías, y aun así... —continuó Gamache, volviendo a meter el dedo en la llaga—. Imagínate qué habrías sido capaz de hacer de no haberla querido, de haberla odiado: amar a Clara supuso un freno para ti, un límite que no estabas dispuesto a cruzar, pero Massey no tenía nada parecido: sentía que tenía mucho que perder y que Norman estaba dispuesto a arrebatárselo.

—Pero Massey hizo que despidieran al profesor Norman —constató Peter—; ¿no le bastaba con eso para vengarse?

—No era cuestión de venganza —le explicó Gamache—, sino de supervivencia: la Escuela de Arte lo era todo para él. Era su hogar física, emocional y creativamente hablando. Los alumnos eran como sus hijos y él, el profesor más querido, el más brillante y respetado. Pero supongamos que aparecía un pintor mejor que él, un artista más valiente, un profesor verdaderamente vanguardista...

Peter tenía el rostro desencajado y finalmente lo reconoció: sabía lo que era sentir que usurparan tu sitio, que

452

te superaran; ver cómo todo lo que habías logrado se te escurriera entre los dedos.

Massey luchaba por sobrevivir, de modo que no le bastó con conseguir que despidieran a Norman. Si sus obras empezaban a aparecer en exposiciones, la gente terminaría cuestionando al responsable de su despido. Massey no podía dejar que eso ocurriera.

—Cuando se retiró el amianto de las paredes de la Escuela de Arte, se guardó un poco y se dedicó a enviarle lienzos contaminados a Norman. Como regalos de un artista a otro —explicó Beauvoir.

—Pero ¿cómo iba a hacer algo así? —preguntó Peter—. No parece posible ni desde el punto de vista logístico: el profesor Norman vivía en medio del bosque, en Charlevoix.

—Tenía la ayuda de Luc Vachon —le contestó Beauvoir.

Peter abrió la boca para protestar, pero se detuvo y reflexionó sobre lo que él mismo sabía.

—Pero si el profesor Massey vino hasta aquí a confesar, ¿para qué iba a matar a Norman? —Peter miró a su alrededor—. En ese caso, ¿quién hizo eso?

Señaló la cama.

Gamache se volvió hacia Jean-Guy.

—¿Crees que podrás encontrar a Luc Vachon?

—*Oui, patron.*

—Arréstalo. Pero ten cuidado: es posible que aún lleve encima el cuchillo de caza.

—*Oui.* Y de paso intentaré localizar al profesor Massey.

—Yo no me preocuparía por eso ahora mismo, Jean-Guy.

—Es verdad.

Beauvoir se fue y Peter se volvió hacia Gamache.

—¿A qué ha venido eso? ¿Por qué no debería preocuparse por el profesor Massey?

—Porque estoy casi seguro de que está muerto —contestó Gamache—. Lo buscaremos después de que hayamos arrestado a Vachon.

—¿Muerto? ¿Cómo lo sabes?

—No lo sé con certeza, pero tienes razón: si vino aquí a confesar lo que hizo, no tenía motivo para matar al profesor Norman; además, no hizo nada para esconderse de ti. Es probable que se haya arrepentido de lo que hizo: lo que en la juventud parece aceptable, incluso razonable, en la vejez puede verse de manera muy distinta. Creo que vino hasta aquí para confesar, tal vez incluso a pedirle perdón a Norman... y que luego se entregaría. Pero Luc Vachon no podía permitir eso.

—¡Hostia! —soltó Peter, y se sentó. Luego volvió a mirar en torno a sí.

—Pero ¿por qué no está aquí también el profesor Massey? ¿Por qué no matarlos a los dos?

—Tendremos que esperar a que Jean-Guy arreste a Vachon, pero diría que éste necesitaba un chivo expiatorio. Sospecho que su plan consistía en hacer que todo esto pareciera un asesinato seguido de un suicidio: teníamos que creer que Massey había matado al profesor Norman y luego se había quitado la vida. ¿Cuánto podía costarle dejarlo inconsciente y después sujetarlo bajo el agua?

«Un alma más para el San Lorenzo», pensó Gamache, y sabía que, si ése era el caso, era más que probable que no encontraran jamás al profesor Massey.

Pero encontrarían a Vachon; si no ahí, en cualquier otra parte. Le darían caza y lo juzgarían.

—¿Y por qué iba a hacer eso Vachon? —preguntó Peter.

—Acabo de explicártelo —contestó Gamache—, aunque cabe la posibilidad de que me equivoque.

—No, me refiero a por qué accedió a ayudar al profesor Massey desde el principio.

—¿Por qué lo haría cualquiera? —preguntó Gamache—. Por dinero, casi seguro: el suficiente para abrir su propio restaurante y mantenerlo funcionando, para pintar y viajar. Al fin y al cabo, sólo tenía que enviar material de dibujo y pintura un par de veces al año y llevarse las obras acabadas de vuelta a Toronto.

—Quizá incluso se convenciera a sí mismo de que no estaba haciendo nada malo —añadió Peter—. Y Massey, ¿qué hacía con las pinturas acabadas?

—Debe de haberlas destruido —respondió Gamache—. Todas excepto una, la que Myrna y Reine-Marie vieron en su estudio. Él les dijo que era obra suya y ellas no lo pusieron en duda, aunque notaron que era muchísimo mejor que el resto.

—¿Y por qué la conservó? —preguntó Peter.

—Yo también me lo he preguntado —confesó Gamache—, ¿por qué iba a quedarse Massey una de las pequeñas obras maestras de Norman? ¿Como trofeo? Los asesinos hacen cosas parecidas a veces.

—Se me ocurre que podría ser algo más simple —dijo Peter—: pese a todo, el profesor Massey amaba el arte, entendía de arte. Creo que esa pintura del profesor Norman debe de haber sido tan magnífica que ni él mismo fue capaz de destruirla.

Peter suspiró y Gamache supo en qué estaba pensando: en la obra maestra que él mismo había destruido. No la pintura de Clara, sino el amor que ella sentía por él.

—He venido de muy lejos y ya he esperado demasiado —dijo Clara poniéndose en pie—. Voy a buscarlos.

Myrna se le plantó delante bloqueándole la salida.

Clara la miró fijamente.

—Tengo que saberlo —susurró para que sólo Myrna pudiera oírla—. Por favor, deja que vaya.

Myrna dio un paso hacia Clara, que no cedió terreno. Y luego se hizo a un lado.

Y la dejó marchar.

—Clara estuvo esperándote la noche de vuestro aniversario —dijo Gamache en voz baja.

Peter abrió la boca, pero las palabras se le quedaron atascadas en la garganta.

—Le escribí —consiguió decir finalmente—. La avisé de que no iba a llegar a tiempo, pero regresaría a casa en cuanto me fuera posible. Le di la carta a ese joven piloto.

—Pues ella nunca la recibió.

—Ay, Dios mío... Ese gilipollas la habrá perdido. Clara debe de creer que ella no me importa... Ay, no, madre mía..., debe de odiarme.

Peter se levantó y echó a andar hacia la puerta.

—Tengo que irme, volver a casa, hablar con ella, explicarle. El avión no tardará en llegar.

Gamache alargó la mano y agarró a Peter del brazo. Él se revolvió tratando de liberarse.

—Suéltame, tengo que irme.

—Ella está aquí —dijo Gamache—: ha venido a buscarte.

CUARENTA

—¿Clara está aquí? —exclamó Peter—. ¿Dónde?

—Está con Myrna en la cafetería —le contestó Gamache.

—Voy para allá.

—No, tienes que quedarte aquí hasta que regrese Beauvoir y sepamos a qué atenernos. Lo siento, Peter, pero la prioridad tiene que ser arrestar a Vachon por asesinato, luego ya habrá tiempo para que veas a Clara.

Gamache caminó hacia la puerta y salió al porche, desde donde oteó el horizonte por si veía a Beauvoir volver con Vachon. Pero allí no había nadie, nada.

Volvió a entrar en la cabaña y vio a Peter acercarse a la cama, estirar una mano y hacer lo que sabía que no debería hacer: saltándose las reglas, tocó la mano de Norman con un dedo. Fue la más leve de las caricias.

Gamache le concedió aquel momento privado. Volvió a salir.

Otra vez no vio ni oyó nada.

Nada.

Qué deprimente debía de haber sido para No Man.

Y para Peter.

Que el único sonido fuera la tos seca y cavernosa de un hombre moribundo.

Que las únicas actividades posibles fueran ir a comprar; cocinar, limpiar y bañar a un hombre que se estaba muriendo.

Qué tentador debía de haber sido marcharse de ese lugar.

Sin embargo, Peter Morrow se había quedado hasta el final.

—«Rezo porque te conviertas en un hombre valiente en un país valiente» —dijo en voz baja.

—¿Cómo dices? —preguntó Peter.

Había salido al porche y estaba observándolo.

Armand se volvió y le dijo:

—«Rezo porque encuentres un modo de ser útil.»

Peter se quedó donde estaba, tan silencioso y confiable como el mundo que los rodeaba.

—Es del libro de Marilynne Robinson —explicó Gamache—. Creo que la décima musa no tiene que ver con convertirse en mejor artista, sino en mejor persona. —Volvió a subir al porche—. Tú encontraste un modo de ser útil.

Quizá aquello no era Samarra al fin y al cabo: quizá era Galaad.

Peter pareció relajarse, como si parte de la tensión que había abrigado toda su vida huyera de él.

Siguió a Gamache al interior.

Armand miró fijamente el cadáver en la cama y reflexionó.

Peter había estado allí solo esa mañana, como un centinela, vigilando el cuerpo hasta que llegara la ayuda, pero había habido un visitante.

Luc Vachon, que había ayudado a Massey a matar a Norman, que le había entregado el material contaminado.

Pero, pero... ¿qué había dicho Beauvoir? ¿Qué había dicho Peter cuando se lo habían contado?

Que lo mejor del plan, para Vachon, era que podía convencerse a sí mismo que no hacía nada malo. Pero suponiendo, sólo suponiendo, que no se estuviera engañando...

Gamache se llevó una mano a la boca para frotársela mientras observaba a Sébastien Norman.

Sacó el teléfono móvil y dio rápidos golpecitos con el dedo hasta que volvió a aparecer aquella pintura: el rostro distorsionado y demente que lo miraba furibundo, que lo desafiaba.

Peter miró por encima del hombro.

—Me acuerdo de esa imagen en el anuario. La pintó el profesor Norman. Todos supusimos que era un autorretrato. —La expresión de Peter estaba a medio camino entre la repugnancia y el asombro. Miró el cuerpo sobre la cama—. Pero no es él.

—No —coincidió Gamache—: es Massey. El profesor Norman se había dado cuenta de que había otro Massey oculto bajo la fachada.

Gamache miró con mayor atención la imagen, fijándose mucho, estudiando el contorno del rostro, los ojos, el mentón y los pómulos bien marcados. Miraba más allá de la expresión para ver al hombre.

—Ay —exclamó en voz baja—. Ay, no.

Gamache conocía aquel rostro. La expresión no era la misma, pero el hombre sí.

Lo había visto en el muelle cuando habían desembarcado: el pescador anciano y de pelo cano con el sombrero de ala ancha y el abrigo gastado.

El que no observaba el barco, sino que lo había estado esperando.

El que le había aconsejado que se fuera.

De haberse dado la vuelta Clara y Myrna, de haberse acercado más, posiblemente lo habrían reconocido, pero no lo hicieron.

No era Vachon quien planeaba que pareciera un asesinato seguido de un suicidio: era Massey. Si encontraban otro cuerpo, sería el de Luc Vachon.

Y Massey se habría marchado mucho antes. Lo darían por ahogado: otra víctima de Vachon, pero en realidad estaría a salvo en el barco.

—Hostia.

Gamache volvió a meterse el teléfono en el bolsillo y miró el reloj. No había oído la sirena del *Loup de Mer*: era posible que no hubiera zarpado todavía.

—Peter...

Gamache se volvió hacia Peter, dispuesto a pedirle que se quedara allí mientras él corría de vuelta a Tabaquen para detener el barco. Para encontrar al pescador, para decirle a Beauvoir que dejara de buscar a Vachon y empezara a buscar al profesor Massey.

Pero se quedó sin habla cuando vio la cara de Peter y siguió la dirección de su mirada.

Hasta la puerta.

Clara Morrow estaba de pie en el umbral... con un cuchillo en la garganta.

Tras ella se hallaba Massey, sin aliento.

Sujetaba a Clara contra su pecho. Sostenía un enorme cuchillo, un cuchillo de caza, de los que se usaban para destripar ciervos: lo bastante afilado para cortar tendón y hueso, para degollar a alguien, como había hecho esa madrugada.

Armand Gamache levantó las manos para que Massey pudiera verlas y Peter lo imitó al instante; había palidecido hasta tal punto que Gamache temió que se desmayara.

—Clara —dijo Peter, pero ella no podía hablar: tenía el cuchillo contra la piel del cuello.

La mirada de Peter se clavó en Massey.

—Por favor, profesor, no lo haga.

Pero Massey sólo tenía ojos para Gamache.

—Siento que esté usted aquí —dijo el profesor recobrando el aliento—. He visto a su ayudante en Tabaquen, buscando a Luc, preguntando por él. Incluso me ha preguntado a mí que, por supuesto, lo había visto. Ya me suponía que usted estaría haciendo lo mismo.

—Vachon ni siquiera sabía lo que usted estaba haciendo, ¿verdad? —preguntó Gamache.

Se movió un poco hacia la derecha para que la cama no le impidiera tener el camino libre hasta Massey. No obstante, sabía que en ningún caso podría recorrer esa corta distancia sin que Clara resultara muerta o gravemente malherida. Esperaba que Peter también se diera cuenta: Massey era un hombre mayor, pero todavía tenía fuerzas; y ni siquiera hacían falta muchas para que un cuchillo tan afilado rajara la carne.

—Pues claro que no. ¿Por qué iba a contarle que los lienzos que llevaba de aquí para allá estaban llenos de amianto? ¿Le parece que lo habría hecho de haberlo sabido? —Massey dirigió una rápida mirada a la cama—. Cumplió su propósito, pero tenía que hacer una última cosa por mí.

—Cargar con la culpa —repuso Gamache.

Con el rabillo del ojo veía a Peter, petrificado.

Convertido en piedra y deseando lo imposible.

Clara miraba al frente: a Peter.

Y Peter la miraba a ella.

Massey, por su parte, tenía la vista fija en Gamache.

—Sí, y casi ha funcionado. Era lógico pensar que el anciano profesor Massey, bastante chocho a estas alturas y próximo a rendir cuentas al Creador, había venido aquí a confesarle a Norman que había puesto amianto en los lienzos y a pedirle perdón, pero Vachon, su cómplice, se había opuesto por miedo a verse implicado, por lo que había matado a Norman y luego al propio Massey. Y el plan estaba funcionando: su agente buscaba a Vachon para arrestarlo por asesinato.

—*Oui*. Eso es lo que yo creía —admitió Gamache.

—¿Y qué le ha hecho cambiar de opinión? —quiso saber Massey.

—La foto.

—¿Qué foto? —Massey se estaba poniendo nervioso.

—El retrato del anuario. Todo el mundo dio por hecho que era un autorretrato de Norman, pero no lo era, ¿verdad? Era usted. Él reconoció en usted la ira y el miedo y usted lo odió aún más por ello.

—Y, por lo visto, usted ha atado cabos y me ha reconocido en el viejo del muelle, ¿no? Me ha parecido que eso sucedería tarde o temprano; de hecho, me ha parecido que Clara me reconocería también, y cuando ha salido apresuradamente de la cafetería he tenido la certeza de que venía aquí a contárselo.

—De manera que la ha seguido.

—Lo siento, Clara. —El profesor la ciñó más contra sí y le habló al oído—. Se mueve más rápido de lo que esperaba: no he podido alcanzarla antes de que llegara aquí.

El ritmo de su respiración había disminuido: parecía esperar que Gamache dijera algo, pero él guardaba silencio.

—Iba a subirme al avión —explicó Massey—, pero la tormenta lo ha retrasado, así que he tenido que esperar el barco. De otro modo me habría ido hace mucho. Mala suerte para todos. Y entonces, cuando el barco ha llegado, ¿qué ha hecho usted sino venir derecho a mí?

—Supongo que habrá pasado un mal rato —comentó Gamache, como si estuvieran en un cóctel y un hombre con un cuchillo fuera algo perfectamente normal.

Necesitaba que Massey se calmara, que viera la realidad de la situación.

Era evidente que aquel hombre estaba aterrorizado.

Y los animales aterrorizados se arrojan de los acantilados.

Y Massey parecía dirigirse directo a uno.

—Pues sí, aunque cuando se ha alejado, me ha parecido que me libraba. Pero entonces me he puesto a pensar en usted, Clara; en sus retratos y en lo mucho que debe de fijarse en las caras para poder pintar así. —Le hablaba a la mujer que ceñía contra su pecho, pero miraba a Gamache—. Y he comprendido que si alguien podría reconocerme sería usted. Quizá le llevaría un rato, pero seguro que acabaría por hacerlo. Y entonces, cuando la he visto salir corriendo de la cafetería, he sabido que se había dado cuenta.

—Pero no ha sido así —repuso Gamache—, ella ha venido para ver a Peter.

Notó cómo Massey se daba cuenta de su error: de haberse quedado donde estaba, de no haberle traicionado los nervios, quizá habría salido airoso, pero ahora estaba ahí, apuntando un cuchillo a la garganta de Clara Morrow.

—Es demasiado tarde —dijo Gamache—, suéltela.

—Llevo años sin pintar, ¿sabe? —dijo Massey como si Gamache no hubiera hablado—. Nada: estoy vacío.

Miró a Gamache, y al antiguo inspector jefe de Homicidios se le heló el corazón. El suyo era el rostro del retrato, lleno de odio por aquellos que tenían lo que él no: un hogar, amigos, gente a la que le importara más la persona que su obra.

Gamache se acercó un poco más, pero Massey no flaqueó ni bajó el cuchillo, más bien dirigió un rápido vistazo a la cama.

Por su parte, Gamache miró un instante a Peter para advertirle que no se moviera. Mientras Massey siguiera hablando, tendrían una posibilidad.

De pronto, Gamache captó movimiento. Más allá de Clara, más allá de Massey.

Alguien se aproximaba. Aún estaba a cierta distancia, pero se acercaba.

Gamache conocía aquella forma de andar, reconocía aquella figura.

Era Beauvoir.

Pero Peter no percibía nada de eso: sólo tenía ojos para Clara.

—Te quiero, Clara —dijo en voz baja.

—Cállate, Peter —le advirtió Gamache. No sabía qué haría estallar a Massey, pero sí que a esas alturas no haría falta gran cosa.

—Lo siento —dijo Peter dirigiéndose a Gamache o a Clara.

Massey la ciñó más fuerte. No tenía nada, así que tampoco tenía nada que perder.

Era la Muerte y estaban en Samarra, al fin y al cabo.

Entonces, Gamache lo supo.

Sus ojos miraron por encima del hombro de Massey. Hizo un levísimo gesto con la cabeza, pero fue suficiente.

Al notarlo, Massey giró un poco la cabeza. Era cuanto Gamache necesitaba. Saltó hacia delante en el momento preciso en que Clara se agachaba y se revolvía para alejarse del cuchillo.

Pero Massey consiguió agarrarla de la ropa.

Clara forcejeó para liberarse, aunque sin esperanza.

El cuchillo acometió veloz y se clavó.

No en Clara, ni en Gamache: la cuchillada alcanzó a Peter en el pecho cuando tiraba de Clara para apartarla.

Gamache redujo a Massey, apartó el cuchillo de una patada y le asestó al anciano un golpe tan fuerte que éste perdió el conocimiento.

Gamache se volvió en redondo y vio a Clara de rodillas junto a Peter, con las manos apoyadas sobre su pecho. Se arrancó la chaqueta y la hizo una bola para contener la sangre.

Beauvoir había recorrido los últimos metros a grandes zancadas. Observó la escena y luego, sin decir palabra, echó a correr de nuevo ladera arriba hasta algún sitio desde el que pudiera pedir ayuda.

—¡Peter, Peter! —exclamaba Clara.

Sus manos ensangrentadas encontraron las de él y las aferraron mientras Gamache trataba de tapar la herida.

Peter tenía los ojos muy abiertos; miraba lleno de pánico. Sus labios palidecían, al igual que su rostro.

—Peter —susurró Clara mirándolo a los ojos.

—Clara —jadeó él—, lo siento muchísimo...

—Calla, calla, la ayuda está en camino.

—Yo quería volver a casa —dijo él aferrándole las manos—. Te escribí...

—Calla —repitió ella y lo vio parpadear.

Se agachó hasta quedar tendida a su lado y le susurró al oído sin dejar de mirarlo a los ojos.

—Estás en la cima de la colina sobre Three Pines —le dijo en voz baja—. ¿No ves la plaza del pueblo? ¿No hueles el bosque? ¿La hierba?

Él asintió levemente y su mirada se tornó más dulce.

—Ahora desciendes por la ladera. Ahí está Ruth... y *Rosa*.

—*Rosa*... —susurró Peter—. ¿Volvió a casa?

—Sí, volvió con Ruth al igual que tú has vuelto a casa conmigo. Ahí están Olivier y Gabri, saludándote desde el *bistrot*. Pero no entres todavía, Peter. ¿Ves nuestra casa?

Los ojos de Peter tenían una expresión distante, el pánico había desaparecido.

—Ven, recorre el sendero, Peter. Entra en el jardín. Siéntate conmigo en nuestras butacas. Te he traído una cerveza, te estoy cogiendo de la mano. Huele las rosas y las azucenas.

—¿Clara? —dijo Gamache con suavidad.

—Mira los bosques, escucha el río Bella Bella —continuó Clara, y se le quebró la voz.

El rostro caliente de Clara estaba en contacto con la mejilla fría de Peter cuando susurró:

—Has vuelto a casa.

CUARENTA Y UNO

El funeral de Peter se celebró en Three Pines. Los amigos y la familia se congregaron en la capilla de Santo Tomás y cantaron, lloraron su muerte y celebraron su vida.

Clara intentó decir unas palabras, pero fue incapaz de hablar: las palabras se le quedaron atascadas en la garganta, así que Myrna lo hizo por ella, a su lado, cogiéndola de la mano.

Y luego cantaron un poco más y finalmente repartieron las cenizas de Peter por el pueblo, espolvoreando unas pocas aquí y unas pocas allá: en el río, junto al *bistrot*, bajo los tres pinos enormes.

El resto se esparció en el jardín de Peter y Clara para que Peter floreciera cada primavera en las rosas, las azucenas, la lavanda, y en el antiguo y retorcido arbusto de lilas.

Marcel Chartrand había acudido al funeral, pero se quedó al fondo y se marchó antes de la recepción.

—Tengo por delante un largo camino a casa —le explicó a Gamache cuando éste le preguntó por qué se iba tan pronto.

—Tal vez no sea tan largo —contestó Armand.

Estaba con Jean-Guy y *Henry*, mientras que Reine-Marie y Annie, en el otro extremo de la sala, le hacían compañía a Clara.

—Vuelva dentro de un año o así —sugirió Gamache—, nos encantará verlo.

Chartrand negó con la cabeza.

—No lo creo: soy un mal recuerdo.

—Clara nunca lo olvidará —repuso Gamache—, eso seguro. Pero la cura para el amor perdido es más amor. —Bajó la vista hacia *Henri*.

Chartrand le rascó las orejas al pastor alemán y sonrió levemente.

—Es usted un romántico, monsieur.

—Soy realista: Clara Morrow no va a pasarse el resto de su vida anclada a ese suceso terrible.

Cuando Marcel se marchó, Armand se acercó a Ruth, que miraba el cuenco del ponche con *Rosa* en los brazos.

—No me atrevo a tomarlo —dijo—: quizá no le han añadido ningún licor.

—«*Noli timere*» —contestó Gamache, y cuando ella sonrió añadió—: ¿Tú lo sabías?

—¿Lo del profesor Massey? No. De haberlo sabido habría dicho algo.

—Pero te daba miedo —repuso Gamache—: viste algo en él que te asustó, por eso fuiste tan agradable con él. Jean-Guy te vio el plumero. Todos supusimos que fuiste simpática porque te gustaba, pero Jean-Guy dijo que probablemente te pareció odioso.

—No me pareció odioso —contestó Ruth—, ¿y cómo podéis fiaros de la opinión de alguien que está sobrio?

—Pero Jean-Guy tenía razón, ¿verdad? Es posible que no te pareciera odioso, pero algo en él te dio miedo. Si no, ¿por qué decir «*Noli timere*»? No tengas miedo.

—Aquel lienzo en blanco sobre el caballete fue una de las cosas más tristes que he visto en mi vida —explicó Ruth—: un artista que ha perdido el rumbo. Eso se va enconando hasta hacerse insoportable. Ese Beauvoir —señaló con *Rosa* hacia el otro extremo de la sala, donde Jean-Guy y Annie hablaban con Myrna— es un tontaina.

467

¿Y tú? —Le dirigió a Gamache una mirada dura, como si quisiera formarse una opinión de él—. Tú eres un idiota. ¿Y esos dos? —Se volvió hacia Olivier y Gabri, que dejaban fuentes con comida en la larga mesa—. Ésos son simplemente ridículos.

Se volvió de nuevo hacia Gamache.

—Pero todos sois algo. El profesor Massey no era nada: estaba vacío, como el lienzo. Eso me pareció aterrador. —Guardó silencio un momento, recordando—. ¿Qué fue de aquella pintura? ¿La única del profesor Norman que sobrevivió?

—¿La que había al fondo del estudio de Massey? ¿La que era buena?

—Era magnífica —opinó Ruth—: pura poesía.

—Jamás habrían conseguido quitarle el amianto. Hubo que destruirla.

Ruth agachó la cabeza y luego volvió a levantarla. Alzó el mentón, lo miró con dureza, asintió con un gesto seco y se alejó renqueando para plantarse junto a Clara.

«*Noli timere*», pensó Gamache mientras observaba a las dos mujeres y a *Rosa*.

A la mañana siguiente, Armand se sentó en el banco en la colina sobre el pueblo. Olivier y Gabri lo saludaron desde el *bistrot* y él les devolvió el saludo.

Veía los pinos mecerse bajo la suave brisa y olía el bosque almizclado, las rosas, las azucenas y el café fuerte en la taza que tenía a un lado.

Echó la cabeza atrás y notó el calor del sol en el rostro.

Junto a él, *Henri* dormía con la pelota en la boca y la lengua colgando. Roncaba suavemente.

Gamache tenía el libro en las manos, cerrado en el regazo.

Clara se unió a él en el banco y permanecieron en silencio, sentados codo con codo. Y entonces Clara se apoyó en el respaldo y tocó con la espalda las palabras que alguien había grabado recientemente en la madera sobre «Te sorprendió la dicha»:

Un hombre valiente en un país valiente.

Clara miró el mundo que se extendía más allá de las montañas. Y luego sus ojos volvieron, como siempre hacían, al tranquilo pueblecito del valle.

A su lado en el banco, Armand abrió *El bálsamo de Galaad* por el punto de libro, inspiró profundamente y empezó a leer a partir de ahí.

Clara tenía la carta en la mano. La carta de Peter, que finalmente había encontrado el camino hasta Three Pines.

Y la abrió.

AGRADECIMIENTOS

Pese a que escribir es en esencia una tarea solitaria, mientras escribo suelo sentirme acompañada por personas, acontecimientos y recuerdos, y con *El largo camino a casa* me ha ocurrido en mayor medida que nunca.

No voy a hablar aquí de la temática del libro ni sobre por qué lo escribí de esta manera, más bien quisiera mencionar una serie de influencias, que incluyen *El corazón de las tinieblas* de Joseph Conrad y la *Odisea* de Homero, así como *Gilead*, el excepcional libro de Marilynne Robinson, y el antiguo espiritual *El bálsamo de Galaad*.

Como siempre, me he inspirado en el paisaje, la historia y la geografía y la naturaleza de Quebec, en concreto en los recuerdos de mis viajes por el maravilloso río San Lorenzo con sus pueblecitos y sus gentes. A lo largo de mi vida he viajado mucho, como periodista y como persona de a pie, pero en ningún otro sitio me he encontrado con tanta generosidad e integridad como en aquellas cocinas, porches y salones.

Quiero dar las gracias a la gente de Mutton Bay, La Tabatière, St. Augustine, Harrington Harbour y tantos otros puertos, que tanto me dio sin exigir nada a cambio.

También he tenido la suerte de pasar una temporada en Charlevoix, una región hermosa hasta lo inconcebible.

La Bahía de San Pablo que aparece este libro no corresponde exactamente a la realidad de aquel lugar: confío en que quienes viven allí —en especial los amables propietarios del *auberge* La Muse y de la galería Clarence Gagnon— o visitan esa zona tan bonita me perdonen por haberme tomado ciertas licencias artísticas.

Este libro le debe mucho a mi excepcional editora en Minotaur Books / St. Martin's Press en Estados Unidos, Hope Dellon, y a Andrew Martin, Sarah Melnyk, Paul Hochman, Cassie Galante y David Rotstein.

Estoy en deuda con mi correctora, Lucy Malagoni, y con mi editor, David Shelley, de Little, Brown, ambos en Reino Unido, por sus sabios consejos.

Muchísimas gracias a Jamie Broadhurst y la gente de Raincoast Books por presentarles a Gamache y compañía a tantos canadienses.

Muchos de ustedes frecuentan mi boletín informativo y mi página web: son obra de la extraordinaria Linda Lyall, que se ocupa también de su mantenimiento. Llevamos juntas desde antes de que se publicara *Naturaleza muerta* y nunca nos hemos conocido (yo vivo en Quebec y Linda en Escocia), pero el vínculo que hemos labrado es tan fuerte como el de colegas que comparten un despacho.

Mi agradecimiento a Teresa Chris, mi agente y mi amiga. Siento que fue el destino el que vino a unirnos hace ahora diez años. De hecho, cuando nos conocimos estuve a punto de atropellarla con el coche, aunque mejor no decir más porque no estoy segura de que ella lo sepa.

Gracias a Susana McKenzie por ser una primera lectora constructiva, amable y cuidadosa y una buena amiga.

Gracias a mi hermano Doug, quien también suele ser de los primeros en leerme y que tanto defiende mi trabajo. Es curioso que me pasara gran parte de la infancia deseando que se fuera de una vez y que ahora valore tantísimo su compañía.

Mi agradecimiento infinito a mi ayudante, Lise Desrosiers, que es mucho más que una ayudante: una hermana, una amiga, una colega y una confidente. *Merci, ma belle.*

Y, finalmente, gracias a Michael, que hizo que todos mis sueños se volvieran realidad: él es mi corazón y mi hogar.

Ahora me toca a mí, querido Michael.